Gallmeister

TREVANIAN est l'un des auteurs les plus mystérieux de ces dernières années. Américain, il a vécu dans les Pyrénées basques et est
probablement mort en 2005. Ses romans se sont vendus à des mil-
lions d'exemplaires dans le monde et ont été traduits en une quizaine
de langues.

## The Main

Un auteur noir, une langue mordante à l'encontre de la société
américaine. Mystérieux et brillant.

Un bouleversant polar urbain embarquant un flic taciturne et
cassé dans les rues chaudes d'un Montréal nocturne.

Les dialogues, comme toujours, se savourent à la petite cuil-
lère. Trevanian reste Trevanian, un formidable raconteur
d'histoires.

Le sens aigu des personnages et du milieu que maîtrise
Trevanian donne à son livre une énergie vitale que seuls les
meilleurs romans possèdent.

Trevanian

# THE
# MAIN

Roman

Traduit de l'américain
par Robert Bré

Gallmeister

TOTEM n° 80
NOIR

Titre original : *The Main*

Copyright © 1976 by Trevanian

© Éditions Robert Laffont, 1979, pour la traduction française
© Éditions Gallmeister, 2017, pour la présente édition

ISBN 978-2-35178-628-4
ISSN 2105-468

Illustration de couverture © Emiliano Ponzi
Conception graphique de la couverture: Valérie Renaud

*À Tony Godwin*
*au nom des écrivains qu'il a aidés.*

# 1

## Montréal, novembre

LA nuit tombe sur la Main* et les boutiques ferment une à une. Les éventaires disparaissent des trottoirs, les grilles descendent en ferraillant devant les vitrines. Une ou deux lampes restent allumées pour dissuader d'éventuels cambrioleurs. Les tiroirs-caisses sont laissés entrouverts afin que les voleurs ne les fracturent pas inutilement.

Bars et cafés sont ouverts. Au-dessus d'étroits étalages de disques, les haut-parleurs déversent une trombe musicale sur les pavés et la cohue. Les gens se hâtent, cou rentré dans le col, épaules crispées contre le froid perçant. Les jeunes et ceux qui sont pressés s'impatientent contre la masse anonyme qui piétine. Bousculant les uns, les autres, ils se fraient à coups d'épaule un passage, effarouchent les vieux, exaspèrent les promeneurs. Foule irritable et bourrue, à bout de nerfs après des semaines de temps de cochon, de nuages de plomb humides et glacés qui écrasent la ville et retardent l'entrée de l'hiver. L'hiver canadien, avec son ciel bleu pur et sa neige étincelante. Chacun maudit le temps. Ce n'est pas tellement le froid qui vous abat mais cette humidité.

La foule se coagule aux carrefours, bute contre les poubelles qui barrent le trottoir, mêlée compacte de créatures solitaires. Visages tendus, tourmentés ou vides, chaque profil découpé par le néon livide des snack-bars, des bars et des cafés.

---

* Autre nom du boulevard Saint-Laurent et qui se prononce à l'américaine comme dans l'expression *main street*. (Toutes les notes sont de l'éditeur.)

Dans la vitrine d'une poissonnerie, un aquarium aux parois verdies par les algues… Une carpe solitaire y glisse de long en large dans un désespoir halluciné.

Des écoliers, gros manteaux et culottes courtes, sac au dos, se faufilent dans la foule, le visage pincé et les jambes bleuies par le froid. Un gosse frappe un petit et s'enfuit. En essayant de le rattraper, le petit marche sur les pieds d'un homme. L'homme jure et le taloche. Le gosse tombe, les yeux pleins de larmes et de colère.

Fatigués de piétiner sur les trottoirs encombrés, des gens descendent sur la chaussée et se lancent dans le flot des voitures qui roulent vers le nord. Les chauffeurs harassés jurent, avertisseur bloqué. Les piétons les plus téméraires répondent injure pour injure, avec un bras d'honneur. Jurons, cris, bougonnements, lambeaux de conversations polyglottes : français, yiddish, portugais, allemand, chinois, hongrois, grec… mais la lingua franca est l'anglais. La Main est un réservoir d'immigrants et les nouveaux venus, les bleus, apprennent vite que la langue du succès est l'anglais et non le français. Dans la vitrine d'une banque, une pancarte souligne le caractère cosmopolite du boulevard :

HABLAMOS ESPAÑOL

OMI OYMEN EΛΛHNIKA

PARLIAMO ITALIANO

WIR SPRECHEN DEUTSCH

FALAMOS PORTUGUES

Et toujours on répète l'antédiluvienne plaisanterie populaire : "Je me demande qui dans cette banque peut bien parler toutes ces langues ? Les clients."

LE commerce est versatile et précaire dans la Main. Chaque jour, de nouvelles boutiques ouvrent leurs portes dans une fièvre d'espoir et de projets audacieux. Le plus souvent elles font faillite. Alors un autre commerçant prend la suite, dans la même boutique, avec d'autres projets mais les mêmes espérances. Souvent, on n'a même pas le temps de changer l'enseigne. On peut ainsi acheter du tissu en gros et au détail dans un magasin qui annonce encore : PEINTURE ET VERNIS.

Certaines boutiques ne changent jamais de propriétaire mais simplement de commerce, dans l'espoir de tomber un jour sur une bienheureuse coïncidence entre le goût de la clientèle et les disponibilités du marché. Avec le temps, les commerçants renoncent à poursuivre une réussite illusoire. Alors la vague de changements successifs se retire, laissant derrière elle une traînée d'épaves de marchandises, vestiges de la marée haute des grandes espérances et de la marée basse de l'indifférence de la clientèle. Dans la même boutique vous pouvez ainsi acheter du matériel de camping et des bérets, des batteries de cuisine et du tissu au mètre, des cartes postales et des layettes légèrement endommagées ou tachées, le tout à des prix défiant toute concurrence. Ces boutiques-là ne sont connues que par le nom de leur propriétaire, il est impossible de les désigner autrement.

Et il y a aussi les marchands qui auraient volontiers fermé boutique depuis des années mais qui trouvent l'opération trop compliquée…

PRÈS de son kiosque, les mains au chaud sous la ceinture de grosse toile qui lui sert de tiroir-caisse, le marchand de journaux se dandine d'un pied sur l'autre et se balance en cadence avec ses piécettes. Il ne regarde jamais ses clients. Il rend la monnaie à des mains et non à des visages. Il marmonne ses réponses à une conversation incessante et opine du bonnet comme pour s'approuver lui-même.

DEUX silhouettes enlacées chuchotent sous une porte. La fille jette par-dessus son épaule des regards furtifs et inquiets. Lui a le ton mélodieux de celui qui espère avoir l'autre à l'usure.

— Viens donc, qu'est-ce que t'en dis ?

— Ben, je me demande. Je crois qu'il vaudrait mieux pas.

— De quoi t'as peur ? Je ferai attention.

— Non, vaudrait mieux que je rentre à la maison.

— Mais bon sang de bonsoir ! Tu vas bien avec d'autres gars ?

— Oui, mais…

— Allez viens. Ma chambre est juste au coin.

— Ma foi… non, j'aime mieux pas.

— Oh, misère ! Rentre donc chez toi ! Qui voudrait bien de toi !

Un vénérable juif hassidique, visage encadré des peyiss[*], shtreimel[**] bien droit sur la tête et longue lévite noire scrupuleusement brossée, rentre chez lui à pas mesurés dans le torrent de la foule. Les autres poussent et se pressent. Lui n'en fait rien. Sans pour autant paraître trop humble car, comme il est dit, "Excès d'humilité est déjà vanité." Il marche donc sans se hâter, ni sans traîner pour autant. Un homme doux et mesuré.

Il vérifie toujours deux fois le nom des rues avant de poursuivre sa route vers le logis qui l'attend dans une petite maison de brique au fond d'une rue écartée. Il vérifie toujours, bien qu'il vive depuis vingt-deux ans dans cette même rue. La prudence n'a jamais fait de tort à personne.

La Main est à la fois une rue et un quartier. Dans sa définition la plus étroite, la Main, c'est le boulevard Saint-Laurent, l'ancienne ligne de partage entre le Montréal français et celui des Anglais. Une rue française d'essence et de langage. Artère populaire et bruyante de petites boutiques et de bas loyers, elle fut naturellement la première étape pour les vagues

---

[*] Petites nattes.
[**] Chapeau noir à calotte ronde et large bord.

d'immigrants qui déferlaient sur la ville. Et la Main s'étendit peu à peu au réseau des rues voisines qui partaient à l'est et à l'ouest du boulevard, son épine dorsale. À chaque vague, une nationalité différente arrivait dans la Main et y laissait des émigrés effarés, effrayés et pleins d'espoir. Et, l'un après l'autre, ces groupes se rassemblaient en ghettos, sur quelques rues, pour affronter l'hostilité et les préjugés.

Les nouveaux venus trouvaient du travail. Ils ouvraient boutique, faisaient des enfants ; certains réussissaient, d'autres échouaient, mais tous considéraient à leur tour les nouvelles vagues d'émigrants avec hostilité et préjugés.

La frontière entre le Montréal français et celui des Anglais s'élargit peu à peu jusqu'à former un no man's land où ne dominait ni l'une, ni l'autre langue. Et la Main finit par constituer une troisième composante de la ville, une zone neutre où les cultures se côtoient sans se mélanger. Les émigrés qui ont réussi et la plupart des jeunes s'en sont allés vers la partie ouest, la partie anglaise. Mais les vieux sont restés, ceux qui avaient consacré leur labeur et leur argent à l'éducation de ces enfants qui ont maintenant un peu honte d'eux. Restaient donc dans la Main les vieux, les vaincus et les épaves.


Deux jeunes gars dans un café embué : ils scrutent la rue à travers une glace essuyée d'un rapide coup de paume. Un Portugais, un Italien : ils parlent un mélange argotique de joual* et d'anglais massacré. Leur complet est dans le vent, mal coupé dans un tissu invraisemblable. Celui du Portugais est tape-à-l'œil et bon marché, celui de l'Italien, tape-à-l'œil et cher.

— Hé, hé ! lance le Portugais. Que tu dis de ça ? Pas mal, hein ?

L'Italien se penche par-dessus la table pour apercevoir une fille qui martèle le trottoir de ses semelles compensées, vêtue d'une minijupe et d'un blouson.

---

* Langue populaire des Québécois francophones de Montréal.

— Pas mal, dis! *Beau pétard, hein*[*]?

— Et que tu dis de ces *foufounes*[**]?

— J'te jure que je la ferais crier, moi… J'en prendrais une dans chaque main et… (Dans une mimique salace, l'Italien fait semblant de tenir chaque fesse dans ses mains qu'il fait aller et venir sur ses cuisses.) Oui, j'te la ferais crier. Moi qui te le dis! (Il lance un regard à l'horloge au-dessus du comptoir.) Hé, faut que je me tire.

— T'as quelque chose au chaud à la maison?

— Est-ce que j'ai pas toujours quelque chose au chaud?

— Sacré veinard de fils de pute!

L'Italien rit et se passe un coup de peigne dans les cheveux qu'il lisse avec sa paume. Oui, peut-être est-il veinard. Il a de la chance d'avoir une belle gueule. Mais il faut aussi être doué. Et il n'appartient pas à tout le monde d'être doué.

Dans à peine plus de cinq heures, il sera agenouillé dans un passage qui donne sur la rue Lozeau, la figure écrasée dans le gravier. Il sera mort.

Un arrêt soudain dans le flot des piétons. Quelqu'un a vomi sur le trottoir. Des choses blanches dans un liquide jaunâtre. Les gens s'écartent pour l'éviter, mais il reste une virgule humide tracée par la glissade d'un talon.

Un infirme plonge dans la Main à contre-courant des piétons. Chacun de ses pas sonne à plat sur le trottoir; il jette son torse à droite, à gauche, avec une force excessive et mal contrôlée, cahote en avant, plante son pied pour ne pas tomber. Cahot. Torsion. Pied qui sonne sur le trottoir. Il est jeune; il a le visage mou, la tête trop grosse. Un bec-de-lièvre donne à sa

---

[*] Tous les termes en italiques sont en français, en joual ou en yiddish dans le texte. Pétard désigne une belle femme.
[**] Fesses.

bouche une expression moitié sourire, moitié rictus. Ses yeux sont énormes derrière d'épais verres cerclés de fer; les lunettes sont posées de travers de sorte qu'un œil regarde par la partie inférieure de la lentille et que l'autre apparaît divisé par le fil supérieur de la monture. Lovée contre sa poitrine, une main atrophiée, inutile, couverte d'un gant bleu pâle. Serrée entre ses dents, une pipe incurvée, incongrue, qu'il suce et fait graillonner. Une fumée aromatique et sucrée s'envole par-dessus ses épaules et se dissipe dans le sillage de sa marche titubante.

Les piétons s'arrachent à leurs préoccupations en le voyant venir droit sur eux. Ils s'écartent, s'efforcent d'éviter son contact. Les regards se détournent; le Boiteux, qui se propulse d'un mouvement déterminé et agressif, a quelque chose d'effrayant et de repoussant. La marée humaine s'écarte devant sa proue, se referme à sa poupe et s'empresse de l'oublier dès qu'il est passé. Chacun a ses problèmes, ses projets. Chacun est seul, replié sur lui-même dans la foule indifférente.


CHEZ Pete est le bar des *robineux** du quartier. C'est le seul endroit qui les accepte et leur présence a découragé toute autre clientèle. Des plaques de contre-plaqué ont remplacé les vitrines brisées; quand on est à l'intérieur, c'est comme s'il faisait toujours nuit. Le propriétaire, plein de graisse, est avachi sur une chaise derrière le bar, ses yeux larmoyants fixés sur un magazine porno posé sur ses genoux. Autour d'une table du fond, une bande de vieux en haillons; leurs mains sont tellement sales que la peau luit et craquelle. Ils se partagent un pichet d'environ deux litres de vin. Dirtyshirt Red coupe son vin avec du whisky qu'il verse d'une bouteille enveloppée dans un sac de papier marron. Il ne propose pas de partager et les autres se gardent bien de le lui demander.

— Non mais regardez, y s'prend pour qui c'te fils de pute, jette Dirtyshirt en pointant le menton vers un grand vagabond

---

* Clochard.

décharné assis seul à une petite table de coin, dans l'ombre, et qui consacre toute son attention à son verre de vin.

"Ce bâtard de lèche-cul pense qu'il est trop distingué pour s'asseoir avec nous, poursuit Dirtyshirt Red. Y croit peut-être que sa merde pue pas, mais il pète comme tout le monde et ça sent.

Les autres rient par habitude. Injurier le Vetéran est un de leurs passe-temps favoris. Personne n'est le copain du Vetéran et c'est de sa faute à force de se vanter de la bonne petite planque qu'il occupe quelque part à l'écart de la Main. Qu'il gèle à pierre fendre, qu'un type n'ait plus un sou vaillant, jamais le Vetéran n'offre de partager sa planque; il n'a même jamais dit où elle se trouvait.

— Hé, à quoi tu rêves, Vet? Au héros que t'étais pendant la guerre?

Le large chapeau avachi du Vet se redresse quand il lève lentement la tête pour regarder du côté de la table des *robineux* ricanant. Il hausse les sourcils et souffle par les narines dans une expression caricaturale de supériorité, puis il retourne à son verre de vin.

— Tu parles! Un héros qu'il était! Fait prisonnier par les Allemands. Oublié par les Rosbifs à Dunkerque passequ'ils voulaient pas qu'il emboucane leur bateau. Et vous savez pas la chose héroïque qu'il a faite au camp de prisonniers? Y s'est garni le trou de balle avec du verre cassé pour que les Allemands soient castrés quand ils l'enfilaient! Un vrai héros! C'est depuis ce temps-là qu'y marche comme ça! Il raconte qu'il a été blessé au combat, mais c'est pas ce que j'ai entendu dire!

Les *robineux* ricanent, se poussent du coude, mais le Vet dédaigne de répondre. Peut-être ne les entend-il plus.

LE lieutenant Claude LaPointe traverse Sherbrooke et laisse derrière lui la sombre masse du monastère du Bon-Pasteur. Son pas ralentit et prend la cadence mesurée du flic de quartier. La Main est sa paroisse depuis trente-deux années;

depuis l'époque où la Dépression était à son nadir et où les gens avaient tellement peur du lendemain qu'ils se conduisaient entre eux avec humanité, même à Montréal, la ville la plus malpolie du monde.

LaPointe enfonce ses poings dans les poches de son pardessus difforme pour que le col lui couvre bien le cou. Avec le temps, ce pardessus avachi lui est devenu une sorte d'uniforme, familier de tous ceux qui travaillent dans la Main. Les jeunes policiers, là-bas, au quartier général, en plaisantent. Ils disent que LaPointe ne le quitte jamais, même pour dormir, et qu'il lui sert l'été de sac à linge sale. Les sentiments de la Main varient à l'égard de l'homme au pardessus : certains voient en lui un ami et un défenseur, d'autres un ennemi implacable. Tout dépend de ce que vous faites dans la vie et, surtout, de ce que LaPointe pense de vous.

À l'époque où il est arrivé sur le boulevard, la Main était française et il en était le flic français. À mesure que les étrangers se faisaient plus nombreux, une certaine froideur s'était établie entre LaPointe et les nouveaux venus. Il ne parvenait pas à comprendre ce qu'ils voulaient, ce qu'ils disaient, ni leur manière de vivre ; quant à eux, ils apportaient de leur lointaine patrie une profonde méfiance des autorités et de la police. Mais le temps aidant, les nouveaux arrivants finirent par faire partie du quartier et LaPointe devint leur flic : celui qui les protège et aussi, parfois, les punit.

En remontant le boulevard, LaPointe arrive à une boulangerie, symbole des changements que le temps a apportés à la Main. Il y a une trentaine d'années, quand la Main était purement française, la boulangerie s'appelait :

PÂTISSERIE SAINT-LAURENT

Dix ans plus tard, pour répondre à l'incessante pression de l'anglais, on ajouta un mot qui permit aux Français d'utiliser les deux premiers tiers de l'enseigne et aux Anglais les deux derniers :

Aujourd'hui, on trouve différentes sortes de pains dans la vitrine, des pains à la forme et à la croûte bizarres. Et, dans la file d'attente, les femmes cancanent avec des accents venus d'ailleurs. Aujourd'hui, on peut lire sur l'enseigne :

PÂTISSERIE SAINT-LAURENT BAKERY
APTO πΩΔEION

La foule s'éclaircit à mesure que les gens arrivent à destination ou qu'ils y renoncent. LaPointe continue vers le nord; il monte la pente, le pas lent et lourd, son regard professionnel allant de détail en détail. Il faudra remplacer la fermeture de cette grille; il le rappellera demain à M. Capeck. Cet homme dans l'encoignure de la porte… ça va. Ce n'est qu'un *robineux*. Le bec de gaz est éteint dans le passage derrière le Kit-Kat, le théâtre porno; il le mentionnera dans son rapport. Les types que le spectacle a surexcités se servent de ce passage, les voleurs aussi, souvent.

Au fond de sa poche, la main gauche de LaPointe caresse la crosse de son .38 à canon court. L'été, il le porte dans un étui sur la hanche, afin de pouvoir laisser son veston ouvert. L'hiver, il le met simplement dans la poche gauche de son pardessus, pour avoir la main droite libre. Le revolver fait maintenant tellement partie de lui-même qu'il le lâche instinctivement pour saisir quelque chose et le reprend en remettant la main dans sa poche. Le poids de l'arme use la doublure et il doit la recoudre au moins une fois chaque hiver. Il n'est pas très doué une aiguille à la main, aussi la poche perd-elle progressivement de sa profondeur. Tous les quatre ou cinq ans, il doit faire remplacer la doublure.

Depuis plus de trente ans qu'il est dans ce quartier effervescent et volubile, où pauvreté, cupidité et désespoir trouvent leur expression dans la petite délinquance, LaPointe s'est servi seulement sept fois de son arme. Il en est fier.

Une gosse préoccupée, tête basse et se mordant nerveusement les lèvres, bouscule LaPointe; elle murmure "pardon" sans le regarder, d'une voix qui trahit sa détresse. Elle rentre en retard. Ses parents vont se fâcher; ils la gronderont parce qu'ils l'aiment. Le lieutenant connaît la jeune fille et ses parents. Ils veulent faire d'elle une infirmière et la forcent à travailler pendant des heures parce qu'elle ne réussit pas bien à l'école. La fille fait son possible, mais elle n'est pas douée. Pour son instruction, pour son avenir, ses parents ont passé des années à économiser et à se priver. Elle est tout pour eux, leur avenir, leur orgueil, leur raison d'être.

Le plus souvent, la jeune fille souhaiterait être morte.

En passant devant la rue Guilbault, LaPointe y jette un coup d'œil et aperçoit deux garçons qui traînent sur le perron d'une maison de pierre. Ils portent des blousons de plastique noir et l'un se balance sur la rampe. Ils *chantent la pomme*[*] à une fille de quatorze ans assise sur le perron et accoudée sur une marche, sa maigre poitrine serrée dans un pull étroit. Elle les taquine, elle rit et ils la flairent comme de jeunes chiens en chaleur. LaPointe connaît la maison. Ce doit être la plus jeune des petites Da Costa. Comme ses sœurs, elle vendra sans doute ses charmes dans la rue d'ici deux ans. Mama Da Costa imaginait que ses filles suivraient leur tante au couvent, le rêve commence à s'évaporer.

LaPointe marche derrière deux hommes qui discutent dans un anglais trébuchant. Ils parlent d'affaires, à quel point il est facile aux riches de devenir plus riches encore. Le premier affirme que c'est une question de pourcentages: si vous êtes au courant des pourcentages, vous n'avez pas à vous en faire. L'autre est bien d'accord, mais le malheur c'est qu'il faut d'abord être riche pour savoir ce que c'est que les pourcentages.

Ils s'éloignent vivement l'un de l'autre pour éviter une collision avec l'infirme qui titube vers eux, la fumée de sa

---

[*] Faire la cour.

pipe dessinant son sillage dans la lumière rouge d'un *two-for-one bar*[*].

LaPointe s'arrête au milieu du trottoir. L'infirme interrompt sa marche cahotée et reste planté, vacillant, devant le policier.

— Tiens… dites donc, lieutenant. Comment ça va ?

Les phrases du Boiteux sont brouillées par l'infirmité qui a endommagé ses centres nerveux. Sa mère était contaminée lorsqu'elle le mit au monde. Sa voix est haut perchée, plaintive comme celle d'un boxeur qui a reçu trop de coups sur la trachée.

LaPointe regarde l'infirme avec une patience affectée.

— Qu'est-ce que tu fais de ce côté du boulevard, Boiteux ?

— Rien lieutenant, rien. Heu… dites, je me balade, c'est tout. Bah, dites donc, ce temps de cochon n'arrête pas, hein, lieutenant ? J'ai jamais rien vu de…

LaPointe secoue la tête, alors le Boiteux renonce à essayer de donner le change en faisant la conversation. Sortant la main de son pardessus, le lieutenant indique un étroit passage entre deux maisons, à l'écart du flot des passants. L'infirme fait la grimace, mais il le suit.

— Alors, Boiteux. Qu'est-ce que tu trimbales ce soir ?

— Oh, rien, lieutenant. Vrai ! J'vous l'ai promis, hein ?

LaPointe avance la main. En voulant reculer, l'infirme se cogne contre le mur de brique.

— Eh, j'vous en supplie ! Il nous faut de l'argent ! Mama va m'engueuler si je ne rapporte pas un sou !

— Tu veux te retrouver au trou ?

— Non ! Dites, lieutenant, soyez chouette ! geint l'infirme. Mama va gueuler. Il nous faut de l'argent. Qu'est-ce qu'un type comme moi peut trouver comme travail ? Hein ?

— Où t'as planqué ça ?

— Je vous l'dis ! J'ai rien…

Les yeux du Boiteux se mouillent de larmes. Dans la défaite, son corps s'effondre.

---

[*] Bar où, de minuit à une heure, on sert deux verres de vin pour le prix d'un seul.

— Dans un tube, reconnaît-il sombrement.

LaPointe soupire.

— Va au fond du passage et sors-le. Glisse-le dans ton gant et donne-le-moi.

LaPointe ne tient aucunement à toucher le tube.

Le Boiteux pleurniche et se lamente, mais il fait demi-tour et recule en boitant de quelques pas dans le passage pour se perdre dans le noir. LaPointe lui tourne le dos et regarde les passants. Un vieil homme avance vers l'entrée du renfoncement pour y pisser, aperçoit LaPointe et change d'idée. L'infirme revient, serrant un gant dans sa main atrophiée. LaPointe le prend et le met dans sa poche.

— Bon, et maintenant d'où vient cette saloperie et où allais-tu la porter ?

— Heu… voyons, j'peux pas vous dire ça, lieutenant ! Mama va me battre, c'est sûr ! Et les gars qu'elle connaît, ils vont me filer une trempe !

Ses yeux, divisés par la monture de ses verres, roulent stupidement. LaPointe ne répète pas sa question. Selon la technique qu'il observe toujours pour les interrogatoires, il se contente de soupirer et de fixer un regard mélancolique sur cet homme grotesque.

— Vrai de vrai, lieutenant, j'peux pas vous le dire ! J'ai trop peur !

— Allons, il vaut mieux que j'appelle la voiture.

— Oh, non ! Me remettez pas dedans. Les durs qui sont en taule aiment bien profiter de moi parce que je suis infirme.

LaPointe continue de regarder la foule avec une patience fatiguée. Il laisse au Boiteux le temps de réfléchir.

— D'accord, lieutenant…

D'un ton pitoyable, l'infirme explique que la camelote vient de gens que sa mère connaît, des durs de quelque part dans l'est de la ville. Elle devait être livrée à un maquereau, un certain Scheer. Le lieutenant connaît le dénommé Scheer et il attend depuis longtemps une occasion de le chasser de la Main. Comme il n'a pas réussi à constituer un dossier assez complet contre le souteneur, il a dû se contenter d'être sans cesse sur son dos. Un moment il songe à aller arrêter Scheer avec le seul témoignage du Boiteux, mais il renonce à ce rêve en comprenant ce qu'un défenseur habile ferait d'un tel simple d'esprit à la barre des témoins.

— Bon, dit LaPointe. Et maintenant écoute-moi bien. Et répète à ta mère ce que je vais te dire : je ne veux plus vous voir sur mon territoire. Vous avez un mois pour trouver un autre coin. Tu as compris ?

— Mais, dit... dites, lieutenant ? On ira où ? Tous mes amis sont ici.

— Dis-le bien à ta mère : un mois, répète LaPointe en haussant les épaules.

— D'accord. Je lui dirai. Mais ça me fait de la peine de la fâcher. Tout de même, après tout... c'est ma mère.


LAPOINTE est assis au comptoir d'un café, les épaules basses ; il promène à travers la glace un regard indifférent sur les passants.

Un petit poste de radio sur un rayon à hauteur de l'oreille du patron, derrière le comptoir, répète que :

> *Everybody digs the Montreal Rock!*
> *Oh, yes! Oh, yes!*
> *Oh, yes! O-o-h Yes!*
> *Everybody digs the Montreal Rock!*

LaPointe soupire et fouille dans sa poche pour payer son café. En se levant, il remarque une pancarte au-dessus de la tête du patron.

— Il y a une erreur, dit-il. Une faute d'orthographe.

Le patron donne à un hamburger grésillant une tape finale de sa spatule et se retourne pour examiner le carton.

APPL PIE – 30¢

— Oui, je sais, dit-il avec un haussement d'épaules. J'ai rouspété et le peintre m'a fait un prix.

— Samuel ? demande LaPointe en pensant au vieil homme qui exécute la plupart des pancartes de ce côté-ci de la Main.

— Oui.

Le patron a aspiré typiquement le oui du joual…

LaPointe sourit intérieurement. Le vieux Samuel orne toujours ses pancartes de signes fantaisistes ; il les souligne de traits, leur ajoute des vrilles tourmentées et des points d'exclamation, le tout pour le même prix. Il est enclin à mettre entre guillemets certains mots au hasard et il jette ainsi le doute dans l'esprit du client, comme dans cette pancarte :

POISSON "FRAIS" TOUS LES JOURS

C'est également un artiste qui a ses préférences personnelles et qui écrit les mots comme il les prononce. Le patron a bien de la chance qu'on ne lise pas sur la pancarte :

EPP'L PIE

À MOINS de cinquante pas de la Main, dans la rue Napoléon, l'animation et la foule ont disparu et le bruit se réduit à un murmure d'ambiance. La vieille rue étroite est éclairée par des réverbères largement espacés et quelques vitrines poussiéreuses. Des enfants jouent autour du perron des rangées de maisons de brique à deux étages. Par-dessus les toits, les lumières de la ville s'atténuent dans le ciel moite et encrassé de suie. Les maisons s'épaulent l'une l'autre. Elles ne se sont pas encore écroulées parce que chacune tend à tomber dans une direction différente et qu'elles n'en ont pas la place.

Il est plus de 8 heures du soir et il fait froid mais les enfants continueront de jouer jusqu'à ce que le cinq ou sixième appel modulé d'une mère exaspérée les ramène, traînant les pieds sur les marches du perron, pour dormir, peut-être sur un sofa dans une chambre du devant ou sur une couchette dépliée dans le couloir, sous des couvertures de laine poisseuses qui boivent la chaleur du corps sans la retenir.

LaPointe s'appuie contre la balustrade d'un perron déserté ; il s'y accroche plus fort à mesure que le fourmillement s'accentue dans sa poitrine. C'est devenu une sensation familière, curieusement agréable, qu'il éprouve au milieu de la poitrine et en haut des bras, comme si de l'eau gazeuse coulait soudain dans ses veines. Parfois la douleur suit le picotement. Le sang pétille dans sa poitrine ; il lève les yeux vers le ciel strié de lumière et respire lentement, s'attendant à un élancement douloureux à chaque respiration et soulagé de ne pas le ressentir.

Des marmots font la ronde à quelques perrons de là et, à la fin de chaque comptine en ton mineur, ils se laissent tomber en riant sur le trottoir. Les gosses anglais ont le même jeu, mais les mots diffèrent, ils parlent d'une guirlande de roses. Tous les enfants d'Europe gardent inconsciemment dans leur mémoire atavique les blessures de la peste noire. Ils tournent en rond pour simuler le vertige ; ils imitent l'éternuement symptomatique ; ils chantent les bouquets champêtres qui chassaient les miasmes de la peste. Et à la fin, tous tombent en riant.

Quand LaPointe était enfant, à Trois-Rivières, il jouait lui aussi le soir dans la rue. L'été, les grandes personnes restaient toutes assises sur les perrons parce qu'à l'intérieur la chaleur était étouffante. Les hommes ne conservaient que leur maillot de corps et buvaient de la bière à la bouteille. Et la vieille Mme Tarbieau... LaPointe se rappelle la vieille Mme Tarbieau qui habitait l'autre côté de la rue et qui avait la manie de s'occuper des oignons de tout le monde. La mère de LaPointe n'aimait guère la vieille Mme Tarbieau. La seule chose grossière qu'il ait jamais entendu sa mère dire fut pour répondre à l'indiscrète curiosité de la commère. Un soir, alors que tous les gens du bloc étaient rassemblés sur les perrons, la vieille Mme Tarbieau cria du pas de sa porte :

— Madame LaPointe ? Est-ce que c'est pas le type du loyer qui sortait cet après-midi de chez vous ? On est pourtant au milieu du mois. J'ai toujours cru que vous payiez votre loyer exactement comme moi.

Et la mère de LaPointe avait répondu :

— Non, madame Tarbieau, je ne paie pas mon loyer exactement comme vous. Je le paie avec de l'argent.

Pauvre Mme Tarbieau qui était déjà âgée quand LaPointe n'était qu'un petit garçon. Il y a des années qu'il ne pensait plus à elle. Il revoit la vieille pie et il imagine que c'est sans doute la première fois que quelqu'un se souvient d'elle depuis un quart de siècle et que c'est sans doute la dernière fois qu'elle reviendra dans une mémoire humaine. C'est donc qu'elle est morte… réellement morte.

La sensation de fourmillement est passée, alors il enfonce ses poings dans ses poches et s'en va vers le magasin du détaillant en alcools, entrant dans les cônes de lumière des réverbères et en sortant en même temps que les gosses qui volent d'un perron à l'autre comme les sansonnets les soirs d'été.

Un certain été, c'était celui après que son père eut quitté leur foyer pour n'y jamais revenir, LaPointe découvrit que de jouer autour des perrons avec les autres gosses n'était pas tellement drôle et que ça ne voulait rien dire. Pendant les longues soirées, il prit l'habitude de se promener seul dans la rue et de regarder la lune à travers les fils électriques qu'on venait de poser. La lune le suivait, glissant le long des fils qui montaient et descendaient. Il faisait rapidement demi-tour et remontait la rue, mais la lune le suivait toujours. Alors, il s'arrêtait tout à coup, puis repartait, mais la lune ne se laissait jamais prendre à ses ruses. Un soir qu'il avait ainsi couru puis s'était arrêté, courant, s'arrêtant, la tête toujours levée et légèrement étourdi, il fut surpris de se retrouver tout contre la folle qui habitait au coin de leur pâté de maisons. Elle sourit puis éclata d'un rire strident. Elle le montra du doigt en disant qu'il était fou, tout comme elle, et qu'ils rôtiraient tous les deux en enfer.

Il s'était sauvé. Mais il avait eu des cauchemars toute la semaine. Il mourait de peur de devenir fou. Peut-être l'était-il déjà. Comment savoir que vous êtes fou ? Si vous êtes fou, vous êtes trop fou pour comprendre que vous êtes fou. Et puis que veut dire "fou" ? Répétez le mot sans cesse et il se vide de sens et ne laisse qu'une enveloppe sonore. Et vous vous entendez répéter sans arrêt un bruit sans signification.

Ce fut le dernier été où il joua dans la rue. L'hiver suivant, sa mère mourut de la grippe espagnole. Grand-père et grand-mère étaient déjà morts. Il alla donc à l'orphelinat Saint-Joseph. Et après l'orphelinat, il était entré dans la police.

LaPointe ferme les yeux et s'arrache à sa songerie. Il rêve souvent comme ça, tout éveillé, depuis quelque temps, se rappelant de vieilles choses oubliées, des choses sans importance ressuscitées par un vague écho ou une image fugitive de la Main.

Il sourit intérieurement. Allons, c'est ça qui est fou.


LE boutiquier, un Grec quadragénaire, lève les yeux et sourit quand LaPointe entre dans le magasin d'alcools. Il attendait le lieutenant et il attrape la bouteille de rouge que LaPointe emporte toujours pour la partie de pinocle* deux fois par semaine.

— Tout va bien ? demande LaPointe en payant son vin.

Le marchand de vins et liqueurs aspire longuement et exhale par son larynx mutilé :

— Oh, très bien, lieutenant. (Il ravale.) Théo a écrit. Reçu la lettre… (Une autre aspiration.)… ce matin.

— Comment va-t-il ?

— Bien. Il devrait sortir bientôt en conditionnelle.

———•———

---

* Jeu apparenté au bésigue et à la belote.

Il est dommage que LaPointe ait été forcé de mettre le fils à l'ombre pour vol si peu de temps après que son père eut été opéré d'un cancer de la gorge. Mais c'est comme ça, c'est son boulot.

— Très bien, répond-il. Je suis content qu'on lui accorde la conditionnelle.

Le marchand acquiesce d'un signe de tête. Pour lui comme pour le reste du quartier, LaPointe c'est la loi ; avec son bon et son mauvais côté. Il n'oubliera jamais le soir où, il y a sept ans, le lieutenant est entré pour acheter son habituelle bouteille de rouge du jeudi. Un jeune type aux cheveux gras traînait dans le magasin, examinant longuement les étiquettes des apéritifs et des liqueurs exotiques. LaPointe paya son vin et en même temps qu'il mettait sa monnaie dans sa poche il en sortit son revolver.

— Pose tes mains sur ta tête, lança-t-il tranquillement au jeune homme.

Le garçon eut un vif coup d'œil vers la porte, mais LaPointe secoua lentement la tête et lui dit :

— Pas question.

Le jeune homme posa donc les mains sur sa tête, LaPointe le prit par le col et l'écrasa sur le comptoir. Deux gestes rapides sous le veston et LaPointe en tira un automatique de quatre sous. Pendant qu'ils attendaient la voiture du commissariat, le garçon resta assis sur le plancher dans un coin, les mains toujours sur la tête, l'air bête et résigné. Les clients entraient et sortaient. Ils jetaient un regard furtif vers le gosse et LaPointe et ils évitaient soigneusement de les approcher, mais on n'entendit ni une question, ni un commentaire. Ils commandaient leur vin d'une voix contenue, puis ils s'en allaient.

Cet hiver-là, il y avait eu plusieurs hold-up dans le coin et le vieux bonhomme qui tenait la teinturerie au bout de la rue avait reçu une balle dans le ventre.

Il ne vint jamais à l'idée de personne de se demander comment LaPointe avait senti que le gosse était en train de rassembler son courage pour tenter son hold-up. Il représentait la loi dans le quartier, il savait donc tout. En vérité, LaPointe ne se doutait de rien jusqu'au moment où il était entré dans le magasin et où il était passé près du jeune type. C'est sa nonchalance affectée qu'il avait enregistrée instantanément. Le sang indien qui coulait dans les veines de LaPointe savait flairer la peur.

Le boutiquier grec est rassuré en pensant que LaPointe est toujours par là, quelque part sur le boulevard. Pourtant c'est le même homme qui a arrêté son fils Théo pour vol de voitures et l'a envoyé en prison pour trois ans. Le bon côté de la loi et le mauvais. Ça aurait pu être pire. Mais LaPointe avait parlé en faveur de Théo.


LE lieutenant poursuit sa route au nord de la Main, la bouteille, entortillée dans un sac de papier marron, pèse dans sa poche de pardessus. Il passe devant une boutique fermée et vérifie instinctivement le cadenas qui clôt la grille devant la vitrine. Quand on est flic de quartier…

Mais LaPointe pense qu'il est temps de se dépêcher. Il ne veut pas être en retard pour sa partie de pinocle.

# 2

— ... Alors tous les anciens, les sages et les *pilpulniks\** de Chelm se réunirent pour discuter de ce qui était le plus important pour leur village : le soleil ou la lune. Ils décidèrent finalement en faveur de la lune. Et pourquoi ? Parce que la lune donne sa lumière pendant la nuit et que sans elle ils risqueraient de tomber dans les fossés et de se blesser. Et que le soleil, lui, brille seulement pendant la journée, quand il fait déjà clair. Alors, à quoi est-il bon ?

David Mogolevski pouffe de rire au récit de sa propre histoire, son corps épais se convulse, sa basse grondante résonne dans la petite pièce encombrée, derrière l'atelier du tapissier. Ses yeux brillent en allant d'un visage à l'autre, il hoche la tête et interroge : "Hein ? Hein ?", quêtant les compliments.

Le père Martin approuve et sourit :

— Oui. Elle est bien bonne, David.

Il tient à montrer qu'il a goûté la plaisanterie, mais il n'a jamais su rire. Chaque fois qu'il essaie par politesse, son rire sonne si faux qu'il en est embarrassé.

David secoue la tête et répète en pleurant de rire :

— Le soleil brille seulement pendant la journée ! Alors à quoi est-il bon ?

Moishe Rappaport sourit par-dessus ses gros verres ronds et il hoche la tête pour complimenter son associé. Il a entendu plus de cent fois toutes les histoires de David, mais il ne s'en lasse pas. Et surtout il aime le rire généreux de son

---

\* Spécialistes de l'exégèse du Talmud.

ami. Pourtant il s'inquiète parfois quand David se lance dans une longue histoire parce qu'il sait que celui qui l'écoute l'a sans doute déjà entendue et qu'il aura peut-être la cruauté de le dire. Cela n'arrivera jamais avec les amis du pinocle : ils prétendront toujours n'avoir jamais encore entendu celle-là, bien que Moishe et David jouent aux cartes avec le prêtre et l'officier de police tous les jeudis et tous les lundis depuis treize ans.

L'arrière-salle est encombrée de piles de vieux tissus, de pièces de tapisserie et du métier sur lequel Moishe tisse des draperies pour certains clients. Un espace a été débarrassé au centre de la pièce, sous une ampoule nue, et on y a dressé une table de jeu. À un certain moment de la soirée, les amis feront une pause et ils mangeront des sandwiches préparés par Moishe en buvant le vin apporté par LaPointe.

Le père Martin n'apporte que sa présence et sa patience, et ce n'est pas rien car il est le partenaire habituel de David.

Pendant toute la soirée, la conversation va bon train. Moishe et le père Martin attendent avec impatience ces occasions d'examiner et de débattre de la vie et de l'amour, de la justice et des lois, du rôle de l'homme et de la nature de la vérité. Ce sont tous deux des érudits auxquels l'existence a refusé l'occasion de satisfaire leur vocation. David apporte ses plaisanteries et un levain de cynisme sans lequel leurs vagabondages philosophiques déraperaient et perdraient le sens commun.

Le rôle de LaPointe est celui d'auditeur.

Pour les quatre amis, ces parties bihebdomadaires sont une oasis dans la routine de leurs vies et elles font partie de l'existence. Et si elles devaient s'interrompre un jour, le vide serait immense.

Chacun d'eux aurait à fouiller sa mémoire pour se rappeler comment elles ont commencé ; on dirait qu'ils ont toujours joué aux cartes les jeudis et les lundis. En réalité, le père Martin a connu David et Moishe pendant qu'il faisait une tournée dans la Main pour recueillir des fonds afin d'entretenir sa paroisse polyglotte et délabrée. Mais comment il en est arrivé à jouer aux cartes avec eux, impossible de s'en souvenir. LaPointe, lui aussi, s'est joint au cercle bien par hasard. Un soir qu'il rentrait chez lui, il a vu de la lumière dans l'arrière-boutique et il a toqué du doigt à la fenêtre pour demander si tout allait bien. Ils jouaient un coupe-gorge, une partie à trois. Peut-être LaPointe se sentait-il ce soir-là un peu seul sans s'en rendre compte. En tout cas, il accepta de faire le quatrième.

Ils avaient tous au moins la quarantaine quand ils ont commencé à jouer ensemble. LaPointe a maintenant cinquante-trois ans et Moishe vient sans doute de dépasser là soixantaine.

David se frotte les mains et regarde ses amis en ricanant.

— Allons, donnez les cartes. La chance était contre moi jusqu'ici ce soir, mais maintenant je tiens la forme. Cet excellent père et moi, nous allons vous faire *schneider*[*], mes pauvres petits. Allons. Qu'est-ce que vous attendez pour donner ?

— Rien. Parce que c'est justement à toi de donner David, lui rappelle Moishe.

— Ah ! Tout s'explique. Parfait, allons-y !

David distribue les cartes avec une dextérité tapageuse qui l'amène assez souvent à en retourner une. Chaque fois il dit :

— Et un œuf sur le plat, un !

Mais ses cartes à lui ne se retournent jamais. Le geste large, il les ramasse d'une main et commence à les ranger avec des murmures de satisfaction étonnée destinés à effrayer l'adversaire :

— Tiens donc ! Mets-toi là, ma jolie, dit-il en glissant une bonne carte en place et en l'alignant d'un coup de doigt.

L'ancestralité de David est slave et rurale ; c'est un grand gaillard, rude de traits et de caractère, sociable, bourru et bon. Quand il est fâché, il rugit ; quand il se sent trahi par les hommes ou par le sort, il se plaint amèrement et longuement ;

---

[*] Terme dérivé de l'allemand, où il désigne un tailleur, et utilisé au gin rami quand on empêche son adversaire de marquer des points, quand on le "coupe".

quand il est heureux, il rayonne. La tradition du *shtetl*\*, solide et pleine de vie, est le trait dominant de sa personnalité. En affaires, c'est un marchandeur redoutable mais scrupuleusement honnête. Un accord est un accord, de quelque manière qu'il tourne. Bien que ce soit l'habileté manuelle et le talent de Moishe qui aient fait le succès de leur petite entreprise auprès des décorateurs de Westmont, leur affaire aurait cent fois fait naufrage sans l'entregent et la perspicacité de David. Sa personnalité se reflète parfaitement dans la manière dont il joue aux cartes. Il a tendance à trop surenchérir parce que le jeu l'intéresse moins quand c'est un autre qui déclare l'atout. Lorsqu'il est lancé dans une série de levées sûres, il assène chaque carte sur le tapis avec un reniflement triomphant. Quand il est dedans, il gémit et se frappe le front. Il s'ennuie lorsque Moishe et le père Martin retardent la partie avec leurs discours philosophiques, mais s'il se rappelle, lui, une bonne histoire, il pose la main sur les cartes pour arrêter le jeu et la raconter.

Moishe, lui aussi, se révèle au jeu. Il ramasse sa donne et il la dispose soigneusement. Derrière les grosses lunettes rondes, son regard est comme absent pendant qu'il évalue sa main. Il serait de loin le meilleur joueur de la table s'il voulait s'y donner entièrement. Mais gagner ne lui importe guère. La présence des amis, la conversation comptent bien davantage. À l'occasion, mais rarement, il prend un malin plaisir à exercer son sens des cartes et à écraser David, surtout si son ami s'est montré un peu trop audacieux ce coup-là.

Petit, discret, Moishe offre un parfait contraste avec son associé. Pendant la journée, on le trouve dans l'arrière-boutique, des clous plein la bouche, enfonçant chacun d'eux à sa place exacte en trois coups de marteau. Bing… Bing… Bing. Le premier coup fixe la pointe, le deuxième l'enfonce droit à sa place, le troisième est pour l'amour de l'art. Ou encore il tisse à son métier, ses doigts agiles voltigeant avec une

---

\* Communauté rurale juive de Pologne et d'URSS.

impeccable précision. S'il est au milieu d'un motif répété qui ne demande pas une grande attention, son expression semble s'estomper pendant que son esprit vagabonde au loin, évoque des scènes de sa jeunesse, des problèmes d'éthique imaginaires ou des conversations supposées avec de jeunes gens en quête de conseils.

Quand il était jeune, il vivait en Allemagne dans la vieille et confortable maison du ghetto où était né son arrière-grand-père, une maison qui sentait perpétuellement la bonne cuisine et la cire à parquet. C'était une famille d'artisans, ébénistes et drapiers, des manuels, mais ils admiraient le savoir et révéraient tout particulièrement leurs parents qui se passionnaient pour les études talmudiques. Petit garçon, il montrait un penchant pour l'étude et il avait cette qualité d'esprit qui permet de voir en même temps les choses dans leurs plus petits détails et leurs plus vastes implications, vertu qui marque le disciple talmudique – don que Moishe appelle "la vision intellectuelle périphérique". Sa mère était fière de lui et ne manquait jamais une occasion de faire remarquer à ses voisines que Moishe était encore dans sa chambre en train d'étudier au lieu de jouer dans la rue et de perdre son temps. Elle levait alors au ciel des mains découragées et disait qu'elle ne savait pas que faire de ce garçon – toujours plongé dans l'étude, à apprendre et à dire des choses remarquables. Peut-être après tout serait-il préférable qu'il fût un petit garçon ordinaire, comme les enfants des voisins.

La sœur de Moishe l'adorait et lui apportait toujours des petites choses à manger quand il étudiait tard. Son père aussi encourageait ses goûts intellectuels, mais il insistait pour que Moishe apprenne le métier familial. Comme il disait souvent : "Il n'est pas mal pour un homme intelligent de savoir faire un petit quelque chose de ses mains."

Quand commença la répression nazie, les Rappaport ne songèrent pas à fuir. Ils étaient allemands, après tout, le père avait fait la guerre de 1914 et le grand-père celle de 1870 ; nombre de leurs amis étaient allemands, sans parler de leurs relations d'affaires. Et l'Allemagne, après tout, n'était pas une nation de bêtes sauvages.

Seul Moishe survécut. Ses parents étaient morts de faim et de maladie dans un ghetto qui rétrécissait chaque jour, et sa sœur, délicate, timide, naïve, était morte dans un camp.

Il était arrivé à Montréal après deux ans passés dans le marécage anonyme d'un camp de personnes déplacées. Parfois, mais seulement lorsqu'il le devait pour illustrer un point de la discussion, Moishe parlait du camp de concentration et de la disparition de sa famille. LaPointe ne comprenait pas l'accent de remords et de culpabilité que prenait alors la voix de Moishe. Il semblait honteux d'avoir subi un traitement aussi infâme, honteux d'avoir survécu, quand tant d'autres avaient disparu.

Claude LaPointe, lui, classe ses cartes par séquences, referme l'éventail en tapotant sur la table, puis le rouvre en pinçant les cartes entre le pouce et l'index. Il scrute encore sa main, puis la repose devant lui. Il ne la regarde plus jusqu'à la fin des enchères. Il sait ce qu'il a et connaît la valeur de son jeu.

Le père Martin dispose ses cartes pour la troisième fois. Les carreaux semblent prendre un malin plaisir à se mélanger aux cœurs. Il caresse de sa paume les cheveux clairsemés sur son crâne et regarde son jeu d'un air lugubre ; c'est le genre de main qu'il redoute le plus. Il n'a pas peur d'un jeu horrible que personne ne pourrait jouer convenablement et il aime assez avoir une donne si forte que lui-même ne peut pas la gâcher. Mais ces cartes de valeur moyenne ! Martin ne nie pas être le joueur le plus lamentable de l'Amérique du Nord. Et s'il lui arrivait de l'oublier, David se chargerait de le lui rappeler.

Quand il est venu, jeune prêtre idéaliste, s'installer dans la Main, Martin aimait bien son église ; tassée dans une rangée de maisons serrées, elle faisait partie de la rue et de la vie de chacun. Aujourd'hui, il est navré pour son église et il en a un peu honte. Ses deux côtés ont été mis à nu lorsqu'on a démoli les rangées de maisons pour faire place au progrès industriel. Elle est flanquée de terrains vagues jonchés de gravats, exposant à tous de vilaines murailles qui n'étaient pas faites pour les regards. Ces murs révèlent le dessin des maisons qui comptaient sur l'église pour tenir debout et qui en même temps la protégeaient. Et les projets dont il avait rêvé n'ont jamais complètement abouti ; les fidèles changeaient avant qu'il puisse vraiment s'y attaquer. Désormais, les ouailles du père Martin sont de vieilles Portugaises qui vont à l'église à n'importe quelle heure, des femmes courbées par les ans, enfouies dans des châles noirs et qui allument des cierges pour appuyer leurs prières, puis se traînent vers les bas-côtés sur leurs jambes rhumatisantes, leurs doigts noueux s'accrochant aux dossiers. Le père Martin ne parle que quelques mots de portugais. Il peut confesser mais non consoler.

Lorsqu'il était jeune, au séminaire, il rêvait de devenir un savant, d'écrire des apologies édifiantes et pénétrantes qui appliqueraient les principes de la foi aux problèmes de la vie contemporaine. Il s'éveillait parfois la nuit avec la compréhension très nette d'une question épineuse – une perception qui échappait généralement à son souvenir au petit matin. Bien que son esprit bouillonnât d'idées, il lui manquait le talent pour rédiger clairement ses pensées. Des considérations préalables et toutes leurs ramifications envahissaient ses pensées et l'emportaient à hue et à dia loin de son thème principal. Il ne fut donc pas un brillant séminariste et on ne le désigna pas pour le poste qu'il désirait ardemment dans un petit collège où il aurait pu étudier, écrire et enseigner. Une plaisanterie circulait au séminaire : publié ou oublié.

Mais l'esprit du père Martin reste toujours porté vers l'éthique, la nature du péché, la question de savoir comment il convient d'user du don de la vie ; aussi, bien qu'il fût mortifiant d'être le maladroit partenaire de David, les conversations avec Moishe en valaient la peine. Et il n'est que trop juste après tout de payer par l'humiliation l'occasion d'apprendre et d'exprimer ses pensées.

— Allons! Allons! dit David. À vous de parler, Claude.
À moins, évidemment, que Moishe et vous ayez décidé de
sauver la face en jetant votre jeu.

— Parfait, dit LaPointe. Quinze.

— Seize.

Le père Martin a prononcé le mot doucement, puis il aspire
à travers ses dents pour essayer d'exprimer le fait qu'il a une
main convenable mais pas grand-chose à annoncer.

— Ha, ha! s'exclame David.

Le père Martin retient son souffle. David va se jeter sur
cette enchère, entraînant avec lui le prêtre hésitant vers une
pitoyable et étroite victoire ou une défaite retentissante.

Moishe étudie ses cartes, son doux regard paraît à peine
remarquer leur valeur. Il plisse les lèvres et ronronne un:

— Oooh! Dix-sept, je crois.

— Dix-huit! rétorque immédiatement David.

Le père Martin sursaute douloureusement. LaPointe
tapote le dos de son jeu placé devant lui.

— Parfait, dit-il. Alors, disons dix-neuf, voulez-vous?

— Passe, souffle lugubrement le père Martin.

— Passe, dit Moishe, en regardant furtivement son partenaire à travers ses lunettes rondes.

— Bon! déclare David. Nous allons voir où sont les
hommes et les fillettes. Vingt-deux!

LaPointe hausse les épaules et passe.

— Et maintenant, préparez-vous à souffrir, mes gaillards,
enchaîne David.

Il déclare atout pique, mais il n'a qu'un neuf et une paire
à annoncer.

Avec hésitation et en s'excusant, le père Martin exhibe un
roi et une reine de cœur.

David fixe son partenaire, la douleur et l'incrédulité enva-
hissent son regard.

— C'est tout? demande-t-il. C'est tout ce que vous avez?
Une paire?

— Je… j'enchérissais pour jouer le coup.

LaPointe intervient :

— Vous devriez vous montrer toutes vos cartes, comme ça, ça irait plus vite.

Moishe pose ses cartes.

— Je vais faire des sandwiches.

— Attends une minute ! dit David. Où tu vas ? Le coup n'est pas terminé !

— Tu tiens à le jouer ? demande Moishe incrédule.

— Naturellement. Assieds-toi.

Moishe regarde LaPointe avec une surprise feinte. Il lève les bras, les paumes vers le ciel.

Abattant ses as en rugissant d'une manière agressive et pleine de mépris pour les artifices efféminés de la ruse, David ramasse les quatre premiers plis. Mais lorsqu'il essaie de passer la main à son partenaire, il est coupé par LaPointe qui s'arrange ensuite pour prendre un dix du père Martin et pour passer la main à Moishe qui parachève la tuerie.

À un moment, le père Martin défausse un petit trèfle sur une levée à carreau.

— Quoi ? crie David. Vous n'avez plus d'atout ?

— Trèfle n'est donc pas l'atout ?

David se penche et se cogne lentement la tête sur la table.

— Me faire ça à moi ! Pourquoi me faire ça à moi ? demande-t-il douloureusement à la toile cirée.

Plus tard, trop tard, la main revient à David qui écrase sur la table ses cinq dernières cartes et ramasse de misérables levées.

Il fixe la table d'un regard lourd pendant plusieurs secondes, puis il parle d'une voix basse et mesurée.

— Mon cher père Martin, je vous pose la question, non pas par colère mais par esprit de pure et humaine curiosité. Pourriez-vous me dire, je vous prie, pourquoi vous avez parlé alors que vous n'aviez dans la main rien que des MERDES ?

Moishe retire ses lunettes et caresse doucement le sillon rouge que la monture a laissé sur son nez.

— Martin ne pouvait rien faire pour te sauver. Tu as suré-valué ton jeu et t'es mis dedans. C'est aussi simple que ça.

— Ne me raconte pas ça ! S'il avait joué son dix plus tôt…

— Tu aurais fait un pli de plus. Pas assez pour t'en tirer. Il te restait deux trèfles. J'avais l'as et Claude, le dix. Et si tu étais revenu à carreau – à ce moment-là, tu avais encore la reine –, Martin aurait été forcé de couper avec son valet et j'aurais surmonté avec mon roi.

Et Moishe continue de se caresser le nez. David le toise en silence, puis il explose :

— C'est merveilleux. Tout simplement merveilleux ! (La voix de David est si tendue que le père Martin le regarde en retenant son souffle.) Écoutez-moi le grand savant, je vous en prie ? Si mon valet de cour a la braguette ouverte, il se le rappelle ! Mais lorsqu'il faut faire les comptes, alors tout à coup c'est un *luftmensh**, trop préoccupé de problèmes phi-losophiques pour s'intéresser aux affaires ! Mais oui ! Veiller aux affaires est trop vulgaire pour un homme qui passe son temps à discuter la question de savoir si une fourmi est dotée d'un *pupik*** ! Et je te ferai remarquer, Moishe, que je parlais au prêtre ! Alors, pour une fois, ne te mêle pas de ça s'il te plaît ! Ne t'en mêle pas, c'est tout !

David se lève d'un bond, renversant à demi la table, et il sort de la pièce en claquant la porte.

Dans le silence qui suit, le père Martin regarde tour à tour Moishe et LaPointe ; il est gêné, confus. LaPointe pousse un profond soupir et commence à ramasser les cartes. À l'instant où David s'est mis à l'injurier, Moishe s'est figé au milieu d'un geste ; maintenant, il remet ses lunettes, passant une branche après l'autre au-dessus de ses oreilles.

— Bah… écoutez, dit-il doucement. Il faut excuser David. Il a de la peine. Il souffre. C'était hier l'anniversaire de la mort d'Hannah. Il a été à cran toute la journée.

---

* Dans la lune, distrait, tête en l'air.
** Nombril.

Les amis comprennent. David et Hannah avaient grandi ensemble et ils s'étaient mariés très jeunes. Ils étaient si attachés, si heureux qu'ils n'osaient exprimer leur bonheur, leur affection, qu'à travers de constantes chamailleries, comme s'il eut été de mauvais augure d'être aussi outrageusement heureux et amoureux dans un monde où tant d'autres étaient tristes et malheureux. Après leur installation à Montréal, l'univers d'Hannah tourna presque entièrement autour de son mari. Elle n'avait jamais appris le français ni l'anglais et ne faisait ses achats que chez les commerçants juifs.

Pendant les parties de pinocle, David parlait constamment d'Hannah, pour s'en plaindre évidemment, mais en fait pour la vanter d'une manière détournée. Aucune femme au monde n'était aussi maniaque pour sa cuisine, déclarait-il, aussi agaçante à force de veiller sur sa santé. C'est bien simple, elle le rendait fou ! Comment pouvait-il la supporter ?

Et puis, il y avait maintenant six ans, Hannah était morte d'un cancer. Enlevée en moins d'un mois.

Pendant des semaines, les parties de cartes avaient été mornes et contraintes. David était distant, extraordinairement poli et réservé, et personne n'avait tenté de le consoler. Ses yeux étaient creux, son visage décapé par le chagrin. Il fallait parfois lui rappeler que c'était à lui de jouer, alors il sortait de sa rêverie et s'excusait de retarder la partie. David s'excusait ! Et puis, un soir, il parla d'Hannah au cours de la conversation : c'était une peste, dit-il, elle n'était jamais contente. En outre, elle était grosse. *Zaftig*[*] à vingt ans, grosse à quarante ! J'aurais dû épouser une fille maigre. Elles coûtent moins cher à nourrir.

C'était donc là sa manière de vaincre son chagrin. Il continuerait à se plaindre d'elle. Comme ça, elle ne disparaîtrait pas totalement. Il pourrait continuer de l'aimer et de s'exaspérer de la trouver insupportable. Parfois, le vide amer de la douleur revenait pour le désespérer et le rendre impossible un jour

[*] Potelée.

ou deux, mais d'une manière générale il pouvait désormais supporter sa peine.

Cette double manière de se rappeler sa femme se traduisit nettement lorsqu'il dit un soir: "Si Hannah, *aleha ha-shalom**, revenait tout à coup, *cholileh***, elle aurait une attaque!"

— Alors, faites comme si de rien n'était lorsqu'il va revenir, dit Moishe. Et surtout n'essayez pas de le consoler. Il faut permettre à un homme d'avoir de la peine de temps en temps. S'il refuse le fardeau du chagrin, sa tristesse ne disparaît jamais. Elle gonfle à l'intérieur et lui empoisonne la vie. Les larmes sont un dissolvant.

Le père Martin secouait négativement la tête.

— Mais un ami est fait pour consoler.

— Non, Martin. Ce serait la chose facile, agréable à faire. Mais pas la meilleure. Tout comme David ne souffre pas pour Hannah – l'homme ne souffre que pour lui-même, pour ce qu'il a perdu –, nous ne le consolerions pas par amour de lui. Nous le consolerions parce que sa souffrance nous embarrasse, nous.

LaPointe est mal à l'aise pendant cet échange sur la douleur et la consolation. L'homme ne devrait pas avoir besoin de ça. Il est sur le point de le dire quand David apparaît sur le seuil de la porte.

— Hé! lance-t-il brusquement. J'étais sorti pour préparer les sandwiches et je n'ai rien pu trouver. Quelle pagaille!

Moishe sourit en se levant. David n'a jamais préparé un sandwich de sa vie.

— Va chercher les verres. C'est moi qui vais faire les sandwiches, ça me changera.

Pendant que David farfouille en grognant pour essayer de trouver des verres, Moishe s'approche d'une petite table près du mur sur laquelle sont disposées des tranches de viande et

---

* "Que Dieu la protège", expression couramment utilisée après avoir mentionné le nom d'une personne décédée.
** "Dieu nous en garde."

une miche de pain de seigle. Il coupe le pain avec dextérité, un seul coup de couteau pour chaque tranche, mince et parfaite.

— C'est fantastique de vous voir faire, Moishe, dit le père Martin, pressé de voir la conversation reprendre.

— Bah, ce n'est rien, dit David fièrement. Vous ne l'avez jamais vu couper le tissu ?

Il écarte deux doigts en forme de ciseaux et fait un large geste qui manque de peu l'oreille du père Martin.

— Pss… ssitt ! C'est merveilleux à voir !

Moishe sourit in petto en continuant à trancher.

— J'appellerai ça un très modeste talent. Je vois d'ici mon épitaphe : "Passant ! Ci-gît un grand coupeur de tissu !"

— Oui, oui, dit David, balayant de la main la modestie de Moishe. Tout de même, songe un peu au chirurgien que tu aurais fait.

Ce qui donne une idée au père Martin.

— C'est vrai, il aurait fait un grand chirurgien si mon appendice était fait de damas !

David se tourne vers lui et le fixe d'un regard lourd.

— Comment ? Qu'est-ce que c'est que cette histoire d'appendice en damas ?

— Non… je disais juste que… eh bien, si Moishe était un chirurgien…

Embarrassé, le père Martin secoue la tête et se tait.

— Je ne comprends toujours pas, dit David sèchement.

Il est encore gêné d'avoir perdu son sang-froid, tout à l'heure, et le père Martin va en essuyer le contrecoup.

— Enfin… c'était simplement une plaisanterie, explique Martin tout contrit.

— Mon Père, déclara David, comprenons-nous bien. Vous, vous écoutez les confessions de vieilles bonnes femmes trop débiles pour commettre des péchés intéressants. Et moi, je raconte les blagues. Que chacun reçoive ce dont il a besoin, que chacun donne selon ses capacités.

— Écoutez-moi un peu le communiste, coupe Moishe, cherchant à détourner le tir loin du père Martin.

— Qui a parlé d'être communiste ? veut savoir David.

— N'en parlons plus. As-tu réussi à trouver les verres ?

— Quels verres ? Ah, oui. Les verres…

Moishe pose un plat de sandwiches sur la table, David apporte trois lourds gobelets de verre et une grande tasse à café sans anse qu'il tend au père Martin. On verse le vin et ils trinquent.

David vide son verre et s'en sert un autre.

— Dites-moi, Père, savez-vous ce que veut dire : *aroysge-vorfeneh verter* [*] ?

Le père Martin secoue négativement la tête.

— En yiddish cela signifie : "Conseil donné à un prêtre sur la manière de jouer au pinocle." Mais ça ne fait rien. Je vous pardonne, Je comprends pourquoi vous avez trop enchéri.

— Je ne crois pas avoir surenchéri…

— Vous avez surenchéri pour la raison que vous aviez un mariage à cœur. Et qui peut attendre d'un prêtre qu'il connaisse la valeur d'un mariage ? Hein ?

Le père Martin soupire. David se fait toujours une joie de ces petites pointes contre le célibat.

— Mais regardez-moi, dit David en soulignant ses mots d'un large swing de son sandwich. Moi je connais la valeur du mariage. Hannah, ma femme, était ukrainienne. Suivez mon conseil, mon Père. N'épousez jamais une Ukrainienne. *Nudzh, nudzh, nudzh* [**] ! En venant au monde, elle a commencé par se plaindre de la claque que la sage-femme venait de lui donner sur le derrière, et elle n'a jamais cessé après. Il y a un ancien dicton sur les Ukrainiennes. On dit qu'elles ne meurent jamais. Leur corps rapetisse et rapetisse sous l'érosion du vent jusqu'à ce qu'il ne reste rien au coin de l'âtre qu'une voix qui continue de se plaindre. Moi, je connais la valeur d'un mariage. Je n'aurais pas pris.

— Je voudrais bien voir la main avec laquelle vous ne prendriez pas, dit LaPointe en riant.

---

[*] Mots vains, qui ne servent à rien.

[**] Se plaindre, geindre. Par extension, quelqu'un qui se plaint en permanence.

David rit aussi.

— Peut-être. Peut-être. Tiens, dites-moi donc, Claude. Comment se fait-il que vous ne vous soyez jamais marié, hein ?

Le père Martin regarde LaPointe d'un air embarrassé.

LORSQUE le père Martin était encore un jeune prêtre dans la Main, il avait connu la femme de LaPointe. Il était devenu son confesseur. Il était à côté d'elle à l'heure de sa mort. Et ce soir-là, après les funérailles, il était tombé sur LaPointe, debout dans l'église vide. Il était plus de minuit et le grand policier en uniforme était planté, tout seul, dans l'allée centrale. Il sanglotait. Non de douleur, mais de fureur. Dieu lui avait pris la seule personne qu'il aimait, et après un an de mariage ! Des hommes plus cultivés y auraient perdu leur foi en Dieu ; ce n'était pas le cas pour LaPointe. Il arrivait tout droit du bas de la rivière, et sa foi provinciale était trop foncière, trop candide. Pour lui, Dieu était un être palpable, l'homme de chair et de sang sur la croix. Il continuait de croire en Dieu. Et il Lui en voulait à mort ! Et dans sa torture, il criait dans l'église tout en échos :

— Fils de garce ! Pourriture de fils de garce !

Le père Martin n'avait pas osé parler au jeune policier. Il était glacé à l'idée que LaPointe souhaitait que Dieu apparaisse en chair et en os afin de pouvoir lui écraser son poing sur la figure.

Après cette nuit-là, LaPointe n'était jamais revenu à l'église. Et les années suivantes, le prêtre ne l'apercevait qu'en passant sur la Main, jusqu'à ce qu'ils se retrouvent dans ces parties de cartes avec David et Moishe. Et comme LaPointe ne parlait jamais de sa femme, le père Martin se gardait bien de le faire.

C'est comme ça que LaPointe avait surmonté son drame. Un long hurlement de fureur sacrilège, puis le silence et la douleur. Il ne pleurait pas Lucille car la pleurer eût été accepter la certitude de sa mort. Les premiers mois qui suivirent les funérailles furent confus, vertigineux, puis le travail commença à accaparer son énergie et la Main reprit son cœur en lambeaux. Un tissu cicatriciel sentimental poussa autour de la blessure pour l'empêcher d'être trop douloureuse. Et aussi l'empêcher de se refermer.

— Comment se fait-il que vous ne vous soyez jamais marié, Claude ? répète David. Peut-être qu'avec toutes les *nafka** sur les trottoirs vous n'avez jamais eu besoin d'une femme à vous, c'est ça ?

LaPointe secoue ses épaules et avale son vin.

— Encore qu'il ne doit pas y en avoir beaucoup dehors par ce temps de cochon, poursuit David. A-t-on jamais vu la neige tarder autant à tomber ? A-t-on jamais vu un temps pareil ? Jésus-Christ ! Pardonnez-moi, mon Père, mais je jure toujours en catholique, comme ça, si mon Dieu entend, il ne comprendra pas. D'ailleurs, est-ce tellement grave de jurer ? Est-ce un crime ?

— Non, répond calmement le père Martin. C'est un péché.

Moishe le regarde.

— C'est ça, Martin. J'aime cette distinction. (Il joint les mains et passe ses doigts sur ses lèvres.) Je ne sais combien de fois j'ai réfléchi à la différence entre le crime et le péché. Je suis certain que le péché est pire que le crime. Mais je n'ai jamais pu toucher du doigt la différence.

— Ben, mon vieux, dit David en se levant pour aller chercher la bouteille de schnaps. J'aimerais bien que mes problèmes soient si futiles.

— Par exemple, enchaîne Moishe sans répondre à David, expulser une vieille femme de son logement parce qu'elle ne peut pas payer son loyer n'est pas un crime. Mais c'est sûrement un péché. D'autre part, voler une miche de pain à un riche boulanger pour nourrir une famille affamée est évidemment un crime. Mais est-ce un péché ?

David revient avec la bouteille de schnaps et remplit les verres à la ronde.

---

* Prostituées.

— Ici, permettez-moi une question essentielle, interrompt-il. Qu'est-ce que ça peut bien foutre ?

Le père Martin avance deux doigts au-dessus de son verre.

— Rien qu'une goutte, merci, David… Prenons un autre exemple, Moishe. Imaginons que votre homme, avec sa famille affamée, s'introduit dans une épicerie et vole uniquement des champignons, du caviar, rien que des produits de luxe. Qu'avons-nous, dans ce cas ? Un péché ou un crime ?

— Ce que nous avons là, dit Moishe en riant, c'est un prêtre à l'esprit tortueux, mon ami.

— A-t-on jamais vu ça ? demande David. Dites-moi, Claude, vous êtes l'expert criminel ici, ce soir. Qui cambriolerait une épicerie pour ne voler que des champignons et du caviar ?

— Ça peut arriver, répond LaPointe. Peut-être pas exactement ça. Mais quelque chose dans le même genre.

— Qui le ferait ? Et pourquoi ? lui demande Moishe en reprenant du schnaps.

LaPointe renifle et se frotte le menton. Il préfère son rôle d'auditeur et la chose lui est difficile à expliquer.

— Voyons… Disons qu'un homme souffre de la faim depuis longtemps. Et disons que ça n'a pas l'air de vouloir changer. Il a faim aujourd'hui et il aura encore faim demain ou la semaine prochaine. Notre homme peut très bien s'introduire dans l'épicerie et voler les meilleures choses pour s'en fourrer jusque-là… même s'il n'aime pas tellement le caviar. Parce que… je n'arrive pas à l'expliquer… parce que ce sera une chose dont il se souviendra. Vous voyez ce que je veux dire ? Un peu comme les gens qui n'arrivent pas à payer ce qu'ils doivent et qui dépensent comme des fous pour Noël. Qu'est-ce que ça peut faire ? Ils devront de l'argent toute leur vie. Alors, autant s'offrir un bon souvenir, non ?

— Je vous suis très bien, Claude, dit Moishe après réflexion. Et ce vol est un crime. Mais est-ce un péché ? demande-t-il en se tournant vers le père Martin.

Le père fronce les sourcils et baisse les yeux. Il se le demande.

— Ou… oui. Oui, je crois que c'est un péché. C'est facile à comprendre. On peut avoir de la compassion pour cet homme. Mais c'est un péché. Il n'y a rien d'extraordinaire à pouvoir comprendre un péché et le pardonner.

David fait de nouveau circuler la bouteille, mais Martin pose résolument la main sur son verre.

— Non merci. J'ai bien peur qu'il ne soit l'heure de partir. Je suppose que l'humanité devra attendre lundi prochain que nous puissions déterminer la différence entre le péché et le crime.

— Non, une minute. Attendez, dit Moishe en lui faisant signe de rester assis. (Il a avalé son schnaps un peu vite et son regard brille.) Je pense que nous devrions continuer à discuter pendant que le problème est présent à notre esprit. J'ai trouvé un moyen pratique de l'envisager. Que chacun de nous dise ce qu'il tient pour le péché le plus grave et pour le plus grand crime.

— C'est simple, dit David. Le plus grand crime au monde pour quatre *alter kockers**, c'est de parler philosophie quand ils pourraient jouer aux cartes. Et le péché le plus grave est d'enchérir quand on n'a rien dans la main qu'un misérable mariage.

— Voyons, voyons. Soyons sérieux, dit Moishe en prenant la bouteille de schnaps presque vide et en la partageant équitablement pour retenir ses amis à la table le temps au moins de vider leur verre.

Il interroge le prêtre :

— Martin ? Quel est à vos yeux le plus grand des péchés ?

— Hmm, souffle le père Martin en plissant les yeux pendant qu'il tourne et retourne le problème. Le désespoir, j'imagine.

Moishe approuve vivement de la tête. Les possibilités intellectuelles de la question le passionnent.

— Le désespoir. Oui. C'est une bonne réponse. C'est clairement un péché, mais pas du tout un crime. Le désespoir.

---

* Vieillards.

Le germe d'un péché. Un péché qui en amène d'autres. Oui. C'est tout à fait ça.

David avale son verre d'un trait et déclare :

— Je vais vous dire, moi, quel est le plus grand des crimes !

— Vas-tu être sérieux à la fin ? demande Moishe. Tu nous fatigues à faire le pitre.

— Mais je suis tout à fait sérieux. Le seul véritable crime c'est le vol. Le vol ! Vous rendez-vous compte que les hommes passent plus de temps en prison pour vol que pour homicide ? Et le meurtre ne consiste-t-il pas à voler la vie d'un autre ? Nous le punissons sévèrement uniquement parce que c'est un vol que l'on ne peut pas restituer. Et le viol ? Rien d'autre que le vol d'une chose qu'une femme peut utiliser pour gagner sa vie, voyez les prostituées... et les femmes mariées. Tout est vol ! Ce qui nous importe vraiment, c'est ce que nous possédons, et toutes nos lois sont faites pour protéger ce qui nous appartient. Quand le voleur est imprudent et découvert, nous dictons une loi contre lui et nous déléguons quelqu'un comme Claude pour l'arrêter. Mais quand le voleur est dissimulé et malin – un propriétaire, peut-être, ou un marchand de voitures d'occasion –, il n'y a pas de lois contre lui. Après tout, les gens d'Ottawa sont les propriétaires et les marchands de voitures d'occasion ! Nous ne pouvons pas les menacer de la loi. Alors nous leur disons que ce qu'ils font est un péché. Nous leur disons que Dieu les voit et qu'Il les punira. La loi est une trique tenue au poing. La religion est une trique cachée derrière le dos. Voilà ! Et maintenant, est-ce que c'est parler sérieusement ou non ?

— C'est parler sérieusement, admet Moishe. Mais ce sont encore des paroles superficielles. Cependant, venant de toi, ce n'est pas si mal.

— Bon, je n'ai rien dit, lance David vexé. Que signifie toute cette discussion ? C'est à peu près aussi utile *vi a toten bankes*[*].

---

[*] Que de poser des ventouses à un cadavre.

Moishe se tourne vers LaPointe.

— Et vous, Claude?

— Ne comptez pas sur moi, répond le policier avec un signe de dénégation. Je ne connais rien au péché.

— Ah! intervient David. Voilà l'homme qui ignore le péché! Triste existence!

— Bon, parlons du crime, alors, insiste Moishe. Quel est le plus grand des crimes?

LaPointe secoue les épaules.

— Le meurtre? propose le père Martin.

— Non, pas le meurtre. Le meurtre est rarement... dit LaPointe.

Il cherche ses mots et finit par en trouver un qui lui paraît ridicule.

— Le meurtre est rarement criminel. C'est-à-dire... généralement le meurtrier n'est pas un criminel, pas un professionnel. C'est le plus souvent un jeune type qui tremble et qui commet un hold-up avec un revolver d'occasion. Ou un type saoul qui rentre à la maison et trouve sa femme au lit avec un autre. C'est parfois un fou. Mais pas souvent un vrai criminel, si vous me comprenez. Et vous, Moishe, demande à son tour LaPointe pour échapper au questionnaire, quel est à votre avis le plus grand des péchés?

Moishe commence à ressentir les effets du schnaps. Il fixe la table et il parle de quelque chose qu'il n'évoque pas souvent.

— J'ai beaucoup réfléchi sur le crime, sur le péché, à l'époque où j'étais dans les camps. J'ai vu de grands crimes... des crimes si énormes qu'ils dépassent la mesure de la souffrance humaine et ne peuvent plus s'exprimer que par les statistiques. Un homme qui a connu ça peut fort bien prendre à la légère une bagarre à la porte d'un bar, un vol ou un meurtre. Comme une main, le cœur et l'imagination peuvent devenir calleux, insensibles. C'est ce qui arrive dans l'abrutissement. Ils nous ont brutalisés, et je ne veux pas dire par là: être battu ou torturé par des brutes. Non. Je veux dire être battu jusqu'au point de *devenir* soi-même une brute. Jusqu'au point, en fait, où l'on devient tellement animal qu'on mérite d'être battu.

Moishe lève les yeux et lit sur le visage de ses amis leur attention profonde et leur anxiété. David lui-même ne hasarde aucune plaisanterie. Comme d'habitude lorsqu'ils boivent un peu plus que de coutume, c'est toujours Moishe qui est gris le premier. Le prêtre ne boit guère et les deux autres ont une lourde carcasse qui tient bien l'alcool. Il se sent un peu bête. Il sourit vaguement et s'ébroue comme pour dire : Pardonnez-moi, ne parlons plus de ça.

Mais le père Martin tient à comprendre :

— Donc, pour vous, le plus grand des crimes est l'abrutissement de son prochain ? C'est bien ça, Moishe ?

Moishe passe ses doigts dans ses longs cheveux qui se font rares.

— Non, ce n'est pas aussi simple. La gravité du péché n'est pas fondée sur l'acte. C'est plus compliqué que ça.

Il n'est pas sûr de pouvoir l'exprimer clairement. Souvent, autour de la table de jeu, Moishe amène la conversation sur un sujet qu'il a répété, poli et repoli tout en travaillant. Mais ce soir, ce n'est pas pareil. Lorsqu'il parle, c'est avec des hésitations, des pauses, et il cherche ses mots. Pour une fois, ce n'est pas le fruit de ses réflexions qu'il partage avec ses amis, mais le cours de sa pensée.

— Oui, j'imagine que la brutalité peut bien être l'un des plus grands péchés. Voyez-vous… comment dire ?… Ce n'est pas l'acte en soi qui détermine la gravité du péché. Et ce n'est pas son mobile. C'est son effet. De mon point de vue, il est bien pire d'abattre le dernier arbre de la forêt que d'abattre le premier. Je pense qu'il est bien pire de tuer un bon mari, un bon père de famille que de tuer un maniaque sexuel. Dans les deux cas, l'acte et le mobile peuvent être identiques mais l'effet sera différent.

"Alors, oui. Abrutir un homme serait un grand péché, car un homme dont on a fait un animal ne pourra jamais aimer. Et le péché contre l'amour est le plus grave et appelle le plus grand châtiment. Le vol est un crime, souvent un péché ; mais on le commet seulement contre l'argent ou les biens. Le meurtre est un crime, souvent un péché ; mais la gravité du péché dépend du prix d'une existence, qui peut bien ne pas valoir d'être vécue, ou qui aurait pu apporter peine et souffrances à d'autres. Mais l'amour est toujours bon. Et les péchés contre l'amour sont toujours les pires, parce que l'amour est la seule… la seule vertu humaine que nous ayons. Donc, le viol est le plus grand péché, plus grand que le meurtre, parce que c'est un péché contre l'amour. Et je ne parle pas seulement du viol avec violences. En fait, le viol avec violences est peut-être le moins criminel parce que celui qui le commet n'est pas toujours responsable de ses actes. Mais le viol détourné, dissimulé, est un grand péché. Obliger une fille à passer dans son lit pour lui accorder un emploi, c'est du viol. Inviter une pauvre fille à dîner et à sortir dans des endroits élégants parce qu'on sait qu'elle se sentira obligée de faire l'amour après, c'est du viol. Rencontrer une fille qui demande désespérément d'être aimée et lui parler d'amour pour coucher avec, c'est du viol. Ce sont tous des crimes contre l'amour. Et sans amour… mon Dieu ! sans amour…

Moishe jette un regard impuissant à la ronde, il sait qu'il est un peu ridicule. Il reste un instant sans faire un mouvement, puis il se met à rire en hochant la tête.

— C'est vraiment trop bête, mes amis. Quatre vieux types assis dans une arrière-boutique et qui parlent d'amour !

— Trois hommes et un prêtre, corrige David. Allons. Une dernière partie ! Je sens la veine qui revient.

LaPointe prend un chiffon et essuie la table.

David distribue rapidement, ramasse ses cartes et les met en place avec de petits cris satisfaits.

— Et maintenant, mes amis, nous allons voir qui sait réellement jouer au pinocle !

Les enchères montent assez haut, mais David l'emporte et déclare l'atout.

Il joue et il est dedans de quatre points.

LaPointe, Moishe et le père Martin sont devant la porte de la boutique ; ils boutonnent leur pardessus pour se protéger du vent glacial et humide qui gémit le long de la rue presque déserte. David habite l'appartement au-dessus de la boutique, il ne les a donc pas suivis jusqu'à la porte. Il leur a dit bonsoir et a commencé à ranger le magasin pour le lendemain tout en parlant tout seul pour se demander comment il pourra jamais gagner une partie avec un prêtre sur les bras.

Quand il leur serre la main pour leur dire au revoir, le père Martin tremble et ses yeux larmoient à cause du froid. Moishe lui demande pourquoi il ne porte pas une écharpe et il répond qu'il l'a perdue Dieu sait où et il plaisante de son étourderie. Il dit encore bonsoir et remonte la rue, courbé contre le vent pour se protéger la poitrine. LaPointe et Moishe s'en vont dans l'autre direction, le vent les pousse. Ils font toujours ensemble les trois blocs avant que Moishe ne tourne dans sa rue ; ils bavardent, parfois, ou ils se taisent selon leur humeur ou l'ambiance de la soirée. Ce soir, ils marchent en silence parce que la soirée a été exceptionnellement pleine et que l'on y a évoqué bien des questions personnelles. Il est tout juste 11 heures passées et bien que le trottoir sur lequel ils marchent soit presque désert, l'animation doit continuer dans le bas de la Main. LaPointe fera une dernière ronde et couchera ses ouailles avant de rentrer chez lui. Flic de quartier un jour…

Moishe rit tout seul.

— Ah ! Trop de schnaps. J'ai été ridicule, hein ?

LaPointe fait quelques pas avant de dire non.

— Ce doit être le temps, plaisante Moishe. Ce temps de cochon abattrait n'importe qui. Vous savez, c'est extraordinaire de voir comment le temps agit sur le caractère. Tout ira mieux quand la neige viendra.

LaPointe approuve d'un signe de tête.

Ils traversent la rue et passent sur un trottoir éclairé par le néon d'un bar et animé par le son des juke-box. Une fille marche de l'autre côté de la rue. Elle est jeune et extra-ordinairement mince ; ses jambes maigres sont légèrement pliées, elle chancelle sur des sabots à grosses semelles ridicules et très en vogue. Elle n'a pas de manteau et sa jupe courte montre une parenthèse entre ses cuisses creuses. Elle n'a pas plus de dix-sept ans et crève de froid.

— Vous voyez cette fille, Moishe ? dit LaPointe. Croyez-vous qu'elle soit une très grande pécheresse ?

Moishe regarde la fille. Elle passe devant un bar et jette un regard à travers la vitrine en quête d'un client qui ne soit pas trop saoul. Il détourne les yeux et secoue la tête.

— Non, Claude. Je ne condamne jamais la fille. Les filles sont les victimes. Ce serait comme si l'on blâmait un homme renversé par un autobus, parce que, s'il n'avait pas été là, il n'y aurait pas eu d'accident. Non, je ne les blâme pas. Elles me font pitié.

LaPointe approuve. La prostitution est le moins grave des crimes sur la Main, et s'il ne se complique pas d'arnaque sur les clients, s'il n'est pas contrôlé par des maquereaux protégés par les caïds de la partie italienne de la Main, LaPointe ferme les yeux. Il a surtout pitié des putains qui n'ont pas assez d'argent pour travailler en appartement ou dans les hôtels, les jeunes, toutes fraîches arrivées de la campagne, fauchées et transies, ou les vieilles qui ne peuvent plus lever que les ivrognes et qui doivent faire ça debout dans une ruelle, la jupe relevée et les fesses pressées contre un mur de briques glacées. Il ressent de la pitié pour elles, mais du dégoût aussi. Les autres crimes lui inspirent la colère, la peur, la rage ou l'impuissance, mais cette sorte de prostitution primitive provoque en lui autant de dégoût que de pitié. C'est peut-être ça que Moishe veut dire lorsqu'il parle des péchés contre l'amour.

Ils s'arrêtent au coin et se serrent la main.

— À lundi, lance Moishe en tournant dans sa rue et en s'éloignant.

LaPointe enfonce ses mains dans les poches de son pardessus déformé et descend la Main.

En passant devant une encoignure profonde, il surprend du coin de l'œil un imperceptible mouvement. Sa main saisit la crosse de son revolver.

— Sortez de là.

D'abord, rien ne bouge. Et puis un visage de fouine apparaît et offre son sourire.

— J'essaie seulement d'échapper au vent, lieutenant.

LaPointe se détend.

— T'as pas trouvé de planque pour ce soir ? demande-t-il en anglais parce que Dirtyshirt Red ignore le français.

— Ça ira pour ce soir, lieutenant, dit le *robineux* en glissant la main dans son col pour ajuster la couche de journaux passée sous sa chemise pour repousser le froid.

— Je couche souvent ici. Je gêne pas. Et je dérange personne. J'aurai pas trop froid, ajoute le rouquin avec un sourire complice et en montrant à LaPointe une bouteille entortillée dans un sac de papier. Elle est à moitié pleine.

— Comment tu vas faire quand la neige sera là, Red ? T'y as pensé ?

Ils sont sept *robineux* que LaPointe laisse vivre sur la Main en vertu de droits acquis à l'ancienneté. Il veille sur eux à titre de *robineux*, comme il veille sur les prostituées en tant que putains et sur les boutiquiers en tant que boutiquiers. Il y avait ainsi huit vagabonds reconnus, mais le vieux Jacob est mort l'an dernier. On l'a retrouvé gelé entre des piles de dalles de granit derrière l'atelier du sculpteur de pierres tombales. Il avait trop bu et s'était glissé là pour passer une nuit tranquille. Il avait neigé sans discontinuer cette nuit-là.

— Non, j'y ai pas encore pensé, lieutenant. Mais je m'en fais pas. Je trouverai bien. Vous devez savoir ça : j'ai toujours eu de la veine.

LaPointe hoche la tête et reprend sa route. Il n'aime guère Dirtyshirt Red, qui est un chapardeur, une brute et un menteur. Mais le *robineux* est sur la Main depuis tant d'années que cela lui confère certains droits.

Il est plus de minuit et la rue se fait plus calme, plus sombre. Le jeudi est un soir tranquille pour la Main. LaPointe décide de quitter le boulevard Saint-Laurent et de voir ce qui se passe dans les petites rues du côté est. Il traverse l'obscurité du carré Saint-Louis avec sa statue oubliée de Crémazie* mourant :

> *Pour mon drapeau*
> *Je viens ici mourir*

Le jet d'eau ne fonctionne plus depuis longtemps et sur la paroi du bassin vide on a écrit avec un pulvérisateur de peinture noire : AMOUR. À côté, il y a un signe de paix d'où ont coulé des filets de peinture maintenant sèche, comme le sang qui coulait des swastikas sur les affiches antinazies. Et sous le signe de paix on lit : VA TE FAIRE FO... et puis le pulvérisateur était vide.

C'est sûrement l'œuvre de jeunes Américains réfugiés à Montréal pour échapper à la mobilisation et à la guerre au Vietnam. Ils ont un goût tout particulier pour la peinture au pulvérisateur. LaPointe n'aime pas tellement les jeunes gens barbus venus des États-Unis et qui se rassemblent dans des cafés mal éclairés, pleins de musiques étranges et de curieuses odeurs d'encens, brandissant leur guitare cabossée, chantant avec un ton nasal plaintif, mendiant un verre aux étudiantes apitoyées ou fixant le vide d'un regard tragique qui s'efforce de paraître plus tragique que celui du voisin. La plupart vivent de l'assistance officielle, prise sur les secours déjà insuffisants pour les pauvres de Montréal.

Mais ils s'en iront et ils ne sont pas tellement dangereux si l'on oublie les inconvénients de la marijuana et autres cochonneries juvéniles. Ils apportent un accent étranger de plus à la Main avec leurs "r" durs et leur curieuse façon de prononcer

---

* Poète canadien du XIXᵉ siècle.

*out* et *house* et *about*, mais LaPointe estime qu'il s'y habituera comme il s'est habitué à tous les autres accents.

D'une manière générale, il nourrit à l'égard des Américains une certaine bienveillance, pour la simple et bonne raison que durant son court voyage de noces – il y a trente et un ans –, il a trouvé des pancartes en français jusqu'à Lake George Village.

Tant de prévenance l'avait touché, alors que dans son pays les panneaux en français s'arrêtent brutalement à la frontière de l'Ontario.

En tout cas, les jeunes qui fuient la mobilisation sont calmes et silencieux. Ils ne sont pas comme les businessmen américains qui se rassemblent dans les salles de conférences du site de l'Exposition dans l'île Sainte-Hélène. Ces types-là sont vraiment des poisons. Ils se saoulent dans les bars tout en chrome et similicuir de leur hôtel et arrivent par petites bandes sur la Main à la recherche d'aventures. Ils confondent pauvreté et vice, montrent trop leur argent et marchandent puérilement avec les filles. Le plus souvent, ils se font arnaquer ou rouer de coups. Et LaPointe doit répondre aux plaintes déposées au quartier général, écouter d'interminables discours sur le tourisme et l'intérêt qu'il présente pour l'économie de Montréal.

Passant toujours par les rues les plus sombres, LaPointe choisit son chemin dans le labyrinthe des rues écartées et revient sur la Main, maintenant silencieuse et presque entièrement fermée pour la nuit.

En passant devant la ruelle étroite qui court le long de la banque de Nova Scotia, il sent une poussée d'adrénaline au creux de l'estomac. En dépit des années, ses nerfs, tout à fait inconsciemment, s'emballent chaque fois qu'il passe à cet endroit. C'est dans cette ruelle qu'il a été blessé. C'est là qu'il est resté aux portes de la mort, qu'il a attendu la mort. Et lorsqu'un homme a perdu le sentiment de son immortalité, il ne le retrouve jamais.

Il avait surveillé le coucher du quartier, comme ce soir, et il rentrait chez lui. Il entendit un bruit de verre brisé dans le passage. D'une fenêtre, derrière la banque, une silhouette sauta sur le pavé. Ils étaient trois qui accouraient vers LaPointe, il tira en l'air et leur cria de s'arrêter. Deux des hommes tirèrent aussitôt, deux éclairs, mais il ne se rappelait pas le bruit des détonations parce qu'une balle l'avait cueilli en pleine poitrine et projeté contre la porte métallique d'un garage. Il glissa le long de la porte, se retrouva assis sur sa jambe repliée, l'autre droit devant lui. Ils tirèrent encore et il entendit la balle frapper la chair de sa cuisse. Il riposta en tenant son revolver à deux mains. L'un des hommes s'écroula. Mort, a-t-il su par la suite. Les deux autres s'enfuirent…

Après les détonations, il n'y eut plus aucun bruit dans la ruelle, sauf le soupir du vent au coin du mur du garage. Il était là, perdant souvent conscience, fixant sa jambe et pensant qu'il aurait l'air bête quand ils le retrouveraient, une jambe sous les fesses et l'autre allongée devant lui. Un moment passa, une éternité. Une minute peut-être. Un très long moment. Il ouvrit les yeux et aperçut un chat jaune qui passait devant lui. Sa queue était tordue par une blessure ancienne. Il s'arrêta pour regarder LaPointe, une patte levée. Ses yeux étaient méfiants et froids. Il tâta le sol de la patte. Puis il s'éloigna, indifférent.

La blessure lui faisait froid dans la poitrine. Il posa la main dessus pour la protéger du vent. Sa dernière pensée claire fut stupide et folle. Se garder du vent. Ne pas prendre froid. Si vous attrapez un rhume à cette époque de l'année, vous ne vous en débarrasserez pas avant le printemps.

Il savait qu'il allait mourir. Il en était absolument conscient. C'était plus triste qu'effrayant.

Il était resté à l'hôpital quatre semaines et demie. La blessure à la jambe était superficielle, mais la balle dans sa poitrine avait effleuré l'aorte. Les médecins soulignaient la chance qu'il avait d'avoir la santé robuste d'un *habitant**. Après avoir quitté l'hôpital, il bénéficia d'une période de convalescence, flânant dans son appartement jusqu'au jour où il en eut assez.

---

* Un bouseux, un cul-terreux.

Bien qu'il n'eût pas encore officiellement repris son service, il recommença ses rondes nocturnes dans la Main, veillant au coucher de sa paroisse. Flic de quartier un jour…

Il était vite retourné au bureau, assurant son service normal. Il reçut sa troisième citation pour bravoure et, un an après, sa seconde médaille de la police. Là-bas, au quartier général, la légende de l'increvable LaPointe se confirmait une fois de plus.

Increvable, peut-être, mais atteint. Quelque chose d'infime mais de significatif avait changé en lui. Il avait accepté le fait de sa mort si totalement, il s'y était résigné avec un tel calme que, maintenant qu'il n'était pas mort, il se sentait inachevé, exposé, en porte-à-faux.

Pour la première fois depuis qu'il avait cautérisé sa blessure sentimentale au fer rouge de la fureur après la mort de sa femme, pour la première fois il se sentait seul, une solitude qui se traduisait par une sorte de gentillesse mélancolique pour la population de son domaine et surtout pour les vieux, les enfants et les vaincus.

C'est peu de temps après avoir été blessé dans la ruelle qu'il avait rencontré ses amis Moishe, David et Martin, et qu'il avait commencé à jouer au pinocle avec eux.


Seul un rectangle de néon crasseux troue l'obscurité de la rue Lionais, signalant un bar, rendez-vous des grandes gueules et des durs du quartier. Mentalement, LaPointe consulte la liste de sa "clientèle" et il décide de jeter un coup d'œil dans le bouge. Le barman le salue bruyamment et avec un rire qui sonne faux. Sachant fort bien que le salut tapageur est un signal pour les clients, LaPointe ne répond pas au patron et inspecte de l'œil la pénombre de la pièce enfumée. Un homme retient son attention, il est habillé avec une élégance criarde et son visage étroit et mobile est celui d'un mac. Le gommeux est assis avec un groupe de truands dont les visages sont marqués par la mauvaise gnôle et les bagarres passées. LaPointe, du seuil de la porte, tend l'index vers le dandy. Celui-ci lève les sourcils en exagérant une expression de surprise, alors LaPointe l'invite à avancer en repliant le doigt une seule fois.

À l'instant où le dandy se lève, l'un des durs, Lollipop, un gorille de quatre sous, se dresse comme pour venir au secours de son copain. LaPointe fixe l'homme, le regard calme et infiniment las et secoue lentement la tête. Pour essayer de sauver la face, Lollipop reste un instant debout. Alors, LaPointe montre du doigt la banquette sur laquelle la bande est assise et le truand se rassied en grommelant.

Le dandy arbore un large sourire en venant à LaPointe.

— C'est un plaisir de vous voir, lieutenant. Quelle coïncidence ! J'étais juste en train de dire…

— Ferme ta gueule, Scheer. J'ai vu le Boiteux tout à l'heure.

— Le Boiteux ? dit Scheer en plissant les yeux et fronçant les sourcils comme s'il faisait un effort de mémoire. Hmm, je n'ai pas l'impression de connaître quelqu'un de ce…

— On est quel jour, Scheer ?

— Hein ? Quel jour ?…

— J'ai pas de temps à perdre.

— C'est jeudi, lieutenant.

— Et quel jour du mois ?

— Euh… le 9.

— Très bien, je ne veux pas voir ta sale gueule dans le quartier jusqu'au 9 du mois prochain. Et je ne veux pas non plus voir une seule de tes filles sur le trottoir.

— Eh là, lieutenant ! Vous n'avez pas le droit ! Je ne suis pas en état d'arrestation !

LaPointe écarquille les yeux avec une surprise feinte.

— C'est bien toi qui viens de dire que je n'avais pas le droit ?

— Écoutez… je veux dire que c'est…

— Je me fiche de ce que tu veux dire, Scheer. LaPointe t'inflige une punition. Un mois d'interdiction de séjour dans le quartier. Et si jamais je t'y vois avant, ce sera ta fête.

— Dites donc, attendez…

— T'as compris ce que je viens de te dire, connard ?

LaPointe avance une lourde et large main et tapote la joue du dandy à lui faire claquer les dents.

— Tu as bien compris ?

Les yeux de Scheer brillent de fureur rentrée.

— Oui. J'ai compris.

— Combien de temps ?

— Un mois.

— Et qui t'inflige cette punition ?

Les muscles de sa mâchoire roulent un bon moment avant que Scheer ne réponde, furieux :

— Le lieutenant LaPointe.

LaPointe désigne la porte d'un coup de menton.

— Et maintenant dehors.

— Je vais aller dire salut aux gars.

LaPointe ferme les yeux et secoue lentement la tête :

— Dehors !

Le dandy va pour dire quelque chose, se ravise et quitte le bar. LaPointe se retourne pour le suivre, mais il s'arrête et décide d'aller voir les autres. En se levant tout à l'heure, Lollipop a défié son autorité. C'est dangereux, car si LaPointe laissait, ne serait-ce qu'une fois, ces types rassembler suffisamment leur courage, ils seraient capables de le rosser et de le mettre en charpie. Son image doit trôner bien haut sur la rue parce que l'effet de son autorité s'étend bien au-delà de sa présence réelle. Il s'approche de la banquette.

Les trois truands font semblant de ne pas l'avoir vu venir. Ils fixent leurs bouteilles de bière.

— Dis donc, Lollipop, commence LaPointe, explique-moi pourquoi tu t'es levé quand j'ai appelé ton ami ?

Le grand type ne lève pas les yeux. Il pince les lèvres dans un silence déterminé.

— Je crois que tu voulais jouer les gros bras, Lollipop, dit tranquillement LaPointe, mais c'était que du bluff.

La brute hausse les épaules et détourne le regard.

LaPointe prend la bouteille de bière à moitié pleine de Lollipop et la lui vide sur la braguette.

— Et maintenant, tu vas rester assis un moment. Je voudrais pas qu'on te voie comme ça dans la rue. Les gens croiraient que t'as pissé dans ton pantalon.

Au moment où LaPointe quitte le bar, il entend deux types qui éclatent de rire et le troisième qui grogne de fureur.

Excellente chose, pense LaPointe. Voilà le genre d'histoire qui fait toujours des petits.

Il entre dans l'avenue de l'Esplanade pour regagner son appartement au premier étage d'une rangée de maisons dont les *bow-windows* donnent sur le Mont-Royal. Au-dessus des arbres, une croix lumineuse se dresse sur la masse sombre du Mont. Les rafales de vent font voler les pans de son pardessus. Il se sent les jambes lourdes en montant le haut perron de bois du numéro 4240.

Il ferme la porte de son appartement et tire sur la chaînette qui allume le plafonnier. Deux des quatre ampoules de la lampe rouge et vert de style Tiffany sont grillées. Il retire son pardessus et le suspend au portemanteau de bois. Puis, comme d'habitude, il entre dans sa petite cuisine et met de l'eau à bouillir. L'allumeur de la cuisinière est bouché par la graisse accumulée et il faut se servir d'une allumette. Le cercle de flamme bleue s'allume d'un coup et lui brûle les doigts à chaque fois. Il retire vivement la main et jure sans colère, comme d'habitude.

Pendant que l'eau chauffe, il va dans la chambre et s'assied lourdement sur son lit. La seule lumière est celle que donne le réverbère au-dessous de la fenêtre ; il éclaire le plafond et l'un des murs mais laisse les meubles et le plancher dans l'ombre. LaPointe grogne en quittant ses chaussures et il remue ses orteils avant de passer ses pantoufles. Il desserre sa cravate, tire les pans de sa chemise sans défaire sa ceinture et se gratte l'estomac.

L'eau doit bouillir, maintenant ; il retourne à sa cuisine obscure, ses pantoufles claquant sur ses talons. Sa cafetière est un vieux modèle à piston avec lequel on force l'eau à travers la mouture. Sa tasse est toujours sur le coin de l'évier, le dessous mouillé car il ne l'essuie jamais après l'avoir rincée et retournée sur l'égouttoir.

Sa tasse de café à la main, il revient à petits pas dans le living-room et s'installe dans le gros fauteuil près de la fenêtre. Depuis longtemps, le rembourrage s'est affaissé, déplacé, et il est maintenant parfaitement adapté à son séant. La soucoupe tenue sous le menton à la manière des travailleurs de Trois-Rivières, il sirote bruyamment. En quatre longues gorgées, il vide la tasse ; il n'y reste que le marc de café. Il pense que cette habituelle tasse de café avant de se mettre au lit le fait dormir. Il pose sa tasse et se tourne pour regarder par la fenêtre. De l'autre côté du rideau flasque il y a le parc ; au-dessus de la masse sombre du Mont-Royal, le ciel est gris sale, vaguement éclairé par les lumières de la ville. Dans le parc, les lampadaires dessinent les allées. La rue est déserte ; le parc est désert.

Il frotte sa chevelure embroussaillée de la paume de sa main et soupire : il se sent bien, à demi anesthésié par la banalité des petites habitudes qui tissent sa vie dans son appartement. Assis, affalé comme ça, les pieds dans ses pantoufles, la chemise par-dessus la ceinture, il ne ressemble guère au rude flic qui est devenu une sorte de héros national pour les jeunes policiers canadiens français à cause de sa manière toute particulière et pas toujours légale de veiller sur la Main et de son dédain notoire à l'égard de l'administration, du règlement et de la paperasse. Il ressemble plutôt à un bonhomme entre deux âges dont le corps puissant de paysan commence à s'empâter. Un homme qui serait arrivé à préférer la paix au bonheur, le silence à la musique.

Il regarde par la fenêtre, l'esprit presque vide, le visage détendu. Il ne voit plus vraiment l'appartement que Lucille et lui avaient loué une semaine avant leur mariage. Depuis sa mort, un an plus tard, il n'a rien changé. Les meubles démodés, dans le style des catalogues des années 1930, sont restés là où ils étaient après une série d'arrangements et de réarrangements dus à l'inspiration enthousiaste mais mal assurée de Lucille. Quand elle en avait eu enfin terminé et que les meubles s'étaient retrouvés à peu près là où ils étaient au début, ils s'étaient assis côte à côte sur le sofa aux grandes fleurs vives. Lucille avait posé la tête sur son épaule solide et ils étaient restés ainsi tard dans la nuit. C'est sur ce sofa qu'ils avaient fait l'amour pour la première fois, la nuit avant leur mariage.

Bien sûr, cet appartement n'était que temporaire. Il allait travailler dur et il irait aux cours du soir pour perfectionner son anglais. Il monterait en grade et ils économiseraient pour acheter une maison, peut-être là-bas du côté de Laval, où vivaient d'autres jeunes couples de Trois-Rivières.

Avec le temps, le coloris éclatant des fleurs s'est fané, davantage du côté de la fenêtre, mais cela s'est fait si lentement que LaPointe ne s'en est pas aperçu. Les coussins sont toujours rebondis car personne ne s'assied jamais dessus. Il cligne des yeux et masse ses arcades du pouce et de l'index. Fatigué. Avec un soupir, il s'extrait des profondeurs de son fauteuil et rapporte sa tasse à la cuisine où il la rince et la pose sur l'égouttoir pour le lendemain.

Vêtu seulement de son caleçon, il se rase au-dessus du bassin rouillé de la petite salle de bains. Il a pris l'habitude de se raser avant d'aller au lit l'année qu'il a vécue avec Lucille. Sa dure barbe noir-bleu irritait les joues délicates de la jeune femme. Elle avait laissé passer des mois avant de le lui dire et elle avait alors tourné ça en plaisanterie. Le fait qu'il apparaisse chaque matin au quartier général avec une barbe de huit heures avait donné naissance à un autre mythe populaire. LaPointe possède un rasoir magique qui lui laisse toujours une barbe d'un jour, il n'a jamais deux jours de barbe et il n'est jamais rasé de frais.

Après avoir gratté ses joues creuses – son rasoir droit fait un bruit rêche même dans le sens du poil –, il se rince la bouche avec l'eau du robinet recueillie dans ses mains. Il se redresse et se penche au-dessus du bassin, appuyé sur les mains, pour se regarder dans le miroir. Il voit sa large poitrine couverte d'un tapis de poils grisonnants. Il aperçoit aussi les battements de son cœur sous ses côtes. Vaguement fasciné, il fixe cette légère palpitation. Il est là-dessous. Exactement là.

C'est là même qu'il mourra. Exactement là.

Le jeune et très professionnel médecin juif le lui a déclaré, de sa voix cultivée et avec un accent de sincérité blasée : d'une certaine manière, il a eu de la chance.

C'est un anévrisme inopérable.

Comme une sorte de ballon, expliquait le docteur, et trop près du cœur, trop dilaté pour une opération. C'est déjà un miracle qu'il ait survécu à la balle qui a effleuré l'artère. Il a eu de la chance. Réellement. Le tissu cicatriciel a bien tenu le coup, il n'a pas éprouvé de complication sérieuse depuis douze ans. Considéré sous cet angle, il a de la chance.

Pendant qu'il écoutait la voix calme, assurée du jeune médecin, LaPointe pensait au chat fauve avec sa queue tordue et sa patte levée.

Le médecin avait l'habitude de ce genre de situations ; il était fier de savoir y faire face. Ne pas dramatiser : minimisons. Si le médecin ouvre la moindre brèche dans le rempart des sentiments, il se retrouve avec vingt minutes – sinon une demi-heure – de retard dans ses rendez-vous.

— Dans un cas comme le vôtre, quand le patient n'a pas de famille directe, je me fais un devoir d'expliquer la situation aussi clairement et sincèrement que possible. Pour vous dire franchement, avec un adulte, je ne crois pas que le médecin ait le droit de cacher quoi que ce soit qui puisse empêcher le malade de prendre ses dispositions et de régler ses affaires personnelles. Vous me comprenez bien, monsieur Dupont ?

LaPointe s'était présenté sous un nom d'emprunt en disant qu'il venait d'être réformé par l'armée après avoir été blessé à la guerre.

— Bien sûr, la première question que vous vous posez c'est combien de temps me reste-t-il ? C'est impossible à préciser, monsieur Dupont. Voyez-vous, en réalité, nous, médecins, ne savons pas tout. (Cet aveu le fait sourire.) Cela peut arriver demain ou dans six mois. Huit, même. Qui sait ? Une chose est sûre en tout cas : ça arrivera comme ça, précisait le médecin en faisant doucement claquer ses doigts. Sans douleur. Sans avertissement. En vérité, c'est à peu près la meilleure manière de disparaître.

— Est-ce bien vrai ?

— Oh, oui. Pour être tout à fait sincère, monsieur Dupont, c'est ainsi que j'aimerais m'en aller, quand mon heure viendra. De ce point de vue, vous avez vraiment beaucoup de chance.

La jeune réceptionniste était empressée et allègre, son uniforme bien coupé froufroutait à chacun de ses pas. Elle fixa un rendez-vous pour la semaine suivante et lui donna un carton imprimé pour lui rappeler le jour et l'heure. Il ne revint jamais. À quoi bon ?

Il arpenta les rues, mal dans sa peau. On était en septembre. Des petites filles chantaient en sautant à la corde ; dans les rues étroites, de jeunes gars jouaient au hockey avec une boîte de conserve, dépensant surtout leur énergie pour savoir qui trichait. Il aurait voulu... il s'attendait à éprouver une sensation nouvelle, dramatique : il n'en était rien, sinon qu'il se retrouvait plongé dans des souvenirs de sa jeunesse, des souvenirs si reculés que, lorsqu'il levait les yeux, il s'apercevait qu'il avait marché longtemps sans y penser.

Le soir tomba et il fut de retour sur la Main. Machinalement, il échangeait quelques mots avec les boutiquiers, prenait une tasse de café dans quelque bar, imposait comme d'habitude sa présence dans les refuges des malfrats. La nuit vint et il parcourut les rues adjacentes, vérifiant de temps à autre les cadenas des grilles.

Le lendemain matin, il s'éveilla, fit son café, descendit sa poubelle et alla à son bureau. Tout paraissait artificiel, non pas parce que les choses étaient différentes, mais au contraire parce qu'elles restaient inchangées. Il était frappé par l'aspect normal de tout ça, un peu étourdi par un vide soudain, comme quelqu'un qui descend un escalier dans l'obscurité peut être surpris de toucher le sol alors qu'il attendait une marche de plus.

Et pourtant, il avait deviné ce qui n'allait pas avant de se rendre chez le médecin. Depuis un mois ou deux, il éprouvait une sorte d'effervescence dans les veines, cette constriction dans le haut des bras et la poitrine, ces légères douleurs qui s'attardaient au début et à la fin de chaque respiration.

Vers le milieu de cette première matinée, il eut un accès de fureur. Il était en train de taper d'un doigt un rapport qui aurait dû être terminé depuis longtemps, cherchant l'orthographe d'un mot quand il arracha soudain la page du dictionnaire et jeta le bouquin contre le mur. À quoi peut bien servir ce foutu dictionnaire ! Pourquoi rechercher l'orthographe d'un foutu mot quand vous ne savez pas comment s'appelle cette vacherie ? Il restait assis à son bureau, crispé et muet, les doigts entrelacés et les phalanges serrées à blanc. Les yeux lui brûlaient de tant d'injustice. Mais il ne parvenait pas à s'apitoyer sur lui-même. Il ne pouvait pas pleurer sur son sort. Après tout, il n'avait pas pu pleurer pour Lucille.

Il avait rejeté l'idée de sa mort prochaine en l'acceptant comme un fait. Pas comme un fait réel, visible, comme l'arrivée de l'automne, mais plutôt comme… le nombre de centimètres qu'il y a dans un mètre. Vous ne pouvez rien faire pour ce qui est du nombre de centimètres dans un mètre. Vous ne vous en plaignez pas. C'est un fait, tout simplement.

Patiemment, il avait recollé avec un ruban adhésif la page déchirée dans le dictionnaire.

LaPointe tire la chaînette du plafonnier de la salle de bains et revient dans sa chambre. Les ressorts grincent lorsqu'il s'étend sur le dos et regarde le plafond vaguement éclairé par le réverbère de la rue.

Son souffle devient plus profond et il se met à examiner paresseusement la question des tuyaux d'arrosage usagés. Il a passé son temps dimanche dernier, dans son fauteuil près de la fenêtre, à lire *La Presse*. Il y avait un article sur le bricolage qui décrivait tout ce que l'on peut faire chez soi avec de vieux tuyaux. Il a une maison, une maison imaginaire à Laval, où il habite avec Lucille et leurs deux filles. Chaque fois qu'il passe devant une vitrine d'outils de jardin, il rêve qu'il est en train de travailler dans son jardin. Il y a plusieurs années, il y a installé un patio dallé, d'après un plan publié dans un fascicule spécial du journal consacré à "Quinze choses que vous pouvez faire vous-même pour accroître la valeur de votre maison." Ce patio revient souvent dans ses rêveries, juste avant qu'il ne s'endorme. Lucille et lui boivent parfois une citronnade sous un parasol qu'il a vu un jour dans une vitrine de quincaillerie… SOLDES! JUSQU'À 70 % DE RABAIS! Les filles sont allées se promener et pour une fois ils sont seuls dans la maison. Parfois dans ses rêves, les filles sont des garçons, adolescents ou encore déjà mariés et avec des enfants. La première année après la mort de Lucille, le nombre et le sexe de leurs enfants changeaient constamment, mais il s'était finalement décidé pour deux filles qui ont trois ans de différence. L'une est jolie, l'autre intelligente. Non qu'on puisse dire que la jolie soit bébête, mais…

Il se retourne dans son lit, il va s'endormir. Les ressorts grincent. Même lorsqu'il était neuf, le lit gémissait et grinçait. Au début, le bruit crispait Lucille et la faisait hésiter. Mais par la suite, elle en riait en silence en imaginant les voisins écoutant à travers les murs et choqués par leur manège…

# 3

Le téléphone sonne.

Les échos se perdent en partie dans les traînées d'un rêve, mais une partie insiste, bien réelle, et résonne dans la chambre obscure.

Le téléphone sonne toujours.

Il saute du lit et tâtonne dans l'obscurité du salon. Le plancher est glacé.

Le téléphone so…

— Oui. Ici LaPointe.

— Excusez-moi, lieutenant, dit une voix jeune. Je regrette de vous réveiller, mais…

— Ça va, ça va. Qu'est-ce qu'il se passe ?

— Un homme a été tué dans votre secteur.

Le français de l'interlocuteur est précis, mais l'accent est continental. C'est un Canadien anglophone.

— Assassiné ? interroge LaPointe.

Question idiote. L'appellerait-on pour un accident de voiture ? Il n'est pas encore complètement réveillé.

— Oui, mon lieutenant. À coups de couteau.

— Où ?

— Dans une petite ruelle près du coin de la rue Lozeau et de Saint-Dominique. C'est juste devant…

— Je sais où c'est. Quand ?

— Mon lieutenant ?

— Quand cela s'est-il produit ?

— Je ne sais pas. Je viens d'arriver avec le sergent détective Gaspard. Nous avons entendu l'appel d'une voiture de patrouille. Le sergent m'a demandé de vous prévenir.

— C'est bon. Donnez-moi dix minutes.

Et LaPointe raccroche.

Il s'habille rapidement, avec des gestes maladroits. En sortant, il pense à descendre sa poubelle. Il est possible qu'il ne soit pas rentré à temps pour les éboueurs.

Il est 3 heures et demie, le moment le plus froid de la nuit. Comme toujours avec ce temps de cochon, la chape nuageuse s'est envolée, emportant avec elle l'odeur de suie de la ville. L'air est calme et cristallin, et le pot d'échappement de la voiture de patrouille garée à mi-chemin de l'étroite ruelle lance un long jet de vapeur. Le phare clignotant allume des traînées rouges sur les murs de brique et sur la poitrine et le visage d'une demi-douzaine de policiers en uniforme ou en civil qui s'affairent autour du cadavre. Des éclairs bleu-blanc éclatent de temps à autre et paraissent immobiliser les hommes au milieu d'un geste : le photographe de l'identité judiciaire mitraille sous tous les angles. Deux policiers en uniforme montent la garde à l'entrée de la ruelle, des larmes de froid dans les yeux, leurs mains gantées tenues au chaud sous les aisselles.

En dépit du froid et de l'heure matinale, une poignée de curieux s'est assemblée. Ils vont et viennent, se dressent sur la pointe des pieds pour essayer de voir et se parlent à voix étouffée, d'un ton confidentiel, rapprochés soudain par l'événement.

LaPointe traverse à l'instant où une ambulance arrive. Il reste un moment dans le cercle des badauds, se joignant discrètement à eux. Certains fous meurtriers, comme certains incendiaires, aiment à se mêler à la foule pour juger de l'effet de leurs exploits.

Un *robineux* du quartier est en conversation avec un petit bonhomme d'aspect indéterminé dont le menton est enfoui dans une grosse écharpe. Celui-là ne semble pas être à sa place ici, on dirait un employé de banque ou un comptable. LaPointe pose la main sur l'épaule du *robineux*.

— Tiens, salut, lieutenant.

— Qu'est-ce que tu fabriques dans ces parages, Red ?

— Il faisait trop froid dans mon coin. Le vent avait viré. J'ai préféré marcher.

LaPointe scrute les yeux du vagabond. Il ne ment pas.

— N'importe. Ne t'éloigne pas. T'as de la monnaie ?

— Rien que j'peux dépenser.

Comme la plupart des clochards, Dirtyshirt Red garde toujours à gauche un dollar ou deux en cas de coup dur.

— Tiens, va chercher du café, dit LaPointe en lui donnant un quarter.

D'un signe de tête, il lui indique le Roi des frites, un bar ouvert toute la nuit.

L'employé de banque, ou le comptable ou le pédéraste, s'éloigne du *robineux*. On ne peut pas se fier entièrement à un homme qui connaît des policiers.

LaPointe jette un coup d'œil d'un bout à l'autre de la rue. L'air est si froid et si transparent que les réverbères paraissent étinceler et qu'à un bloc de là les angles des maisons se découpent avec la netteté d'un décor de théâtre. Tout le monde respire dans un nuage de vapeur, qui se double quand on souffle par le nez. De quelque part arrive une bonne odeur de pain cuit. Les boulangeries doivent être en plein travail à cette heure-là, les hommes nus jusqu'à la ceinture, dans les arrière-boutiques brûlantes, transpirent à la chaleur des fours.

Au moment où LaPointe s'engage dans la ruelle, ça commence. Un fourmillement léger, plutôt agréable, dans le haut du corps, comme si son sang pétillait. Nom de Dieu ! Une vague de fatigue le submerge et lui plie les genoux. Une constriction étreint sa poitrine et des anneaux douloureux enserrent le haut de ses bras. Il s'appuie au mur de brique et respire profondément, lentement, faisant tout son possible pour ne rien laisser paraître. Des taches noires et des points lumineux apparaissent devant ses yeux. Les éclairs de lumière rouge sur le toit de la voiture de police commencent à se brouiller.

— Lieutenant LaPointe ?

Dans sa poitrine, la contraction commence à se relâcher et les élancements douloureux dans ses bras s'atténuent.

— Mon lieutenant?

Lentement son corps retrouve son poids à mesure que la sensation d'apesanteur disparaît. Il s'aventure à prendre une profonde respiration, mais à petits coups, pour esquiver la douleur possible.

— Lieutenant LaPointe?

— Qu'est-ce qu'il y a bon sang?!

Le jeune homme recule devant la violence de la réaction.

— Je m'appelle Guttmann, mon lieutenant.

— Ça, ça vous regarde!

— Je travaille avec le sergent inspecteur Gaspard.

— Ça, ça le regarde!

— C'est moi qui vous ai téléphoné.

La voix du jeune policier stagiaire est durcie par le ressentiment. La rudesse de LaPointe est parfaitement injustifiée.

— Le sergent Gaspard est là-bas dans la ruelle. Il m'a chargé de guetter votre arrivée.

— Eh bien? grogne LaPointe.

— Oui, mon lieutenant?

LaPointe pose un lourd regard mélancolique sur le jeune policier.

— Vous disiez que Gaspard m'attendait?

— Oui, mon lieutenant… Oh! Suivez-moi, mon lieutenant.

LaPointe secoue la tête d'un air résigné, ce qui en dit long sur le degré d'estime dans lequel il tient les jeunes policiers, et il suit Guttmann dans la ruelle où un photographe de l'identité judiciaire, nu-tête, ramasse son matériel.

— C'est toi, LaPointe? demande Gaspard dans l'ombre.

Comme une poignée des plus anciens de la police, Gaspard tutoie LaPointe mais ne l'appelle jamais par son prénom. En fait, la plupart d'entre eux devraient creuser profondément leur mémoire pour se rappeler son prénom.

LaPointe lève la main pour le saluer, puis la remet vivement dans la poche de son pardessus.

Le photographe annonce à Gaspard qu'il emporte son rouleau de pellicule au quartier général. Il le glissera dans une fournée matinale et il sera développé avant midi. Il renifle pour drainer ses sinus et grogne :

— Il fait plus froid que l'cul de la sorcière.

— Tétons ! le reprend Gaspard sans y penser, en serrant la main de LaPointe.

— On n'a pas encore fouillé notre client. On attendait que notre Flash Gordon ait terminé ses vues artistiques. Alors ? ajoute-t-il pour le photographe. Si vous avez fini, je vais dire à mes hommes de s'occuper du cadavre.

La victime est un jeune homme habillé d'un costume à la mode avec un pantalon à pattes d'éléphant, un sweater à col roulé et des souliers vernis. Il est tombé à genoux sous le coup du poignard puis il a basculé en avant. LaPointe n'a jamais vu un cadavre dans cette position, sur les genoux, les fesses sur les talons, le visage écrasé dans le gravier, les bras en croix, les paumes sur le sol. On dirait un jeune prêtre servant la grand-messe et exagérant l'humilité de sa posture.

LaPointe est saisi d'une certaine pitié. Un cadavre peut paraître laid ou apaisé, ou torturé ; mais il ne faut pas qu'il ait l'air idiot. C'est injuste.

Guttmann et un autre policier retournent le corps pour essayer de l'identifier en fouillant ses poches. Un petit gravier s'est incrusté dans la joue du gars rasé de frais. Guttmann le fait sauter d'une pichenette, mais il reste une trace triangulaire.

— Le cœur, pense LaPointe à voix haute.

— Comment ? interroge Gaspard en tassant à petits coups une cigarette.

— Il a dû être touché en plein cœur.

Sans passer par les étapes du raisonnement logique, son expérience souffle à LaPointe que le corps n'a pu prendre cette posture ridicule que de deux façons. Ou bien il a reçu le coup au cœur et il est mort immédiatement, ou bien il a été touché au ventre et il a essayé de protéger du froid la blessure. Mais il n'y a aucune odeur d'excréments et un homme blessé au ventre se salit presque toujours par réaction du sphincter. Donc, c'est le cœur.

Pour retourner le corps, les policiers doivent d'abord l'étendre. Ils le prennent sous les bras et le tirent en avant. Quand ils le reposent, la face du jeune homme touche le sol.

— Attention ! dit involontairement LaPointe.

Guttmann lève la tête, il pense qu'on lui reproche quelque chose. La brutalité de LaPointe lui déplaît déjà. Il n'a pas beaucoup d'admiration pour le vieux stéréotype du flic brutal qui se sert davantage de ses poings et du sarcasme que de sa tête et de sa compréhension. Il a entendu parler de "LaPointe de la Main" par les jeunes policiers canadiens français admiratifs et LaPointe correspond parfaitement à l'image qu'il s'en faisait.

Le sergent Gaspard se pince le lobe d'une oreille pour rétablir la circulation.

— C'est la première fois que j'en vois un agenouillé comme ça. Il avait l'air d'un enfant de chœur devant l'autel.

Un instant, LaPointe est surpris qu'ils aient l'un et l'autre fait la même comparaison en voyant la position du corps. Mais, après tout, ils ont le même âge et la même origine, la même culture. Ni l'un ni l'autre ne vont plus à confesse, mais ils ont été élevés dans un catholicisme simple et primitif qui les a modelés pour toujours, qui les a modelés inversement, comme un moule est le négatif d'une pièce de fonderie. Ils sont catholiques non pratiquants, ce qui est bien différent que d'être protestant ou juif non pratiquant.

Les policiers vident les poches méthodiquement, l'un glisse ce qu'il trouve dans un sac de plastique transparent qui sera cacheté, pendant que Guttmann dresse la liste, penchant gauchement son carnet de notes pour s'éclairer de la lueur du réverbère.

— C'est tout ? demande Gaspard lorsque Guttmann referme son carnet et souffle sur ses doigts gourds.

— Oui, sergent. Il n'y a pas grand-chose. Pas de portefeuille. Pas de pièces d'identité. Un peu de petite monnaie, des clefs, un peigne… ce genre de choses.

Gaspard répond par un hochement de menton et fait signe aux ambulanciers qui attendent avec une civière. Avec une aisance et une indifférence professionnelles, ils étendent le corps sur la civière et avancent vers les portes arrière de l'ambulance. La civière tressaute sur le pavé inégal et un bras se met à traîner, la main morte secouée par les cahots.

Ils vont aller livrer le corps au service de l'identité judiciaire, où l'on prendra ses empreintes digitales et où on l'examinera sous toutes les coutures, ainsi que ses vêtements et les articles trouvés dans ses poches. Les empreintes seront envoyées par télécopie à Ottawa et le lendemain matin le Dr Bouvier, le médecin du service, aura sans doute un rapport complet et une idée de l'identité de la victime.

— Qui a découvert le corps? demande LaPointe à Gaspard.

— La voiture de patrouille. Les deux policiers de service.

— Tu leur as parlé?

— Non, pas encore. Tu connais le client?

Il est entendu une fois pour toutes que LaPointe connaît de vue tous ceux qui vivent dans la Main.

— Non, je l'ai jamais vu.

— On dirait un Portugais.

LaPointe avance la lèvre inférieure et souffle.

— Ou un Italien. Les vêtements sont plutôt italiens.

Au moment où ils reviennent vers l'entrée de la ruelle, l'ambulance démarre, faisant crisser ses pneus sans nécessité. LaPointe s'arrête devant les hommes en uniforme qui montent la garde.

— Lequel de vous deux a trouvé le corps?

— Moi, lieutenant LaPointe, dit vivement celui qui est le plus près.

Il a le visage carré d'un paysan et l'accent chiac. Il n'est pas de bon ton de parler chiac, parce que cette manière d'avaler la moitié des mots va avec une réputation d'indécrottable stupidité. C'est un accent rustaud qu'utilisent les chansonniers pour rendre un peu de fraîcheur à leurs plaisanteries éculées.

— Venez avec nous, dit LaPointe au policier chiac.

Puis, à son compagnon déçu :

73

— Attendez dans la voiture. Et éteignez-moi cette saleté, dit-il en indiquant le phare qui tournoie.

LaPointe, Gaspard, Guttmann et le policier chiac traversent là rue pour aller au Roi des frites. Le policier abandonné est heureux d'échapper enfin au froid, mais il envie la chance de son associé. Il donnerait gros pour prendre un café avec LaPointe. Il imagine la tête des copains lorsqu'il laisserait négligemment tomber au vestiaire : "Le lieutenant LaPointe et moi nous prenions le café. Tout à coup, il me regarde et il me dit..." L'un de ses collègues lui jetterait sans doute sa serviette à la face en lui disant qu'il raconte que des salades.

Dirtyshirt Red se lève en voyant entrer les policiers dans le restaurant brillamment éclairé, mais LaPointe lui fait signe de se rasseoir. Sans y penser, il a déjà pris la direction de l'enquête bien que Gaspard, du service de la Criminelle, en soit officiellement chargé. C'est une loi tacite, au quartier général, que tout ce qui se passe dans la Main revient tout naturellement à LaPointe. Et d'ailleurs, qui voudrait s'en charger à part lui ?

Les quatre hommes se sont assis à une table éloignée de la porte et se réchauffent les mains sur les grosses tasses de faïence. Le policier chiac est légèrement mal à l'aise. Il veut se montrer à la hauteur devant le lieutenant LaPointe, et plus encore, il ne veut pas avoir l'air d'un paysan devant cet Anglo qui est avec le sergent Gaspard.

— Au fait, tu connais mon Joan ? demande Gaspard à LaPointe.

— Je le connais.

LaPointe jette un coup d'œil sur le jeune homme solidement charpenté. Ce doit être un garçon brillant. Pour être admis à suivre le programme de formation des jeunes policiers, il faut sortir dans les premiers dix pour cent de sa promotion, puis faire un an de service et être recommandé par son supérieur direct.

Lorsque LaPointe est entré dans la police, il n'y avait pratiquement aucun flic anglo. La solde était trop basse, le poste n'avait guère de prestige et les Canadiens français qui constituaient la majorité du service ne se montraient pas particulièrement aimables à l'égard des intrus.

— Il est pas si mal pour une Tête carrée[*], dit Gaspard en montrant son élève et en parlant comme s'il n'était pas là. Et Dieu sait qu'il est facile à former. Il ne sait rigoureusement rien faire.

Le policier chiac sourit et Guttmann fait contre mauvaise fortune bon cœur.

Gaspard vide le reste de sa tasse et cogne contre la vitre pour que le garçon de comptoir la lui remplisse.

— Il s'agit bien d'un vol, hein ? lance-t-il à LaPointe.

— C'est possible. Plus de portefeuille. Seulement de la monnaie dans les poches. Mais…

Gaspard est un vieux de la vieille lui aussi.

— Je vois ce que tu veux dire. Pas de traces de lutte.

LaPointe acquiesce d'un signe de tête. La victime était un grand gars d'apparence robuste et qui avait un peu plus de vingt ans. Bien bâti. Probablement le genre de type qui manipule poids et haltères en se regardant attentivement dans la glace. S'il s'était défendu contre le voleur, on trouverait des traces de lutte. D'autre part, s'il a gentiment tendu son portefeuille, pourquoi le bandit l'aurait-il poignardé ?

— Peut-être qu'on a affaire à un fou ? avance Gaspard.

LaPointe hausse les épaules.

— Bon Dieu, on a autant besoin d'une histoire comme ça que le pape d'une Wassermann, soupire Gaspard. Une chance qu'il y ait eu un vol.

Le jeune Chiac écoute de toutes ses oreilles, l'air sérieux et essayant de toutes ses forces de participer intelligemment à la conversation. C'est-à-dire qu'il se contente de garder sa bouche fermée en approuvant d'un signe de tête les déclarations des deux anciens. Mais son front marbré par le froid se ride. Pourquoi faut-il remercier Dieu qu'il y ait eu vol ? Il lui

_____

[*] L'un des surnoms donnés par les Canadiens français aux Canadiens anglophones.

manque l'expérience qui permet de flairer qu'il y a quelque chose qui cloche dans ce meurtre… quelque chose dans la position du cadavre qui gêne instinctivement LaPointe et Gaspard. S'il n'y a pas eu vol, ce crime pourrait bien être le point de départ d'une affaire compliquée. Comme les viols accompagnés de mutilations, les meurtres sans motif ont tendance à se produire en série. Il vous en tombe quatre ou cinq sur les bras avant que le fou prenne peur ou, mais c'est plus rare, qu'on l'arrête. En tout cas, c'est le genre d'histoires qu'adorent les journaux.

— Je vais me promener avec ça dans la tête pendant quelques jours, dit LaPointe. Attendons de voir ce que le rapport de Bouvier va donner. Ça t'ennuie pas que je me charge de l'affaire, n'est-ce pas ?

La question est de pure forme. LaPointe estime que tous les crimes de son secteur lui reviennent de droit, mais il a des égards pour l'amour-propre de ses collègues.

— Fais comme chez toi, dit Gaspard avec un geste qui montre qu'il est heureux de se débarrasser de ce merdier. Et si jamais j'attrape la chaude-pisse, je te l'offre en prime.

— Je ferai passer les paperasses directement à ton bureau pour ne pas déranger les patrons.

Gaspard acquiesce. C'est ainsi que LaPointe opère généralement pour éviter les complications avec l'administration. La désignation de LaPointe comme policier de la Main n'a rien d'officiel. En fait, il n'existe pas d'échelon administratif qui concerne ce poste. L'administration divise le crime en couches horizontales : vol, escroquerie, mœurs, homicide. La responsabilité de LaPointe, elle, est verticale. Elle s'étend à tout ce qui est crime dans la Main. Le poste n'a jamais été prévu, jamais reconnu officiellement, il s'est simplement créé par hasard et par habitude, et certains dans l'administration grognent devant cette bavure de l'organigramme. Ils estiment ridicule qu'un lieutenant en titre passe son temps à traîner dans les rues comme un bleu. Mais ils se consolent à l'idée que LaPointe constitue un anachronisme, un vestige de méthodes vieillies et inefficaces. Il prendra bientôt sa retraite, ils pourront alors colmater la brèche administrative.

LaPointe se tourne vers le policier en uniforme :

— C'est vous qui avez trouvé le corps ?

Surpris et soucieux de répondre intelligemment, le policier chiac s'étrangle :

— Ou… oui, mon lieutenant.

Il y a un court silence. Puis LaPointe avance les paumes et ouvre grand les yeux comme pour dire : Et après ?

Le jeune policier lance un regard sur Guttmann et tire de sa poche son carnet de notes. La reliure de cuir comporte une petite gaine pour un porte-mine. C'est le genre de chose qu'une mère ou une petite amie a pu lui offrir à sa sortie de l'Académie. Il s'éclaircit la voix.

— Nous étions en patrouille. Mon collègue roulait doucement parce que je vérifiais les numéros de voitures sur ma liste de voitures volées…

— Qu'est-ce que tu as pris au petit déjeuner ? demande Gaspard.

— Pardon, sergent ? lance le jeune policier interloqué et rouge jusqu'aux oreilles.

— Viens-en au fait, pour l'amour de Dieu !

— Oui, sergent. Nous arrivions devant la ruelle… euh… voyons, voyons. J'ai rédigé mes notes environ dix minutes après, nous étions donc devant l'entrée vers 2h40 ou 45. J'ai aperçu un mouvement dans la ruelle, mais nous l'avions dépassée quand j'ai dit à mon collègue de s'arrêter. Il a fait marche arrière et j'ai vu un homme qui se sauvait en clopinant vers le bout du passage. J'ai sauté de la voiture pour le prendre en chasse et c'est alors que j'ai vu le corps.

— Vous avez repris la poursuite ?

— Heu… oui, sergent. C'est-à-dire qu'après avoir constaté que le gars étendu par terre était mort, j'ai couru après l'autre jusqu'au bout de la ruelle. Mais il avait disparu. Il n'y avait plus personne dans la rue.

— Signalement ?

— Plutôt vague, sergent. Je l'ai juste aperçu quand il fuyait en clopinant. Assez grand. Mince. Enfin, pas gras. C'est difficile à préciser. Il avait un gros pardessus usagé, un peu comme… (Le policier détourne vivement son regard du pardessus informe de LaPointe.)… Enfin… Un vieux pardessus, quoi.

LaPointe paraît absorbé par une goutte d'eau qui coule sur la vitre embuée de la fenêtre à côté de lui.

— Il clopinait ? demande-t-il sans regarder le policier. Deux fois vous avez dit que l'homme est parti en clopinant. Pourquoi avez-vous choisi ce mot ?

— Je ne sais pas, mon lieutenant. C'est l'allure qu'il avait… il avait l'air de clopiner. Mais vite, vous comprenez ?

— Et il était mal habillé ?

— C'est l'impression qu'il m'a faite, mon lieutenant. Mais il faisait sombre, vous savez.

LaPointe fixe la table et se tapote la bouche avec le poing. Puis il renifle et soupire.

— Parlez-moi de son chapeau.

— Son chapeau ? répond le jeune policier en levant les sourcils. Il ne me semble pas… (Son visage s'éclaire tout à coup.) Mais si ! Son chapeau ! Un grand chapeau mou à large bord. Sombre. Je me demande comment ça a pu me sortir de la tête. C'était une espèce de feutre de cow-boy, mais au bord tombant, vous voyez ?

Pour la première fois depuis qu'ils sont entrés au Roi des frites, Guttmann prend la parole dans son français européen, recherché, du genre que les Canadiens appellent parisien mais qui en fait rappelle le français de la Touraine.

— Vous savez de qui il s'agit, n'est-ce pas, mon lieutenant ? L'homme qui s'est sauvé ?

— Oui.

Gaspard bâille et se frotte les genoux.

— Et voilà ! Tu vois, petit ? explique Gaspard. T'as qu'à me regarder pour apprendre comment on élucide une affaire. Tu t'arranges simplement pour que les types commettent leurs crimes dans la Main et tu repasses l'histoire à LaPointe. C'est aussi simple que ça. Tout est dans le coup de poignet. (Il se retourne vers LaPointe.) Donc, c'est une affaire banale après tout. Le type a été poignardé pour son argent et tu sais par qui…

Mais LaPointe secoue la tête. Ce n'est pas si simple.

— Non. L'homme que ce policier a vu s'enfuir est un *robineux* du quartier. Je le connais et je ne le crois pas capable de tuer.

— Comment pouvez-vous savoir ça, mon lieutenant ? demande Guttmann le visage animé, le regard brillant d'excitation. Ce que je veux dire c'est… n'importe qui peut tuer, cela dépend des circonstances. Des gens qui refuseraient de voler peuvent tuer.

Avec une lenteur fatiguée, LaPointe tourne son regard patient et las vers le jeune Anglo.

— Oh !… intervient Gaspard, est-ce que je t'ai dit que mon Joan était allé à l'université ?

— Non.

— Mais oui ! Il n'a rien raté. Les bouquins, les examens, les diplômes, les grands mots, les théories et levez la main si vous voulez aller aux toilettes… un doigt pour pipi, deux pour l'autre. (Gaspard se tourne vers Guttmann qui prend une longue inspiration résignée.) Il y a une chose qui m'a toujours intrigué, petit, mais peut-être vas-tu m'éclaircir avec toute ton instruction. Pourquoi un type assis sur le trône sourit-il toujours quand il a du mal à couler un bronze particulièrement dur ? Parce que c'est pas vraiment drôle, hein ?

Guttmann ignore les paroles de Gaspard et se tourne vers LaPointe.

— Mais ce que je dis est vrai, n'est-ce pas ? Des gens qui ne voleraient pas pour un empire peuvent tuer si les circonstances s'y prêtent ?

Le regard du jeune homme est sincère et vulnérable et il brille d'embarras et de colère contenue. LaPointe lui répond après une seconde de silence.

— Oui, c'est vrai.

Gaspard grogne en se levant et en redressant son épine dorsale fatiguée.

— OK, à toi de jouer, LaPointe. Moi, je rentre à la maison. Je prendrai les rapports demain matin et je te les enverrai. (Puis il a soudain une idée.) Dis donc ! Tu veux me faire plaisir ? Qu'est-ce que tu dirais de te charger de mon Joan pendant quelques jours ? Pour lui donner l'occasion de voir comment tu fais ton sale boulot. Qu'en dis-tu ?

Le policier chiac ouvre la bouche. Ces maudites Têtes carrées ont toutes les chances.

LaPointe fronce les sourcils. On ne lui confie jamais un Joan, pas plus que les travaux administratifs. On se méfie.

— Voyons, insiste Gaspard. Il pourrait faire une sorte de liaison entre ma boutique et la tienne. Je ne l'aurais plus constamment sur le dos. Il me prive de mes moyens. Comment faire pour culbuter une poulette en vitesse quand il est toujours là en train de prendre des notes ?

— D'accord. Pour un jour ou deux, dit LaPointe, avec un haussement d'épaules.

— Parfait, dit Gaspard en boutonnant son pardessus jusqu'au cou et en regardant par la fenêtre. Regarde-moi cette saloperie de temps, s'il te plaît ! Ça recommence à se couvrir. Les nuages seront revenus avant l'aube. T'as déjà vu la neige tarder autant ? Et les nuits sont aussi glacées que le téton d'une sorcière.

LaPointe pense à autre chose. Il corrige Gaspard involontairement.

— Le cul. Aussi froid que le cul d'une sorcière.

— Tu es sûr que ce n'est pas le téton ?

— Le cul !

Gaspard regarde Guttmann.

— Tu vois, petit ? T'as pas fini d'en apprendre avec LaPointe. OK, messieurs, je m'en vais. Chassez le crime de la rue et qu'il reste à la maison, à sa véritable place.

Le policier chiac suit Gaspard dehors dans la nuit et le vent. Ils montent en voiture et s'éloignent, laissant la rue complètement déserte.

— Merci, mon lieutenant, dit Guttmann. J'espère que vous n'avez pas l'impression qu'on vous a forcé la main pour me prendre avec vous ?

Mais LaPointe est en train de faire signe à Dirtyshirt Red qui traîne les pieds jusqu'à leur table.

— Assieds-toi, Red.

LaPointe s'est exprimé en anglais parce que c'est la seule langue que parle Red, la langue du succès.

— T'as vu le Vet ce soir ?

Dirtyshirt Red fait la grimace. Depuis toutes ces années, il nourrit une haine tenace contre ce *robineux* qui vous casse les oreilles et prétend être un héros, et qui se vante sans cesse de sa planque, de cet endroit douillet où il va dormir et qu'il tient secret. Une idée réconfortante lui vient.

— Il a des problèmes, lieutenant ? C'est un sale type, croyez-moi. Il est capable de tout ! Qu'est-ce qu'il a fait, lieutenant ?

LaPointe fixe son regard las sur le clochard.

— OK, dit Red aussitôt. 'scusez-moi. Oui, je l'ai vu. Là-bas Chez Pete. Il était peut-être 6 ou 7 heures.

— Et tu l'as pas revu depuis ?

— Non. Je suis parti à la boulangerie grecque pour prendre des restes qu'on m'avait promis. Je tenais pas à ce que ce connard de poivrot soit là pour s'mettre dans le coup. Il est plus collant que le papier tue-mouches.

— Écoute, Red. Je veux voir le Vet. Cherche partout. Il doit être planqué quelque part parce qu'il a probablement pas mal d'argent à boire ce soir.

L'idée que son collègue ait pu mettre la main sur un magot fait enrager Dirtyshirt Red.

— Ce connard de poivrot, ce merdeux ! Morveux ! Ce péteux ! Lui et sa fameuse planque trois étoiles ! Il est capable de tout… !

Dirtyshirt Red continue de vomir son flot de bile, mais LaPointe ne l'écoute plus et fixe les vitres où les gouttelettes de vapeur reflètent comme des rubis les feux arrière des voitures qui passent. Des camions pour la plupart. Les légumes qu'on apporte au marché. Il se sent détaché de la situation, une impression générale de déjà-vu. Tout cela est déjà arrivé. Un autre gars, tué d'une autre manière, découvert en un autre endroit, et LaPointe passant en revue les détails, fixant à travers une autre fenêtre la naissance d'une aube différente dans une autre rue. De toute façon, ça n'a plus grande importance. Il est fatigué.

Discrètement, Guttmann observait le reflet de LaPointe dans la vitre. Évidemment, il a entendu parler du lieutenant, de son contrôle sur la Main, de son indifférence crasse à l'égard des autorités du service et des pressions politiques extérieures, des légendes à peine croyables sur son courage. Guttmann est assez intelligent pour avoir rejeté les deux tiers de ces fables épiques entretenues par les policiers français à la recherche d'un héros national à opposer aux autorités anglophones.

L'aspect physique de LaPointe est conforme à l'idée que s'en faisait Guttmann : le large visage aux yeux enfoncés qui est comme une sorte d'image du Canada français ; la tignasse grise qui semble coiffée avec les doigts et, bien sûr, le fameux pardessus informe. Mais il y a des côtés que Guttmann n'attendait pas, des choses qui contredisent la caricature du flic coriace. Il découvre aussi une qualité qu'on pourrait appeler "la distance", une tendance à demeurer au bord des choses, retiré et presque rêveur. Et puis il y a aussi quelque chose de déconcertant dans l'attitude patiente de LaPointe, dans la douceur de sa voix enrouée, dans le réseau de rides qui entoure ses yeux et le fait paraître… le seul mot qui vienne à Guttmann est "paternel". Il se rappelle que les jeunes policiers français l'appellent parfois "Papa LaPointe", mais jamais quand il peut l'entendre.

— … et cette ordure, ce cafard explique à tout le monde qu'il était un héros pendant la guerre ! Ce furoncle sur la fesse d'une putain, ce chancre se vante partout de la planque confortable qu'il a découverte ! Ce connard de furoncle raconte…

D'un geste de la main, LaPointe interrompt le flot de haine au moment où Dirtyshirt Red se mettait vraiment en train.

— Assez. Tu demandes un peu partout où est le Vet. Si tu le trouves, tu m'appelles au quartier général. Tu connais le numéro.

D'un signe de tête LaPointe renvoie le *robineux* qui se traîne jusqu'à la porte et disparaît dans la nuit.

Guttmann se penche sur la table.

— Le Vet est le type au chapeau mou?

LaPointe cligne des yeux en regardant le jeune policier comme s'il découvrait à l'instant sa présence.

— Pourquoi tu rentres pas chez toi?

— Mon lieutenant?

— Il n'y a plus rien à faire ce soir. Rentre chez toi et dors. Je te verrai au bureau demain.

Guttmann réagit au ton glacial du lieutenant.

— Écoutez, mon lieutenant. Je sais que Gaspard m'a en quelque sorte imposé à vous. Si vous préférez…

Il hausse les épaules.

— À demain.

Guttmann regarde la table en Formica. Il respire lentement entre ses dents serrées. Travailler avec LaPointe ne sera pas une partie de plaisir.

— Très bien, mon lieutenant. Je serai là à 8 heures.

LaPointe bâille et caresse de la main sa tignasse emmêlée.

— Arme-toi de patience pour m'attendre. Je suis fatigué. Je ne serai pas là avant 10 ou 11 heures.

Après le départ de Guttmann, LaPointe reste à regarder par la vitre avec des yeux absents. Il se sent trop pesant, trop fatigué pour se lever et se traîner jusqu'à son appartement glacé. Mais il ne peut pas rester ici toute la nuit. Il se lève en grognant.

Comme les rues sont désertes, LaPointe remarque un couple debout à un coin de rue. Ils sont enlacés et l'homme a refermé les pans de son pardessus autour d'elle. Soudés l'un à l'autre, ils oscillent. Il est 4 heures et demie du matin et il gèle et leur seul abri est un pardessus. LaPointe détourne les yeux, il s'en voudrait de déranger leur intimité.

Lorsqu'il tourne le coin de l'avenue de l'Esplanade, le vent rabat son col. Les papiers et la poussière tourbillonnent comme des trombes miniatures près des grilles des sous-sols. Le corps de LaPointe réclame de l'oxygène, chacune de ses respirations ressemble à un soupir.

Du coin de l'œil, il aperçoit un mouvement furtif dans le parc. Une ombre sur l'un des bancs dans le cercle crépusculaire d'un lampadaire. Quelqu'un est assis là. Au pied de son haut perron de bois, il se retourne pour regarder de nouveau. La personne n'a pas bougé. C'est une femme ou un enfant. La silhouette est si menue qu'elle ne doit pas avoir de manteau. LaPointe monte une ou deux marches, puis il fait demi-tour, traverse la rue et entre dans le parc en poussant le portillon grinçant.

Elle devrait entendre le gravier crisser sous les pas qui approchent, mais la jeune fille ne bouge pas. Elle est assise sur ses talons, les genoux relevés, les bras autour des jambes, le visage enfoui dans sa longue robe de grand-mère à motifs cachemire. Pour couper un peu le vent, elle a posé à côté d'elle un sac à provisions muni de grandes anses. Ce n'est qu'au moment où l'ombre de LaPointe la touche presque qu'elle lève la tête, surprise. Dans son visage mince et pâle, son œil gauche est à demi fermé par une contusion dont la meurtrissure bleue s'étend jusqu'à la pommette.

— Vous avez besoin de quelque chose ? demande-t-il en anglais.

La robe de grand-mère lui fait supposer qu'elle est anglo, il associe toujours la nouveauté, le moderne, les choses à la mode avec la culture anglo.

Elle ne répond pas. L'expression de son visage est un mélange de méfiance et d'impuissance.

— Vous habitez où ? demande-t-il.

Le menton toujours sur les genoux, elle le regarde d'un œil calme et défiant. Le dessin de son menton ressort nettement parce qu'elle crispe les mâchoires pour ne pas claquer des dents. Puis elle lui jette un regard de côté pour le jauger.

— Vous voulez m'emmener chez vous ? demande-t-elle en joual, d'une voix sans timbre, peut-être à cause de la fatigue, peut-être par indifférence.

— Non. Je veux savoir où vous habitez.

Il ne voulait pas parler d'une voix rude et officielle, mais il est fatigué et cette proposition soudaine, énoncée froidement, l'a désarçonné.

— Ça vous regarde pas.

Son impertinence l'irrite un peu, mais elle a raison, ça ne le regarde pas. Des gosses comme elle, il en débarque sur la Main tous les jours. Des épaves. Perdues. Et ça ne le regarde qu'au moment où il leur arrive des ennuis. Après tout, il ne peut pas veiller sur toutes. Il hausse les épaules et s'éloigne.

— Hé ?

Il se retourne.

— Alors ? Tu m'emmènes chez toi, oui ou non ?

Il n'y a aucune trace de coquetterie dans sa voix. Elle est fauchée et ne sait pas où dormir, mais il lui reste son sexe. C'est une monnaie d'échange.

LaPointe soupire et se gratte le crâne. Elle doit avoir à peine vingt ans, elle est plus jeune que les enfants de ses rêves. Il est tard, il est fatigué et cette fille ne lui est rien. Une gosse efflanquée avec un visage de gamine, gâché par cet œil poché grotesque, et tout sauf séduisante dans le cardigan masculin trop grand pour elle qui est sa seule protection contre le vent. Le dos de ses mains marbré par le froid apparaît violacé à la lumière fluorescente du lampadaire.

Pas jolie, probablement bête : perdue. Mais s'il la retrouvait à la rubrique des viols dans les statistiques demain matin ?

— Bon, dit-il. Viens.

Il n'a pas fini de le dire qu'il le regrette déjà. La dernière chose dont il ait besoin c'est d'une gosse mal élevée qui encombre son appartement.

Elle fait un geste pour se lever, puis elle le regarde de côté. Pour elle, c'est un vieux et elle sait à quoi s'attendre avec les vieux.

— Je fais rien de... de spécial, précise-t-elle d'un ton égal.

Il est saisi d'une brusque colère. Elle est plus jeune que ses filles, bon Dieu !

— Alors, tu viens ? jette-t-il d'un ton impatienté.

Elle n'hésite qu'un instant avant de hausser ses maigres épaules d'un geste fataliste, de se lever et de prendre son sac à provisions. Ils s'en vont côte à côte vers le portillon. Il croit d'abord qu'elle est ankylosée par le froid et par le fait d'être restée assise toute recroquevillée. Puis il s'aperçoit qu'elle boite. Elle a une jambe plus courte que l'autre et le cabas lui cogne le genou.

Il ouvre la porte de son appartement et tend la main pour allumer le plafonnier rouge et vert, puis il s'écarte et elle le précède dans son petit salon. Le mastic des vitres des grandes portes-fenêtres a séché, le vent fait grelotter les carreaux et l'appartement est plus froid que le couloir.

Dès qu'il a refermé la porte, il se sent embarrassé. La pièce paraît étriquée, trop petite pour deux personnes. Sans quitter son pardessus, il se penche pour allumer le radiateur à gaz qui se trouve dans la cheminée. Il reste accroupi, retenant le levier de réglage jusqu'à ce que les embouts de porcelaine prennent une couleur orangée.

Curieusement, elle est plus à son aise que lui. Elle va jusqu'à la fenêtre et regarde le banc où elle était assise il y a quelques minutes. Elle se frictionne les bras et les épaules, elle préfère ne pas le rejoindre près du feu. Elle ne veut pas paraître avoir besoin de ce qui est à lui.

Avec un grognement, LaPointe se redresse devant la cheminée.

— Voilà. Bientôt, il fera chaud. Tu veux du café ?

Elle abaisse les coins des lèvres et elle a un geste indifférent des épaules.

— Ça veut dire que tu veux du café ou non ?

— Ça veut dire que je m'en fous. Si tu veux me donner du café, je le boirai. Sans ça…

Elle hausse de nouveau les épaules et aspire avec un petit bruit à travers ses lèvres serrées.

Il ne peut pas s'empêcher de rire tout bas. Elle se prend vraiment pour une dure. Et le haussement d'épaules indifférent, ça fait tellement provinciale.

Le vocabulaire par lequel les Canadiens français expriment l'indifférence est infini dans ses nuances et sa muette éloquence. Le Canadien français peut la traduire en haussant les épaules ou en les laissant tomber. Il peut la manifester d'un regard de côté ou en clignant les yeux. En retournant ses mains ou simplement en levant les pouces. En avançant sa lèvre inférieure ou en abaissant les coins de sa bouche. En fermant les yeux ou en les écarquillant. En écartant les doigts ; en poussant la langue contre ses dents ; en crispant les muscles du cou ; en relevant un sourcil, ou les deux ; ou en penchant la tête. Et aussi en combinant l'ensemble. Chaque geste a une signification particulière ; chaque combinaison signifie au moins deux intentions à la fois. Mais l'attitude fondamentale du Canadien français à l'égard du rôle de la fatalité, sa conception de la faiblesse de l'homme se révèlent dans tous ces gestes.

LaPointe sourit du petit haussement d'épaules copié sur les durs, un sourire de connivence. Pendant qu'il est dans la cuisine pour faire chauffer la bouilloire, elle s'approche de la cheminée comme pour regarder les photos dans leurs cadres dressés sur le manteau. De cette manière elle peut se chauffer à la chaleur du gaz sans paraître en avoir besoin ou envie. Dès qu'il revient, elle s'éloigne aussi nonchalamment que possible.

— C'est qui ? demande-t-elle en montrant les photos.

— Ma femme.

Son œil gonflé se ferme presque entièrement dans une expression d'incrédulité. La femme des photos doit être vingt-cinq ou trente ans plus jeune que ce type. Et vous n'avez qu'à jeter un coup d'œil sur cette piaule pour savoir qu'il n'y a pas de femme ici. Mais s'il tient à faire croire qu'il a une femme, elle n'en a rien à foutre.

Il s'aperçoit que la pièce est encore froide et il est gêné de porter son gros et chaud pardessus alors qu'elle n'a que ce cardigan trop grand. Il quitte son manteau et le pose sur une chaise. Il pense soudain à lui prêter son peignoir. Il va le chercher dans sa chambre, puis passe dans la salle de bains et fait couler l'eau chaude dans la haute baignoire aux pieds de lion. Il remarque que la salle de bains est sale. Il est en train de nettoyer les traces de barbe séchée quand il pense que le café doit être prêt, il s'en va, oublie le peignoir et retourne le prendre.

Seigneur qu'il est donc compliqué d'avoir quelqu'un chez soi. Et pourquoi, je vous le demande?

— Tiens, dit-il d'un air bougon. Mets donc ça.

Elle examine prudemment le vieux peignoir de laine puis, avec un geste d'indifférence, elle s'en enveloppe. Ainsi engoncée, elle paraît encore plus petite et plus mince, et clownesque aussi, avec cette coupe de cheveux à la mode en ce moment, une espèce de serpillière frisottée. Un clown avec un œil cerclé de noir. Une putain-fillette avec un vocabulaire de trottoir, dans lequel fourrer et foutre jouent le plus souvent le rôle du verbe faire, et avec toutes ses possessions dans un sac à provisions.

LaPointe est dans la cuisine, en train de verser le café et d'y ajouter l'eau de la bouilloire parce qu'il est fort et qu'elle n'est qu'une gosse, lorsqu'il l'entend rire. C'est un rire sonore, qui ne dure que six ou huit notes et s'arrête brusquement sur la note ascendante comme le cri d'un oiseau abattu en plein vol.

Lorsqu'il entre dans le salon, lui apportant sa tasse, elle se regarde dans le miroir pendu à la porte; son visage est neutre, sans expression, ses yeux ne gardent nulle trace de gaieté.

— Qu'est-ce qu'il y a? demande-t-il. Ça ne va pas? C'est le peignoir qui te fait rire?

— Non, répond-elle en acceptant la tasse. C'est mon œil. C'est la première fois que je le vois.

— Et tu trouves ça drôle, cet œil ?

— Pourquoi pas ?

Elle va avec sa tasse jusqu'au divan et elle s'assied, sa jambe plus courte ramenée sous les fesses. Elle a l'habitude de s'asseoir comme ça. Elle trouve que c'est plus confortable. Ça n'a rien à voir avec son infirmité. Pas vraiment.

Il s'assied en face d'elle dans son gros fauteuil pendant qu'elle sirote le café bouillant en regardant dans la tasse comme le font les gosses. Son éclat de rire, si total et si court, a chassé une partie de l'embarras qu'il éprouve avec elle. La plupart des femmes auraient été horrifiées ou chagrinées de voir leur visage endommagé.

— Qui t'a frappée ?

Elle a un geste d'indifférence typiquement canadien et elle souffle.

— Un gars.

— Pourquoi ?

— Il m'avait dit que je pourrais passer la nuit chez lui et puis après, il a changé d'avis.

— Et tu lui as fait une scène.

— Bien sûr. Qu'est-ce que t'aurais fait à ma place ?

Il renverse la tête et sourit.

— Il m'est assez difficile de me voir à ta place.

Elle s'interrompt, repose sa tasse et le regarde bien en face.

— J'aimerais foutrement bien savoir ce que tu veux dire par là.

— Rien.

— Alors, pourquoi tu l'as dit ?

— N'en parlons plus. Tu n'es pas de la ville, hein ?

— Comment t'as découvert ça ? demande-t-elle soudain méfiante.

— Tu as l'accent provincial. Je suis né à Trois-Rivières.

— Et après ?

Elle reprend sa tasse et se remet à boire en l'observant attentivement : il ne serait pas en train d'essayer de l'avoir pour rien, par hasard, avec ses paroles amicales ?

Il se dresse d'un geste brusque en se rappelant que l'eau du bain continue de couler.

Elle manque de renverser sa tasse en se rejetant en arrière et en levant le bras pour se protéger.

Puis il se rend compte que la baignoire doit être seulement à moitié pleine. L'eau coule lentement dans la vieille tuyauterie. Il se rassied dans son fauteuil.

— Je voulais pas te faire peur, dit-il.

— Tu m'as pas fait peur. J'ai pas peur de toi !

Elle est furieuse de ce réflexe instinctif de crainte après avoir fait un tel étalage d'assurance.

Est-ce bien la même gosse qui riait tout à l'heure en se regardant dans la glace ? Pauvre gamine. Dure, fanfaronne, vulnérable, effrayée.

— Je m'imaginais que la baignoire allait déborder. C'est pour ça que j'ai fait un bond. Je te fais couler un bain.

— Je me fous bien du bain !

— Ça te réchaufferait.

— Je me demande même si je vais rester ici.

— Alors finis ton café et va-t'en.

— Je me fous bien aussi de ton café !

Elle le toise, son menton étroit avancé dans un geste de défi. Personne ne la commande comme ça.

Il ferme les yeux et pousse un long soupir.

— Allons. Va prendre ton bain, dit-il calmement.

En vérité, l'idée d'un bon bain chaud… D'accord. Elle va prendre un bain. Pour l'embêter.

La vapeur emplit la salle de bains. L'eau est si chaude qu'elle doit y entrer petit à petit ; elle y hasarde lentement son derrière avant de s'y tremper complètement. Ses bras semblent flotter au-dessus de ses seins minuscules. La chaleur l'engourdit.

Lorsqu'elle revient dans le salon, vêtue seulement du peignoir, il est assis dans le fauteuil, le menton sur la poitrine, les yeux fermés. La chaleur du radiateur a envahi la pièce, elle se sent lourde et à demi assoupie. Bon, autant s'en débarrasser tout de suite pour pouvoir dormir après.

— T'es prêt? demande-t-elle d'un ton professionnel. Sinon, je peux te donner un coup de main.

Elle ouvre le devant de la robe de chambre. Ça l'inspirera sûrement.

Il cligne des yeux pour chasser la rêverie, la maison de Laval et ses deux filles, et il tourne la tête pour la regarder. Elle est si maigre que son bassin fait des creux. La touffe de poils de son sexe paraît rêche. Elle plie légèrement un genou afin de répartir son poids sur ses deux pieds. Ses seins sont si petits qu'ils sont largement séparés par son sternum.

— Couvre-toi, dit-il. Tu vas avoir froid.

— Attention, écoute-moi bien. Je t'ai déjà dit dans le parc que je ne fais pas de choses spéciales…

— Je sais!

Elle prend sa colère pour une preuve qu'il espérait assouvir une de ces perversions de vieux.

— Écoute, dit-il en se levant, je suis fatigué. Je vais me coucher. Tu dormiras ici.

Pendant qu'elle prenait son bain, il a préparé le divan avec un de ses oreillers et deux couvertures à points sorties du placard. Elles sentent peut-être un peu la poussière, mais il n'y a rien de plus chaud que ces couvertures-là. Il n'y a pas de draps. Il n'en a que quatre et il n'est pas passé prendre son linge chez la blanchisseuse cette semaine. Il avait bien pensé à lui prêter les siens, mais il a dormi dedans. L'appartement n'est pas organisé pour recevoir des visites. Depuis la mort de Lucille, personne n'y est venu.

Elle referme lentement son peignoir. C'est donc vrai, il n'avait réellement pas l'intention de coucher avec elle. C'est peut-être à cause de sa jambe. Il n'aime peut-être pas l'idée de baiser une infirme. Elle en a vu d'autres du même genre. Bah, qu'il aille au diable. Elle s'en fout.

Pendant qu'il rince la tasse et qu'il vide la cafetière dans la cuisine, elle s'étend confortablement sur le divan et s'enveloppe dans les lourdes couvertures. C'est seulement lorsqu'elle les sent peser douillettement sur elle qu'elle réalise combien elle est fatiguée. Il lui est presque douloureux de se détendre.

En passant pour aller dans sa chambre, il ferme le gaz.

— T'as pas besoin de ça pendant que tu dors. C'est mauvais pour les poumons.

Pour qui se prend-il, ce type ? Pour son père ?

Quand il éteint le plafonnier, les fenêtres qui paraissaient noires se révèlent grises dans la première lueur de l'aube humide. Il s'arrête à la porte.

— Comment t'appelles-tu, au fait ?

Dans le sommeil qui commence à l'envahir, elle murmure :

— Marie-Louise.

— Bon… eh bien, bonne nuit, Marie-Louise.

Elle marmonne, un peu agacée parce qu'il s'obstine à parler. Il ne lui vient même pas à l'idée de lui demander son nom à lui.

# 4

AVANT même d'ouvrir les yeux, il devine qu'il est tard. Il y a quelque chose dans les bruits de la rue qui ne concorde pas avec l'heure habituelle de son lever. Il s'assied au bord de son lit encore à moitié endormi, il cherche son peignoir et ne le trouve pas. C'est alors seulement qu'il se rappelle la fille à qui il l'a prêté et qui dort dans le salon.

Sur la pointe des pieds, il va à la cuisine, déjà habillé alors que d'habitude il prend son café avant de passer ses vêtements. Il ne veut pas qu'elle le voie aller et venir en sous-vêtements.

Elle est couchée en boule sur le côté, les couvertures tirées si haut qu'on n'aperçoit guère qu'une touffe de cheveux frisés. D'après le dessin de son corps à travers les couvertures, il devine qu'elle a les mains entre les jambes, les paumes contre la face intérieure des cuisses. Il se rappelle qu'il dormait comme ça quand il était gosse.

Sa tasse est sur l'égouttoir, comme chaque jour, mais il lui faut chercher dans le placard pour en trouver une autre. Il ne met pas assez d'eau dans la bouilloire, calcule mal la quantité qu'il faut pour deux tasses, mais il décide de ne pas en faire bouillir davantage, le café déjà fait refroidirait. Verser d'une tasse dans l'autre pour faire des parts égales ne se passe pas très bien, il perd à peu près un quart de tasse. Il dit merde à chaque erreur ou maladresse. C'est décidément un fardeau de vivre avec quelqu'un. Ou plutôt, d'avoir quelqu'un chez soi.

Comme les tasses ne sont qu'à demi pleines, il n'a pas de mal à les apporter dans le salon.

Elle dort toujours lorsqu'il les pose doucement sur la table près de la fenêtre. Les ressorts fatigués de son vieux fauteuil grincent. Il fait une grimace et s'assied plus lentement. Peut-être ne faudrait-il pas la réveiller, elle dort si tranquillement. Mais à quoi bon faire du café pour deux s'il ne le lui donne pas ? Non, il vaut mieux laisser dormir la pauvre fille.

— Café ? demande-t-il de sa voix enrouée.

Elle ne réagit pas.

Très bien, laissons-la donc dormir.

— Café ? répète-t-il plus fort.

Elle marmonne et gémit, et sa tête bouge sous les couvertures. La pauvre gosse est vannée. Laissons-la dormir.

— Marie-Louise ?

Une main sort, repousse la couverture et découvre sa joue. Ses paupières battent, puis s'ouvrent. Elle cligne des yeux et grimace en essayant de reconnaître la pièce. Comment est-elle arrivée ici ?

— Ton café va refroidir, explique-t-il.

Elle le regarde d'un air vague, elle ne le reconnaît pas tout de suite.

— Quoi ? interroge-t-elle d'une petite voix haut perchée. Ah… c'est toi.

Elle referme les yeux avec force avant de les rouvrir. L'enflure de son œil a diminué et la meurtrissure violette tourne au vert.

— Le café est prêt, mais si tu préfères dormir, ne te gêne pas.

— Quoi ?

— Je disais… tu peux continuer à dormir si tu veux.

Elle grimace ahurie. Elle ne peut pas croire qu'il l'ait réveillée pour lui annoncer qu'elle pouvait continuer à dormir. Elle met la main devant ses yeux, pour éviter la lumière crue tout en rassemblant ses souvenirs, et se tourne pour le regarder en se demandant ce qu'il peut avoir en tête. Il ne voulait pas d'elle hier soir, alors il voudrait peut-être bien maintenant.

Mais non, il reste là, simplement, à boire son café à petits coups.

Lorsqu'elle s'assied, elle s'aperçoit que sa robe de chambre bâille jusqu'à ses seins ; elle la referme. Elle prend la tasse qu'il lui tend et regarde dedans d'un œil vague.

— T'as pas de lait ?

— Non. Excuse-moi.

Elle prend une gorgée de la mixture forte et noire.

— Et du sucre.

— Non. Je n'ai jamais de sucre à la maison. J'en utilise pas et ça attire les fourmis.

Elle hausse les épaules et boit. C'est au moins quelque chose de chaud.

Ils ne parlent pas, ne se regardent pas, mais ils regardent par la fenêtre le parc, de l'autre côté de la rue. Une femme pousse un landau dans une allée, un enfant capricieux qui se débat et pleure pendu à sa main. Elle le secoue un bon coup et lui donne une claque sur les fesses, ce qui paraît améliorer aussitôt l'humeur du petit.

Marie-Louise peut voir le banc sur lequel il l'a trouvée. Il va encore faire froid et humide aujourd'hui et elle ne trouvera pas un client avant la nuit, si elle en trouve un. Peut-être la laissera-t-il rester ici ? Non, probablement pas. Il aurait peur qu'elle vole quelque chose. Tout de même ça vaut la peine d'essayer.

— Tu te sens plus en forme ce matin ? demande-t-elle.

— Plus en forme ?

— Si t'as le temps, on pourrait peut-être…

Paume dessus, sa main sabre le vide horizontalement dans un geste éloquent et typiquement joual.

— Ne t'occupe donc pas de ça, dit-il.

— Ça te coûtera rien. Juste de me laisser rester chez toi jusqu'à la nuit.

Elle lance de manière enfantine une œillade qu'elle croit sexy et qui oscille entre le comique et le grotesque avec son œil cerclé de noir.

— Je serai gentille, tu sais.

Voyant qu'il ne répond pas, une autre idée lui vient.

— Je vais bien, affirme-t-elle. Enfin, je suis pas malade.

Il la regarde calmement pendant quelques secondes. Puis il se lève.

— Il faut que j'aille au travail. Tu veux un peu plus de café ?

— Non. Non, merci.

— Tu n'aimes pas le café ?

— Pas tellement. Surtout sans lait ni sucre.

— Je suis désolé.

— C'est pas ta faute, dit-elle avec un haussement d'épaules.

Il sort son portefeuille.

— Écoute...

Il ne sait pas trop comment le dire. Après tout, il lui est bien égal qu'elle reste ou qu'elle s'en aille.

— Écoute, il y a un magasin au coin. Tu pourrais t'acheter ce qu'il faut pour ton petit déjeuner. La... la cuisinière marche.

C'est idiot de dire ça. Bien sûr que la cuisinière marche.

Elle tend la main et prend le billet de dix dollars. Ça paraît vouloir dire qu'elle peut rester jusqu'au soir. Il prend son pardessus.

— OK, bien, dit-il en allant vers la porte. Ah oui, il te faut une clef pour rentrer lorsque tu auras fait tes courses. Il y en a une sur le manteau de la cheminée.

Il pense soudain que c'est plutôt idiot de laisser la clef de secours sur la cheminée, parce qu'il faut d'abord être entré pour la prendre. Et si vous êtes déjà dans l'appartement... Mais Lucille la laissait toujours là, et il n'a jamais perdu sa clef personnelle, alors...

Au moment où il va sortir, elle demande :

— Je peux me servir de tes affaires ?

— De mes affaires ?

— Serviette. Déodorant. Rasoir.

Son rasoir ? Mais oui, voyons. Il a oublié que les femmes se rasent les aisselles.

— Bien sûr. Attends, non. J'ai un rasoir droit.

— C'est quoi ça ?

— Ben... un rasoir... qui est droit.

— Et tu veux pas que je m'en serve?

— Je crois que tu ne pourrais pas. Tu n'as qu'à t'acheter un rasoir. Tu auras assez d'argent.

Il referme la porte derrière lui et commence à descendre lorsqu'il se rappelle quelque chose.

— Marie-Louise? appelle-t-il en rouvrant la porte.

Elle lève les yeux. Elle était en train de fouiller dans son sac à provisions pour prendre des vêtements afin de profiter de l'occasion pour laver quelques petites choses et les faire sécher devant le radiateur, lorsqu'il est revenu. Elle réagit comme si elle avait été prise en faute.

— Oui?

— La cuisinière. L'allumeur ne marche pas. Il faudra prendre une allumette.

— OK.

— Bien, dit-il avec un geste d'approbation.


Lorsqu'il arrive au quartier général, la journée est depuis longtemps commencée. Les couloirs devant le tribunal sont pleins de gens qui attendent debout ou assis sur des banquettes de bois sombre, polies par les innombrables jambes et postérieurs de ceux qui se sont ennuyés et tourmentés sous ces voûtes. Une femme épuisée est là avec ses trois enfants dont les âges ne diffèrent que par la période strictement minimale de gestation. Elle n'est pas maquillée, aujourd'hui, peut-être a-t-elle renoncé à se maquiller. Le plus jeune s'accroche à sa jupe et piaille. Ses nerfs la lâchent d'un coup et elle lui hurle de se taire. Un moment, l'enfant reste pétrifié, les yeux ronds. Puis son visage se convulse et il se met à hurler. La mère le prend dans ses bras et le berce, peinée pour lui et pour elle. Deux jeunes types, accotés dans une embrasure de fenêtre, posture nonchalante, s'efforcent de faire voir que ni l'édifice, ni le tribunal, ni la loi ne les impressionnent. Mais chaque fois que la porte de la salle d'audience s'ouvre, ils la regardent avec une expression d'attente et de crainte. Il y a, ici et là, quelques catins victimes d'une rafle lancée la veille au hasard. L'une raconte quelque chose d'un ton animé, une autre se gratte, le pouce passé sous le soutien-gorge. Une fille qui n'a pas encore vingt ans, une grossesse avancée gonflant sa silhouette maigre, mâchonne nerveusement une mèche de cheveux. Un vieux se balance interminablement d'avant en arrière et se frotte les cuisses. C'est son dernier fils, son dernier petit garçon. De jeunes avocats en robe noire flottante et poussiéreuse, col empesé fermé sur le cou, le front plissé, l'air important, traversent la foule à longues enjambées mesurées pour donner l'impression qu'ils ont d'importantes affaires à régler et n'ont pas de temps à perdre.

LaPointe cherche instinctivement les visages qu'il pourrait connaître, puis il entre dans l'un des grands ascenseurs branlants. Deux jeunes policiers murmurent un bonjour ; il hoche la tête et grogne. Il sort au deuxième étage, enfile le long couloir gris, passe devant de vieux radiateurs qui cognent et sifflent leur vapeur, devant des portes toutes semblables avec leur panneau de verre cathédrale. Sa clef n'entre pas dans la serrure de son armoire personnelle. Il gronde furieusement et la porte cède dans sa main. Elle n'était pas fermée.

— Bonjour, mon lieutenant.

Ah merde, oui. Le Joan de Gaspard. LaPointe l'avait totalement oublié. Comment s'appelle-t-il déjà ? Guttmann ? LaPointe remarque que Guttmann s'est déjà installé comme chez lui dans un coin, devant une petite table et sur une chaise au dos raide. Il marmonne une espèce de salut en accrochant son pardessus au portemanteau, s'assied lourdement dans son fauteuil pivotant et commence à fourrager dans la corbeille du courrier.

— Mon lieutenant ?

— Hmm…

— Le rapport du sergent Gaspard est sur votre bureau, à côté du rapport du service médico-légal qu'il vous a transmis.

— Tu les as lus ?

— Non, mon lieutenant, c'est à vous que c'est adressé.

Selon son habitude, la première chose que fait LaPointe en arrivant au bureau est d'examiner le rapport général de la nuit.

— Lis-les, dit-il sans lever les yeux.

Guttmann trouve étrange que le lieutenant ne semble pas s'intéresser aux rapports de Gaspard. Il dénoue la ficelle autour de l'attache de plastique de la grande enveloppe brune officielle.

— Vous devez signer l'accusé de réception, mon lieutenant.

— Signe-le toi-même.

— Mais, mon lieutenant…

— Signe-le.

La signature des enveloppes de transmission n'est qu'une des formalités bureaucratiques qui jalonnent la perpétuelle réorganisation du service. LaPointe a pour habitude d'ignorer toutes ces règles.

Tiens, qu'est-ce que c'est que ça ? Un mémo sur carton bleu, une convocation du bureau du commissaire principal. Examinons les âneries qui tombent d'en haut.

EXPÉDITEUR : commissaire principal Resnais
DESTINATAIRE : lieutenant Claude LaPointe.
MOTIF : rendez-vous pour le 21 novembre.
MESSAGE : j'aimerais vous voir dès votre arrivée.
Resnais. (signé à la machine)

LaPointe sait pourquoi Resnais veut le voir. C'est sûrement au sujet de l'affaire Dieudonné. Un petit avocaillon merdeux menace de porter plainte contre LaPointe qui aurait giflé son client. Nous avons le devoir de veiller au respect des droits des criminels ! Ben, voyons ! Et les droits de la vieille femme à qui Dieudonné a logé une balle dans la gorge ? Que faire pour elle, maintenant que son dernier soupir est passé en sifflant par la blessure de son cou ?

LaPointe écarte en grommelant la carte de convocation.

Guttmann cesse de lire le rapport sur le type qu'ils ont trouvé dans la ruelle.

— Quelque chose qui ne va pas, mon lieutenant?

— Lis donc ton rapport.

Il doit être vraiment fatigué ce matin. Même le français continental et soigné du stagiaire l'ennuie. Et il tient une sacrée place dans le bureau, on dirait. LaPointe n'avait pas remarqué la taille du nouveau hier soir. Pas loin d'un mètre quatre-vingt-dix et dans les quatre-vingt-quinze kilos. Et ses efforts pour se faire aussi petit que possible derrière cette table le font apparaître encore plus grand et plus encombrant. Ça ne peut pas durer comme ça. Il faudra le renvoyer à Gaspard aussi vite que possible.

LaPointe repousse les papiers et les mémos habituels et se lève pour regarder l'hôtel de ville. Des échafaudages s'accrochent aux murs de la vieille carcasse victorienne et on peut voir, au-dessus la façade sablée à blanc par les ouvriers, une façade qui portait jusqu'à présent la confortable patine de la suie avec des coulées de gris foncé. Il y a des mois qu'ils sablent et le sifflement rugissant est devenu le fond sonore du bureau de LaPointe, étouffant le grondement de la circulation. Ce n'est pas le bruit qui gêne LaPointe, mais le changement. Il aimait l'hôtel de ville tel qu'il était, avec ses murs tachés et pleins de souvenirs. Ils changent tout. Les lois, la procédure à observer à l'égard des suspects. Le monde devient de plus en plus compliqué. Et il rajeunit. Et toutes ces nouvelles paperasses! Cet interminable travail de gratte-papier qu'il doit taper avec deux doigts, courbé sur son antique machine à écrire, grommelant et écrasant les touches quand il a fait une erreur.

C'est étrange de penser à elle en train de se servir de son rasoir, de le passer sous ses bras. Il imagine qu'à notre époque les jeunes femmes ne se servent pas d'un rasoir droit. Elles préfèrent sans doute ces produits épilatoires modernes. Il hausse les épaules. Eh bien, tant pis. Il n'a qu'un rasoir droit. Et si ça ne lui convient pas…

— On ne l'a pas identifié, dit Guttmann plutôt pour lui-même.

— Comment?

— C'est dans le rapport du labo, mon lieutenant. On n'a pas identifié l'homme de la ruelle. Et les empreintes digitales n'ont rien donné.

— Ils ont vérifié avec Ottawa?

— Oui, mon lieutenant.

— Hmm…

La victime ressemblait à quelqu'un qui aurait dû avoir un dossier, au moins à titre d'étranger, sinon pour quelque délit. Pas d'empreintes digitales. LaPointe songe tout de suite à une possibilité. Le type pouvait bien être un de ces étrangers non enregistrés, quelqu'un qui s'était introduit illégalement dans le pays. Ils ne sont pas si rares dans la Main. La plupart sont assez inoffensifs, prisonniers d'un cercle vicieux: ils n'ont pas de nationalité officielle et par conséquent pas de passeport, aucun moyen d'immigration légale et par conséquent aucune nationalité légale. Bien des juifs qui vivent dans le quartier depuis des années sont dans ce cas, notamment ceux arrivés des camps européens juste après la guerre. D'ailleurs, ils ne font jamais d'histoires. LaPointe les connaît et c'est ce qui compte.

— Quoi d'autre dans le rapport?

— Pas grand-chose mon lieutenant. Une description médicale de la blessure, l'angle d'incidence du coup et ce genre de choses. Ils sont en train d'examiner les vêtements.

— Je vois.

— Alors que faisons-nous maintenant?

— Nous?!

LaPointe jauge du regard la pile de travail en retard, de formulaires, de mémos et de rapports qui encombrent son bureau.

— Dis-moi, Guttmann, quand tu faisais tes études, tu as appris à taper?

Guttmann reste silencieux cinq bonnes secondes avant de répondre.

— Euh… oui, mon lieutenant.

L'accent sur le dernier mot dit tout.

— Voyez-vous, mon lieutenant, ajoute-t-il aussitôt, le sergent Gaspard me faisait taper ses rapports quand je lui ai été confié à titre de Joan. Cela m'est apparu comme une sorte de pervertissement des intentions du programme d'apprentissage.

— Une sorte de quoi ?

— De pervertissement du… C'est une des raisons qui ont fait que j'étais heureux quand il m'a permis de venir travailler avec vous.

— Vraiment ?

— Oui, mon lieutenant.

— Je vois. Eh bien, puisque c'est ça, tu vas t'attaquer immédiatement à ce tas de cochonneries empilées sur mon bureau. S'il y a quelque chose à signer, signe. Signe de mon nom, s'il le faut.

Le visage de Guttmann s'est assombri.

— Et le commissaire Resnais ? demande-t-il, assez content de pouvoir l'embêter un peu à son tour. Il y a un mémo dans lequel il demande à vous voir.

— Si quelqu'un m'appelle, je suis descendu au service médical pour parler à Bouvier.

— Et que dois-je répondre au bureau du commissaire principal s'ils appellent ?

— Dis-leur que je suis en train de pervertir ton programme… c'est bien ce que tu disais, non ?


Au moment où il sort de l'ascenseur, dans le sous-sol, il est assailli par un cocktail d'odeurs qui lui rappelle toujours la même image incongrue d'une statue en plâtre de la Vierge. Ses yeux bleus étincelants louchent légèrement par la faute de l'artiste et elle a une petite fente à la joue. En même temps que cette image lui vient toujours une sensation pesante dans les bras et les épaules. Les odeurs rances du service médico-légal sont liées à cette curieuse sensation de poids dans les bras par une vieille association d'idées qu'il ne s'est jamais donné la peine d'essayer d'élucider.

L'odeur de ces couloirs est un salmigondis de produits chimiques, de cire à parquet, de poussière et de peinture qui chauffe sur des radiateurs brûlants, dont l'ensemble ressemble énormément aux odeurs de l'orphelinat Saint-Joseph où on l'a envoyé quand la pneumonie a emporté sa mère. (À Trois-Rivières, on ne parlait pas d'une pneumonie, mais de *la* pneumonie, et celle-ci ne tuait pas votre mère, elle *l'emportait*.)

Les odeurs de Saint-Joseph : cire à parquet, radiateurs surchauffés, cheveux mouillés, laine humide, savon minéral, poussière et odeur aigre de l'encre séchée et encroûtée sur les parois de l'encrier.

L'encrier. Le bec écarté de la plume grince sur le papier. Vous l'écrirez cent fois, impeccablement sans une rature. Ça vous apprendra à bayer aux corneilles. Vous perdez de vue le devoir une seule seconde et le bec de la plume s'enfonce dans le mauvais papier quand le jambage remonte. Une tache d'encre vous oblige à recommencer depuis la première ligne. Et estimez-vous heureux que frère Bénédict n'ait pas trouvé de "moue" sur vous. Il vous en coûterait pire que cent lignes. Vous attraperiez une "tranche".

La "moue". On fabrique la moue en tassant du pain dans une petite boîte de fer-blanc et en le mouillant avec de l'eau et de la salive. Au bout d'un jour ou deux, la chose devient sucrée au goût. C'est la friandise classique des garçons de Saint-Joseph, on la mâche clandestinement pendant la classe, on l'échange pour une faveur, on la joue à la *morra*[*] au dortoir après l'extinction des feux, ou on la donne aux grands pour qu'ils ne vous battent pas. Comme le pain est volé sur les plateaux de service des repas, la moue est illégale à Saint-Joseph et si on en trouve sur vous vous attrapez une "tranche". Vous pouvez écoper de "tranches" pour d'autres péchés. Pour avoir parlé dans les rangs, ne pas savoir vos leçons, pour vous être

---

[*] Jeu populaire du sud de l'Italie qui se joue avec les doigts.

battu ou pour avoir répliqué. Si vous n'avez pas acquitté vos "tranches" à la fin de la semaine, vous vous passez de manger le dimanche.

Une "tranche", c'est un séjour d'un quart d'heure dans la petite chapelle que les gosses appellent le Trou Sacré, où vous vous agenouillez devant une Marie de plâtre, les bras écartés en forme de croix, sous la surveillance du vieux frère Jean qui ne paraît pas avoir d'autre chose à faire que de trôner au deuxième rang du Trou Sacré et de tenir à jour la comptabilité des punitions. Vous êtes agenouillé là, les bras tendus. Et pendant les cinq premières minutes, c'est facile. À la fin du quart d'heure, vos bras sont comme du plomb, vos mains paraissent énormes et les muscles de vos épaules se tétanisent sous l'effort. Il vaudrait peut-être mieux ne pas essayer de faire votre seconde tranche. Tout quart d'heure interrompu compte pour rien. Quatorze minutes s'étaient peut-être écoulées lorsque vos bras ont cédé, c'est comme si vous n'aviez rien fait. Voyons, ce serait bien le diable!… Allons-y, pour la seconde. Qu'on n'en parle plus! Au milieu de la nouvelle tranche, vous savez que vous n'y arriverez pas. Vous fermez les yeux et vous serrez les dents. Tout le monde dit que frère Jean triche et que la seconde tranche est plus longue que la première. Vous fermez les poings, vous luttez contre l'engourdissement de vos épaules. Mais inévitablement les bras fléchissent. "Plus haut. Plus haut", dit gentiment frère Jean. Avec un rictus de douleur, vous relevez les bras. Vous respirez à fond. Vous essayez de penser à autre chose, d'ignorer cette fatigue. Vous fixez la face de la Vierge de plâtre, si calme, si pure, avec ses yeux légèrement bigles et cette maudite fente à la joue! Les mains retombent, claquent sur vos jambes et vous gémissez à cause du changement soudain d'intensité de la douleur. La voix de frère Jean est neutre et douce :

— LaPointe. Une tranche.

Chaque fois qu'il sort de l'ascenseur et hume les odeurs particulières du sous-sol, les bras de LaPointe paraissent lourds sans qu'il puisse s'expliquer pourquoi.

Un instant, il attribue cette sensation à son cœur, à son anévrisme. Il attend la suite... les bulles dans le sang, la constriction, l'explosion de lumière dans ses yeux. Rien ne vient, alors il sourit intérieurement et secoue la tête.

La porte du bureau du Dr Bouvier est ouverte et il est en train de parler à l'un de ses assistants en examinant une liste fixée à une planchette qu'il tient tout près de son œil droit, grossi par le verre de ses lunettes. Son œil gauche est caché par une lentille couleur de nicotine. L'œil doit être affreux, car le Dr Bouvier fait l'impossible pour que personne ne le voie. Il dit à son assistant de veiller à ce qu'une certaine chose soit faite cet après-midi et le jeune homme s'en va. Bouvier se gratte le crâne avec son crayon, puis tourne la tête vers la porte.

— Qui est là ? demande-t-il.

— C'est LaPointe.

— Ah ! Entrez. Bon sang, ne restez pas planté là. Une tasse de café ?

LaPointe s'assied dans un vieux fauteuil scrofuleux, au-dessous d'une des fenêtres grillagées qui laissent tomber une lumière avare dans le sous-sol. Bouvier tâtonne sur la planche derrière lui et prend une tasse. Il plonge son doigt dedans et, comme le fond est mouillé, il en déduit que c'est la sienne. Il en trouve une autre et l'approche de son œil droit pour s'assurer qu'il ne traîne pas un vieux mégot dedans. Le minimum de ces précautions sanitaires étant satisfait, il emplit la tasse et la tend à LaPointe.

À sa manière, Bouvier est, dans le folklore du service, un personnage aussi légendaire que LaPointe. Il est célèbre, bien sûr, pour son café. Il faut un grand effort d'imagination pour définir le goût et la composition de cette épouvantable mix-ture. Il est célèbre aussi pour sa table de travail qui disparaît sous des piles de lettres, de circulaires, de mémorandums, d'injonctions et de dossiers, dont la hauteur défie les lois de la gravitation. Bouvier possède également, à la fois dans la légende et dans les faits, une remarquable mémoire pour les détails les plus infimes des vieilles affaires, une mémoire qui s'est développée à mesure que sa vue baissait. Grâce à cette mémoire, il lui arrive parfois de découvrir un même *modus operandi* entre des événements ou des affaires qui semblent n'avoir aucun rapport. Ce genre de "petites idées ingénieuses" a parfois conduit à la solution ou, au contraire, détruit les solutions faciles qu'on avait sous la main. Aussi ces "petites idées ingénieuses" ne sont-elles pas toujours bien accueillies, parce qu'elles peuvent rouvrir des dossiers que tout le monde préférerait voir demeurer hermétiquement clos.

Comme LaPointe, Bouvier est célibataire et il passe un temps incroyable dans les entrailles du quartier général où ses attributions vont bien au-delà de celles normalement assignées à un médecin légiste. Son autorité s'est étendue à chaque vide créé par le départ d'un fonctionnaire ou par quelque nouvelle réorganisation du service. Il embrasse aujourd'hui un tel domaine que le quartier général s'effondrerait en quarante-huit heures, dit-il, s'il devait s'en aller.

Non que le Dr Bouvier ait la moindre intention de s'en aller. Sortant de la faculté, il est allé tout droit à l'armée où il a servi pendant la Seconde Guerre mondiale. Lorsqu'il en est sorti, il n'avait guère d'argent et il a accepté un poste temporaire dans la police en attendant de pouvoir installer son propre cabinet. Le temps a passé et sa vue a commencé à baisser. Il est resté dans la police parce que, comme il l'explique lui-même, la confiance d'un patient pourrait être légèrement ébranlée si le chirurgien qui va l'opérer du cerveau lui disait : "Et maintenant, monsieur, si vous voulez bien avoir la bonté de diriger ma main jusqu'à votre tête."

Il est assis sur une chaise de cuisine derrière son bureau surchargé, il renifle en remontant constamment ses lunettes qui glissent sans cesse sur son nez camus. Il a cassé le pont de ses lunettes il y a des années et il l'a réparé avec du ruban adhésif toujours sale. Il en achètera de toutes neuves un de ces jours.

— Alors ? demande-t-il lorsque LaPointe serre les doigts autour de la tasse qu'il vient de lui remplir à nouveau.

Je présume que vous venez me voir à propos de ce jeune gaillard qui s'est fait saigner dans votre secteur. Y a t-il quelque chose de particulier dans cette affaire ?

— J'en doute, dit LaPointe en secouant les épaules.

— Bien. Parce que j'ai l'impression que vous ne résoudrez pas celle-là de sitôt. Si vous avez pris le temps de lire mon rapport, rédigé en jargon professionnel concis mais clair, vous devez savoir qu'il n'y avait pas d'empreintes digitales enregistrées à Ottawa. Et nous savons tous ce que ça veut dire.

Bouvier n'est pas enchanté d'avoir fini dans la peau d'un médecin légiste. Il traduit son amertume par le sarcasme et le cynisme et par une éloquence qui mêle l'érudition à la vulgarité et à un humour macabre et à laquelle il ajoute un style de conversation chaotique, *non sequitur,* qui ahurit un grand nombre de personnes et en impressionne quelques-unes.

LaPointe a depuis longtemps appris à affronter cette technique en attendant simplement que Bouvier en arrive au sujet de la conversation.

— Pouvez-vous me dire quelque chose qui ne figure pas dans le rapport ?

— Je pourrais vous dire des tas de choses. Je pourrais vous dire des choses allant de l'esthétique, à la thermodynamique et aux théories contradictoires sur les alignements de Stonehenge mais je vous soupçonne d'avoir des curiosités plus mesquines. Bah ! l'information vue par le petit bout de la lorgnette, maladie professionnelle. Eh bien, que diriez-vous de ceci pour commencer ? Votre bon jeune homme se laquait les cheveux avec un pulvérisateur, si ça peut vous rendre service.

— Absolument pas. Le communiqué à la presse est-il sorti ?

— Non, il est encore là dans ma corbeille "départ".

D'un geste vague, Bouvier désigne son bureau surchargé. L'usage du service est de ne communiquer aux journaux aucune information sur les affaires d'assassinat, de suicide ou de viol avant que Bouvier n'ait terminé ses examens et que le parent le plus proche ait été prévenu.

— Vous voulez que je le garde sous le coude ?

— Oui. Pendant un jour ou deux.

Lorsque les exigences de la presse ou de la famille le permettent, LaPointe aime commencer son enquête avant que les journaux révèlent l'affaire. Il préfère être le premier à parler du crime afin d'observer les réactions des gens.

— Je pourrais sans doute le conserver pour toujours, dit Bouvier. Je doute que qui que ce soit vienne jamais s'inquiéter de ce type. Sauf peut-être une femme qui le poursuivrait pour rupture de promesse de mariage ou pour l'avoir engrossée ou encore les deux à la fois. Il venait de faire l'amour quand il a été tué.

— Comment pouvez-vous le savoir ?

Bouvier avale lentement son café, fait une grimace et penche son verre couleur de nicotine sur sa tasse.

— C'est affreux. Je crois qu'il a dû tomber quelque chose dans la cafetière. Il faudra que je la vide un de ces jours pour vérifier. En y réfléchissant, je ne tiens peut-être pas tellement à le savoir. Dites donc, j'ai entendu dire que vous vous êtes dégonflé et que vous avez fini par prendre un Joan avec vous ?

Aveugle plus qu'à moitié et ne sortant jamais de son antre dans les entrailles du quartier général, le Dr Bouvier sait tout ce qui se passe dans le service. Et il tient à faire savoir qu'il sait.

— Gaspard m'a repassé son Joan pour quelques jours.

— Hmm. Je ne peux pas m'empêcher de plaindre le pauvre gosse. C'est un garçon intéressant, vous savez. Avez-vous jeté un coup d'œil sur son dossier ?

— Non. Mais je suis sûr que vous l'avez fait.

— Bien sûr. Excellent élève à l'université. Excellentes notes. Une offre de bourse lui permettait de décrocher un diplôme en sciences sociales, mais il a préféré entrer dans la police. Nouvel exemple d'une étrange tendance démographique que j'ai observée. Chaque année, la police attire des jeunes gens issus de classes de plus en plus élevées. En revanche, avec tous ces gosses qui s'emmêlent les pieds dans de maladroites tentatives de hold-up pour s'acheter une dose, le crime attire des jeunes de classes de plus en plus médiocres. C'était plus simple de notre temps, quand les hommes des deux côtés de la barrière provenaient du même milieu social, intellectuel et moral. Mais, au fait, ce que vous voulez réellement savoir c'est comment j'ai deviné que le jeune homme de la ruelle venait de faire l'amour peu avant d'être tué. Élémentaire, lieutenant LaPointe. Il n'a pas fait sa toilette après, en contradiction absolue avec les conseils paternels et éclairés donnés dans les films de l'armée sur les maladies vénériennes. Je me demande s'ils pensent jamais avec quel soin ils seront examinés sous toutes les coutures avant de se faire étriper ou d'échapper d'une manière quelconque au tumulte du monde… Je me rappelle que ma mère me recommandait toujours de porter un caleçon propre, pour le cas où je serais renversé par un camion. Pendant une grande partie de ma jeunesse, j'ai sincèrement cru qu'un caleçon propre constituait une sauvegarde tutélaire contre les camions… de la même manière que la pomme vous garde du médecin. Quand je songe à mon audace, aux dangers que j'ai affrontés au milieu de la circulation pour distraire mes petits camarades, bien persuadé que j'étais de mon invulnérabilité parce que je venais de changer de caleçon !… Et maintenant, dites-moi ce que fabriquent nos démiurges pour l'heure ? Notre bienheureux commissaire Resnais rêve-t-il toujours d'un brillant avenir politique comme il nous fait rêver de régicide ?

— Ils inventent tous les jours un nouveau formulaire, une nouvelle paperasse. Les documents officiels commencent à me sortir par les yeux.

— Tiens ! Avez-vous parlé de ça à votre médecin ? Je viens de lire dans un journal médical le cas d'un homme qui buvait du fer fondu et pissait du fil téléphonique. Je le soupçonne d'être une sorte d'exhibitionniste… Pour en revenir plus directement à notre sujet, nous n'avons pas fini d'examiner les vêtements de votre cadavre. L'analyse de la poussière, de la peluche et autres cochonneries contenues dans ses poches et ses revers de pantalon n'est pas tout à fait terminée. Je vous appellerai si l'on trouve quelque chose. En fait, je vais réfléchir un peu à cette affaire. Je pourrais même peut-être avoir une de mes "petites idées ingénieuses".

— Ne me faites aucune grâce, je vous en prie.

— Je m'en garderai bien. Et la meilleure preuve… que diriez-vous d'une autre tasse de café?


GUTTMANN est en train de taper un rapport en retard lorsque LaPointe revient. Il a pris la liberté d'examiner le bureau du lieutenant et de déblayer tous les rapports négligés ou oubliés, tous les mémos qu'il a pu trouver. Il a d'abord essayé de les classer dans un certain ordre, mais maintenant il les prend comme ils se présentent et s'en débarrasse de son mieux.

LaPointe s'assied et examine son bureau vierge de toute paperasse.

— C'est tout de même mieux comme ça, dit-il.

Guttmann jette un œil au-dessus de la pile de papiers amoncelés sur sa petite table.

— Avez-vous découvert quelque chose chez le Dr Bouvier, mon lieutenant?

— J'y ai trouvé seulement qu'il paraît que tu es un jeune homme remarquable.

— Remarquable à quel point de vue, mon lieutenant?

— Je ne me rappelle plus.

— Je vois. Ah! Au fait, le bureau du commissaire a rappelé. Ils paraissent légèrement agacés que vous n'y soyez pas allé dès votre arrivée.

— Hmm… Dirtyshirt Red n'a pas appelé?

— Pardon?

— Ce *robineux* que tu as vu hier soir. Celui qui doit essayer de retrouver le Vet.

— Non, mon lieutenant. Personne n'a appelé.

— En fait, je ne pense pas qu'on reverra le Vet dans les rues avant la nuit. Il avait pas mal d'argent à boire. Quelle heure est-il?

— Un peu plus d'une heure, mon lieutenant.

— Tu as déjeuné?

— Non, mon lieutenant. J'ai fait de la paperasserie.

— Ah! Eh bien, allons déjeuner.

— Mon lieutenant? Est-ce que vous vous rendez compte que certains de ces rapports ont six mois de retard?

— Qu'est-ce que ça a à voir avec notre déjeuner?

— Heu... rien.


Ils sont assis près d'une fenêtre d'un petit restaurant de la rue Bonsecours, en face du quartier général. Ils finissent leur café. La décoration est un peu fanfreluchée pour la clientèle de policiers et Guttmann tranche tout particulièrement dans l'ambiance. Son imposante stature menace d'écraser sa chaise fragile.

— Mon lieutenant, dit-il après un long silence. Il y a quelque chose qui m'intrigue. Pourquoi les anciens nous appellent-ils, nous les stagiaires, des Joan?

— Oh! C'est une vieille histoire. Elle remonte à l'époque où la plupart des policiers étaient français. Les jeunes, on ne les appelait pas Joan mais "jaunes". Et avec le temps le mot s'est anglicisé.

— Jaunes? Pourquoi jaunes?

— Parce que les apprentis, les stagiaires, sont toujours des gosses, qu'ils ont encore la morve au nez...

Visiblement Guttmann ne comprend toujours pas.

— ... et le jaune, c'est la couleur du caca des bébés, explique LaPointe.

Le visage de Guttmann reste vide. LaPointe hausse les épaules:

— Je suppose que c'est pas tellement drôle.

— Non, mon lieutenant. Pas tellement. Simplement une autre brimade des anciens et que les nouveaux doivent supporter.

— Ça t'embête, hein?

— Bien sûr. Enfin, je veux dire... nous ne sommes pas à l'armée. Il n'est pas nécessaire d'humilier un homme pour lui apprendre le métier.

— Si t'aimes pas la police, rien ne te force à rester. Va utiliser ailleurs cette instruction acquise à l'université.

Guttmann jette un regard au lieutenant.

— Voilà encore une autre chose, mon lieutenant. J'ai l'impression que je devrais m'excuser d'avoir un peu d'instruction. Mais je n'y peux rien, j'en ai peur. Je ne peux pas la jeter par-dessus bord.

Ses oreilles se teintent de colère. LaPointe caresse son menton râpeux de son éternelle barbe d'un jour.

— Je ne te demande pas de jeter quoi que ce soit par-dessus bord, fiston. Du moment que tu sais taper à la machine. Allons, finis ton café et allons-nous-en.

Laissant Guttmann planté sur le trottoir, LaPointe rentre au restaurant pour téléphoner de la cabine. Cinq... six... sept fois, le téléphone sonne sans qu'on réponde. Il hausse les épaules avec philosophie et raccroche l'appareil. Mais juste à ce moment, il entend le déclic : quelqu'un allait répondre. Il refait aussitôt le numéro, et cette fois on répond au premier appel.

— Oui ?

— Allô. C'est moi, Claude.

— Oui ?

Le nom ne lui dit rien.

— LaPointe. Le propriétaire de l'appartement.

— Ah ! Oui.

C'est tout ce qu'elle trouve à dire.

— Est-ce que tout va bien ?

— Tout va bien ?

— Voyons... Tu as acheté ce qu'il fallait pour le petit déjeuner et ton déjeuner ?

— Oui.

— Bon.

Un moment de silence, puis elle se lance :

— C'est toi qui viens d'appeler ?

— Oui.

— J'étais dans la salle de bains. Ça s'cst arrêté de sonner juste au moment où je prenais l'appareil.

— Oui, je sais.

— Ah! Bon... pourquoi t'appelles?

— Je voulais simplement savoir si tu avais trouvé ce qu'il te fallait.

— Comme quoi, par exemple?

— Comme... Tu as acheté un rasoir?

— Oui.

— Tu as bien fait.

Court silence, puis il dit:

— Je ne reviendrai pas ce soir avant 8 ou 9 heures.

— Et tu veux que je sois partie à cette heure-là?

— Non. Je veux dire, à toi de choisir. Ça n'a pas d'importance.

Autre silence, court.

— Alors je dois partir ou rester?

Silence plus long.

— Je rapporterai des provisions. Nous pouvons dîner à la maison, si tu veux.

— Tu sais faire la cuisine? demande-t-elle.

— Oui. Tu ne sais pas, toi?

— Non. Tout ce que je sais faire, ce sont des œufs et du steak haché, des trucs comme ça.

— Bien. Dans ce cas, c'est moi qui ferai la cuisine.

— OK.

— Mais il sera tard. Tu pourras tenir jusque-là?

— Qu'est-ce que tu veux dire?

— Tu n'auras pas trop faim?

— Non.

— Bon. Alors, à ce soir.

— OK.

LaPointe raccroche. Il se sent un peu bête. Pourquoi téléphoner quand on n'a rien à dire. C'est idiot. Il se demande ce qu'il va acheter pour le dîner.

Cette petite gourde ne sait même pas faire la cuisine.

La jupe de la secrétaire est si courte que la pudeur l'oblige à tourner le dos pour s'accroupir et fouiller dans les tiroirs inférieurs des classeurs.

LaPointe attend dans un divan design en similicuir si moelleux et si profond qu'il est difficile de s'en extraire. Sur une table basse, un étalage politiquement équilibré de magazines, des vieux numéros de *Punch* et de *Paris Match*, accompagnés du dernier numéro de *Canada Now*. Les murs de la salle d'attente du commissaire sont décorés de peintures dans le style naïf et sans perspective des Indiens de la baie d'Hudson actuellement en vogue. Il y a aussi le portrait sirupeux d'une petite Indienne à nattes, aux yeux bruns, tendres et tragicomiques, trop grands pour son visage, exécuté dans le style kitsch par un couple de peintres américains. La taille des yeux, leur tristesse et leurs coins relevés donnent l'impression qu'en coiffant sa fille la mère a trop tiré sur les nattes.

À côté de la barbouille indienne classique, on trouve sur les murs plusieurs posters encadrés, production du nouveau département des relations publiques du service. L'un montre un policier en uniforme et un civil d'âge moyen debout côte à côte et contemplant un enfant souriant. Le slogan déclare : LE CRIME EST L'AFFAIRE DE CHACUN. LaPointe se demande quel crime peuvent bien envisager les deux hommes.

La secrétaire en mini-minijupe s'accroupit encore, le dos aux classeurs, pour ranger un dossier. Sa jupe étroite lui fait perdre un instant l'équilibre, ses genoux s'écartent et laissent voir sa culotte.

LaPointe hoche la tête. Bravo! Pour éviter d'exhiber votre derrière, montrez donc votre entrecuisse.

La porte s'ouvre derrière le bureau de la secrétaire et le commissaire Resnais arrive, la main déjà tendue, le sourire cordial bien en place. Il a pour habitude de se déranger pour accueillir les anciens. Il a rapporté ça d'un séminaire organisé aux États-Unis au sujet des méthodes de direction du personnel.

*Faites que les hommes qui travaillent POUR vous pensent qu'ils travaillent AVEC vous.*

— Claude, je suis content de vous voir. Entrez donc.

À l'inverse du sergent Gaspard, Resnais appelle LaPointe par son prénom, mais il ne le tutoie pas. Les petits yeux noirs du commissaire trahissent une froideur qui dément sa camaraderie de façade.

Le bureau de Resnais est spacieux, les meubles agressivement modernes. La moquette est épaisse et deux des murs sont couverts de rayons de livres, et pas seulement d'ouvrages juridiques. On y voit des titres relatifs aux questions sociales, à la psychologie, à l'histoire du Canada, aux problèmes de la jeunesse, aux relations humaines et à l'art et l'artisanat des Indiens de la baie d'Hudson. Un visiteur étranger au service ne peut manquer d'être frappé par l'intérêt et l'attitude compréhensive que manifeste le maître de cette bibliothèque à l'égard des causes et de la prévention du crime. Ce commissaire n'a rien d'un policier ordinaire. C'est un intellectuel libéral œuvrant dans les tranchées de la défense quotidienne de la loi.

On ne peut pas non plus taxer Resnais d'être un politicien factice. Il a vraiment lu chacun des livres qui ornent son bureau. Il fait vraiment de son mieux pour comprendre les besoins d'une communauté moderne et pour y répondre. Il se voit vraiment sous les traits d'un libéral, d'un policier par vocation et d'un politicien par nécessité. Resnais n'est pas l'homme qui attire le dévouement et l'affection de ceux qui sont sous ses ordres, mais la majorité des policiers le respectent et bien des jeunes l'admirent.

Comme LaPointe, Resnais a commencé à l'échelon de flic de quartier. Il a suivi des cours du soir, perfectionné son anglais et il a finalement épousé la fille d'une des familles anglo régnantes de Montréal. Il a pris des congés sans solde pour parachever son instruction et il a fait carrière en traitant des affaires délicates touchant des gens et des événements qui réclamaient certaines précautions pour échapper à la publicité de la presse. En fin de compte, il est devenu le premier policier de carrière qui occupe le poste de commissaire traditionnellement réservé à un civil. C'est pour cette raison qu'il se prend pour le flic entre les flics. Peu d'anciens sont de cet avis, cependant. C'est vrai, il appartient à la police depuis trente ans, mais il n'a jamais été un policier "sur le tas" comme les autres. Il n'a jamais forcé à se mettre à table un maquereau qu'il méprisait. Il n'a jamais bu un café à 2 heures du matin dans une tasse ébréchée, le manque de sommeil lui brûlant les yeux, son pardessus puant la laine mouillée. Il n'a jamais eu à se retrancher derrière une portière de voiture pour répondre balle pour balle.

LaPointe aperçoit son dossier personnel sur le bureau de Resnais. Le bureau serait nu sans ce dossier, une pile bien nette de mémos bleus, un bloc-notes ouvert sur une page blanche et deux crayons parfaitement taillés.

*Les hommes qui paraissent débordés sont le plus souvent simplement désorganisés.*

Resnais se plante devant une paroi entièrement vitrée, la lumière du ciel nuageux force à cligner des yeux celui qui veut le voir.

— Alors, comment ça va, ces temps-ci, Claude ?

LaPointe sourit de l'accent. Resnais est en fait trilingue. Il parle le français continental, parfaitement l'anglais, bien qu'en roulant les r comme les francophones qui ont finalement réussi à déceler cette consonne ardue, et il peut passer au joual aussi nasillard et épicé que celui d'un gosse de la Main, s'il s'adresse à un groupe de l'est de la ville ou aux vieux de la vieille parmi les policiers canadiens français.

— Je crois que j'arriverai à passer l'hiver, monsieur le commissaire.

LaPointe ne l'appelle jamais par son prénom.

— J'en suis bien convaincu ! s'exclame-t-il en riant. Une espèce de vieux salaud increvable comme vous ? J'en suis parfaitement sûr.

Il y a quelque chose de faux et de condescendant dans sa façon de jurer comme s'il était l'un des leurs. Il a ses mains derrière le dos et il se balance sur la pointe des pieds d'avant en arrière, une habitude qu'il a prise parce qu'il est un peu petit pour un policier. Il est trapu, charnu mais il se maintient en forme en courant avec ses voisins, en nageant avec les membres du club sportif exclusif auquel il appartient et en jouant au handball dans le club de la police où il s'est inscrit comme les autres hommes du service, et où il accepte de bonne grâce d'être battu par les policiers plus jeunes. Ses complets coûteux sont très ajustés et on lui donnerait dix ans de moins, malgré son crâne étincelant au milieu de sa couronne de cheveux noir-bleu. Le soleil artificiel des lampes à bronzer lui donne un hâle légèrement empourpré.

— Vous habitez toujours ce vieux coin sur l'Esplanade ? demande-t-il d'un ton familier.

— Oui, toujours à l'adresse qui figure dans mon dossier, répond LaPointe.

— Vous ne laissez jamais rien passer, hein ? constate Resnais avec un rire jovial.

Il est vrai qu'il a pour principe d'examiner le dossier de ses hommes avant de les recevoir, dans l'intention de se rappeler un ou deux détails personnels – nombre d'enfants et leur sexe, nom de l'épouse, citations ou décorations. Il place ensuite des détails dans la conversation comme s'il connaissait chaque policier personnellement et n'ignorait pas grand-chose de sa vie. Il a lu un jour quelque part que c'était un truc employé par un général américain pendant la Seconde Guerre mondiale et il l'a repris à son compte comme une bonne méthode de commandement.

*Un employé vous donne son TEMPS, un camarade vous donne sa PEAU.*

Malheureusement il n'y a pas grand-chose à commenter dans la vie de LaPointe. Pas d'enfants, une femme morte depuis longtemps, des citations pour mérite et bravoure toutes gagnées il y a des années. Vous en êtes vraiment réduit au fond du tiroir quand vous êtes obligé de parler de la rue qu'habite un homme.

— Je ne voudrais pas vous faire perdre votre temps, monsieur le commissaire, dit LaPointe. Alors, si vous avez quelque chose…, et il s'interrompt en levant les sourcils.

Resnais n'apprécie pas. Il préfère diriger l'ordre et le cours de la conversation, surtout lorsqu'elle comporte des questions personnelles aussi délicates que celle-ci. C'est un axiome de la méthode de communication en groupes réduits et en tête à tête.

*Si vous ne dirigez pas, on vous dirige.*

— Je vous attendais ce matin, Claude.

— J'étais sur une affaire.

— Je vois.

Le commissaire se remet à se balancer sur la pointe des pieds et serre ses mains derrière son dos. Puis il vient s'asseoir dans son fauteuil à haut dossier et le fait pivoter de façon à ne pas regarder LaPointe, mais la fenêtre derrière lui.

— Franchement, je crois qu'il va me falloir vous tanner la peau des fesses, comme nous disions dans le temps.

— On le dit toujours.

— Bon. Alors, écoutez, Claude, nous sommes deux vieux de la vieille…

LaPointe a un mouvement d'épaules.

— … et je ne pense pas qu'il soit nécessaire de prendre de gants entre nous. J'ai déjà dû vous faire des observations au sujet de vos méthodes. Remarquez que je ne dis pas qu'elles sont inefficaces. Je sais bien que si on s'en tient trop scrupuleusement au règlement on rate parfois une arrestation. Mais les choses ont évolué depuis notre jeunesse. On se préoccupe davantage aujourd'hui de la protection des droits des individus que de la défense de la société. (On dirait que cette dernière phrase comporte d'invisibles guillemets.) Je ne prétends pas que cette évolution soit bonne, ni qu'elle soit mauvaise. Mais c'est un fait et un fait que vous persistez à ignorer.

— Vous voulez sans doute parler de l'affaire Dieudonné ?

Resnais fronce les sourcils. Il n'aime pas qu'on le presse.

— C'est en effet de cela qu'il est question. Mais je veux parler de bien d'autres choses. Ce n'est pas la première fois que vous obtenez des aveux par la force. Et ce n'est pas la première fois non plus que je vous dis que ce sont des choses qui ne se font pas dans mon service.

Il regrette aussitôt d'avoir dit "mon service". Il faut que chacun des hommes soit bien persuadé d'être une part de l'organisation et sur un pied d'égalité.

*On travaille mieux quand on travaille pour soi.*

— Je crois que vous ne connaissez pas l'affaire dans son entier, monsieur le commissaire.

— Je vous assure que je la connais fort bien. Le procureur m'en a fait ingurgiter tous les détails un par un !

— Cette vieille femme a été abattue pour sept dollars et quelques ! Même pas assez pour que ce malfrat puisse s'acheter une dose !

— Ce n'est pas de ça qu'il s'agit !

Resnais crispe les mâchoires et il continue, se contrôlant avec un effort visible :

— La question est celle-ci : vous avez obtenu des aveux de Dieudonné par la force et en le menaçant de recourir à la force.

— Je savais que c'était lui. Mais je ne pouvais pas le prouver sans qu'il ait reconnu les faits.

— Comment pouviez-vous savoir que c'était lui ?

— Ça traînait partout.

— Qu'est-ce que cela signifie exactement ?

— Ça veut dire que tout le monde le savait. Ça veut dire que ce fils de putain est un petit con qui ouvre sa grande gueule dès qu'il a sa dose.

— Vous voulez dire qu'il a raconté à d'autres qu'il avait tué la vieille femme… comment s'appelle-t-elle déjà ?

— Non. Il se vante d'avoir un revolver et de ne pas avoir peur de s'en servir.

— Ce n'est pas tout à fait ce qu'on appelle avouer un crime.

— Non, mais je connais Dieudonné. Je le connaissais déjà quand ce n'était qu'un petit merdeux braillard. Je sais de quoi il est capable.

— Que vous le vouliez ou non, votre intuition ne constitue pas une preuve.

— Les balles de son revolver étaient bien les mêmes, non ?

— Les balles étaient en effet les mêmes. Et, tout d'abord, comment avez-vous retrouvé le revolver ?

— Il m'a dit où il l'avait enterré.

— *Après* que vous l'avez frappé !

— Je lui ai donné deux claques.

— Et vous l'avez menacé de l'enfermer et de le laisser moisir jusqu'à ce qu'il soit en état de manque ! Bon Dieu, vous n'aviez même pas une preuve formelle pour l'incriminer de l'assassinat de cette vieille… comment diable s'appelle-t-elle déjà ?

— Elle s'appelait Mme Czopec, sacré bon Dieu ! Elle avait soixante-douze ans ! Elle habitait le sous-sol d'une baraque sans eau courante. Il y a un petit coin de terre poussiéreuse devant la maison et au printemps on lui donnait les sachets de graines offerts en prime avec les boîtes d'aliments… elle les semait et les arrosait et elle arrivait à faire pousser quelques fleurs. Mais la fenêtre de son sous-sol était si basse qu'elle ne pouvait même pas les voir. Elle et son mari étaient les premiers Tchèques arrivés dans mon secteur. L'homme est mort il y a quatre ans, mais il n'était pas naturalisé, alors elle ne touche pas grand-chose comme secours. Elle s'est cramponnée à son sac quand cette petite ordure de camé a essayé de le lui arracher… Ces sept dollars, c'était tout l'argent qu'elle avait pour aller jusqu'à la fin du mois. Quand j'ai inspecté son logement, j'ai découvert qu'il ne lui restait que du riz. Et j'ai la preuve que vers la fin du mois elle mangeait du papier. Du papier, monsieur le commissaire.

— Il ne s'agit pas de ça !

LaPointe bondit de son fauteuil.

— Vous avez raison ! Il ne s'agit pas de ça. Il s'agit simplement de ce qu'elle avait le droit de continuer à vivre sa misérable existence, de planter ses misérables fleurs, de manger son riz ou son papier et de passer la moitié de ses journées à l'église sans pouvoir y acheter un cierge ! Voilà de quoi il s'agit ! Et ce camé de fils de putain lui a logé une balle dans la tête ! Voilà de quoi il s'agit !

Resnais avance une main conciliante :

— Écoutez, Claude, je ne le défends pas…

— Ah ? Alors vous n'avez pas envie de me dire que c'était un enfant martyr ? Que son père ne l'avait peut-être jamais emmené voir un match de hockey ?

Resnais est dérouté. Qu'est-ce qu'il arrive à LaPointe ? Ce n'est pas son genre de s'exaspérer à ce point. On le tient pour un parfait professionnel au sang-froid imperturbable. Resnais s'attendait à une insubordination glaciale, mais cet emportement est… injuste. Pour reprendre la situation en main, Resnais annonce froidement :

— Dieudonné va s'en tirer.

LaPointe a l'impression de recevoir un seau d'eau glacée. Il ne peut pas croire ce qu'il vient d'entendre.

— Quoi ?

— Vous avez bien entendu. Le procureur a reçu ses avocats hier. Ils menaçaient de porter plainte contre vous pour voie de fait, et vous pensez si les journaux se seraient régalés ! Il faut que je pense à mon… Il faut que je veille à la réputation du service, Claude.

— Alors vous vous êtes "arrangés" ?

— Ce mot ne me plaît pas. Nous avons fait pour le mieux. Les avocats auraient probablement réussi à obtenir un non-lieu étant donné la manière dont vous avez retrouvé le revolver. Heureusement pour nous, il y a des gens influents qui ne tiennent pas plus que nous à voir Dieudonné à l'air libre.

— Quel genre "d'arrangement" ?

— Le meilleur que nous ayons pu obtenir. Dieudonné plaide coupable d'homicide sans préméditation et les avocats retirent leur plainte contre vous. C'est comme ça.

— Homicide sans préméditation ?

— C'est comme ça, répète Resnais en s'adossant à son fauteuil et il laisse à LaPointe le temps d'encaisser la nouvelle. Voyez-vous, Claude, même si j'excusais vos méthodes – et il n'en est pas question –, la conclusion est celle-ci : elles ne valent plus rien. L'accusation ne tient pas.

LaPointe est désorienté et furieux.

— Mais il n'y avait pas d'autre moyen de l'incriminer. Il n'existait pas de preuves concluantes sans le revolver.

— Vous ne comprenez toujours pas.

LaPointe regarde droit devant lui sans rien voir.

— Vous ferez bien de faire dire à Dieudonné que si jamais il met les pieds dans la Main quand il sortira…

— Bon Dieu de bon Dieu ! Vous n'écoutez donc jamais ce qu'on vous dit ? Faut-il qu'un camion vous passe dessus ? Il y a trop longtemps que vous êtes une gêne pour le service ! J'ai travaillé comme un nègre pour donner à la boîte une bonne réputation, et il suffit… Écoutez, Claude. J'ai horreur de ça, mais il faut vraiment que je vous mette les points sur les i. Je connais la réputation que vous avez dans l'esprit des gars de la boîte. Vous tenez votre secteur bien en main et je sais qu'aucun autre policier, qu'aucune autre équipe, ne pourrait faire ce que vous faites. Mais les temps ont changé. Et vous êtes resté le même. (Resnais feuillette le dossier personnel de LaPointe.) Trois citations pour bravoure. Deux médailles de la police. Deux fois blessé dans l'accomplissement de son devoir, dont une grièvement si je me rappelle bien. Quand nous avons su qu'une balle vous avait frôlé le cœur, nous sommes restés connectés au standard de l'hôpital toute la nuit. Le saviez-vous ?

LaPointe ne regarde plus le commissaire, ses yeux sont fixés sur la fenêtre.

— Finissons-en, monsieur le commissaire, dit-il calmement.

— Très bien. Nous allons en finir. C'est la dernière fois que vous compromettez la boîte. Si ça arrive une fois de plus… s'il faut que je prenne votre défense une fois encore…

Il ne juge pas nécessaire de finir la phrase. LaPointe reporte ses yeux sur le visage du commissaire, il se lève avec un soupir.

— C'est tout ce que vous aviez à me dire ?

Resnais fixe le dossier de LaPointe, mâchoires serrées.

— Oui, c'est tout.

Le bang de la porte fait vibrer la vitre et LaPointe passe près de Guttmann sans dire un mot. Il s'affale lourdement dans son fauteuil et regarde sans le voir le rapport du service médico-légal sur le mort de la ruelle. L'instinct de conservation avertit Guttmann que c'est le moment de se pencher sur sa machine à écrire et de se taire. Pendant une demi-heure, on n'entend dans la pièce que le cliquetis des touches et le sifflement des lances des sableurs, de l'autre côté de la rue.

Enfin LaPointe respire à fond et se passe la main dans les cheveux.

— Est-ce que Dirtyshirt Red m'a appelé ?

— Non, mon lieutenant. Pas le moindre appel.

— Hmm, fait LaPointe en se levant et en allant à la table de Guttmann. Alors, comment ça marche ?

— Oh ! Très bien, mon lieutenant. Je m'amuse comme un fou. Je me demande même ce que je deviendrais s'il n'y avait plus de rapports à taper.

LaPointe tourne le dos. Il grommelle son dégoût à l'égard de la paperasse et de ceux qui font ce travail. Dehors, la ville commence à se noyer dans l'ombre sous les couches épaisses de nuages immobiles. Il décroche son pardessus du portemanteau.

— Je vais faire un tour sur la Main. Voir un peu ce qui se passe.

Guttmann fait un signe de tête sans lever les yeux du formulaire qu'il recommence à taper une fois de plus de peur de perdre sa place.

— Alors ?

Le jeune homme pose le doigt sur une ligne et regarde son patron.

— Alors quoi, mon lieutenant ?

— Tu viens, oui ou non ?

Quarante-cinq secondes plus tard, la lumière est éteinte, la porte fermée et le rapport en cours attend sur le rouleau de la machine.

# 5

Lorsqu'ils arrivent dans Sherbrooke, les derniers rayons de lumière verdâtre tombent encore des nuages cireux et bas qui pèsent sur la ville. Les réverbères sont déjà allumés et les trottoirs commencent à s'encombrer de piétons. Un vent aigre souffle par rafales au coin des rues et soulève une poussière qui grince sous la dent. Le froid gèle les larmes dans les yeux de Guttmann et lui tire la peau du visage, mais il ne semble pas pénétrer le pardessus peluicheux qui bat les mollets du lieutenant. Guttmann aimerait bien marcher plus vite pour se réchauffer, mais le pas de LaPointe reste mesuré et son regard va constamment de droite à gauche, cherchant automatiquement le moindre signe de problème.

En passant devant une boutique, LaPointe sort la main de sa poche pour saluer. Un petit bonhomme chauve, les yeux abrités sous une visière verte, rend le salut.

Guttmann regarde la pancarte au fronton de la boutique :

S. KLEIN — BOUTONNIÈRES

— Boutonnières ? demande Guttmann. Ce type fait des boutonnières ? C'est curieux comme commerce, non ?

LaPointe lui répond par l'une des plus anciennes plaisanteries du quartier.

— Ce serait une affaire juteuse si M. Klein ne devait pas fournir la matière première.

Guttmann ne saisit pas très bien. Il ne peut pas savoir que, dans la Main, personne non plus ne comprend vraiment cette plaisanterie, mais qu'on la répète quand même parce qu'elle doit être drôle.

Chaque fois qu'ils passent devant un bar, la même odeur de bière éventée et de fumée de cigarettes les accueille avant que le vent glacé ne la disperse. À mi-chemin du boulevard Saint-Laurent, LaPointe entre dans un bar délabré : Chez Pete.

C'est sombre, ça sent le renfermé. Le patron ne daigne pas abandonner la contemplation d'un magazine de filles plus ou moins nues, posé sur ses genoux, pour lever la tête à l'entrée des policiers.

Trois hommes sont assis à une table éloignée. L'un des clochards est grand, osseux, il a la poitrine creuse et le delirium tremens le fait trembler avec une telle violence qu'il boit son rouge dans une chope de bière. Ses compagnons sont engagés dans une discussion avinée, ponctuée de grands coups de poing sur la table qui accroissent le malaise du troisième.

— Floyd Patterson était d'la merde ! Jamais… il aurait pas… c'était d'la merde comparé à Joe Louis.

— Bah ! c'est toi qui l'dis ! Floyd Patterson avait un gauche formidable. Il avait c'qu'on appelle un des meilleurs gauches du ring ! Il était capable de toucher… n'importe quoi.

— Bah !… il aurait pas pu… il aurait pas pu faire un trou dans du papier mouillé. J'ai connu un type qui m'disait que c'était d'la merde comparé à Joe Louis. Tu sais… tu sais comment on appelait Joe Louis ?

— Je me fous de savoir comment on l'appelait. Je m'en fous comme de ma première cuite !

— Joe Louis ! on l'appelait… le Bombardier noir. Le Bombardier noir ! Qu'est-ce que tu dis d'ça ?

— Pourquoi ?

— Quoi ?

— Pourquoi ils l'appelaient le Bombardier noir ?

— Pourquoi ? Pourquoi ?… parce que ton Floyd Patterson frappait à peu près comme ma petite sœur, voilà pourquoi.

— Demande à n'importe qui !!

LaPointe s'approche du trio.

— Est-ce que quelqu'un a vu Dirtyshirt Red aujourd'hui ?

Ils se regardent, chacun espère que la question s'adresse à l'autre.

— Toi là, dit LaPointe à un petit homme au front étroit, avec une énorme pomme d'Adam saillante.

— Non, lieutenant. J'l'ai pas vu.

— Il était ici y a une heure ou deux, avance l'autre. Il cherchait le Vet.

Le nom du clochard universellement détesté fait grommeler les *robineux* des autres tables. Personne ne peut encaisser le Vet avec ses manières crâneuses et ses vantardises.

— Et il n'a rien trouvé ?

— Pas grand-chose, lieutenant. On lui a dit qu'le Vet était venu ici hier soir.

— Vers quelle heure ?

Le patron abandonne son magazine de filles nues pour écouter.

— Alors ? reprend LaPointe. Après la fermeture ?

L'un des clochards lance un coup d'œil vers le comptoir. Il ne veut pas avoir d'histoires avec le seul patron qui reçoive les *robineux*. Mais ce ne serait pas pire que d'avoir des histoires avec le lieutenant LaPointe.

— Un petit peu après, peut-être.

— Est-ce qu'il avait de l'argent ?

— Oui. Il en avait un paquet ! Il avait dû toucher sa retraite. Il a acheté deux bouteilles.

— Deux bouteilles, ricane un autre. Et vous savez c'que cette espèce de radin a fait ? Il nous a donné une bouteille à partager entre nous et il a vidé l'autre à lui tout seul !

— Ce salaud de fumier, dit un autre sans colère.

LaPointe va au bar et s'adresse au patron.

— Est-ce qu'il avait l'air d'avoir de l'argent ?

— Personne n'a d'ardoise chez moi.

— Il a exhibé une liasse ?

— Il était pas saoul à ce point-là. Pourquoi ? Qu'est-ce qu'il a fait ?

LaPointe regarde un instant le patron. Il y a quelque chose de dégoûtant à gagner de l'argent sur les *robineux*. Il fouille dans sa poche et en sort de la monnaie.

— Tenez. Donnez-leur une bouteille.

Le patron compte la monnaie de l'index.

— Hé, y a pas assez.

— C'est notre tournée. La vôtre et la mienne. Nous marchons *fifty-fifty*.

Cet arrangement ne plaît guère au patron, mais il cherche sous le comptoir et en sort en grommelant une bouteille de muscat. Avant qu'il ait le temps de la poser sur le bar, l'un des *robineux* est là pour la cueillir.

— Hé, merci, lieutenant. Je dirai à Red que vous voulez le voir.

— Il le sait.


Il y a une heure et demie qu'ils se promènent, visitant les rues étroites qui débouchent sur la Main. LaPointe s'arrête de temps à autre pour entrer dans un bar ou un café ou pour échanger quelques mots avec un passant. Guttmann commence à penser que le lieutenant a oublié le Vet et le jeune homme poignardé la veille dans le passage. En fait, LaPointe est toujours à la recherche de Dirtyshirt Red et du Vet, mais sans négliger pour autant le reste de ses devoirs. Il ne consacre jamais entièrement son attention à une seule chose dans son secteur, sinon toutes les autres affaires s'accumuleraient et il ne pourrait plus savoir ce que ses clients sont en train de faire, d'espérer ou de redouter.

Pour le moment, LaPointe bavarde avec une grosse femme à la chevelure frisée orange vif. Elle est penchée à sa fenêtre du rez-de-chaussée, ses coudes grassouillets plantés sur le rebord de pierre au-dessus duquel elle vient de secouer son chiffon à poussière avec une parfaite indifférence pour les passants. D'après la conversation, Guttmann déduit qu'elle a fait le trottoir en son temps et qu'elle et LaPointe ont coutume d'échanger de grasses plaisanteries à caractère sexuel, chacun promettant à l'autre de lui faire voir ce que c'est vraiment qu'une bonne séance de jambes en l'air le jour où il sera moins occupé. La femme semble parfaitement au courant de la vie quotidienne de la Main. Non, elle n'a pas entendu parler du Vet, mais elle prêtera l'oreille. Quant à Dirtyshirt Red, ce crevard de fouineur est passé, en effet lui aussi cherchait le Vet.

Guttmann ne peut pas croire qu'elle ait jamais pu gagner sa vie à vendre sa peau. Son visage est pareil à celui d'un ancien boxeur, charnu, boursouflé, et cet aspect est encore accentué plutôt que dissimulé par une épaisse couche de fard, une bouche agrandie à grands traits de rouge et de longs faux cils dont l'un est partiellement décollé. Comme ils reprennent leur marche, Guttmann questionne LaPointe à son sujet.

— C'est son mac qui l'a arrangée comme ça, avec une bouteille de Coca-Cola, lui explique LaPointe.

— Qu'est-il devenu ?

— Il a reçu une bonne correction et il est interdit de séjour dans la Main.

— Qui lui a cogné dessus ?

LaPointe secoue les épaules.

— Et qu'a-t-elle fait par la suite ?

— Elle a continué à faire le trottoir pendant un an ou deux, tant qu'elle n'était pas trop grosse.

— Avec cette tête-là ?

— Elle était encore jeune. Elle était bien tournée. Elle faisait surtout les pochards. La gnôle et l'érection rendent aveugle… C'est une brave fille. Elle fait des ménages. Elle s'occupe de la maison de Martin.

— Martin ?

— Le père Martin. Le curé de la paroisse.

— Elle est la gouvernante du prêtre ?

— C'est une fille courageuse.

— Vous m'en direz tant, dit Guttmann en hochant la tête.

En revenant sur le boulevard Saint-Laurent, ils tombent sur les derniers encombrements de piétons. Des files de gosses européens, sac de classe au dos, se poursuivent et entravent la circulation. De petits groupes d'enfants chinois impassibles marchent vivement et sans bavarder. Devant leur atelier, des ouvriers en bleus tirent sur ce qui reste de leur cigarette avant de la jeter dans le ruisseau et de rentrer terminer leur journée. Les jeunes ouvrières de la maison de confection marchent à trois de front en glapissant et en chantant, ravies de forcer la foule à s'écarter. De vieilles femmes trottinent, un filet à provisions leur cognant les chevilles. Des employés de bureau et des tailleurs, leur corps frêle engoncé dans un pardessus rembourré, avancent avec précaution et se gardent de la bousculade. Circulation hargneuse, voix qui accusent ou récriminent. Néon, bruit, solitude.

— Alors ça, c'est encore autre chose! dit Guttmann en regardant une enseigne au-dessus d'une boutique de vêtements féminins.

NORTH AMERICAN DISCOUNT SAMPLE DRESS COMPANY[*]

C'est une entreprise récente et elle a pris la place d'une pizzeria. Les propriétaires sont des nouveaux, installés depuis peu dans la Main. Les anciens, les commerçants établis depuis longtemps, appellent la boutique: la Shmatteria[**]!

— Shmatteria? s'étonne Guttmann.

— Oui. C'est une sorte de blague. Tu comprends… une pizzeria qui vend des *shmattes*?

— Je ne saisis pas.

LaPointe fronce les sourcils. C'est la deuxième fois que ce garçon ne comprend pas une plaisanterie typique du quartier. Il faut aimer la Main pour saisir son esprit.

---

[*] Société d'Amérique du Nord de confection de modèles de vêtements féminins au rabais.

[**] De *shmattes* (yiddish), vêtements ou marchandises en solde.

— Je croyais que t'étais juif, grommelle-t-il.

— Pas directement. Mon grand-père était juif, mais mon père est cent pour cent canadien du Nouveau Monde, absolument typique : depuis la cordiale poignée de main jusqu'au hâle qu'il va recuire deux fois par an en Floride. Mais pour en revenir à cette… comment dites-vous ?

— Shmatteria. Laisse tomber.

LaPointe oublie qu'il y a vingt-cinq ans, quand les premiers juifs, maintenant solidement établis, ont débarqué dans la Main, lui non plus ne savait pas ce que signifiait *shmatte*.

Ils grimpent une volée de marches de plaques de fer destinées jadis à des semelles encroûtées de neige. Disloquées par les ans, elles sont maintenant autant de pièges qu'il faut franchir avec précaution. Ils entrent au premier étage dans un bar dont les fenêtres donnent sur le boulevard. Il est tôt et l'endroit est presque désert. Une vieille femme chantonne en passant sans entrain une serpillière dans un coin, près du juke-box. Il n'y a que le barman et un client : une femme très maquillée en pantalon de soie blanche.

LaPointe commande un armagnac et le déguste en examinant le boulevard : la circulation à sens unique est encore intense et les trottoirs noirs de piétons. Il a quitté la rue quelques minutes pour donner à la foule une chance de se disperser un peu en cette heure de circulation particulièrement dense. Le vendredi soir est plein de bruit dans la Main, on boit, on rit, on se bat et les filles font de bonnes affaires. Mais le calme renaîtra entre 6 et 8 heures, quand chacun rentrera chez soi pour changer de vêtements avant de revenir en quête de distractions. La plupart des gens dînent chez eux – c'est moins cher que le restaurant – et ils gardent leur argent pour danser et boire.

Guttmann avale une gorgée de bière et se détourne pour regarder la cliente qui bavarde avec le barman. Elle paraît à la fois jeune et d'âge mûr, d'une manière que Guttmann a du mal à définir. De sa perruque noire, des ondulations déferlent jusqu'à ses reins. Il remarque surtout ses mains, fortes et expressives, sous les lourdes bagues qui ornent ses doigts. Des mains étrangement attirantes, avec quelque chose de capable, de solide. De temps à autre, la cliente se détourne pour examiner Guttmann d'un regard franchement inquisiteur et sans timidité.

Au moment où ils descendent l'escalier pour regagner la rue, Guttmann remarque :

— Ce n'est pas précisément ce qu'on peut appeler une beauté.

— Hein ? fait LaPointe, l'esprit ailleurs.

— L'hirondelle de bar, là-haut. Elle n'avait pas l'air d'une enfant de Marie.

— Non, je ne crois pas, en effet. Les femmes ne viennent jamais dans ce bar.

— Oh ! dit Guttmann dès qu'il a compris.

Il rougit légèrement en se rappelant les mains expressives, capables, couvertes de bagues.

Il est bientôt 8 heures et les piétons se pressent à nouveau sur les trottoirs. À l'entrée d'une ruelle étroite, un rémouleur fait tourner sa meule avec une grande attention. La pierre circulaire est fixée à sa bicyclette de telle manière que le pédalier peut entraîner ou la meule ou la bicyclette. Assis sur la selle, la roue arrière sur un support rectangulaire, le rémouleur pédale, pédale et fait tourner sa pierre. Le crissement de la meule et le panache d'étincelles froides retiennent l'attention des passants qui jettent un regard au rémouleur et passent leur chemin. Le repasseur est grand, maigre, et ses cheveux gras, rejetés en arrière comme un casque rigide, lui donnent l'apparence d'un Tartare. Son nez est mince et busqué et ses yeux, sous les sourcils menaçants, fixent le couteau qu'il affûte et la gerbe d'étincelles qui en jaillit.

Il pédale avec tant d'ardeur que sa face est couverte de sueur en dépit du froid. Son dos étroit courbé sur sa tâche, ses genoux s'élevant et s'abaissant constamment, son attention fixée sur le couteau et les étincelles, il ne paraît pas avoir vu LaPointe s'approcher.

— Alors? lance LaPointe sachant fort bien qu'il l'a remarqué.

Le rémouleur ne lève pas la tête, mais ses prunelles se détournent et il regarde LaPointe sous ses sourcils froncés.

— Salut, lieutenant.

— Comment va?

— Bien. Tout va bien.

Soudain, le rémouleur avance la main et arrête sa meule avec ses doigts. Guttmann grimace en voyant le bord de la pierre entailler la peau entre le pouce et l'index du rémouleur, mais le vieux vagabond ne semble même pas avoir senti la douleur ou remarqué le sang.

— Elle arrive, vous savez. Elle arrive.

— La neige? demande LaPointe.

Le rémouleur acquiesce gravement, ses yeux noirs luisants dans les orbites profondes.

— Et aussi la neige fondue, lieutenant. Peut-être de la neige fondue! Personne ne s'en inquiète jamais! Personne n'y pense!

Il fronce les sourcils et toise Guttmann d'un regard acéré avec un rictus menaçant.

— Vous n'y avez jamais pensé, vous! l'accuse-t-il.

— Euh… eh bien, je…

— Qui sait? dit LaPointe. Il ne neigera peut-être pas cette année. Après tout, il a pas neigé l'an dernier, ni l'année d'avant.

Les yeux du rémouleur dansent de désarroi.

— Il a pas neigé?

— Pas un flocon. Tu ne te rappelles pas?

Le rémouleur grimace sous l'effort auquel il soumet sa mémoire.

— Je… crois… je me rappelle. Oui. Oui, c'est vrai! (D'un coup de talon il relance sa meule.) C'est correct. Pas un flocon.

Il appuie le couteau sur la pierre, des étincelles jaillissent et tombent sur les pieds de LaPointe.

LaPointe jette un dollar dans la sébile du rémouleur et les deux policiers reprennent leur marche.

Guttmann se faufile entre deux piétons pour rattraper LaPointe.

— Vous avez vu ce couteau, mon lieutenant ? Affûté comme un rasoir et long comme un stylet.

LaPointe devine à quoi pense le jeune homme. Il avance la lèvre inférieure et secoue la tête.

— Non. Il est dans la Main depuis des années. Il était couvreur dans le temps. Un jour, sur les ardoises couvertes de neige, il a fait une mauvaise chute. C'est pour ça qu'il a peur de la neige. Les gens qui passent lui donnent du travail de temps à autre. Il est trop fier pour mendier comme les *robineux*, alors on lui donne les vieux couteaux à repasser. Les gens ne les reprennent jamais. Il oublie qui les lui a confiés et il les affûte jusqu'à ce qu'il n'en reste rien.

LaPointe traverse la rue.

— Viens. Une ronde de plus et ce sera tout pour ce soir.

— Vous avez un rendez-vous galant ? interroge Guttmann.

— Pourquoi tu me demandes ça ? dit LaPointe qui se retourne et s'arrête.

— Oh !… Je ne sais pas. Je me demandais simplement… C'est vendredi soir après tout. Et puis, il est vrai que moi j'ai un rendez-vous ce soir.

— C'est merveilleux.

LaPointe se retourne et reprend son allure de croisière, faisant parfois un petit détour dans le dédale des rues adjacentes. Il vérifie la fermeture des grilles de fer. Il cogne à la vitre embuée d'une épicerie portugaise et salue d'un geste le vieil épicier. Il s'arrête pour observer deux hommes qui descendent une malle d'un perron de bois, jusqu'à ce qu'il soit bien clair qu'ils aident un jeune couple à déménager, sous une bordée de hurlements et d'injures d'une énorme mégère qui semble persuadée que le jeune couple lui doit de l'argent.

Ils arrivent dans une rue parallèle presque déserte quand, à un demi-bloc d'eux, un homme fait demi-tour et traverse la rue en vitesse.

— Scheer ! crie LaPointe.

Des gens s'arrêtent et regardent, surpris. Puis ils reprennent aussitôt leur marche et se pressent. L'homme est resté figé sur ces pas, mais il y a dans sa posture une certaine énergie kinesthésique, comme s'il allait fuir… si seulement il osait. LaPointe lève la main et l'appelle de l'index replié. À contre-cœur, Scheer traverse et revient vers le lieutenant. Avec le dandinement affecté de sa marche, avec son costume à la mode, c'est le parfait gommeux du quartier.

— Qu'est-ce que je t'ai dit hier soir au bar, Scheer ?

— Oh ! Voyons, lieutenant… dit-il d'une voix huileuse.

— Très bien, dit LaPointe d'un ton las et ennuyé. Contre le mur !

Avec un soupir interminable, Scheer fait face au mur et s'y appuie bras en croix, jambes écartées. Il connaît bien la position, il l'a prise bien des fois. Il s'efforce de ne pas effleurer les briques crasseuses avec ses vêtements.

Guttmann attend, ne sachant trop que faire. LaPointe, d'un coup de pied, force Scheer à écarter les jambes davantage, puis il le palpe rapidement des pieds à la tête.

— Très bien. Éloigne-toi du mur. Enlève ton pardessus.

— Écoutez, lieutenant…

— Enlève-moi ça !

Trois marmots sortent on ne sait d'où pour venir voir. Scheer quitte son pardessus et le plie soigneusement avant de le tendre à LaPointe. Il exagère par défi la lenteur de ses mouvements.

LaPointe jette le pardessus sur le perron.

— Maintenant vide tes poches.

Scheer obéit et tend son peigne, son argent, son porte-feuille et quelques papiers à LaPointe.

— Jette-moi toute cette cochonnerie dans le puisard du sous-sol, là, ordonne LaPointe.

La bouche crispée de fureur, Scheer laisse tomber ses affaires dans le puisard fermé d'une lourde grille de fonte. Le portefeuille fait floc parce que le fond du puisard est couvert par deux centimètres d'eau boueuse.

— Maintenant retire tes lacets et donne-les-moi.

À ce moment-là, il y a au moins une douzaine de curieux, dont deux jeunes filles d'une vingtaine d'années qui éclatent de rire en voyant Scheer sautiller pour garder l'équilibre lorsqu'il sort les lacets des œillets. Avec un geste irrité, il les tend à LaPointe.

— Très bien, Scheer. Quand je serai parti, tu pourras descendre reprendre tes cochonneries. Je garde tes lacets. Pour ton plus grand bien. Je ne voudrais pas que tu fasses une dépression après avoir été ridiculisé en public et que tu essaies de te pendre avec.

— Dites-moi. Dites-moi une bonne fois pour toutes, lieutenant. Qu'est-ce que j'ai bien pu vous faire ?

— Tu es dans le quartier. Je t'avais dit de ne pas y remettre les pieds pendant un certain temps. Il ne s'agissait pas de vacances, espèce de petit con. C'était une punition.

— Je connais mes droits, à la fin ! Pour qui vous prenez-vous ? Pour le bon Dieu ? Ce maudit quartier, il vous appartient pas !

Il n'aurait jamais parlé comme ça s'il n'y avait eu le public et le besoin de sauver la face.

Les yeux de LaPointe se plissent dans un sourire sans joie et il hoche lentement la tête. Soudain sa main jaillit et la claque envoie Scheer valser contre la rampe. L'une de ses chaussures délacées vole.

LaPointe lui tourne le dos et s'en va, suivi avec un temps de retard par Guttmann, stupéfait et atterré.

— Qu'est-ce qui se passe, mon lieutenant ? Qui est ce type ?

— Rien. Personne. Un maquereau. Je lui ai interdit le quartier.

— Mais… s'il a fait quoi que ce soit, pourquoi ne l'arrêtez-vous pas ?

— Je l'ai déjà fait. Plusieurs fois. Mais ses avocats le tirent toujours d'affaire.

— Oui ! mais…

Guttmann tourne la tête et voit un petit groupe autour du maquereau qui s'extirpe du puisard malodorant et sale. Les jeunes filles s'esclaffent en le voyant claudiquer avec ses chaussures sans lacets. Il les retire, les prend à la main et s'en va en marchant comme sur des œufs.

— Mais, mon lieutenant, n'est-ce pas de la persécution ?

LaPointe s'arrête pour examiner le jeune policier, il le regarde bien en face.

— C'est bien ça. C'est de la persécution.

Ils reprennent leur marche.

GUTTMANN est seul dans un petit café grec de la rue Cérat, comprimé dans un espace qui suffirait à un homme de taille normale. Il n'y a que deux tables, recouvertes de toile cirée et coincées contre la vitre. De l'autre côté de la pièce, derrière la vitrine du comptoir, sont exposés du fromage, de l'huile et des olives. Une pancarte salie par les mouches annonce :

7-UP – ÇA RAVIGOTE

Pendant que, dehors, LaPointe téléphone d'une cabine adossée au café, Guttmann essaie de résoudre mentalement un dilemme. Il sait ce qu'il a à faire, mais il ne sait pas comment s'y prendre. Depuis l'incident Scheer, il y a une demi-heure, il se montre distant. Toutes ses convictions, toutes les choses qu'il a apprises le confortent dans l'idée que le traitement infligé par LaPointe à ce proxénète est intolérable. Guttmann ne peut pas accepter l'idée d'un policier qui se fait juge – et encore moins bourreau – et il sait ce qu'il aurait à faire dans le cas où Scheer porterait plainte contre le lieutenant. Par ailleurs, son sens du *fair-play* exige qu'il prévienne LaPointe de la décision qu'il a prise, et ce ne sera pas commode.

Lorsque le lieutenant revient de la cabine, une fille de dix-huit ans ou dix-neuf ans surgit de l'arrière-boutique pour leur apporter deux petites tasses de café très fort. Elle détourne

constamment les yeux avec une timidité qui ne fait que pro-
clamer qu'elle se rend parfaitement compte de l'intérêt qu'elle
inspire aux hommes et de son propre attrait sexuel. Elle a de
longs cils noirs et la beauté tranquille d'une madone.

— Comment va ta mère ? demande LaPointe.

— Elle va bien. Elle est derrière. Vous voulez que je
l'appelle ?

— Non. Je la verrai la prochaine fois que je passerai par ici.

Les yeux sombres et profonds s'arrêtent un instant sur
Guttmann qui sourit et lui adresse un signe de tête. Elle
détourne son regard, baisse les yeux et regagne l'arrière-salle.

— Jolie fille, dit Guttmann. Dommage qu'elle soit
si timide.

LaPointe a un grognement indéfinissable. Il y a des années,
la mère faisait la Main. C'était une fille bien bâtie, rieuse, perpétuellement de bonne humeur ; elle avait toujours une bonne
histoire à vous raconter dont elle soulignait la chute d'un coup
de coude dans les côtes. Lorsque LaPointe éprouvait le besoin
d'une femme, tous les deux ou trois mois, c'était généralement
elle qu'il choisissait.

Un beau jour, on ne l'a plus vue dans la rue. Elle était
enceinte, d'un amant bien sûr, pas d'un client. À la naissance de l'enfant, elle changea radicalement. Elle s'habilla de
manière moins voyante, et elle se mit à chercher du travail et
à aller à l'église. Elle ne riait plus autant, mais elle souriait
souvent. Elle se consacra entièrement à son bébé, à sa fillette,
comme une enfant joue à la poupée. Elle emprunta un peu
d'argent à LaPointe, qui avalisa également ses traites. Elle put
ainsi verser un acompte pour acheter un café dans une rue
écartée. Elle remboursait LaPointe cinq dollars par semaine et
ne manquait jamais une échéance, sauf au moment des fêtes de
Noël lorsqu'elle achetait des cadeaux à sa fille.

Ils ne faisaient plus jamais l'amour, mais il avait pris l'habitude de venir la voir à l'occasion au petit café, aux heures creuses.
Ils s'asseyaient près de la vitre et bavardaient en vidant des tasses
d'épais café grec. Il l'écoutait parler de sa fille. Incroyable ce

que pouvait faire cette enfant. Parler. Courir. Dessiner ? C'était une véritable artiste ! La mère faisait des projets. Sa fille irait à l'université et serait dessinatrice de mode. Tu n'as jamais vu ses dessins ? Comment t'expliquer ? Du goût ? Tu n'imagines pas. Jamais un rose et un rouge ensemble.

La fille tomba enceinte alors qu'elle était encore au lycée. D'abord, sa mère ne comprit pas… elle ne pouvait pas le croire. Puis elle devint folle de fureur. Elle allait tuer le garçon ! Il y eut une scène épouvantable avec le gosse et ses parents. Non, le garçon ne l'épouserait pas. Et pour l'excellente raison que…

Quand LaPointe revint au café dans les jours qui suivirent, la femme avait changé. Elle était absente, maussade, sans vie. Ils prirent le café dans la salle déserte, la femme regardait par la fenêtre et parlait d'une voix sourde et fatiguée. La fille s'était fait une solide réputation à l'école : c'était une affaire fantastique. Elle couchait avec n'importe qui, n'importe où – dans la chaufferie et même, une fois, dans les toilettes des garçons. Tout le monde le savait. C'était une traînée. Ce n'était même pas une putain ! Elle faisait ça gratis !

LaPointe essayait de consoler la mère. Elle finira bien par se marier un de ces jours. Tout rentrera dans l'ordre.

Non. C'est un châtiment du Seigneur. Il me punit d'avoir été une putain.

— Quelle belle fille ! répète Guttmann. Dommage qu'elle soit si timide.

— Oui, répond LaPointe. C'est dommage.

Il fait tourner le café noir dans sa tasse et le boit en l'aspirant à travers un morceau de sucre pressé contre son palais.

— Écoute, je viens d'appeler le quartier général pour qu'on ramasse le Vet.

— Mon lieutenant…

— Nous ne pouvons pas attendre éternellement Dirtyshirt Red. Quand ils l'auront trouvé, ils t'appelleront. À ce moment-là, tu descendras aussitôt là-bas. S'il est pas trop saoul pour parler, tu m'appelles et j'arrive.

— Vous leur avez dit de m'appeler, moi ?

— Bien sûr. Tu es ici pour apprendre ton métier, non?

— C'est vrai, oui, mais…

— Mais quoi?

— J'ai un rendez-vous ce soir. Je vous l'ai dit.

— Pas de chance.

Guttmann respire un bon coup.

— Mon lieutenant?

— Oui?

— À propos de ce type tout à l'heure?

— Scheer? Et alors?

— Eh bien, voilà, si je dois travailler avec vous…

— Je n'irai pas jusqu'à prétendre que tu travailles avec moi. Disons plutôt que tu me regardes travailler.

— OK. Comme vous voudrez. Mais le fait est que je suis là et je tiens à être honnête avec vous.

Guttmann se sent tout gauche en regardant les yeux mi-clos, paternels. Il est certain qu'il va finir par avoir l'air d'une andouille.

— Si t'as quelque chose à dire, dis-le, ordonne LaPointe.

— Très bien. Au sujet de ce maquereau. Il n'est pas juste de persécuter comme ça un citoyen. Ce n'est pas légal. Il a des droits, tel qu'il est et quoi qu'il ait fait. La persécution est ce qui donne mauvaise réputation à la police.

— Je suis sûr que le commissaire serait tout à fait d'accord avec toi.

— Ce qui ne prouve pas que j'aie tort.

— Si, dans une certaine mesure.

Guttmann hoche la tête et baisse les yeux.

— Vous ne me laisserez pas dire ce que j'ai à dire, hein? Vous tenez à ce que ça me soit aussi difficile que possible.

— Je vais le dire à ta place, si tu préfères. Tu as l'intention de me dire que si cette espèce de petit connard porte plainte contre moi, tu estimes que ton devoir sera d'en confirmer le bien-fondé. Correct?

Guttmann s'efforce de ne pas fuir le regard de LaPointe et son expression d'amusement un peu las. Il lit dans la pensée du lieutenant : c'est un jeune. Quand il aura un peu plus d'expérience, il fera comme les autres. Mais Guttmann est persuadé du contraire. Il préférerait quitter la police.

— C'est vrai, dit-il sans un tremblement dans la voix. Je serais obligé de témoigner pour lui.

LaPointe approuve du menton.

— Je t'ai bien dit que c'est un maquereau, n'est-ce pas ?

— Oui, mon lieutenant. Mais ce n'est pas de ça qu'il s'agit.

C'est ce que Resnais ne cessait pas de dire : il ne s'agit pas de ça.

— D'ailleurs, poursuit Guttmann, il y a des tas de filles qui font le trottoir. Et vous ne me donnez pas l'impression de leur chercher des histoires.

— C'est pas la même chose. Ce sont des professionnelles. Et elles sont majeures.

Le regard de Guttmann vacille en entendant la dernière phrase.

— Vous voulez dire que Scheer force…

— Exactement. Des gosses. Des gosses qui ont besoin d'une dose. Et si je lui interdis l'accès de la rue, il ne peut pas forcer des gosses à travailler.

— Pourquoi ne l'arrêtez-vous pas ?

— Je l'ai déjà arrêté. Je te l'ai dit. Ça ne sert à rien. Il est dehors le jour même. Le proxénétisme est difficile à prouver, à moins que les filles apportent les preuves. Et elles ont peur. Il leur a promis que si jamais elles parlaient, il leur démolirait le portrait.

Guttmann prend sa tasse et examine le sombre résidu noir qui en tapisse le fond. Tout de même… même avec un maquereau qui fait travailler des gosses… un policier n'a pas le droit d'être à la fois juge et bourreau. Les principes sont les principes, même si les aspects particuliers de l'affaire les rendent difficiles à défendre.

LaPointe examine le visage honnête et troublé du jeune homme.

— Qu'est-ce que tu penses de la Main ? demande-t-il pour dissiper la tension en changeant de sujet.

— Mon lieutenant ? interroge Guttmann en levant les yeux.

— Mon secteur. Qu'est-ce que t'en dis ? T'as dû t'apercevoir que je t'ai traîné partout, que je t'ai fait faire la tournée des grands-ducs.

— Je ne sais pas trop quoi en penser. C'est un… c'est intéressant.

— Intéressant ? reprend LaPointe tout en regardant défiler les piétons à travers la vitre. Oui, c'est bien possible. Évidemment, on en a une idée faussée quand on le considère comme policier. Tu vois surtout les voleurs, les fous, les truands, les filles, les *robineux*. Tu n'en vois que ce que Gaspard appelle l'aspect merdeux. La grande majorité des gens d'ici ne sont pas pires qu'ailleurs. Plus pauvres, peut-être. Plus bêtes. Plus faibles. Mais pas pires. (LaPointe se passe la main dans les cheveux et s'adosse à sa chaise.) Vois-tu… il m'est arrivé une chose curieuse il y a huit ou dix ans. Je faisais ma ronde et je me trouvais derrière un homme – il devait bien avoir soixante-dix ans – un homme qui marchait d'une drôle de manière. C'est difficile à expliquer. J'avais l'impression de le connaître, mais il n'en était rien, bien sûr. Ce n'était pas tellement *comment* il regardait les choses, c'était *celles* qu'il regardait. Tu vois ce que je veux dire ?

— Oui, mon lieutenant, ment Guttmann.

— Il s'est arrêté pour prendre un café et je me suis assis à côté de lui. Nous avons parlé et j'ai appris que c'était un policier de New York à la retraite. C'est ça que j'avais reconnu sans le savoir… son allure de flic de quartier, sa manière de regarder seulement les choses qu'un ancien flic regarderait : les fermetures des portes, les grilles, les vitres cassées dans les cabines téléphoniques, tout ce genre de trucs. Il était ici parce que sa petite-fille épousait un Canadien et que le mariage avait lieu à Montréal. Il en avait eu vite assez de rester assis à parler de la pluie et du beau temps avec des gens qu'il ne connaissait pas, alors il avait laissé tomber la noce et il avait atterri dans la

141

Main. Il me disait que ça lui avait fichu un coup de marcher dans ces rues-là. Ça lui rappelait New York dans les années 1920… les langages d'un peu partout, les petites boutiques, ouvriers et truands et souris et ménagères et gosses, tous mêlés dans le même quartier et sans la moindre crainte les uns des autres. Il me disait que c'était exactement comme à New York quand il y avait encore des arrivées d'immigrants. Mais que ce n'est plus du tout pareil maintenant. C'est une ville fermée et terrorisée le soir. Même les policiers ne sortent pas seuls. Nous avons à peu près trente ans de retard sur New York de ce point de vue. Et tant que je serai sur la Main, nous veillerons à ne jamais les rattraper, ces trente années-là.

Guttmann imagine bien que ce discours doit avoir un rapport avec la persécution du proxénète mais il ne voit pas très bien lequel.

— OK, dit LaPointe en s'étirant. Donc, si Scheer portait plainte, tu l'appuierais.

— Oui, mon lieutenant. J'y serais obligé.

— Oui, je vois ça. Bon, j'ai des courses à faire. Tu devrais rentrer chez toi pour manger un morceau. Probable qu'ils vont ramasser le Vet ce soir et que nous serons forcés de travailler tard.

LaPointe se lève et referme son pardessus, pendant que Guttmann reste assis et qu'il a l'impression… non d'avoir tort au sujet de l'affaire Scheer, mais qu'il n'est pas dans le coup, qu'il est dépassé.

— Qu'est-ce qui ne va pas? demande LaPointe.

— Oh… je pensais à mon rendez-vous de ce soir. Ça m'ennuie de le remettre parce que c'est la première fois que nous devions sortir ensemble.

— Bah! elle comprendra. T'as qu'à inventer un mensonge quelconque… Tiens, dis-lui que t'es flic, par exemple.

LaPointe pose un sac à provisions contre le mur du couloir et fouille dans sa poche pour y prendre ses clefs. Puis il pense

142

soudain qu'il n'a qu'à frapper. Pas de réponse. Il frappe de nouveau. Toujours rien.

Sa première sensation est une sorte de vide au creux de l'estomac, comme à l'arrêt brutal d'un ascenseur. Presque aussitôt, la sensation s'efface et elle est remplacée par une autre plus agréable : une sorte d'amusement ironique. Il se moque de lui-même – vieil imbécile – et hoche la tête en glissant la clef dans la serrure et en poussant la porte.

Il y a de la lumière. Et elle est là.

Elle a passé la robe de chambre de piqué rose de Lucille, qu'elle a dû trouver dans le placard où sont restées les choses de sa femme.

La robe de chambre de Lucille.

Elle est assise sur le sofa, une jambe repliée sous elle ; elle est en train de coudre quelque chose. La bouche entrouverte, elle a le regard en alerte.

— Ah ! C'est toi, dit-elle. J'ai pas répondu parce que je croyais que c'était le propriétaire. Il serait peut-être fâché qu'il y ait une fille chez toi.

— Je comprends.

Il emporte les provisions dans la petite cuisine. Elle abandonne sa couture pour le suivre.

— Tiens, dit-il, ouvre le paquet de fromage pour lui faire prendre l'air.

— OK. J'ai marché sur le bout des pieds pour qu'on m'entende pas.

— Inutile de t'inquiéter pour ça. Mets le fromage sur une assiette.

— Quelle assiette ?

— N'importe laquelle. Ça n'a pas d'importance.

— Il s'en fiche le propriétaire que t'amènes des femmes ?

LaPointe se met à rire :

— Le propriétaire, c'est moi.

C'est exact, bien qu'il ne se considère jamais comme un véritable propriétaire. Sept ans après la mort de Lucille, il a entendu dire que l'immeuble allait être vendu. Il avait

143

l'habitude de vivre là et il n'imaginait pas très bien ce que signifierait de quitter leur maison, à Lucille et à lui – les conséquences que ça pourrait avoir. Parce qu'il ne dépensait jamais rien ou presque, il avait un peu d'argent de côté. Alors, grâce à un emprunt à long terme, il a pu acheter la maison. Il s'est acquitté du dernier paiement il y a deux ans maintenant. Il était tellement habitué à envoyer chaque mois le chèque pour l'hypothèque qu'il a été surpris lorsque le chèque lui a été retourné, accompagné d'un avis lui signifiant que l'emprunt était remboursé. Les locataires – ils sont trois – ignorent qu'il est leur propriétaire parce que c'est la banque qui perçoit les loyers et les verse à son compte. Il a tenu à cet arrangement parce qu'il a un peu honte. Sa conception du "propriétaire" est née dans les taudis de Trois-Rivières et il n'aime pas l'idée d'en être un lui-même.

Marie-Louise est assise à la table de la cuisine, les coudes sur la toile cirée, le menton dans ses mains, elle le regarde éplucher la laitue pour leur salade. Il a prévu un dîner simple : steak, salade, pain et vin. Et du fromage pour le dessert.

— C'est comique de voir un gars qui fait la cuisine, dit-elle. Tu fais toujours la cuisine ?

— Je mange généralement au restaurant. Je me fais la cuisine le dimanche. Ça me change agréablement.

— Hmm…

Elle ne saisit pas très bien. Elle n'a jamais rencontré quelqu'un qui aime faire la cuisine. Dieu sait que sa mère n'aimait pas ça. Il lui vient soudain à l'idée que ce vieux type est peut-être un homo. C'est peut-être pour ça qu'il n'a pas voulu faire l'amour hier soir.

— Qu'est-ce que tu fais comme travail ?

— Je suis dans la police, dit-il avec un mouvement d'épaules destiné à lui enlever la crainte qu'elle pourrait avoir de la police.

— Ah.

Ce qu'il fait ne paraît guère l'intéresser.

Il pose le saladier devant elle.

— Tiens. Rends-toi utile. Mélange-la.

La poêle est brûlante et les steaks grésillent lorsqu'il les jette dedans.

— Qu'est-ce que t'as fait de ta journée ? demande-t-il d'une voix entrecoupée parce qu'il est dressé sur la pointe des pieds en train de chercher une assiette et un verre dans le placard.

— Rien. Je suis restée ici. J'ai raccommodé quelques affaires. Et j'ai pris un autre bain. J'ai bien fait ?

— Bien sûr. Voyons, on remue pas la salade. On la retourne délicatement. Comme ça. Tu vois ?

— Qu'est-ce que ça change ?

Il y a une certaine irritation dans sa voix. Elle ne faisait jamais rien comme il faut, non plus, dans la cuisine, chez sa mère.

— C'est comme ça qu'il faut faire, c'est tout. Tiens, laisse-moi donc voir. (Il lui prend le menton dans la main.) Ah, ton œil va mieux. L'enflure est partie.

Elle n'est pas jolie mais son visage est éveillé et expressif. Il lui lâche le menton et se retourne pour couper du pain.

— Alors, t'es restée ici à raccommoder toute la journée ?

— Je suis sortie faire quelques courses. J'ai préparé mon petit déjeuner. J'ai pris un manteau dans l'armoire pour sortir. Il faisait frais. Mais je l'ai remis à sa place.

— Il t'allait ?

— Pas trop mal. T'aurais dû voir la tête de l'épicier quand je suis entrée dans la boutique !

Elle se met à rire en se rappelant l'allure qu'elle avait dans ce manteau. Son rire est franc et vulgaire. Comme l'autre fois, l'éclat s'arrête en plein milieu, brusquement.

— Pourquoi il faisait cette tête ? demande LaPointe gagné par son rire contagieux.

— Je devais avoir l'air comique dans ce manteau de vieille.

Il s'arrête de rire et fronce les sourcils sans comprendre. Elle doit vouloir dire démodé. Ce n'était pas le manteau d'une vieille, mais d'une jeune femme. Il surveille les steaks.

— Y a pas grand-chose à faire chez toi, dit-elle. Y a pas de magazines et t'as pas la télé.

145

— Il y a une radio.

— Je l'ai essayée. Elle marche pas.

— Il faut tripoter le bouton.

— Pourquoi tu la fais pas réparer ?

— À quoi bon ? Je sais comment régler le bouton. OK, à table ! Je crois que tout est prêt.

Elle mange vite, comme une gosse affamée, mais elle se rappelle deux fois les usages pour lui dire que c'est bon. Et elle boit son vin trop vite.

— Je vais m'occuper de la vaisselle, annonce-t-elle quand le dîner est terminé. Je suis capable de faire ça.

— Tu n'es pas obligée, dit-il. (Pourtant l'idée de la voir aller et venir dans la cuisine lui plaît.) Mais fais-la, si tu y tiens. Pendant ce temps-là, je préparerai le café.

Il n'y a pas trop de place pour deux dans la petite cuisine et leurs épaules se heurtent à deux ou trois reprises.

— Pardon, dit-il chaque fois.


— ... ALORS j'ai pensé que je pouvais aussi bien aller voir à Montréal. Il fallait que j'aille quelque part, alors pourquoi pas ici ? J'espérais trouver du travail... comme serveuse de bar, peut-être. Elles se font beaucoup d'argent, tu sais. Une de mes amies m'avait parlé de ses pourboires dans une lettre.

— Et t'as rien trouvé ?

Elle est pelotonnée sur le sofa, emmitouflée dans la robe de chambre rose de Lucille ; il est assis dans son vieux fauteuil confortable. Elle secoue la tête et détourne son regard pour fixer le radiateur à gaz qui siffle.

— Non. J'ai essayé partout pendant une quinzaine de jours, jusqu'à mon dernier sou. Mais les bars veulent pas d'une boiteuse. Et mes seins sont trop petits.

Elle annonce ça d'un ton égal. Elle n'ignore pas comment le monde est fait. Et pourtant on dirait qu'il y a un certain regret dans sa voix, ou bien est-ce la fatigue ?

— Alors tu t'es mise à faire le trottoir.

Elle a un haussement d'épaules fataliste.

— En réalité, c'est arrivé un peu par accident. C'est-à-dire que je n'avais pas pensé à baiser pour de l'argent. Bien sûr, j'étais déjà allée avec des gars avant, chez moi. Mais uniquement des copains ou des gars qui me sortaient un soir. Seulement pour m'amuser.

— Ne te sers pas de ce mot-là.

LaPointe sait bien que jamais une de ses filles ne se servirait d'un mot pareil.

Marie-Louise penche la tête de côté pensivement, elle essaie de trouver le mot offensant. Avec sa tête sur l'épaule et sa touffe de cheveux frisés, elle a l'air d'une poupée de chiffon miteuse.

— Baiser ? demande-t-elle, incertaine. Qu'est-ce qu'il faut dire alors ?

— Je sais pas, moi. Faire l'amour. Quelque chose dans ce genre-là.

Elle sourit, son visage mobile est celui d'un lutin.

— C'est drôle. Faire l'amour. On se croirait au cinéma.

— Oui, mais quand même...

— OK. Donc, j'avais jamais pensé à... faire ça... pour de l'argent. Je crois que j'imaginais pas qu'on puisse payer pour ça.

LaPointe secoue la tête. Faire ça est pire encore.

— Bon, je suis restée avec des gens pendant un bout de temps. Ils étaient tous de mon âge et on vivait tous ensemble, dans une grande et vieille maison. Et puis, je me suis engueulée avec le type qui dirigeait plus ou moins la baraque et j'ai pris une chambre ailleurs. Un beau jour, j'ai plus eu d'argent et ils m'ont foutue dehors. Ils ont gardé presque tous mes vêtements et ma valise. C'est pour ça que j'ai pas de manteau. Donc, j'étais à la rue et j'avais rien d'autre à faire qu'à marcher dans les rues. J'avais un peu la frousse et j'essayais de penser à ce que je pourrais bien faire... et où aller. Il faisait froid, tu comprends. Bon, j'ai fini à la gare d'autobus et j'y suis restée presque toute la nuit, comme si j'attendais un bus, pour qu'ils me mettent pas dehors. Mais il y avait un gardien qui me tenait à l'œil. J'avais que mon sac à provisions, où j'avais mis mes affaires. Je suis sûre qu'il savait qu'en réalité j'attendais pas un départ. Et puis un type est venu à moi et il m'a carrément proposé le truc. Comme ça. Il a dit qu'il me donnerait dix dollars. Il était un peu...

Elle décide de ne pas dire quoi.

— Un peu quoi ?

— Eh bien... ce n'était pas un jeune. Bref, il m'a emmenée chez lui. Il a joui dans son caleçon pendant qu'il me pelotait. Mais il m'a tout de même payée.

— C'était gentil de sa part.

— Oui, dit-elle avec une candeur qui ignore son ironie. C'est vrai que c'était plutôt gentil de sa part, hein ? Mais je m'en rendais pas compte à cette époque, parce que c'était la première fois et que je croyais que tout le monde était pareil. Gentil, tu comprends. Il m'a permis de rester toute la nuit, et le lendemain matin il m'a payé le petit déjeuner. La plupart des autres sont pas comme lui. Ils essaient de t'arnaquer ou bien ils disent que tu pourras passer la nuit, et quand ils ont eu ce qu'ils voulaient, ils te foutent dehors. Et si tu chiales, ils essaient souvent de te cogner dessus. Y en a que ça excite vraiment de te battre.

Elle tâte son œil du bout du doigt. L'enflure est partie, mais il reste une vague coloration verte.

— Tu sais ce qu'il faut faire ? lui explique-t-elle très sérieusement. Il faut te faire payer avant de commencer. Une fille avec laquelle j'ai traîné quelque temps me l'a dit. Et elle avait raison.

— C'est arrivé quand ? Je veux dire, quand est-ce que ce vieux type t'a ramassée ?

— Il y a six semaines. Deux mois peut-être, dit-elle après avoir réfléchi.

— Et depuis, tu te débrouilles en vendant tes charmes ?

Elle sourit. Ça sonne encore plus drôle que faire l'amour.

— Ça marche pas trop mal, tu sais. Les types m'emmènent dans les bars et je mange au restaurant. Et je vais danser, poursuit-elle en repliant sous elle sa jambe plus courte. Tu le croiras peut-être pas, mais je danse vraiment bien. C'est drôle mais je danse beaucoup mieux que je marche, tu vois ce que je veux dire ? La danse, c'est ce que j'aime le mieux. Tu danses ?

— Non.

— Pourquoi pas ?

— Parce que je ne sais pas.

Elle éclate de rire.

— Tout le monde sait danser ! C'est tout ce qu'il y a de plus simple. T'as qu'à… Tu comprends… T'as qu'à bouger, c'est tout.

— À t'entendre, on dirait que t'as eu que du bon temps sur le trottoir.

— Tu dis ça comme si tu me croyais pas. Mais c'est vrai. Je m'amuse quasiment tout le temps. Sauf quand ils sont brutes ou quand ils veulent me faire faire… des choses bizarres. Je sais pas pourquoi, mais je suis pas encore prête à aller jusque-là. Rien que l'idée me ferait rendre, tu comprends ? Hé, qu'est-ce qu'il y a ?

Il hoche la tête.

— Rien.

— T'aimes pas que je parle de ça ?

— Ce n'est rien. T'en fais pas.

— Y a des gars qui aiment ça. Je veux dire, ils aiment que tu leur en parles. Ça les excite.

— Assez !

Elle baisse involontairement la tête et lève les bras comme pour se garer d'une gifle. Son père la battait. Quand le flot d'adrénaline du brusque accès de peur se retire, le mécontentement et la colère le remplacent.

— Mais ça tourne pas rond chez toi, ou quoi !

Il respire un grand coup.

— Rien. Excuse-moi. C'est simplement que…

Elle a la voix durcie par l'irritation.

— Enfin, Seigneur, un flic ça devrait être habitué à ce genre de choses.

— Bien sûr, mais… (Il se frotte les mains.) Dis-moi, quel âge as-tu ?

Elle se rassied sur le divan, mais sans se détendre.

— Vingt-deux ans. Et toi ?

— Cinquante-deux. Non, cinquante-trois.

Il voudrait ramener le calme du début de leur conversation, alors, même si ça n'a pas grand intérêt, il lui explique :

— Tiens, c'était justement mon anniversaire le mois dernier, mais je l'oublie toujours.

Elle ne peut pas imaginer que quelqu'un oublie son anniversaire, mais elle pense que c'est peut-être différent quand on est vieux. Il est redevenu gentil. Son instinct lui dit qu'il est sincèrement désolé de lui avoir fait peur. Ce serait le moment de tirer profit de son regret et de prendre certains arrangements.

— Je pourrais rester ici ce soir ?

— Bien sûr. Tu peux rester plus longtemps si ça te plaît. Poussons maintenant.

— Combien de temps ?

— Je ne sais pas, dit-il avec un geste des épaules. Combien de temps tu veux rester ?

— On va… on va faire l'amour ?

Elle ne peut s'empêcher de prononcer ces mots comiquement, sur un ton mélodramatique.

Il ne répond rien.

— T'aimes pas les femmes ?

— Oh ! Ce n'est pas ça ! dit-il en riant.

— Alors pourquoi tu veux que je reste, si tu veux pas coucher avec moi ?

LaPointe regarde le parc au bas de sa fenêtre où un entrelacs de ramures sombres se dessine sur les globes jaunes des lampadaires. Marie-Louise a le même âge que Lucille – la Lucille de ses souvenirs – et elle a le même accent provincial. Elle porte la même robe de chambre. Mais elle est plus jeune que ses filles – les filles de ses rêves – qui sont parfois encore petites filles mais le plus souvent de jeunes femmes avec des enfants. Et maintenant qu'il y pense, les filles de ses rêves sont parfois plus âgées que Lucille. Lucille ne vieillit pas, elle ne change pas. Il ne s'était jamais aperçu que ses filles étaient plus âgées que leur mère. C'est incroyable.

— Qu'est-ce qui va pas? demande-t-elle.

— Je vais te dire une chose. Je vais tâcher de te trouver du travail.

— Dans un bar?

— Je peux pas te le promettre. Peut-être comme serveuse dans un restaurant.

Elle fait la moue. Ça ne lui dit rien du tout. Elle en a vu beaucoup des serveuses : toujours en train de courir et de se faire attraper aux heures de pointe, ou debout, fatiguées et mornes, regardant par la fenêtre quand il n'y a personne. Et elles sont mal fagotées dans leur uniforme. S'il n'y avait pas ce temps de cochon et si les types ne vous battaient pas, parfois elle continuerait plutôt cette vie-là que de se faire serveuse.

— Je vais essayer de te trouver une place, reprend-il. En attendant, tu peux rester ici si tu veux.

— Et on va coucher ensemble?

Elle veut que tout soit bien clair dès le départ. C'est un peu comme de se faire payer d'avance.

Il se détourne de la fenêtre pour la regarder carrément.

— Tu y tiens vraiment?

Elle esquisse un "pourquoi pas" d'un mouvement de ses épaules minces. Puis elle aperçoit un fil sur la manche de la robe de chambre et elle essaie de le casser.

Il s'éclaircit la voix et se passe le poing sur les joues.

— Il faut que je me rase. Tu veux une autre tasse de café avant qu'on aille se coucher?

Elle le regarde à travers ses mèches de cheveux, le fil récalcitrant entre les dents.

— OK, dit-elle en arrachant le fil et en le recrachant.


IL est en train de se raser lorsque le téléphone sonne. Il essuie le savon qui recouvre ses joues avant de décrocher.

— Ici LaPointe.

— Je viens d'arriver, dit Guttmann, d'une voix qu'on devine lasse.

— D'arriver où ?

— Au quartier général. Ils m'ont appelé chez moi. Ils ont ramassé votre Sinclair et il leur fait une vie impossible.

— Sinclair ?

— Joseph Michael Sinclair. C'est le nom du Vet, votre clochard. Il est en pleine crise. Enragé. Hurlant. Ils parlent de lui administrer un calmant, mais je leur ai dit d'attendre, dans le cas où vous voudriez l'interroger ce soir.

— Non, pas ce soir. Il sera temps demain.

— Je n'en sais trop rien, mon lieutenant…

— Bien sûr que t'en sais rien. Sinon tu ne serais plus un Joan.

— Ce que je voulais dire, c'est que ce type est un malade. Ils ne sont pas trop de deux à le tenir. Il n'arrête pas de hurler qu'on ne peut pas le mettre dans une cellule. Qu'il fait quelque chose comme de la claustrophobie.

— Oh ! Bon sang de bonsoir !

— J'ai cru bon de vous avertir.

Les épaules de LaPointe s'affaissent et il exhale un long soupir nasal.

— Bon. Tu vas parler au Vet. Dis-lui que personne n'a l'intention de l'enfermer. Dis-lui que je vais arriver d'une minute à l'autre. Il me connaît.

— Oui, mon lieutenant. Oh, eh… mon lieutenant ? Je suis absolument navré de vous avoir dérangé chez vous.

Quoi ? De l'ironie de la part d'un Joan. LaPointe grogne et raccroche.

Marie-Louise est en train de raccommoder la robe longue qu'elle portait lorsqu'il l'a trouvée dans le parc. Elle lui lance un regard interrogateur quand il revient dans le salon.

— Il faut que j'aille là-bas. De quoi ris-tu ?

— T'as encore du savon sur la moitié de la figure.

— Oh ! fait-il en s'essuyant.

Au moment où il passe son pardessus, il se rappelle l'eau en train de bouillir sur la cuisinière.

— Tu veux que je te fasse du café avant de m'en aller?

Elle secoue négativement la tête.

— Tu sais, j'aime pas tellement le café.

— Alors, pourquoi t'en bois tout le temps?

Elle a un haussement d'épaules. Elle n'en sait rien. Elle prend toujours ce qui se présente.

# 6

À EN croire le thermomètre, il fait moins froid que la nuit dernière, mais alors le temps était sec, il givrait. Ce soir, le froid est humide, ses crocs mordent la poitrine de LaPointe lorsqu'il traverse la Main déserte. Il ne trouve pas de taxi avant d'arriver à Sherbrooke.

Le bruit des pas du lieutenant se répercute à travers le hall vide, à demi éclairé, sur lequel s'ouvrent les salles des tribunaux. Le bruit est étrangement fort et lugubre sans l'habituel fond sonore qui emplit le bâtiment pendant la journée.

Les portes de l'ascenseur s'ouvrent et il enfile le couloir brillamment éclairé du service de garde. Ici, il y a une rumeur, une activité, le cliquetis hésitant d'une machine à écrire sous des doigts malhabiles, le sourd murmure des rampes fluorescentes et, quelque part, un transistor qui se gargarise de musique populaire.

Guttmann apparaît dans le couloir au bruit de l'ascenseur. Il a l'air fatigué et un peu débraillé ; l'air d'un vrai policier, se dit LaPointe.

— Bonjour, mon lieutenant. Il est là, dit Guttmann d'une voix neutre et sans cordialité.

— Qu'est-ce qui t'arrive, bon Dieu ?

— Mon lieutenant ?

— Ton attitude, le ton de ta voix. Qu'est-ce qu'il y a ?

— Je ne pensais pas qu'on pouvait le remarquer, mon lieutenant.

— Eh bien, on le remarque… Je t'avais dit de reporter ton rendez-vous.

— C'est ce que j'ai fait, mon lieutenant. Elle est allée au cinéma avec une amie. Mais elle est venue chez moi après pour prendre un verre. Nous habitons le même immeuble.

— Et le téléphone t'a tiré du lit?

— Quelque chose dans ce genre-là.

— Au mauvais moment?

— Aussi mauvais que possible, mon lieutenant.

LaPointe se met à rire. Guttmann reconnaît que la situation peut paraître amusante à un autre, mais lui n'en apprécie guère la valeur comique.

LaPointe entre au service de garde, Guttmann sur ses talons. Joseph Michael Sinclair, dit le Vetéran, est assis sur une banquette de bois contre le mur. Ses longs bras enserrent ses jambes, il a la figure cachée contre les genoux et il n'a pas quitté son ridicule chapeau à large bord tombant. Dans sa détresse, il se balance d'avant en arrière, marmonnant ou gémissant sans cesse sur la même note. Sa raison paraît d'une grande fragilité. De temps à autre, il parcourt la pièce du regard, ahuri et effrayé, et il se met à claquer des dents, il respire en haletant comme un chien et il retient à grand-peine un hurlement.

Les narines de LaPointe s'emplissent d'une odeur d'urine. Joseph Michael Sinclair a mouillé son pantalon.

Les symptômes rappellent ceux de l'isolement psychique. LaPointe a déjà vu ça. Le Vet est atteint de claustrophobie. Le service de garde est une vaste pièce, ce n'est donc pas ça qui menace sa raison. C'est le voyage dans la voiture de patrouille et, plus encore, l'idée d'être enfermé dans une cellule. Le Vet est pris au piège infernal des victimes de la claustrophobie, il est presque fou de peur d'être enfermé, et s'il se laisse emporter par cet accès de folie on va sûrement l'enfermer.

— Vous l'avez trouvé où? demande LaPointe à l'un des policiers qui tend un gobelet de papier sous le bec du distributeur de café.

C'est un ancien, un dur, un Polonais qui n'a jamais pris la peine de passer l'examen de sergent parce qu'il refuse le fardeau des responsabilités. Bien que son français soit hésitant et mal timbré, les policiers canadiens français l'ont toujours considéré comme l'un des leurs parce qu'il n'est visiblement pas l'un des autres.

Le café est bouillant et le Polonais grimace en passant son gobelet d'une main à l'autre et en cherchant un endroit où le poser. Son gobelet de papier est fragile et ses gestes sont comiquement délicats. Il finit par le poser sur un rayonnage et secoue furieusement ses doigts.

— Sacré bon Dieu! On l'a ramassé dans Saint-Urbain, au sud de Van Horne. Un certain Red nous avait appelés pour nous filer le tuyau. Il a fallu lui courir après pendant un sacré bout de temps. Il a traversé Van Horne en sautant comme un lapin à trois pattes. En plein dans la circulation, les voitures et les camions avaient le frein au plancher. Il a foutu une sacrée trouille aux conducteurs. À force de serrer les fesses, ils ont dû arracher le cuir de leur siège. Et moi, je suis là à lui courir après, à valser et slalomer entre les voitures. Et puis notre petit camarade escalade la palissade et il est presque en bas du talus de la gare de marchandises au moment où je le rattrape. Et regardez-moi ça, s'il vous plaît? (Il se tourne et découvre le fond de son pantalon qui s'orne d'un accroc triangulaire.) Je me suis fait ça en passant par-dessus les fils de fer barbelés derrière ce connard! J'en ai pour vingt-sept dollars dans les fesses!

— Littéralement, souligne Guttmann.

— Quoi? demande le Polonais.

— Il a fait des difficultés? interroge LaPointe.

— Des difficultés? C'est simple, autant qu'un chat qui pisserait des lames de rasoir! On s'en rend pas compte en le voyant maintenant, mais il a fallu qu'on se mette à deux pour le faire entrer dans la voiture. Est-ce qu'il ruait? Se démenait? Hurlait? On aurait cru qu'on était en train de violer la mère supérieure.

LaPointe examine le misérable *robineux* dont les yeux sont maintenant fermés et qui continue de se balancer, accompagnant chaque mouvement d'un gémissement aigu sur une note ténue qui s'étrangle dans sa gorge. Il hésite au seuil de la folie.

— Vous ne lui avez rien donné pour le calmer, n'est-ce pas ?

— Non, lieutenant. Votre Joan nous a dit de rien faire. D'ailleurs, c'était pas nécessaire. Dès qu'on lui a dit que vous arriviez, il s'est calmé. Il s'est simplement mis à se balancer comme ça. Un vrai dingue. Vingt-sept foutus dollars ! Et ça fait à peine un mois que je l'ai acheté !

LaPointe s'approche du Vet et lui pose la main sur l'épaule.

— Hé ? dit-il en le secouant légèrement. Hé, le Vet ?

Le clochard ne lève pas les yeux, il est perdu dans le dangereux réconfort animal de son balancement et de son gémissement. Ce mouvement et ce chant monotone l'enveloppent et le protègent. Personne ne doit pénétrer là.

LaPointe a déjà vu des hommes se replier ainsi sur eux-mêmes. Il a peur que le Vet lui échappe s'il ne le secoue pas immédiatement. Il enlève le large chapeau et attrape ses cheveux pour lui redresser la tête.

— Hé ! dit-il.

Le *robineux* essaie de se dégager, mais LaPointe ne lâche pas la tignasse.

— Vet ! Vet !

L'odeur d'urine est vraiment forte.

Les yeux vagues et larmoyants du Vet reconnaissent lentement LaPointe. Les joues molles mal rasées frémissent. Quand il ouvre la bouche pour parler, une bulle de salive épaisse se forme sur ses lèvres et coule avec le premier mot.

— Lieutenant ? (C'est un gémissement implorant, pitoyable.) Ne les laissez pas me boucler. Vous voyez ce que je veux dire ? Je ne supporte pas d'être enfermé ! Je ne peux pas ! Je… je… je… je…

À chaque répétition, la voix devient plus aiguë et le Vet s'enfonce dans la terreur.

LaPointe s'accroche aux cheveux gras. Il ne faut pas qu'il lui échappe.

— Vet! Personne n'a envie de te boucler!

— Non, il ne faut pas! Je peux pas être enfermé! Je peux pas!

— Écoute-moi!

— Non! Non! Non!

LaPointe le gifle durement.

Le Vet respire et bloque ses poumons, les joues gonflées, les yeux grands ouverts et fixant de côté le lieutenant.

— Allons, écoute-moi, dit LaPointe d'un ton plus calme. Écoute-moi, c'est tout, ajoute-t-il doucement. D'accord?

Le Vet relâche lentement sa respiration et se tait, mais ses yeux sont toujours fixes et ses pupilles ont de rapides et légères contractions.

LaPointe parle tout doucement en articulant.

— Personne ne t'enfermera. Tu as bien compris? Personne ne va te mettre au trou.

L'œil clignotant du *robineux* frémit tandis qu'il s'efforce de comprendre. Puis, à mesure qu'il réalise, son corps si longtemps crispé s'effondre de fatigue, ses mâchoires se détendent, sa respiration se fait plus lente et ses yeux injectés de sang se révulsent comme dans le sommeil.

LaPointe lâche la chevelure et le menton du vagabond tombe sur sa poitrine. LaPointe pose une main protectrice sur la nuque du Vet et se tourne vers Guttmann.

— Fais-lui avaler du café.

Guttmann cherche du regard une cafetière.

— La machine! crie LaPointe, exaspéré, en indiquant le distributeur.

Les deux policiers en uniforme quittent le service de garde, le Polonais tripote le fond de son pantalon pour essayer de cacher l'accroc en triangle, pendant que son partenaire lui assure qu'il n'a rien à craindre, que personne n'a vraiment envie de contempler son derrière.

LaPointe s'adosse au mur et se rabat les cheveux de la main.

— Quand tu lui auras fait ingurgiter quelques tasses de café, dit-il à Guttmann, plonge-lui la tête dans l'eau froide et nettoie-le un peu. Et amène-le à mon bureau.

Guttmann fouille dans sa poche en examinant d'un air dégoûté le tas de loques qui pue le vin suri et l'urine.

— Excusez-moi, mon lieutenant, mais on dirait que je n'ai pas dix cents.

— Il faut vingt-cinq cents pour la machine.

— C'est que je n'ai pas de monnaie.

Avec un effort de patience, LaPointe extrait un quarter des profondeurs de sa poche de pardessus et l'exhibe entre le pouce et l'index.

— Tu vois. Voilà ce qu'on appelle un quarter. On s'en sert pour faire marcher un distributeur de café. Et aussi, pour téléphoner. Qu'est-ce que tu ferais si tu devais appeler d'urgence d'une cabine publique et que tu n'avais pas de monnaie sur toi ?

— Je me suis habillé en vitesse pour venir quand on m'a téléphoné. Je n'ai même pas…

— Tu dois toujours avoir de la monnaie pour le téléphone. Un coup de téléphone peut sauver la vie de quelqu'un.

— Très bien, mon lieutenant, dit Guttmann en prenant le quarter. Et merci pour le conseil.

— Ce n'était pas un conseil.

Guttmann enfonce violemment la pièce dans la fente. Qu'est-ce qui peut démanger le lieutenant, bon sang ? Après tout, ce n'est pas lui qui a été arraché à une soirée avec une fille pour venir ici pomponner un poivrot qui a pissé dans son pantalon !

Au moment de quitter le service de garde pour gagner son bureau, à l'étage au-dessus, LaPointe s'arrête à la porte. Il renifle et se passe la main sur la joue. Il n'est rasé que d'un côté.

— Écoute. Excuse-moi, je… je suis fatigué, c'est tout.

— Oui, mon lieutenant. Nous sommes probablement tous fatigués.

— Tu m'as bien dit que c'était ta première soirée avec cette fille ?

— La première, certainement. Et probablement la dernière.

Guttmann est encore en colère et froissé.

— Allons, j'espère bien que non.

— Oui, mon lieutenant. Moi aussi.

Il se passe une grande demi-heure avant que la porte du bureau de LaPointe ne s'ouvre pour laisser passer Guttmann, qui traîne le Vet par le bras. Le vieux *robineux* est pâle et défait mais dessaoulé. Enfin, à peu près. Le vieux pardessus informe est resté derrière, ainsi que le chapeau à grand bord, quant au col et au plastron de sa chemise ils dégouttent de la trempette que Guttmann leur a fait faire dans le lavabo des toilettes. Ses cheveux mouillés ruissellent et ils ont été rejetés en arrière avec des doigts qui ont laissé des traces grasses noirâtres. Il a une petite bosse au sourcil, à demi couverte par une mèche de cheveux collés sur le front.

— Tu l'as frappé ? demande LaPointe.

— Non, mon lieutenant. Il s'est cogné la tête sur le bord du lavabo.

— Est-ce que tu te rends compte de ce qu'un avocat pourrait tirer de ça ? Ce serait bien pire que de la persécution.

LaPointe se tourne vers le *robineux*.

— OK, assieds-toi, Vet.

Le vieux vagabond obéit de mauvaise grâce. Maintenant que sa terreur initiale a disparu, son habituelle impertinence lui revient peu à peu et il essaie de prendre un air d'indifférence et de supériorité, en dépit du parfum d'urine qu'il traîne avec lui.

— Ça va mieux ? demande LaPointe.

Le Vet ne répond pas. Il lève la tête et s'efforce de toiser LaPointe d'un regard incertain qui file le long de son nez mince et busqué. Mais cette attitude dédaigneuse est nettement contrariée par le tremblement incontrôlable de la tête.

LaPointe n'a jamais beaucoup aimé le Vet. Il a pitié de lui, mais le Vet est un de ces types à l'égard desquels la pitié s'accompagne de mépris et même de dégoût.

— Z'avez une cigarette ? demande le Vet.

— Non.

Si le Vet commence à se sentir en sécurité, il sera impossible d'en rien faire. Le mieux est de l'empêcher de prendre trop d'assurance.

— Je t'ai dit qu'on te mettrait pas au placard, dit LaPointe en s'adossant à son fauteuil. Mais, je vais te parler franchement. C'est pas encore certain. Il est encore possible qu'on t'enferme, vois-tu.

L'attitude du vagabond change avec une soudaineté presque comique. Ses yeux clignent comme ceux d'un rat et sa respiration devient haletante.

— Je peux pas rester en dedans, lieutenant. Je croyais que vous le saviez. Je suis un blessé de guerre.

— Qu'est-ce que tu veux que ça me fasse ?

— Mais, attendez ! J'ai été fait prisonnier ! Prisonnier de guerre ! Pendant quatre ans, ils m'ont tenu dedans ! Vous voyez ce que je veux dire ? Je pouvais pas tenir le coup. Un jour… un jour… je me suis mis à hurler. Et sans pouvoir m'arrêter. Vous voyez ce que je veux dire ? Je savais que je hurlais. Je l'entendais bien. Et je voulais m'arrêter, mais je ne savais pas comment faire ! Vous comprenez ? C'est rien qu'à cause de ça qu'il faut pas me fourrer dedans.

— Bon, bon. Du calme.

Le Vet est pressé d'obéir, de gagner les bonnes grâces de LaPointe. Il cesse de parler, serre fermement les dents. Mais il ne peut pas retenir un murmure plaintif. Il commence à se balancer sur sa chaise. Il ne faut pas libérer ce gémissement. Il ne faut pas se mettre à hurler.

Guttmann s'éclaircit la voix.

— Mon lieutenant ?

— Hmm… hein ?

— Je crois qu'il est toxicomane. J'ai vu une marque toute fraîche sur son bras, et une ou deux anciennes.

— Non, il n'est pas toxicomane, pas vrai, Vet ? Mais entre deux versements de sa pension, il vend son sang frauduleusement, pour boire. C'est vrai, hein, Vet ?

Le *robineux* approuve à grands coups de menton, les dents toujours serrées. Il ne demande qu'à coopérer, mais il n'ose pas parler. Il a peur d'ouvrir la bouche. Peur de se mettre à hurler et qu'ils le fourrent dans une cellule. Comme l'ont fait les médecins anglais quand il a été libéré du camp de prisonniers. Ils l'ont mis dans une cellule parce qu'il ne cessait de hurler. Et il hurlait parce qu'ils l'avaient enfermé !

Le Vet respire par le nez, à petits coups ; il chantonne à chaque exhalaison. Le chantonnement trompe son besoin de hurler, suffisamment pour le contrôler, un peu comme on masse légèrement plutôt qu'on ne gratte une piqûre de moustique afin qu'elle ne s'infecte pas.

— Du calme, Vet. Réponds sincèrement aux questions et je veillerai moi-même à ce qu'on te relâche. D'accord ?

Le clochard hoche la tête. Au prix d'un grand effort, il force sa respiration à ralentir. Puis il desserre prudemment les dents.

— Je ferai… comme vous voudrez… tout ce que vous voudrez.

— Très bien. Voyons, la nuit dernière tu as pris le portefeuille d'un type dans une ruelle.

Le Vet hoche la tête une fois.

— C'est pas l'argent qui m'intéresse. Tu peux le garder.

Le Vet se force à parler.

— L'argent… y en a plus.

— Tu l'as bu.

Il hoche la tête une fois.

— C'est le portefeuille qu'il me faut. Si tu peux me le donner, tu seras libre de t'en aller.

Le Vet ouvre une large bouche et aspire trois fois rapidement.

— Je l'ai ! Je l'ai !

— Mais pas sur toi ?

— Non.

— Où ?

— Je sais où il est.

— Bon. Je vais y aller avec toi.

Le Vet ne veut pas de ça. Ses yeux parcourent la pièce en clignant.

— Non. Je vous l'apporterai. Garanti.

— Ça ne me suffit pas, Vet. Tu me promettrais la lune pour le moment. J'irai avec toi.

La lèvre supérieure du clochard s'étire sur ses dents et ses narines se dilatent.

— Je veux pas, lance-t-il en se mettant à sangloter.

LaPointe se gratte la tête et soupire.

— C'est dans ta planque ? Et tu veux pas que je sache où elle est ?

Le *robineux* hoche vigoureusement le menton.

— Excuse-moi. Mais ça marche pas. Il est tard et je suis fatigué. Ou nous partons tout de suite pour récupérer le portefeuille, ou tu te tapes dix jours pour vagabondage.

Le Vet regarde Guttmann, ses yeux l'implorent d'intervenir. Le jeune policier fronce les sourcils et fixe le plancher.

LaPointe se lève.

— Parfait, tu l'auras voulu. J'ai pas de temps à perdre avec toi.

— OK! (Le Vet se lève d'un bond et hurle au visage de LaPointe.) OK! Ça marche!

LaPointe pose les mains sur les épaules du vagabond et le rassied sur sa chaise.

— Calme-toi. (Puis il se tourne vers Guttmann.) Descends et fais-toi donner une voiture et un chauffeur.

Avant de partir, Guttmann regarde encore une fois le Vet : il s'est réfugié dans le réconfort de son balancement et de son gémissement plaintif.


La voiture de police s'est à peine éloignée du quartier général de trois blocs et la menace d'être enfermé entre quatre murs n'est pas encore très loin que la peur gémissante du Vet s'évanouit et qu'il redevient aussi arrogant et vaniteux que d'habitude. Il ne daigne pas adresser la parole à Guttmann qui est assis à côté de lui. LaPointe s'est mis devant pour échapper à l'odeur alcaline d'urine. Non, le Vet se penche en avant et explique au dos du lieutenant sa version des faits. Il parle fort car les vitres ont été baissées pour éviter une crise de claustrophobie et le vent glacé balaie la voiture.

— Je descendais tranquillement le boulevard, lieutenant, quand je regarde par hasard dans le passage et j'aperçois ce type. À genoux... très bas, vous voyez ? Le front à terre. Je me dis qu'il est complètement ivre ou qu'il a forcé sur sa dose. Peut-être qu'il est malade, je me dis. J'ai suivi des cours de premiers secours dans l'armée. On peut faire un garrot avec une ceinture. Vous saviez ça ? Mais oui. Facile comme bonjour si vous savez vous y prendre. Toute cette racaille dans la rue, ils connaissent rien à rien. Ils ont jamais été dans l'armée. Ils ne feraient pas la différence entre leur tête et leur cul. Bon, j'entre dans la ruelle. Il ne bouge pas. Personne en vue, il fait un sacré froid et tout le monde s'est tiré de la Main. Comprenez-moi bien, je pensais vraiment pas lui faire les poches ou rien. Je le jure, lieutenant. Je pensais simplement qu'il était peut-être malade ou quelque chose. Qu'il avait besoin d'un garrot, j'sais pas moi. Quand je suis près de lui, je vois qu'il est drôlement bien habillé. Il a l'air marrant. Enfin, je veux dire, ridicule. Agenouillé là, le derrière en l'air. C'est là que je remarque son portefeuille à moitié sorti de sa poche. Alors... je l'ai... je l'ai pris, tout simplement. Je me suis dit, si je le prends pas, un de ces clochards du quartier le laissera pas traîner, lui. Alors, pourquoi pas moi ? Premier arrivé, premier servi, comme on disait dans l'armée.

— Tu n'as pas vu qu'il était mort ?

— Je vous jure que non. Y avait pas de trace de sang, rien.

C'est vrai. L'hémorragie a été surtout interne.

— Bref, je me dis que, maintenant que je suis là, je peux bien lui faire les poches. Il faut mettre les richesses en commun, comme on disait dans l'armée. Alors, je tends la main et je tire sur le portefeuille. Il a du mal à sortir, avec lui agenouillé comme ça et le fond de son pantalon si serré, vous comprenez. Et à l'instant où je l'ai enfin, cette sacrée voiture de police s'arrête devant la ruelle et ce flic se met à me crier après ! (La respiration du Vet s'accélère au souvenir de la peur qu'il a eue.) Alors, je détale ! J'avais peur qu'il me boucle ! Je peux pas rester enfermé, lieutenant ! Si je suis dans un endroit fermé, je me mets à crier. Vous comprenez ? Vous comprenez ?

— Mais oui. Calme-toi.

— Est-ce que je vous ai dit que les médecins de l'armée m'avaient gardé enfermé après la libération du camp ?

— Oui, tu me l'as déjà raconté. On va où ?

— Tout droit sur Saint-Laurent, jusqu'à Van Horne. Quand on y sera, je vous montrerai. Oui, les médecins de l'armée m'ont fait enfermer dans un hôpital de fous. Ils avaient rien compris. J'y serais même peut-être encore. Mais un jour un jeune médecin, le capitaine Ferguson, il s'appelait, demande pourquoi on me donnerait pas une chance en me sortant de là, pour voir ce que ça donnerait. Bon, je suis sorti et j'ai cessé de crier, comme ça ! Ils m'ont conseillé de ne pas accepter un travail où il faudrait être entre des murs, et je l'ai jamais fait. Je suis réformé à quatre-vingt-dix pour cent. Quatre-vingt-dix pour cent ! C'est quelque chose, hein ? Eh, vous avez une cigarette ?

— Non.

Le conducteur sort un paquet de sa poche.

— Donnez-lui une des miennes, mon lieutenant. L'odeur du tabac nous changera agréablement.

Ils approchent bientôt de l'intersection entre Van Horne et Saint-Laurent. LaPointe est curieux de connaître enfin la fameuse planque secrète et douillette dont le Vet ne cesse de se vanter. Il est de notoriété publique dans le quartier que le Vet boit son trimestre de pension en quinze jours et qu'ensuite il doit vendre son sang pour vivre. Comme les autres vagabonds, les poivrots, les camés et les hippies qui ont touché le fond, il ment au médecin sur la date de sa dernière prise de sang et au sujet des maladies qu'il a eues. Mais on manque toujours de sang de son rhésus peu commun – une autre raison pour lui de se vanter sans arrêt. Chaque fois qu'il a quelque argent, il achète deux ou trois bouteilles, mais il ne boit jamais beaucoup dans le quartier. Il les emporte dans son repaire.

Suivant les indications du Vet, ils tournent à gauche dans Van Horne. La voix du clochard se fait confidentielle pour parler à LaPointe.

— Vous pouvez lui dire d'arrêter là, au coin. Vous allez venir avec moi, lieutenant, vous tout seul. Je veux personne d'autre. OK ? OK ?

— Le conducteur restera ici. Mais le jeune policier est attaché à ma personne.

Guttmann jette un regard à LaPointe et se demande si le lieutenant se moque ou non.

La voiture s'arrête le long du trottoir et LaPointe dit au conducteur de les attendre.

Une rue transversale, bordée d'entrepôts et de hangars, se termine brusquement par un grillage de fer qui garde un quai et les voies d'une gare de marchandises ; les rails luisent doucement dans une dépression noire de l'autre côté de la grille. LaPointe et Guttmann suivent le Vet au bas du remblai abrupt, glissant maladroitement sur le béton, freinant pour éviter la plongée tête en avant qui les précipiterait dans cet abîme sombre.

Au pied de la pente, le Vet commence à traverser les voies avec une longue habitude qui se passe de visibilité. LaPointe lui dit d'attendre une minute. Il ferme les yeux pour activer la dilatation de ses pupilles. La lueur gris-noir fumeuse de la ville produit le même effet que la lune dans le brouillard, elle brouille les détails mais elle est trop lumineuse pour permettre à l'œil de s'habituer à l'obscurité. Finalement, LaPointe parvient à distinguer le dessin parallèle des rails et le reflet luisant du goudron sur les traverses. Il dit au Vet de continuer d'avancer, mais plus lentement. Il se sent mal à l'aise, hors de son élément sur ce sol inégal de morceaux de béton et d'herbes folles qui n'est ni la ville, ni la campagne, mais un terrain vague stérile et poussiéreux à la fois délaissé par la ville et impropre à la culture.

Ils traversent une demi-douzaine de voies puis se dirigent vers l'ouest en suivant les rails. Bientôt la rouille ternit l'éclat des rails et l'épaisseur des herbes sauvages indique qu'ils ont atteint une partie abandonnée de la gare de triage. L'une après l'autre, les voies s'arrêtent devant d'énormes butoirs, et ils arrivent à la dernière, près d'une vaste courbe bordée d'un haut talus noir. Soudain, le Vet tourne et descend un talus le long d'une piste à peine visible, à travers les chardons secs et les hautes herbes couvertes de givre. Le vent tourbillonne dans cette déclivité de la gare ; il colle tantôt le pardessus sur le dos de LaPointe, tantôt il le presse contre sa poitrine en rabattant son col. On n'entend que la plainte du vent et le crissement sec de leur marche sur le sol gelé et dans les hautes herbes glacées. Ils sont seuls dans cette étendue de silence et de ténèbres perdue au milieu de la ville. Aux alentours, dans le lointain, les phares de la circulation coulent en une longue double file. Un énorme panneau lumineux, là-bas, tout au bout des voies, vante une bière et clignote rouge-jaune-blanc, rouge-jaune-blanc. Et d'un point de l'horizon gémit la sirène d'une ambulance.

Le Vet ralentit le pas et s'arrête.

— C'est là, tout près, lieutenant. Je vais aller vous chercher le portefeuille, dit-il en indiquant le talus, sombre contre la lueur grise qui tombe du ciel de la ville.

Le regard de LaPointe essaie de percer l'obscurité. Il ne distingue ni baraque ni abri.

— Je t'accompagne, décide-t-il.

— Je me sauverai pas. Juré !

— Assez, assez ! Il fait froid. Dépêchons-nous.

Le Vet hésite encore.

— Bon. Mais il a pas besoin de venir, lui, hein ?

Guttmann rabat ses cheveux soulevés par le vent.

— J'attendrai ici, mon lieutenant.

LaPointe accepte d'un signe puis il suit le Vet le long de la piste à peine tracée.

Guttmann voit les silhouettes s'enfoncer dans l'obscurité et disparaître en approchant du remblai. Du coin de l'œil, d'où la vision nocturne périphérique est meilleure, il distingue un peu plus tard un léger mouvement. Il s'efforce de voir sans y parvenir. Quelques minutes passent, et il entend distinctement là-bas un grincement puis un bruit de métal – une lourde plaque métallique qu'on a heurtée à en juger par le son. Il serre son manteau contre lui et enfonce le menton dans son col.

Au bout d'une dizaine de minutes, il distingue un craquement de tiges mortes et givrées, puis il voit les deux hommes qui reviennent. La silhouette du Vet est courbée, affaissée ; il paraît découragé. C'est la quatrième fois ce soir que le *robineux* change brusquement d'attitude et de personnalité. La vie a depuis longtemps effacé en lui toute prétention de dignité, mais l'extérieur de fierté est resté, et ce soir il a été atteint : le lieutenant a vu sa petite planque douillette. Le Vet passe devant Guttmann sans un regard et reconduit les policiers à travers le champ d'herbes givrées, en suivant d'abord la voie abandonnée avec ses rails couverts de rouille, puis la parallèle de rails luisant, jusqu'au pied de l'escarpement, au-dessous du grillage de fer et du ciel de la ville.

— C'est bon, maintenant nous pourrons nous y retrouver, dit LaPointe au vagabond.

Sans un mot, le Vet tourne les talons et s'en retourne d'où ils sont venus.

— Vet ? crie LaPointe.

Le *robineux* s'arrête sans se retourner vers eux.

— Tu sais que je ne parlerai de ta planque à personne, n'est-ce pas ?

— Oui, répond le Vet d'une voix morne.

Il rabat d'une main le large bord de son chapeau pour lutter contre le vent et s'en va, clopinant à travers les voies. LaPointe le suit un moment du regard.

— Partons, dit-il.

Ils escaladent tant bien que mal le remblai de béton, ils franchissent le grillage et retrouvent la rue bordée d'entrepôts. Pendant que Guttmann avance, LaPointe s'arrête un instant pour jeter un dernier regard à la gare de triage, à cette tache noire sur la carte des rues claires de la ville. Sa notion de la réalité est ébranlée. Cette rue, avec ses hangars et le grondement et les phares des voitures qui passent au coin, cette rue paraît d'une certaine manière artificielle et provisoire. Ce sombre entrelacs désolé de rails, ces pistes indécises, cernées de touffes noires de bardane gelée, ce silence dans la rumeur de la cité, cette obscurité dans la lumière de Montréal... c'était une réalité. Elle n'avait rien de séduisant, mais c'était une réalité... quelque chose d'inéluctable. C'est ce que la ville tout entière serait six mois après la disparition de l'homme. La préfiguration d'une vaste ruine.

Bah, ce doit être la fatigue : il a un peu le cafard. Son sentiment de la réalité est pris de vertiges à cause d'une trop longue veille, à cause aussi de la rude escalade du remblai, et à cause du fourmillement agréable, terrifiant et de cette effervescence dans ses veines...

Guttmann a froid et il hâte le pas vers la voiture de police qui attend avec son conducteur ensommeillé et sa radio branchée sur une émission musicale au mépris du règlement. Il s'aperçoit soudain que LaPointe n'est plus à côté de lui. Il se retourne, impatienté, et il voit le lieutenant adossé au grillage, les yeux fermés. Au moment où Guttmann s'approche, LaPointe ouvre les yeux et se frictionne le haut des bras comme pour rétablir la circulation. Et avant que Guttmann n'ait le temps de lui demander ce qui ne va pas, le lieutenant gronde :

— Allons-y ! On ne va pas rester ici toute la nuit ! On gèle, bon sang !


Ils sont assis au fond, sur une banquette, les seuls clients du café A-One. En entrant, LaPointe a salué le vieux patron chinois.

— Comment ça va, monsieur A-One.

Le Chinois a répondu en caquetant.

— Et comment! En voilà une bien bonne!

Guttmann devine que le salut et la réponse sont une histoire ancienne, une plaisanterie traditionnelle qu'ils échangent depuis des années.

Sans leur demander ce qu'ils désirent, le vieillard leur apporte deux tasses de café noir et saumâtre, la lie d'une cafetière de l'après-midi. Puis il retourne près de la fenêtre et il y reste immobile, les bras croisés, les yeux fixés au lointain au-delà de la vitre.

L'ampoule nue qui pend au-dessus de sa tête l'éclaire d'une lumière oblique qui souligne les sillons et les rides de son visage. Ses yeux ne cillent jamais.

LaPointe est enfoui dans son pardessus. Il médite, les sourcils froncés, en touillant lentement son café dans lequel il n'a pourtant pas mis de sucre.

Sur le mur, au-dessus de la tête de Guttmann, pend un carré de soie brodé de couleurs criardes sur lequel on peut voir un oiseau à la queue en panache, perché sur une branche qui porte un incroyable mélange de fleurs. Épinglée juste à côté, sur une affiche, une fille resplendissante de santé. Elle est en costume de bain et paraît se demander à quoi elle s'engage en acceptant la bouteille de Coca-Cola que lui présente un poing masculin et insistant. Guttmann étouffe un bâillement tellement profond que des larmes lui viennent.

— Il n'y a pas grand monde, dit-il. Je me demande bien pourquoi il reste ouvert la nuit.

LaPointe lève les yeux comme s'il avait oublié la présence du jeune homme.

— Oh, on n'a pas tellement besoin de sommeil quand on devient vieux. Il n'a pas de femme. Ça doit lui donner l'impression que les nuits sont plus courtes, je suppose.

Tout à coup, Guttmann se pose la question : Et LaPointe? A-t-il une femme, lui? Il ne peut pas le croire : il ne le voit pas en train de se promener dans un parc, le dimanche après-midi, une matrone d'un certain âge appuyée à son bras. Puis une autre image commence à se former dans son esprit : LaPointe au lit avec une femme…

— Qu'est-ce qu'il y a ? demande LaPointe. Pourquoi tu souris comme ça ?

— Pour rien, ment Guttmann. C'est seulement que… je me demande bien ce que je fiche ici. Je me demande pourquoi je n'ai pas profité de la voiture qui retournait au quartier général. (Il pousse un long soupir et secoue la tête.) Je dois être abruti par le manque de sommeil.

— Tu dois avoir ce que Gaspard appelle *the sits*[*].

— Comment ? demande Guttmann dérouté par l'emploi inattendu de l'anglais.

— *The sits* c'est ce qu'on éprouve quand on est si fatigué qu'on a le cerveau tellement engourdi qu'on n'a même plus la force de se lever et de rentrer chez soi.

— C'est exactement ce que j'ai. *The sits.* Le terme me convient tout à fait. Je donnerais cher pour être dans mon lit en ce moment.

LaPointe le regarde, un sourire dans ses yeux mi-clos.

— Non, dit Guttmann en riant. Elle doit être chez elle depuis longtemps. Mais tout n'est peut-être pas perdu. Nous avons rendez-vous demain.

— Nous aurons du travail demain.

— Mais, c'est samedi…

LaPointe pose ses coudes sur la table et son menton sur sa main.

— C'est vrai. Tu vois, tes années de collège n'ont pas été inutiles après tout. Tu connais les jours de la semaine. Après vendredi vient samedi. D'ailleurs, en y réfléchissant, demain c'est dimanche.

— Comment ?

— Quelle heure est-il ?

— Heu, il est… dit-il en tournant le poignet vers la lumière. Seigneur ! il est près de 2 heures !

---

[*] Du verbe *to sit*, s'asseoir.

— Tu veux un autre café ?

— Non, mon lieutenant. Après une journée passée avec vous, je crois que je ne boirai plus jamais une tasse de café de toute ma vie.

Guttmann lance un regard sur le Chinois immobile.

— Alors, c'est tout ce qu'il fait ? Il reste là, l'air inscrutable ?

— Qu'est-ce que tu entends par là ? Inscrutable ?

— Inscrutable signifie… Bon sang, mon lieutenant. Mon cerveau dort à poings fermés. Ça signifie… heu… qui relève de l'incapacité de scruter ? Je scrute, tu scrutes, il scrute… Merde, je ne sais plus.

Il s'adosse à sa chaise et ses yeux reviennent au Chinois.

— Il doit se sentir bien seul.

— J'en doute. Il a passé l'âge.

Ce simple aperçu de compréhension humaine chez LaPointe trouble Guttmann. Il ne parvient pas à situer parfaitement LaPointe dans son esprit. Comme tout libéral, il suppose que tous les hommes qui réfléchissent sont libéraux. Mais par ailleurs, LaPointe lui apparaît comme le classique vieux de la vieille qui brime les jeunes, fait fi de l'instruction, persécute et brutalise les civils – le parfait prototype du flic dur à cuire. Pourtant, d'un autre côté, il est ami avec d'anciennes prostituées au visage cabossé, il est une sorte de bon chien de garde qui bavarde amicalement avec les gens de la rue, il connaît ses clochards, comprend fort bien son secteur… auquel il paraît avoir voué son affection. On dirait même qu'il en est fier. Guttmann sait bien que les gens ne sont pas entièrement blancs ou noirs. Mais il s'attend à découvrir en eux des nuances et non à ce qu'ils passent soudain du noir au blanc. Lieutenant LaPointe : ce bon vieux et gentil fasciste de quartier.

— Il devrait essayer de trouver deux ou trois camarades de son âge pour jouer au pinocle, dit Guttmann.

— Qui donc ?

— Le vieux Chinois.

— Pourquoi le pinocle ?

— Je n'en sais rien. Parce que c'est ce que font les vieux quand ils ne savent pas quoi faire d'autre, non? Jouer au pinocle! Je veux dire… (Guttmann s'arrête et ferme les yeux. Il hoche lentement la tête.) Non, ne me le dites pas. Je parie que vous jouez au pinocle!

— Deux fois par semaine.

Guttmann se frappe le front du poing.

— J'aurais dû m'en douter. Voyez-vous, mon lieutenant, on dirait que le sort s'acharne, qu'il ne veut pas que ça marche entre nous.

— N'accuse pas le sort. C'est seulement que tu as une grande gueule.

— Oui, mon lieutenant.

— Qu'est-ce que tu reproches au pinocle?

— Vous n'allez pas me croire mais je n'ai rien contre le pinocle. Mon grand-père passait parfois une bonne partie de la nuit à y jouer avec ses vieux copains.

— Ton grand-père?

— Oui, mon lieutenant. C'est à peu près tout ce que je me rappelle l'avoir vu faire : assis là avec ses amis pendant des heures. À jouer. Persuadé qu'il était important de savoir qui avait gagné ou perdu. C'est sans doute pourquoi le pinocle me fait penser à des vieillards un peu seuls, j'imagine.

— Je vois.

— Je n'ai rien contre ce jeu. J'y joue moi-même, mon lieutenant. C'est mon grand-père qui me l'a appris.

— Et tu y joues bien?

— Mon lieutenant, excusez-moi. Mais ne vous paraît-il pas plutôt étrange que nous soyons là, dans un café chinois ouvert toute la nuit, à parler de pinocle à 2 heures du matin?

LaPointe se met à rire. Il est bien ce petit, finalement.

— Voyons un peu ce que nous avons trouvé ce soir, dit-il en sortant de la poche de son pardessus le portefeuille que lui a donné le Vet et en le vidant sur la table.

Un morceau de papier sur lequel on lit deux noms de filles écrits par deux mains différentes, par les filles elles-mêmes, c'est certain. Leur prénom seulement : voilà qui ne nous avance guère... Une espèce de petit carnet, de la taille d'un grand timbre-poste, qui contient une douzaine d'images de positions sexuelles et de combinaisons variées : le genre de choses que montre à une fille encore indécise un type persuadé que ces images l'exciteront automatiquement au point qu'elle puisse à peine contenir son désir. Dans un compartiment prévu pour la monnaie, deux préservatifs du genre qu'on trouve dans les distributeurs des toilettes des bars mal famés : "Garantis pour fournir la protection maximale pour une perte minimale de sensations. Vendu uniquement à titre de prévention contre la maladie." L'un des deux contraceptifs est en relief, l'autre s'accompagne d'un lubrifiant. Plus d'argent, le Vet est passé par là. Pas de permis de conduire. Le portefeuille est en simili crocodile, tout neuf. Dans une pochette de plastique, une carte sur laquelle le propriétaire du portefeuille peut inscrire des renseignements personnels. Le mort a éprouvé la puérile envie de le faire. LaPointe passe le portefeuille à Guttmann qui lit les caractères appliqués et gauches.

NOM : Tony Green
ADRESSE : 17 rue Mirabeau
TÉLÉPHONE : Apmt 3E.
GROUPE SANGUIN : Chaud !!!

— Ainsi le nom de la victime est Tony Green, dit Guttmann.
— Probablement pas, dit LaPointe de sa voix professionnelle. Les caractères de l'écriture sont européens. Tu vois, le sept est barré. L'abréviation du mot "appartement" est incorrecte. Ce qui semble indiquer un jeune étranger. Et le type avait l'air d'un Latin... un Italien sans doute. Mais il n'est pas entré légalement, sinon ses empreintes digitales auraient été enregistrées à Ottawa. C'est lui qui a choisi le nom de Tony Green. S'il est comme les autres immigrants italiens, son véritable nom devrait être du genre Antonio Verdi ou à peu près.

— Est-ce que le nom vous dit quelque chose ? Vous voyez qui ça peut être ?

— Non, répond LaPointe. Mais je connais la maison qu'il habitait. C'est une espèce de taudis près de Marie-Anne et de Clark. Nous irons voir ça demain matin.

— Qu'est-ce que vous espérez y découvrir ?

— Impossible de le dire. C'est un point de départ. Et c'est tout ce que nous avons sous la main.

— Une adresse et le fait que la victime était un obsédé sexuel. Oh, zut !

— Pourquoi : Oh, zut ?

— Vous savez, la fille que j'ai dû abandonner ce soir ? Eh bien, je lui avais promis que nous sortirions demain, qu'on prendrait le café au Mont-Royal, qu'on visiterait une galerie de peinture ou deux, que nous dînerions sans doute ensemble. Il va falloir que je me décommande encore.

— Pourquoi ça ? Il n'est pas absolument indispensable que tu m'accompagnes demain, si tu n'y tiens pas.

— Pourquoi dites-vous ça, mon lieutenant ?

— Ben… tu sais. Tout ce bla-bla à propos des stagiaires, des Joan, qui apprendraient le métier grâce aux anciens, c'est une aimable pantalonnade. Les choses ne se font pas comme ça. Il n'y a rien au monde qui démontre que tu finiras dans la peau d'un flic de quartier comme moi. Tu as de l'instruction. Tu parles fort bien les deux langues. Tu as de l'ambition… Non, ce n'est pas ton genre de boulot. Tu es plutôt le type qui se retrouvera au service des relations publiques ou chargé des affaires "délicates". Tu es le type qui va de l'avant.

Guttmann est un peu froissé. Personne n'aime être "le type qui".

— Est-ce que ce n'est pas bien, mon lieutenant ? Est-il défendu d'avoir envie d'aller de l'avant ?

— Sans doute pas, j'imagine, répond LaPointe en se frottant le nez. Tout ce que je veux dire, c'est que ce que tu pourrais apprendre avec moi ne te servira pas à grand-chose.

Tu ne t'y prendras jamais comme moi. Tu n'en as sûrement pas envie. Regarde comme tu t'es indigné de la manière dont j'ai traité Scheer, ce maquereau.

— J'ai seulement fait remarquer qu'il avait des droits comme tout le monde.

— Et les filles qu'il exploite ? Et leurs droits, à elles ?

— Il y a des lois pour les protéger.

— Et si elles sont trop bêtasses pour savoir qu'il y a des lois ? Si elles ont trop peur pour y avoir recours ?... Une fille débarque dans la ville, elle arrive en bus d'une ferme ou d'un village, une pauvre gourde qui cherche à avoir du bon temps... à s'amuser. Et en un rien de temps, elle est fauchée, elle a la frousse et elle est prête à vendre ses fesses.

Ce n'est pas aux filles de Scheer que LaPointe pense en cet instant.

— D'accord, concède Guttmann. Il est vrai qu'il faudrait peut-être faire quelque chose pour les types comme Scheer. Des lois plus strictes, peut-être. Mais il ne faut sûrement pas l'interpeller en pleine rue et le ridiculiser devant les gens, pour l'amour de Dieu !

LaPointe hoche la tête.

— Il faut frapper les gens où ça leur fait mal. Scheer n'est qu'un minable petit crâneur. Ridiculise-le en public et il ne mettra plus les pieds dans le quartier pendant quelque temps. La méthode varie avec chaque individu. Il y a ceux qu'on menace, ceux qu'on frappe, ceux qu'on ridiculise.

Guttmann lève les mains au ciel et regarde autour de lui, les yeux ronds, comme pour prendre le Seigneur à témoin de ce qu'il entend.

— Je n'en crois pas mes oreilles, mon lieutenant. Ceux qu'on frappe, ceux qu'on menace, ceux qu'on ridiculise – qu'est-ce que c'est que ça, un slogan nazi ? C'est ça les méthodes à suivre pour maintenir l'ordre ?

— On ne t'avait pas parlé de ça à l'université, j'imagine ?

— Non, mon lieutenant. On ne m'avait pas parlé de ça.

— Et naturellement, tu feras tout selon les règles, toi ?

— Je m'y efforcerai. Oui. (Il a dit ça simplement : c'est pour lui la vérité.) Et si les règles, si le règlement avaient tort, je ferais tout mon possible pour les changer. C'est comme ça que ça se passe dans une démocratie.

— Je vois. Alors – règlement en main – le Vet est coupable d'un crime, n'est-ce pas ? Il a pris l'argent dans le portefeuille. Le ferais-tu boucler ? Tu le laisserais hurler pour le restant de ses jours ?

Guttmann se tait. Il n'en est pas sûr. Non, il ne le ferait sans doute pas.

— Pourtant tu ne ferais qu'appliquer le règlement. Et tu te rappelles ce fou qui affûte les couteaux et qui a peur de la neige. Quel beau suspect il ferait pour un assassinat à coups de poignard ! Tu l'avais presque déniché tout seul. Et t'as une idée de ce qui arriverait si tu l'arrêtais pour l'interroger ? Il perdrait le nord et il prendrait peur et il finirait par avouer. Et comment ! Il avouerait tout ce que tu voudrais. Et le commissaire serait ravi, et les journaux seraient ravis, et tu monterais en grade.

— Mais… Je ne savais pas ce qu'il avait. Je ne savais pas qu'il était…

— C'est exactement le problème, fiston. Tu ne sais pas. Le règlement ne sait pas tout ça !

Les oreilles de Guttmann rougissent.

— Mais vous, vous savez ?

— Mais oui ! Je sais. Au bout d'une trentaine d'années, je peux savoir. Je sais faire la différence entre un dingue inoffensif et un assassin. Je sais faire la différence entre les piqûres de camé sur le bras d'un homme et les marques qui lui restent lorsqu'il vend son sang pour survivre.

Avec un grognement guttural et un geste de la main, LaPointe exprime qu'il est inutile d'expliquer quoi que ce soit à un homme du genre de Guttmann.

Guttmann reste à faire tourner silencieusement sa cuiller entre ses doigts. Il n'est pas vaincu. Il dit tranquillement sans lever les yeux :

— C'est du fascisme, mon lieutenant.

— Quoi?

— C'est du fascisme. La loi d'un homme, plutôt que l'appareil légal, c'est le fascisme. Même si l'homme est plein d'expérience et s'il pense avoir raison… même s'il s'efforce de faire le bien… d'être juste. C'est toujours du fascisme.

Un moment, le regard mélancolique de LaPointe s'arrête sur le jeune homme, puis il regarde au-dessus de sa tête le carré brodé de couleurs criardes et l'affichette de Coca-Cola.

Guttmann s'attend à une dénégation. À de la colère. À une explication.

Ce n'est pas ce qui se produit. Après un silence, LaPointe dit simplement:

— Du fascisme, hein?

Le ton indique qu'il n'y avait jamais pensé. Rien de plus.

Une fois encore, Guttmann se sent dérouté, dépassé.

LaPointe se masse les yeux du pouce et de l'index et pousse un long soupir.

— Ma foi, je crois que nous ferions mieux d'aller dormir. On peut avoir *the sits* dans le crâne comme dans les fesses.

Il renifle et se racle le poing sur la joue.

Mais Guttmann retarde le départ.

— Mon lieutenant? Je peux vous demander quelque chose?

— Sur le fascisme?

— Non, mon lieutenant. Là-bas, dans la gare de triage. Le *robineux* ne voulait pas que je vienne avec vous et que je voie sa planque. Et plus tard vous lui avez promis de ne pas en parler aux autres. Pourquoi?

LaPointe examine le visage du jeune homme. Peut-on expliquer une chose pareille à un gosse qui a appris à connaître les hommes dans une classe de sociologie? Comment cela peut-il s'accorder avec ses idées sur la société et la démocratie? Il y a une intention de châtiment dans la décision qu'il prend soudain de le lui expliquer.

— Tu te rappelles Dirtyshirt Red, hier soir? Tu te rappelles tout ce qu'il a pu lancer contre le Vet? C'est que tous les *robineux* de la Main dorment au hasard : dans un coin de porte ou une ruelle, derrière les pierres tombales dans la cour du marbrier. Et ils sont tous jaloux de la planque personnelle dont le Vet n'arrête pas de se vanter. Ils le haïssent à cause d'elle. Et c'est très précisément ce que désire le Vet. Il veut être méprisé, haï, injurié. Parce que tant que les autres vagabonds le méprisent et le rejettent, il n'est pas comme eux : il est un cas à part. Est-ce que tu comprends ?

Guttmann acquiesce.

— Bien, dit lentement LaPointe d'une voix enrouée par la fatigue. Après t'avoir laissé là-bas au milieu des voies, je l'ai suivi le long d'une piste que je distinguais à peine. On ne voyait rien. Pas de cabane, de hutte, rien. Puis le Vet est passé derrière un buisson et il s'est penché. J'ai entendu un grincement de métal. Il faisait glisser une plaque rouillée qui couvrait une fosse. Je suis venu au bord quand il a sauté dedans, en glissant un peu sur les parois boueuses. Le trou a un peu plus de deux mètres de profondeur et le fond est recouvert de chiffons et de sacs vides qui giclaient d'eau de pluie sous ses pieds. Il a installé là-dedans quelques caisses pour s'asseoir, pour servir de table et pour ranger des choses. Il a fouillé dans l'une pour y prendre le portefeuille. Il a eu un mal de chien à sortir de son trou. Les parois étaient grasses, il est retombé deux fois en jurant comme un possédé. Finalement il s'en est tiré et il m'a donné le portefeuille. Puis il a remis la plaque en place. Quand il s'est relevé et qu'il m'a regardé… c'est difficile à expliquer… on pouvait lire en même temps deux sentiments dans son regard. La honte et la colère. Il avait honte de vivre dans un trou plein de boue. Et il était furieux que quelqu'un le sache. On a parlé un petit moment. Il était fier de lui aussi. Je sais que ça paraît insensé, mais c'est ainsi. Il a honte de son trou, mais il est fier d'en avoir eu l'idée. Je crois qu'on peut dire qu'il est fier d'avoir fait son trou, mais qu'il est honteux d'en être là. C'est quelque chose dans ce genre, en tout cas.

"Un soir, il y a quelques années, il était ivre et cherchait à se cacher, afin que les policiers ne l'arrêtent pas pour ivresse et tapage nocturne. Il a découvert cette excavation cachée par des buissons. Il y a repensé plus tard et il a eu une idée lumineuse. Il est retourné à l'endroit un soir avec une pelle qu'il avait chapardée quelque part et il s'est mis au travail. Il a approfondi le trou et il en a redressé les parois. Et chaque fois qu'elles s'effondrent à son passage, il les relève. Son trou devient ainsi de plus en plus grand. La terre laisse filtrer l'eau et la pluie s'accumule au fond, alors il ajoute des chiffons et des sacs qu'il ramasse çà et là. C'est un piège très subtil qu'il s'est construit là.

— Un piège, mon lieutenant?

— C'est bien un piège en fait. C'est à ça qu'il lui sert. Il a la frousse d'être ramassé quand il est saoul, d'être mis en cellule et abandonné à ses hurlements. Alors chaque fois qu'il a assez de vin dans la panse pour risquer d'être ramassé, il achète une bouteille et l'emporte dans sa planque. Au fond de son trou, il peut boire jusqu'à devenir fou furieux. Là, il est en sûreté. Même à jeun, il lui est difficile d'escalader les parois pour sortir. Et c'est impossible quand il est saoul. Alors il s'enferme lui-même dans son piège pour ne pas être arrêté et bouclé. Bien sûr, il y a sa claustrophobie; alors parfois il est pris de panique. Quand son cerveau est bien imbibé de vin, il croit que les murs vont l'étouffer. Et puis il a peur qu'un orage inonde son trou un jour qu'il serait trop saoul pour en sortir. C'est sale là-dedans, tu sais. Quand il a trop bu, il ne peut pas sortir pour se soulager, alors c'est... vraiment sale là-dedans.

— Seigneur! souffle doucement Guttmann.

— Eh oui. Il habite un petit trou dans la terre parce qu'il fait de la claustrophobie.

— Seigneur!

LaPointe se cale sur le dos de la banquette et se passe la main dans la tignasse.

— Et que faire quand il faut vivre dans un trou puant et boueux? Eh bien, on s'en vante, évidemment. Vous forcez les autres *robineux* à vous mépriser. Et à vous envier.

Guttmann hoche lentement la tête, bouche bée, les yeux fermés de pitié et de dégoût. Le châtiment que voulait lui infliger LaPointe avec ce récit a eu son effet.

— Écoute, dit LaPointe, ne passe pas me prendre demain avant midi. J'ai besoin de dormir.


SANS allumer, il ferme la porte derrière lui et accroche son pardessus au portemanteau. Il grimace lorsque le revolver qui est resté dans sa poche heurte le mur : il ne veut pas la réveiller.

Il y a un sifflement et des crachotements dans la pièce et le cadran de son vieil Emerson brille d'une lueur orange. L'émission est terminée. Pourquoi n'a-t-elle pas éteint le poste ? Ah. Il a oublié de lui dire qu'il fallait aussi jouer avec le bouton pour éteindre le poste. Mais elle aurait pu débrancher la prise. Petite gourde.

Le plafond de la chambre est éclairé par le réverbère de la rue, au-dessous de la fenêtre, et il devine la forme de Marie-Louise sous les couvertures, bien qu'elle soit dans l'ombre. Elle dort sur le côté, les mains jointes sous la joue, ses jambes esquissent la foulée d'un coureur, elle occupe presque tout le lit.

Il se déshabille sans bruit, vacillant en équilibre instable lorsqu'il retire son pantalon. Quand il en arrange les plis pour le poser sur le dos de la chaise, de la monnaie tombe de sa poche ; il fait la grimace et jure entre ses dents. Sur la pointe des pieds il gagne l'autre côté du lit et lève les couvertures pour essayer de se coucher sans la réveiller. S'il s'y prend bien, il aura assez de place pour s'étendre près d'elle sans la toucher. Il reste comme ça pendant cinq longues minutes dans la chaleur qui émane du corps de la fille, mais comment dormir si, au moindre mouvement, il risque de la toucher ou de tomber du lit ? Et puis il se sent ridicule de se glisser comme ça dans le lit, près d'elle. Il se lève prudemment, mais les ressorts vibrent bruyamment dans la chambre silencieuse.

Au début, les grincements du lit paralysaient Lucille. Et puis, plus tard, elle riait souvent en silence en imaginant les voisins qui écoutaient peut-être de l'autre côté du mur, scandalisés par ce qu'ils imaginaient.

Au bruit, Marie-Louise pousse un gémissement confus et un peu irrité.

— Qu'est-ce qui se passe ? demande-t-elle d'une voix brouillée et étouffée. Qu'est-ce que tu veux ?

Il pose une main légère sur la chevelure frisée.

— Rien.

# 7

— Hé?

Il ne bouge pas.

— Hé?

— Hein!

LaPointe s'éveille en sursaut; il cligne des yeux à la lumière pluvieuse qui pénètre par la fenêtre, une nouvelle journée de grisaille avec son ciel bas et son rayonnement diffus qui ne dessine pas d'ombres. Il referme les yeux un bon coup avant de les rouvrir. Il a le dos courbatu d'avoir dormi sur le sofa étroit et ses pieds dépassent sous le pardessus qui lui a servi de couverture.

— Il est quelle heure? demande-t-il.

Il s'ébroue gauchement, encore engourdi de sommeil. Il se redresse et se gratte la tête avec un sourire vide. Les deux dernières nuits ont laissé leur trace, il a les membres raides et le cerveau embrumé.

— J'ai fait bouillir de l'eau, dit-elle. Je voulais faire du café mais je sais pas comment fonctionne ta cafetière.

— Je sais. C'est un vieux modèle. Accorde-moi une minute, laisse-moi m'éveiller et je m'en occuperai.

Il bâille à pleines mâchoires. Son pardessus le recouvre à partir de la ceinture, mais sa large poitrine reste découverte. Il gratte de bon cœur sa toison grise qui le démange.

— *Tabarnouche*\*! grogne-t-il.

— La nuit a été dure?

---

\* Déformation de "tabernacle", juron canadien français.

— Longue, en tout cas.

Elle porte toujours la robe de piqué rose de Lucille, mais il y a quelque temps qu'elle est debout. Elle s'est brossé les cheveux et maquillé les yeux. Il y a une légère odeur de gaz dans la pièce. Elle a dû avoir des difficultés avec le radiateur.

Son pénis est sorti de son caleçon pendant qu'il dormait. Il s'arrange pour le remettre en place tout en prenant son pardessus en guise de robe de chambre. Pieds nus, il va à la cuisine pour faire le café.

Elle ébauche un rire clair qui s'arrête court.

— Qu'est-ce qui se passe?

— Oh, rien. T'as l'air comique avec tes jambes nues qui dépassent.

— C'est sans doute vrai, dit-il après avoir regardé.

Pendant qu'il fait passer l'eau bouillante à travers le café moulu fin, il remarque tout à coup qu'une seule chose semble déclencher son rire bizarrement entrecoupé: les petits ridicules chez les gens. Elle a ri en voyant son œil poché, elle a ri de lui avec la moitié du visage savonné, d'elle-même lorsqu'elle a mis le manteau de Lucille, et de lui encore, à l'instant. Son sens de l'humour est cruel, et elle ne s'épargne pas elle-même.

Il lui donne une tasse de café et en emporte une dans la salle de bains où il fait sa toilette et s'habille.

Plus tard, il prépare des œufs sur le plat, grille du pain sur le réchaud à gaz et ils prennent leur petit déjeuner dans le salon, elle pelotonnée sur le sofa, son assiette à la main, lui dans son fauteuil.

— Pourquoi t'as dormi sur le divan? demande-t-elle.

— Oh… je ne voulais pas te déranger, commence-t-il à expliquer.

— Bon, mais pourquoi t'as pas pris les couvertures que j'avais l'autre soir.

— Je n'avais pas l'intention de dormir, en fait. Je voulais simplement me reposer. Mais je me suis assoupi.

— Bon, alors pourquoi tu t'es déshabillé, d'abord?

— Si tu mangeais tes œufs, plutôt?

— OK, dit-elle en étalant avec sa cuiller un peu d'œuf sur un morceau de toast. Qu'est-ce que t'as fait cette nuit ?

— Mon boulot, tout simplement.

— Tu dis que t'es dans la police. T'es dans un bureau ?

— Quelquefois. Mais la plupart du temps, je travaille dans la rue.

— Tiens. Moi aussi, dit-elle en riant. T'aimes bien ce métier ?

Il fait une moue et hausse les épaules. Il n'y a jamais telle-ment réfléchi. Mais comme elle passe aussitôt à un autre sujet, il en déduit que ça ne l'intéresse pas vraiment.

— Tu t'ennuies jamais chez toi ? Pas de magazine… pas de télévision.

Il jette un regard sur la pièce démodée avec son ameu-blement 1930. Oui, ce doit être un peu fruste pour une jeune femme. C'est vrai qu'on n'y trouve aucun magazine, mais il y a quelques livres : une édition complète de Zola, qu'il a trouvée par hasard il y a une vingtaine d'années et qu'il lit et relit, commençant par le début de la rangée des ouvrages et recom-mençant quand il est arrivé à l'autre bout. Il s'aperçoit que les gens et les événements ressemblent étrangement à ceux de son secteur, sauf pour ce qui est de la langue curieusement fleurie. Mais il ne croit pas qu'elle aimerait lire ses Zola. Elle doit lire lentement, sans doute, peut-être même épelle-t-elle chaque mot.

Enfin, si elle s'ennuie, elle ne restera pas longtemps. Il n'y a d'ailleurs vraiment pas de raison qu'elle reste.

— Eh… si nous sortions ce soir ? propose-t-il. Pour dîner ?

— Et pour aller danser ?

— Je t'ai dit que je ne savais pas danser, dit-il en souriant et en secouant la tête.

Elle est déçue. Mais elle ne manque pas de ressources quand il s'agit d'obtenir d'un homme ce qu'elle désire.

— Dis donc ! Pourquoi on irait pas dans une boîte whisky à gogo après dîner ? On peut danser toute seule dans ces endroits-là.

L'idée de rester assis seul dans un de ces endroits bondés et bruyants, entouré de jeunes se trémoussant autour de lui, ne le séduit guère. Mais si ça peut lui faire plaisir…

Elle se serre la langue entre les dents et décide de jouer sa chance et d'essayer de tirer le maximum de la situation.

— Je… J'ai rien à me mettre pour sortir, dit-elle sans quitter des yeux sa tasse de café. J'ai rien que ce que j'avais dans mon sac à provisions.

Il la regarde les yeux plissés. Il sait fort bien où elle veut en venir. Il lui est bien égal de lui donner de l'argent pour acheter des vêtements si elle en a envie, mais il ne veut pas qu'elle le prenne pour un pigeon tout plumé.

Il pose sa tasse et va à la grosse commode de bois verni. Les jours de paie, il met toujours l'argent pour la maison dans le tiroir du haut et il y prend ce dont il a besoin pendant le mois. Il sait que c'est une mauvaise habitude, mais c'est du temps de gagné. Et puis qui oserait cambrioler Claude LaPointe ? Il est étonné par le nombre de billets de vingt qui se sont accumulés, tout froissés, dans le tiroir ; il doit y en avoir pour cinq ou six cents dollars. Depuis qu'il s'est libéré de l'hypothèque sur la maison, il a toujours plus d'argent qu'il ne lui en faut. Il prend sept coupures de vingt, les défroisse.

— Tiens. Je vais travailler. Tu n'as qu'à aller t'acheter une robe.

Elle prend les billets et les compte. Il n'a sans doute pas la moindre idée du prix d'une robe. Tant mieux pour elle.

— Il y a là assez pour t'acheter un manteau, dit-il.

— Ah ? OK.

Avant de s'endormir hier, elle avait pensé à lui demander de l'argent, mais elle ne voyait pas très bien comment s'y prendre. Après tout, ils n'avaient pas couché. Il ne lui devait rien.

Pendant qu'elle est assise à la fenêtre et qu'elle pense à la robe et au manteau, LaPointe examine son jeune visage. Le crayon vert avec lequel elle a fardé ses yeux dissimule les dernières traces de son œil poché. Elle a un gentil visage mutin. Pas joli, mais qu'on a envie de prendre dans les mains. Il pense tout à coup qu'il ne l'a jamais embrassée.

— Marie-Louise ? dit-il doucement.

Elle se tourne vers lui, les sourcils interrogatifs.

Il regarde le parc, sous les fenêtres, terni par le ciel lourd.

— Nous allons essayer de nous organiser, Marie-Louise. Moi, je suis content que tu sois ici, de t'avoir ici. J'imagine que nous finirons par faire l'amour et j'en serai heureux. Je veux dire… enfin, évidemment, c'est bien naturel. OK. Voilà pour moi. Pour toi, je pense qu'être ici c'est mieux que de passer tes nuits dans un parc ou une gare de cars. Mais… tu trouves la maison un peu triste. Et tôt ou tard, tu t'en iras ailleurs. Parfait. D'ailleurs, à ce moment-là, j'en aurai peut-être assez de t'avoir sur le dos. Je peux te donner de l'argent pour acheter des vêtements. Si tu as besoin d'autre chose, je ne demande pas mieux que de te le payer. Mais je ne suis pas un pigeon et je ne voudrais pas que tu te l'imagines. Alors, n'essaie pas de m'avoir ou de me raconter des histoires. Ce ne serait pas régulier et je me fâcherais. D'accord ?

Marie-Louise le regarde fixement, essayant de deviner ce qu'il peut bien avoir derrière la tête. Elle n'a pas l'habitude de cette franchise et elle en est mal à l'aise. Elle préférerait sincèrement qu'ils aient couché et qu'il l'ait payée. Ce serait clair. Facile à comprendre. Elle a un peu l'impression d'être accusée d'elle ne sait pas trop quoi ou d'être prise au piège.

— Je savais qu'il y avait de l'argent dans ce tiroir, dit-elle sur la défensive. J'ai fouiné un peu partout hier soir et je l'ai trouvé.

— Mais tu ne l'as pas pris et tu ne t'es pas sauvée avec. Pourquoi pas ?

Elle hausse les épaules. Elle ne sait pas pourquoi. Ce n'est pas une voleuse, c'est tout. Elle aurait peut-être dû le prendre. Elle le prendra peut-être un jour. En tout cas, elle n'aime pas ce genre de conversation.

— Écoute, il est temps que je sorte. À moins que tu ne veuilles faire les courses avec moi ?

— Non, j'ai du travail…

LaPointe entend une portière qui claque dans la rue. Il se redresse sur son fauteuil et jette un coup d'œil dehors. Guttmann vient de sortir d'un petit coupé sport de couleur canari et il cherche le numéro de la maison.

Le lieutenant enfile vivement son pardessus. Il ne veut pas que Guttmann voie Marie-Louise et se mette à poser des questions ou, pire encore, qu'il évite soigneusement de poser des questions. La manche de son veston lui échappe et il doit aller la rattraper dans celle de son pardessus pour la tirer en place.

— OK, dit-il. À ce soir.

— OK.

— À quelle heure auras-tu fini tes courses ?

— J'en sais rien.

— 5 heures ? 5 heures et demie ?

— OK.

En descendant lourdement l'escalier étroit, il grogne intérieurement. Elle est trop passive. Tout lui est égal. Tu veux du café ? OK. Bien qu'elle n'aime pas le café. Tu veux que nous dînions à 5 heures ? OK. Tu veux habiter chez moi ? OK. Tu veux t'en aller ? OK. Nous pourrions faire l'amour ? OK. Et si on s'envoyait en l'air dans le hall de la maison ? OK.

Elle s'en fout. Rien ne lui importe.

Guttmann a l'index sur le bouton de la sonnette quand la porte s'ouvre brusquement et que LaPointe sort.

— Bonjour, mon lieutenant.

LaPointe boutonne son pardessus pour lutter contre le froid humide.

— C'est ta voiture ? demande-t-il en montrant du menton le petit coupé sport canari flambant neuf.

— Oui, mon lieutenant, dit Guttmann, assez fier, en descendant, l'escalier.

— Hmm.

Il est clair que le lieutenant n'a pas grande considération pour les voitures de sport.

188

Mais Guttmann est de trop bonne humeur pour se soucier des préjugés de LaPointe.

— C'est-à-dire que la voiture appartient à moi et à la banque. Surtout à la banque, même. Il n'y a guère, je crois, que le cendrier et l'un des phares qui soient réellement ma propriété pour le moment.

Son allégresse est la suite d'une bonne nouvelle inespérée. Quand il a appelé sa petite amie tout à l'heure dans l'intention de lui expliquer qu'il fallait renoncer à leur rendez-vous, elle l'a devancé en lui apprenant qu'elle avait un rhume de cerveau et qu'elle voulait rester au lit pour essayer de s'en débarrasser. Il a eu l'air convenablement déçu et il s'est arrangé pour passer la voir dans la soirée.

LaPointe découvre qu'il n'est pas commode de s'introduire dans une voiture de sport. Il grogne lorsqu'il coince le pan de son pardessus dans la portière et qu'il faut la rouvrir. En fait, il se trouve ridicule dans cette petite automobile couleur jaune d'œuf. Il préférerait aller à pied. Il pourrait jeter un coup d'œil sur le boulevard. Guttmann, qui est pourtant d'une autre carrure que LaPointe, se glisse aisément à l'intérieur. Dans un rugissement sec, la voiture démarre et s'éloigne du trottoir.

LaPointe tourne la tête pour voir si Marie-Louise est à la fenêtre. Elle n'y est pas.

Ils trouvent à se garer à un demi-bloc de la maison meublée. LaPointe ouvre la portière et la fait grincer sur le trottoir : Guttmann ferme les yeux et grimace de douleur. En s'extirpant de son siège, LaPointe marmonne quelque chose où il est question de certaines voitures idiotes, guère plus grosses que des jouets, et il claque furieusement la portière. C'est samedi, la rue fourmille de gosses et l'un s'arrête de jouer à la balle au mur pour faire remarquer à haute et intelligible voix que les vieux ne devraient pas se promener dans de petites voitures. LaPointe lève une main menaçante, mais le gamin se contente de le fixer d'un air de défi en s'essuyant insolemment le nez contre sa manche de pull-over. LaPointe ne peut s'empêcher de sourire. Il est bien typiquement canadien français, ce gosse belliqueux, un *'tit coq*.

La maison meublée ressemble à bien d'autres sur la Main. Briques ternes qui ont besoin d'une couche de peinture ; fenêtres sales avec des rideaux flottants de tissu grisâtre qui pendent comme s'ils étaient mouillés ; un carton sali par les mouches dans une fenêtre du rez-de-chaussée qui annonce qu'il y a des chambres à louer. Ce qui ne veut pas nécessairement dire qu'il y en a vraiment, mais le concierge est probablement trop paresseux pour ôter ou remettre la pancarte chaque fois qu'un occupant provisoire s'installe ou déménage. LaPointe monte le perron de bois et tourne l'antique sonnette qui cliquette sourdement ; elle est cassée. Comme on ne répond pas, il cogne à la porte. Guttmann l'a rejoint sur le seuil tout en surveillant d'un regard inquiet une volée de gamins mal fagotés agglutinés autour de sa voiture. LaPointe cogne de plus en plus fort, à faire trembler les vitres.

Finalement la porte s'ouvre d'un seul coup. Apparaît une femme à la tenue négligée qui repousse une mèche grise et aboie :

— Hé ! Vous êtes pas un peu malade ? Vous voulez casser la porte ?

Sa lèvre inférieure est enflée et fendue. La femme a reçu un coup il n'y a pas longtemps.

— Police, dit LaPointe sans prendre la peine de montrer sa carte.

Elle jette un rapide coup d'œil sur LaPointe et Guttmann puis s'écarte de la porte. Ils pénètrent dans le hall d'entrée parfumé à l'antiseptique et au chou bouilli. L'attitude de la femme est passée de la colère à une vague inquiétude.

— Qu'est-ce que vous voulez ? demande-t-elle en passant doucement ses doigts sur sa lèvre déchirée.

Le ton incertain de la question donne un indice à LaPointe : elle a peur de quelque chose. Il ignore de quoi précisément et il s'en moque, mais il va exploiter cette crainte pour rendre la mégère compréhensive.

— Les questions habituelles, dit-il. Mais ne restons pas ici, dans le hall.

Elle a un mouvement d'épaules et entre chez elle, sans les inviter à la suivre mais en laissant la porte ouverte. LaPointe entre et parcourt la pièce du regard pendant que Guttmann, un peu hésitant, sourit poliment et referme la porte. Sans un mandat, vous devez attendre d'y être invité avant d'entrer chez quelqu'un.

La pièce, encombrée de meubles de pacotille, est surchauffée par un énorme radiateur électrique que la femme utilise parce qu'il ne lui coûte rien. La note d'électricité s'inscrit dans les dépenses mensuelles du propriétaire. Elle chauffe sans retenue sinon elle aurait l'impression d'en être de sa poche. LaPointe connaît ce genre de femme ; il sait comment agir avec elles. Il déboutonne son pardessus et se tourne vers elle au moment où elle regarde, l'air inquiet, par la fenêtre. Elle attend quelqu'un et elle espère que ce quelqu'un n'arrivera pas pendant que la police est là. Elle arrange le rideau comme si elle était allée à la fenêtre uniquement pour ça.

— Qu'est-ce que vous voulez ? demande-t-elle d'un ton las.

LaPointe reste un moment sans répondre. Il la regarde tranquillement et pousse un long soupir ennuyé.

— Vous le savez fort bien. Ce n'est pas le moment de plaisanter.

Guttmann le regarde sans comprendre.

— Écoutez, dit enfin la femme. Arnaud n'habite plus ici. J'sais pas où il est. Il est parti voilà un mois, ce connard de bon à rien.

— C'est vous qui le dites, dit LaPointe en jetant à terre le coussin du seul fauteuil convenable et en s'asseyant.

— C'est la vérité ! Vous allez pas croire que je le couvrirais après ce qu'il m'a fait, ce salaud ? demande-t-elle en touchant sa lèvre.

LaPointe examine la coupure toute récente.

— Il y a un mois ?

— Oui... enfin, non. Je l'ai croisé hier dans la rue.

— Alors, il vous a dit bonjour et il vous a fendu le portrait.

191

La femme hausse les épaules et se détourne.

LaPointe la regarde en silence.

Elle jette un nouveau coup d'œil à la fenêtre, mais elle n'ose pas s'en approcher.

LaPointe soupire bruyamment.

— Bien, décidez-vous. Je n'ai pas toute une journée à perdre.

Pendant une bonne minute elle reste là, lèvres serrées. Puis elle cède et hausse les épaules, qui tombent lourdement.

— Écoutez, monsieur le policier. La télé est un cadeau. Elle marche même pas comme il faut. Il me l'a donnée, comme il m'a donné ce coup sur la lèvre et la chaude-pisse, il y a pas longtemps, ce salopard de bon à rien.

C'est donc ça. LaPointe se tourne vers Guttmann qui est toujours planté près de la porte.

— Relève-moi le numéro de série de ce poste.

Le jeune homme s'accroupit derrière l'appareil et essaie de trouver le numéro. Il se demande pourquoi diable il doit le noter et il se trouve l'air bête.

— Vous savez ce que ça vaut si le récepteur a été volé ? demande LaPointe à la femme.

— Si Arnaud l'a volé, c'est à lui de sauver ses fesses. Moi, tout ce que j'sais, c'est que c'est un cadeau.

— Le juge va sûrement vous croire sur parole, s'exclame LaPointe en riant.

C'est le moment, décide LaPointe. Elle a peur, maintenant, et elle est prête à parler.

— Asseyez-vous. Laissons tomber la TV pour le moment. Je voudrais des renseignements sur un de vos locataires, un certain Tony Green.

Déroutée par le changement de ton et de sujet, mais soulagée de ne plus être l'objet des questions, la concierge devient instantanément aimable et confiante.

— Tony Green ? Vraiment, monsieur le policier…

— Lieutenant, dit LaPointe toujours surpris de trouver dans la Main des gens qui ne le connaissent pas au moins de réputation.

— Franchement, lieutenant, j'connais personne de ce nom ici. Bien sûr, y donnent pas toujours leur vrai nom.

— Un type pas mal. Jeune. Dans les vingt-cinq ans. Italien probablement. Il n'est pas rentré chez lui la nuit dernière.

— Ah! Verdini!

Elle fait un grand geste et souffle bruyamment entre ses lèvres.

— S'il faisait que découcher! Y a que les femmes pour cet oiseau-là. Il est toujours à leurs trousses. Il court après toutes les *plottes* et les *guidounes* qu'il voit dans la rue. Y en a même qui viennent le demander ici. Quelquefois il les fait monter dans sa chambre malgré que c'est pas dans le règlement. Un jour, il en a amené deux en même temps! Les voisins se sont plaints de tous leurs cris et leurs gémissements. Il a toujours son machin en l'air, dit-elle en clignant de l'œil et en riant. Il porte des pantalons si collants qu'on voit très bien la bosse que ça fait. Qu'est-ce qui se passe? Il a des ennuis?

— Donnez-moi le nom des femmes qui sont venues ici.

Elle secoue la tête avec dédain et baisse les coins de la bouche. Le geste rouvre la coupure de sa lèvre et elle la lèche pour calmer la douleur.

— Si vous vous imaginez que je peux me rappeler. Y en avait de toutes sortes. Jeunes, vieilles, grasses, maigres. Une ou deux étaient encore des gosses. C'est un vrai *sauteux de clôture*. Il trousse tout ce qui bouge.

— Et vous?

— Oh! Une ou deux fois il m'a passé la main sous la jupe quand on se croisait dans l'escalier. Mais c'est jamais allé plus loin. J'crois qu'il avait peur de…

— Peur de ce brave Arnaud que vous n'avez pas vu depuis un mois.

Elle s'ébroue, fâchée d'avoir gaffé.

— Bon. Depuis combien de temps Verdini habite-t-il ici?

— Deux mois, peut-être. Je vais vérifier dans le livre si vous voulez.

— Pas tout de suite. Donnez-moi le nom des femmes qui sont venues ici.

— J'vous ai déjà dit que je les connaissais pas. C'était le genre qu'on ramasse dans la rue.

— Mais vous en avez reconnu quelques-unes ?

Elle détourne la tête, embarrassée.

— J'veux pas qu'y en ait qui aient des soucis à cause de moi.

— Je vois, dit LaPointe en s'installant confortablement dans son fauteuil. Vous savez, j'ai l'impression que si j'attendais une demi-heure, je pourrais bien avoir la chance de le voir arriver, votre Arnaud. Il croira sans doute que j'ai attendu parce que vous m'avez parlé de ce poste de télé. Ça le mettra sûrement en colère mais je suis certain que c'est un type compréhensif.

Le regard impassible de LaPointe ne quitte pas la concierge.

Pendant un certain temps, elle garde le silence en caressant pensivement du doigt sa lèvre blessée. Puis elle se décide enfin.

— Il me semble que j'en connais trois.

LaPointe fait signe à Guttmann qui ouvre son bloc-notes.

La concierge commence avec le nom d'une traînée que LaPointe connaît. Elle ignore le nom de la deuxième femme, mais elle donne l'adresse d'une famille portugaise qui habite non loin de là.

— Et la troisième ? reprend LaPointe.

— J'connais pas son nom, celle-là non plus. C'est une femme qui tient un petit restaurant tout de suite après Bullion. C'est là que…

— Je connais. Et elle, elle serait venue ici ?

— Une fois. Pas pour se faire baiser, c'est sûr. Pensez donc, c'est une gouine.

Oui. LaPointe le sait. C'est pourquoi il était plutôt surpris.

— Ils se sont engueulés, poursuit la concierge. On l'entendait crier d'ici. Et puis elle est partie en claquant la porte.

— Et vous ne connaissez pas les autres personnes qui sont venues voir ce Verdini ?

— Non. Rien que des *plottes*. Oh… et son cousin, bien sûr.

— Son cousin ?

— Oui. L'gars qui est venu le premier pour louer. Verdini connaissait rien que quelques mots d'anglais et pas un maudit mot de français. Son cousin a loué la chambre pour lui.

— Parlons un peu de ce cousin.

— J'me rappelle pas son nom. Je crois qu'il me l'avait donné, mais je me rappelle pas. Il m'avait laissé son adresse aussi, au cas qu'on aurait besoin de lui. Comme je le disais, Verdini parlait pas beaucoup l'anglais.

Elle s'inquiète visiblement. Le temps passe et Arnaud risque de revenir mal à propos.

— Quelle était cette adresse ?

— J'y ai pas fait attention. J'ai autre chose à faire que de m'occuper des bons à rien qui habitent ici.

— Vous ne l'avez pas copiée quelque part ?

— J'ai pas pris cette peine. Je pense que c'était de l'autre bord de la côte, si ça vous dit quelque chose.

"De l'autre bord de la côte", c'est la partie italienne de la Main, entre le petit jardin désolé du square Vallières, en haut de la côte, et le pont de chemin de fer après Van Horne.

— Vous l'avez vu souvent, ce cousin ?

— Rien qu'une fois. Quand il est venu louer la chambre. Oh, et une autre fois, y a à peu près une semaine. Ils se sont engueulés… ah ! Chocolat !

— Quoi ?

— Non… pas chocolat. Ce n'était pas ça. J'ai cru une seconde que je me rappelais le nom du cousin. Je l'avais sur le bout de la langue. C'était quelque chose qui avait un rapport avec les bonbons.

— Chocolat ?

— Non, pas ça. Mais quelque chose comme ça. Cacao ? Non, pas ça. Le nom m'échappe. Quelque chose qui rappelait le chocolat.

Elle ne peut pas s'empêcher de glisser vers la fenêtre et de jeter un coup d'œil à travers les rideaux.

— Bon. Ce sera tout pour le moment, dit LaPointe en se levant. Si ce mot du genre "chocolat" vous revient, appelez-moi, ajoute-t-il en lui donnant sa carte. Et si vous ne m'appelez pas, je reviendrai. Et j'en parlerai à Arnaud.

Elle prend la carte sans la regarder.

— Qu'est-ce qu'il a fait ce maudit macaroni ? Il a mis une fille enceinte ?

— Ça ne vous regarde pas. Occupez-vous plutôt du poste de télé.

— Mais je vous jure, lieutenant…

— Inutile de perdre votre souffle.

Ils ont repris le coupé sport jaune. LaPointe semble perdu dans ses pensées et Guttmann ne sait pas où il faut aller maintenant.

— Mon lieutenant ?

— Heu, hein ?

— Qu'est-ce que c'est qu'une *plotte* ?

Le français scolaire de Guttmann ne va pas jusqu'au joual du quartier.

— Une sorte de pute.

— Et une *guidoune* ?

— Le même genre de fille. Mais amateur. Elle couche pour quelques verres.

Guttmann répète mentalement les termes, pour se les rappeler.

— Et un… sauteux de… quoi donc, déjà ?

— Un *sauteux de clôture*. C'est une vieille expression. La concierge vient probablement de la campagne. Ça veut dire un… un genre d'homme qui court après les filles, mais qui courrait plutôt après les jeunes qu'après les autres. Quelque chose comme un *cherry-picker**. Bon sang, j'en sais rien moi ! Ça veut dire ce que ça veut dire.

---

* *Cherry* – la cerise – est la virginité d'une fille. *Picker* signifie cueilleur, de *to pick*, cueillir.

— Dites, mon lieutenant. Le joual me paraît disposer de plus de termes pour parler de sexe que l'anglais ou le français français.

— Évidemment. Les gens parlent surtout de ce qui intéresse. Quelqu'un m'a dit un jour que les Esquimaux avaient une foule de mots pour désigner la neige. Le français français a des tas de mots pour "parler". Et l'Anglais a des tas de… Ah, ça y est.

— Pardon ?

— C'est ce que j'attendais. La concierge vient de retirer de la fenêtre la pancarte "chambres à louer". Elle mourait d'envie de le faire pendant que nous étions chez elle. C'est un signal destiné à éloigner Arnaud. Je parierais n'importe quoi qu'elle la remettra en place dès que nous serons partis.

Guttmann hoche la tête.

— Pour ce type qui lui fiche des coups ?

— C'est ça l'amour, mon petit. L'amour qui rime avec toujours dans toutes les chansons. Allez, fichons le camp.


Ils se lancent sur les deux pistes que leur a données la concierge. Ils tombent sur la première, la prostituée, au moment où elle sort de chez elle. LaPointe l'arrête au pied du perron et l'entraîne pour parler à l'écart pendant que Guttmann attend et se sent parfaitement inutile. La fille ne sait rien, pas même son nom. Simplement Tony. Ils se sont rencontrés dans un bar, ont pris deux, trois verres et ils sont allés chez lui. Non, elle ne l'a pas fait payer. C'était un beau garçon et ils ont simplement passé un bon moment ensemble.

LaPointe remonte en voiture. Ce n'est pas grand-chose. Mais il a tout de même appris que l'anglais de Tony Green n'était pas si mauvais que ça. Il a dû prendre des leçons pendant les deux mois qu'il habitait la maison meublée.

Guttmann se sent encore plus perdu pendant leur visite, chez la seconde fille. Ce n'est d'ailleurs plus une jeune fille mais une Portugaise d'une trentaine d'années, flanquée de deux gosses qui courent à travers l'appartement et d'une mère tout en noir qui ne parle pas un mot de français, mais qui s'approche discrètement de la porte de la seconde pièce où seul Guttmann peut la voir. Elle lui sourit de temps en temps et le jeune policier lui sourit à son tour par politesse. Ces sourires maternels s'accordent de manière étrange avec la confession de la femme. Si bien que la mère semble ponctuer chaque aveu scabreux d'un hochement de tête et d'un sourire. Et Guttmann repense à la grande terreur secrète de son enfance : sa mère ne lisait-elle pas dans ses pensées ?

La jeune femme a peur ; elle parle à LaPointe rapidement, d'une voix contenue et en regardant constamment vers sa mère qui pourtant ne comprend pas deux mots de français. Mais elle est gênée que sa mère puisse surprendre même sans le comprendre l'écho de ce genre de confession.

Son mari l'a abandonnée il y a deux ans. Il faut bien qu'on s'amuse un peu dans la vie. *Sourire et mouvement de menton de la mère.* C'est vrai, elle a connu Tony Green dans un cabaret où elle était allée danser en compagnie d'une amie. Oui, elle est allée chez lui. *La mère approuve du menton.* Non, pas toute seule. Elle est embarrassée. Oui, l'autre femme, son amie, était avec eux. Oui, tous les trois dans le même lit. *La mère sourit et acquiesce ; Guttmann lui rend son sourire.* Ça ne lui plaisait pas tellement – tous les trois dans le même lit – mais c'était ce que Tony voulait. Et c'était un si beau garçon. Après tout, il faut bien s'amuser un peu dans la vie. C'est dur d'être laissée avec deux gosses à élever et une mère à peu près inutile. *La mère acquiesce.* C'est dur de travailler huit heures par jour, six jours par semaine. Sa fille aînée va à l'école du couvent. Il y a les vêtements d'écolière, les livres. Tout ça coûte de l'argent. Alors il faut travailler six jours par semaine, huit heures par jour. Et on ne sera pas toujours jeune. C'est un péché, sûrement, mais il faut bien s'amuser un peu. *La mère sourit et approuve du menton.*

LaPointe se glisse à côté de Guttmann dans la voiture et reste un long moment silencieux. Il semble récapituler ce que les deux femmes lui ont dit.

Guttmann ne peut s'empêcher d'être frappé par la façon dont LaPointe vient de parler à cette femme et à la fille dans la rue. Tout d'abord, elles paraissaient terrorisées parce que c'était un policier, mais très vite elles ont eu l'air de bavarder librement, presque heureuses de se libérer auprès de quelqu'un qui comprenait, un peu comme un prêtre. LaPointe pose très peu de questions, mais il a une façon bien à lui de hocher la tête, de se frotter les mains, qui les encourage à continuer… Et ensuite?… Et alors?… L'attitude du lieutenant était, là, bien différente de la manière rude, brutale qu'il avait adoptée avec la concierge. Guttmann se rappelle la réponse de LaPointe au sujet des tactiques qui diffèrent pour chaque individu: il y a ceux qu'on menace, ceux qu'on frappe, ceux qu'on ridiculise.

Et ceux que l'on comprend? La compréhension est-elle aussi une tactique?

— Allons prendre un café, dit LaPointe.

— Excellente idée, mon lieutenant. (Guttmann a encore l'estomac révulsé de tout le café qu'il a bu la veille.) Je me demandais justement si nous aurions bientôt l'occasion d'avaler un peu de café.

Le restaurant Shalom est bondé de clients qui viennent des petits magasins de confection des environs: des jeunes femmes qui ne disposent que d'une demi-heure de liberté poussent et se pressent pour déguerpir avec leurs plats à emporter, des débardeurs turbulents venus des entrepôts d'expédition avalent un sandwich en lorgnant les filles, de jeunes juifs en complet veston se penchent au-dessus de leur assiette pour parler affaires. Il y a peu de juifs âgés parce que la plupart sont de la génération des premiers arrivants et qu'ils respectent toujours le Sabbat.

Bien qu'il soit midi passé, la plupart commandent des menus de petit déjeuner parce que, ce matin, de nombreux clients n'ont eu que le temps d'avaler une tasse de café. D'autre part, les œufs sont ce qu'on peut obtenir de mieux pour le minimum d'argent. Cette partie de la rue du Mont-Royal est le centre de l'industrie du sous-vêtement ; c'est là que la main-d'œuvre, composée de jeunes Canadiennes françaises à peu près illettrées, est le meilleur marché. On n'y rencontre aucune grosse firme mais des dizaines de petits sous-traitants que les grandes sociétés font travailler.

## COMPAGNIE INTERNATIONALE DE FRONÇAGE ET CROCHET
### NATHAN Z. PEARL, PRÉSIDENT

Les deux téléphones, derrière le comptoir, sonnent sans arrêt. Pendant que trois filles ahuries se hâtent pour desservir et servir les tables, c'est une femme d'âge moyen qui abat la plus grande partie du travail. Elle fait les additions, assure le service au comptoir, prend les ordres au téléphone, veille à l'exécution des commandes, discute et blague avec les clients et entretient une éternelle querelle avec le cuisinier grec.

*À un client* : C'est votre quarter ? Non ? Ce doit être pour le café, c'est sûrement pas un pourboire. Personne ici ne laisserait un pourboire pareil. *Au cuisinier :* Deux sandwiches au bœuf. Et maigres pour une fois ! Où sont mes trois œufs ? Comment je les ai pas commandés ! Qu'est-ce que tu fous ici ? *À un client :* Écoute, mon coco, tranquille. Je n'ai que deux mains, pas vrai ? *Au téléphone* : Le restaurant, oui. Deux gâteaux danois ? OK. Café ? Un avec crème. OK. Un sans sucre. Qu'est-ce qui se passe ? Quelqu'un qui a peur de grossir chez vous ? Une seconde, mon chou… *À un client* : Vous avez un problème, mon poulet ? Faites-moi voir ça. Regardez, l'addition est exacte. Neuf, seize, vingt-cinq et je retiens deux font quatorze, et un de retenue font deux. Vérifiez vous-même. Et faites-moi un grand plaisir, s'il vous plaît ? Si jamais je vous demande de m'aider à faire ma déclaration d'impôts… refusez carrément. *De nouveau au téléphone* : Bon, nous disions donc deux danois, deux cafés – un avec crème, un sans sucre… et… ? Un toast, OK. Un *ginger ale* ? C'est tout ? T'auras ça dans une minute. Comment ? Écoute, mon coco, si je devais relire toutes les commandes, je m'en sortirais pas. Fais-moi confiance. *À un client*: Voilà vos œufs, mon chéri. Goûtez-moi ça. *À un autre client*: Du calme, voulez-vous? Tout le monde est pressé. Vous avez une urgence? *Au cuisinier*: Alors? Et ces toasts grillés au fromage? Quels grillés au fromage?! Bon à rien! Hors de ma vue. *Au téléphone*: Le restaurant, oui. Passe-moi simplement la commande, ma jolie. Nous ferons de l'esprit un autre jour. Oui. Oui. C'est compris. Tu le veux avec les toasts ou à la place des toasts? Bon. *À un client*: Écoutez, il y a des gens qui attendent debout. Si vous avez envie de faire une conférence, louez donc plutôt la salle paroissiale. *À LaPointe*: À nous deux, lieutenant. Maigre, comme vous l'aimez. Eh! C'est qui ce beau gosse? Me dites pas que c'est un policier, lui aussi. Il est trop beau pour être flic. *À un client*: J'arrive, j'arrive! Ne vous énervez jamais et vous vivrez vieux. *À elle-même*: Comme si quelqu'un se souciait de savoir si je vivrai jamais vieille, moi.

La femme qui veille sur ce comptoir est une Chinoise. Elle a appris son anglais et son français à Montréal.

Le bruit du service et des bavardages est tel qu'il protège les conversations particulières, ainsi LaPointe et Guttmann peuvent-ils parler tranquillement en mangeant leur sandwich et en buvant leur café…

— Il se révèle de plus en plus charmant, ce jeune homme, dit Guttmann, notre pauvre victime sans défense retrouvée dans la ruelle.

LaPointe hausse les épaules. Que ce Tony Green ait largement mérité d'être poignardé n'est pas la question. Ce qui importe bien davantage, c'est que quelqu'un ait eu l'insolence de le faire sur les terres de LaPointe.

— Voyons, il y a une chose que nous pouvons écarter, dit Guttmann en buvant son café au lait après avoir tourné légèrement la tasse pour éviter une trace de rouge à lèvres demeurée sur le bord. Nous pouvons écarter la possibilité que cet Antonio Verdini ait été un prêtre en civil.

LaPointe approuve en ricanant. Encore qu'il se rappelle une affaire dans laquelle…

— Avez-vous l'impression de commencer à y voir clair, mon lieutenant ?

— C'est difficile à dire. La plupart des crimes restent sans solution, tu sais. Il y a des chances pour qu'on apprenne des tas de choses sur ce Tony Green. Petit à petit, chaque porte ouvrant sur une autre. On est tombés sur le Vet parce qu'il sautille curieusement en marchant. Par lui, on a eu le portefeuille. Le portefeuille nous a conduits à la maison meublée, où nous en avons appris un peu plus sur notre type et où nous avons trouvé deux vagues pistes. Les filles nous en ont dit un peu plus encore. Nous continuerons à pousser de l'avant, à explorer les pistes. Une porte nous mènera à une autre. Et puis, nous tomberons soudain contre un mur. À la dernière étape, il n'y aura plus de porte. Un type pareil – préservatifs avec excitateurs, deux femmes à la fois, "groupe sanguin : chaud !" –, n'importe qui peut l'avoir saigné. Il a peut-être été brutal avec une petite *agace-pissette* qui avait décidé un peu tard qu'après tout elle n'avait pas envie de perdre sa *josepheté*. Alors il lui a un peu cogné dessus et le frère de la petite l'a peut-être amené dans ce passage, peut-être... ah, ça peut être n'importe qui.

— Oui, mon lieutenant. Il est aussi possible que nous ayons déjà rencontré l'assassin. Voyons, ça pourrait être le Vet. Vous n'avez pas l'air de le soupçonner, mais il a tout de même pris le portefeuille et ce n'est pas le type le plus normal que je connaisse. Ou bien, si Green s'amusait avec cette concierge, Arnaud, son petit ami, peut fort bien l'avoir liquidé. Vous savez, nous avons toutes les raisons de penser que cet Arnaud n'est pas un pacifiste invétéré.

Guttmann achève son sandwich et repousse son assiette où il reste quelques frites graisseuses.

— Tu sais, tu as raison, constate LaPointe. À un moment ou l'autre, dans cette affaire, il y a des chances qu'on tombe sur le meurtrier. Mais nous ne le saurons probablement pas. Nous le toucherons probablement, nous passerons à côté de lui, nous y reviendrons et le toucherons encore. Lui ou elle. Ce qui ne veut pas dire que nous finirons par mettre la main sur des preuves. Mais on ne sait jamais. Si on continue d'insister, on finira peut-être par l'avoir, même par hasard. Peut-être qu'il va prendre peur et faire une gaffe. Ou bien on va peut-être tomber sur un indicateur. C'est pourquoi il faut continuer à suivre chaque piste, chaque indice consciencieusement. Jusqu'à ce qu'on arrive au mur qui n'aura pas d'autre porte.

— Bon, alors que faisons-nous maintenant ?

— Eh bien, tu rentres chez toi et tu vois si tu peux attendrir ta petite amie. Moi, je vais aller discuter avec quelqu'un. Je te verrai lundi au bureau.

— Vous allez interroger la femme qui tient un restaurant ? La lesbienne dont la concierge a parlé ?

LaPointe acquiesce.

— Je voudrais bien venir avec vous. Qui sait, je pourrais peut-être apprendre quelque chose.

— Tu crois que c'est possible ?... Non. Je la connais. Je la connais depuis qu'elle jouait dans la rue. Elle me parlera à moi.

— Mais pas si je suis là ?

— Pas aussi librement.

— Parce que je suis un jeune néophyte dénué d'expérience et de maturité ?

— Sans doute. Quoi que veuille dire néophyte.


En quittant le boulevard, LaPointe passe devant une grande bâtisse de grès qui a été convertie en *shul*[*] par les membres de la secte juive la plus stricte, ceux qui portent des *peyiss* – et dont il ne peut jamais se rappeler le nom. Une voix le hèle et en se retournant il aperçoit un personnage familier de la Main ; il marche lentement, dignement, coiffé de son *shtreimel* impeccablement d'aplomb sur la tête. LaPointe revient sur ses pas et demande ce qui se passe. C'est simple, le concierge, malade, est resté chez lui et la congrégation a besoin d'un

---

[*] Synagogue.

*shabbes goy* pour tourner l'interrupteur. LaPointe est heureux de rendre ce petit service et le vénérable patriarche hassidique le remercie poliment mais sans excès parce que, après tout, le lieutenant est un fonctionnaire et que tout le monde paie des impôts. Des remerciements excessifs donneraient une impression d'humilité forcée ; or, excès d'humilité est déjà vanité.


IL tourne dans une rue balayée par le vent humide et avance vers le café le plus proche de la maison meublée du jeune Italien, La Jolie France Bar-B-Q. C'est le genre d'endroit qui travaille surtout à l'heure des repas et qui a pour clients des travailleurs célibataires qui reviennent chaque jour. Le café est donc désert au moment où il entre, dans une chaleur bien agréable après le froid pénétrant. Tout de suite, les vitres embuées et la puissante odeur de graillon des frites lui donnent envie d'enlever son pardessus. Il a toutes les tables pour lui, toutes encore encombrées d'assiettes sales, de miettes et marquées de taches. Mais il va s'asseoir au comptoir qui est propre et même encore humide du dernier coup de chiffon. De l'autre côté, une jeune fille rondelette à l'œil vide rince un verre dans un évier dont l'eau n'est pas absolument claire. Elle lève la tête et sourit, mais sa voix est vague, comme si elle pensait à autre chose.

— Vous désirez ? demande-t-elle d'un air absent.

Au même moment, une petite femme mince et nerveuse à la chevelure orange vif, une gauloise pendant au coin de la lèvre, pousse brusquement la porte battante, trimbalant un bidon de lait sur sa hanche.

— Je vais m'occuper du lieutenant, ma chérie. Va plutôt ramasser les assiettes sur les tables.

Avec un "han", elle balance d'un coup de hanche le lourd bidon à sa place dans le distributeur de lait, puis elle en passe le tube d'alimentation à travers l'orifice du fond.

— Qu'est-ce qu'il y a pour ton service, LaPointe ? demande-t-elle.

— Rien qu'une tasse de café, Carotte.

— OK pour une tasse de café.

Elle prend un couteau à découper et d'un seul coup tranche l'extrémité du tube blanc. Il en sort comme d'une blessure quelques gouttes de lait qui tombent dans le récipient en acier inoxydable.

— J'suis sûre que t'es bien content que ce soit pas ta *bizoune,* dit-elle en lançant le couteau dans l'eau grasse et en prenant une tasse sur la pile. Même si elle te manquerait plus tellement à ton âge. Noir sans sucre, c'est bien ça ?

— Exactement.

— Tiens, attrape.

La tasse glisse sans peine sur le comptoir humide.

— Si on y pense, même si tu cours plus après les filles aujourd'hui, tu devais être une sacrée bonne *botte* dans ton temps. Dieu sait que t'es assez dur pour ça.

En parlant, elle se penche sur le comptoir, un poing sur sa hanche maigre, la fumée de sa grosse cigarette française dans les yeux qu'elle cligne constamment pour lutter contre la brûlure. Elle est l'une des rares personnes qui tutoient LaPointe. Elle tutoie tous les hommes.

— Elle est nouvelle, hein ? demande LaPointe avec un signe de tête vers la fille rondelette qui empile machinalement des assiettes en regardant par la fenêtre.

— Non, elle a déjà servi. Bougrement servi même, s'exclame Carotte en riant, mais elle avale une goulée de fumée âcre et se met à tousser – une toux sèche et sifflante qui ne lui fait d'ailleurs pas poser sa cigarette. Nouvelle pour toi, peut-être. Mais elle est ici depuis bientôt un an, depuis la dernière fois que j'ai eu des ennuis. Ce qui m'amène à me demander si ta visite voudrait pas dire que quelqu'un a des ennuis.

Elle l'observe, un œil plus cligné que l'autre. Il remue le café dont il n'avait guère envie.

— Aurais-tu des ennuis, Carotte ?

— Des ennuis ? Moi ? Jamais voyons. Une lesbienne entre deux âges avec des poumons pourris, les affaires mauvaises, une hypothèque écrasante, deux fois sous les verrous, et

la garce la plus paresseuse d'Amérique du Nord à son service ?
Des ennuis ? Pas un seul. Je n'aurai pas d'ennui tant qu'on
fabriquera du henné. Alors là, ça ira vraiment mal. Voilà le
malheur de n'avoir rien d'autre qu'une jolie gueule !

Elle a un éclat de rire rauque, puis sa toux sèche brise le
filet de fumée grise de sa cigarette et le chasse vers le visage
de LaPointe.

— Il y avait un jeune Italien, un beau garçon, qui s'appelait Verdini ou Green. Tu es allée chez lui ?

— Et après ?

— Vous avez eu une bagarre.

— Des mots seulement. Je ne l'ai pas touché.

— Ni menacé ?

— Qui peut bien se rappeler ce qu'il dit quand il est en
colère. J'ai dû lui promettre sans doute de lui couper la queue
s'il n'arrêtait pas de venir renifler les jupes de ma petite amie.
Je me rappelle pas exactement. Tu veux dire que ce fils de pute
m'a dénoncée ?

— Non. Il ne t'a pas dénoncée.

— Eh bien, tant mieux pour lui. En tout cas, ce que j'ai pu
lui dire lui a foutu une belle frousse. On l'a pas revu ici depuis.
Tu sais ce que cet enfant de salaud s'était mis dans la tête ?
Il venait ici de temps en temps. Pour examiner la situation.
C'est-à-dire… regarde-la un peu. Regarde-moi. T'as pas besoin
d'être un génie pour la saisir, la situation. Alors, pendant que
je suis occupée au comptoir, ce petit connard joue la sérénade
à ma petite amie. Bien, il est joli garçon et elle, c'est la reine,
non, l'impératrice des débiles, alors elle en devient tout de suite
gaga. Mais c'est pas seulement elle qu'il veut. Il pense que ce
serait excitant de nous avoir toutes les deux en même temps. Un
match à trois ! Et il persuade cette folle-là de me demander si
j'aimerais ça ? C'est pas croyable, non ? Il lui a laissé son adresse
en lui disant qu'on pouvait passer n'importe quand. J'y suis
passée, et comment ! Je suis allée chez lui et je l'ai traîné dans la
merde ! Eh, mais qu'est-ce qui se passe ? S'il a pas porté plainte
contre moi, pourquoi tu me poses toutes ces questions ?

— Il est mort. Saigné.

Elle lève lentement la main pour retirer sa cigarette du coin de sa bouche. La gauloise colle à sa lèvre inférieure et lui arrache un peu de peau. Elle passe le bout de sa langue sur l'endroit qui saigne, puis elle l'essuie avec la jointure de son index. Son regard ne quitte pas LaPointe. Après un instant de silence, elle dit simplement.

— C'est pas moi.

— T'as déjà eu des histoires, Carotte. Deux fois. Et toujours parce qu'un type courait après tes filles.

— Oui, mais, Seigneur, je leur ai simplement foutu des coups ! Je les ai pas tués ! Et je suis allée au trou chaque fois, pas vrai ?

— Carotte, tu comprends bien qu'avec ton dossier...

— Oui. Oui. Je comprends parfaitement. Mais c'est pas moi qui ai fait ça. Je te raconterais pas des salades, LaPointe. Je t'ai pas baladé les autres fois non plus, hein ?

— Mais il ne s'agissait pas d'un assassinat à ce moment-là. Il y avait des témoins et me balader ne t'aurait servi à rien.

Carotte acquiesce. C'est vrai.

La fille dodue revient au comptoir : elle porte seulement quatre assiettes et une ou deux cuillers. Elle n'a pas entendu la conversation. Elle n'y a pas fait attention. Elle chantonnait un air populaire, répétant certains passages jusqu'à ce qu'ils lui paraissent dans le ton.

— C'est très bien, ma chérie, dit Carotte maternellement. Maintenant va prendre le reste des assiettes.

La fille la regarde sans la voir puis, respirant un bon coup comme si elle venait soudain de comprendre, elle fait demi-tour et commence à débarrasser une autre table.

Le visage de Carotte s'attendrit en regardant la fille et LaPointe se souvient d'elle lorsqu'elle était gosse, un insolent garçon manqué en pantalon, jouant à lancer des cartes postales contre un mur – des cartes macabres avec des images de la guerre sino-japonaise. Elle était violente et turbulente, et elle avait le répertoire le plus salé de toute la bande. La chevelure qu'elle cachait sous sa casquette était naturellement rouge. LaPointe se rappelle le jour où elle s'est écrasé un orteil alors qu'avec sa bande elle faisait tomber une voiture de son cric, comme ça, pour s'amuser. Ils l'avaient emmenée à l'hôpital dans la voiture de patrouille. Elle n'avait pas versé une larme. Elle enfonçait ses ongles dans la main de LaPointe, mais elle ne pleurait pas. Un garçon de son âge aurait braillé, mais elle, elle n'aurait pas voulu, pour rien au monde. Elle n'a jamais été vraiment une fille, mais simplement le plus mince de tous les garçons.

— Tu crois qu'elle en vaudrait la peine ? demande LaPointe après un silence.

— Qu'est-ce que tu veux dire ?

Carotte allume une autre gauloise et aspire longuement la première bouffée, puis elle l'oublie et la laisse pendre entre ses lèvres.

— Une gourde pareille, est-ce qu'elle vaut réellement les ennuis que t'as en ce moment ?

— Personne n'a dit que c'était un génie. Et lui parler, c'est comme de se parler à soi-même… seulement les réponses sont encore plus crétines.

— Alors ?

— Je peux rien dire. Elle est fantastique au lit. La meilleure *botte* que j'aie jamais eue. Elle reste à fixer le plafond, à frotter ses gros tétons et elle commence à jouir et puis à jouir. Ça n'arrête pas. Et elle se tord sans arrêt sur le lit. Il faut la tenir et la monter, c'est un peu comme de lutter avec un crocodile. Ça donne l'impression d'être géniale, tu vois ce que je veux dire ? Fière de soi. Tu crois que t'es le meilleur amant du monde.

LaPointe regarde la fille mollasse à l'air bovin qui piétine maladroitement autour de sa troisième table.

— Et t'irais jusqu'à tuer pour la garder ?

Carotte reste muette un instant.

— J'en sais rien, LaPointe. Sincèrement, je ne sais pas. Peut-être. Ça dépendrait comment je serais. Mais j'ai pas tué ce macaroni de fils de pute, et c'est la vérité du bon Dieu. Tu me crois pas ?

— T'as un alibi ?

— Je n'en sais rien. Ça dépend de l'heure à laquelle ce salopard s'est fait découper.

Une excellente réponse, songe LaPointe. Ou très futée.

— Il a été tué avant-hier soir. Un peu après minuit.

Carotte ne réfléchit qu'une seconde.

— J'étais tout bonnement ici.

— Avec la fille ?

— Oui. C'est ça, je regardais la télé. Elle était couchée en haut.

— Tu étais seule, alors ?

— Bien sûr.

— Et la fille dormait ? Elle ne peut donc pas certifier que tu n'es pas sortie.

— Mais j'étais ici, je te dis ! J'étais assise exactement dans ce fauteuil-là et les pieds sur l'autre. Le dernier client était parti autour de 11 heures. J'ai nettoyé un brin. Et puis j'ai allumé la télé. J'avais pas sommeil. Trop de café, sans doute.

— Pourquoi t'es pas allée te coucher avec elle ?

— Elle a ses trucs en ce moment. Et elle aime pas ça quand elle est dans cet état-là. C'est qu'une gosse, après tout.

— Qu'est-ce que tu as regardé ?

— Comment ?

— À la télé. Qu'est-ce que tu as regardé ?

— Ah… voyons. C'est difficile de se rappeler. Je veux dire, la télé, on la regarde pas réellement. Pas comme un film. On la fixe plutôt. Voyons. Ah oui ! Il y avait un film sur la chaîne anglaise, alors j'ai branché la chaîne française.

— Et ?

— Et… merde, je me rappelle pas. J'avais travaillé toute la journée. On ouvre à 7 heures du matin, tu sais. Je crois que j'ai dû m'assoupir, assise là, avec les pieds sur le fauteuil. Attends, une seconde. Mais oui c'est vrai, je me suis assoupie. Je me rappelle, maintenant, parce que quand je me suis réveillée, il faisait froid. J'avais éteint le calorifère pour économiser le mazout, et…

Elle cesse de parler et se retourne pour regarder la rue vide, sombre et froide sous le ciel fumeux. Une petite fille passe en courant, criant d'une peur affectée parce qu'un garçon la poursuit. La gosse se laisse rattraper et le garçon lui donne un bon coup sur le bras en guise de caresse. Carotte aspire une bouffée de fumée par le nez.

— Tout ça n'est pas fameux, hein, LaPointe ? dit-elle d'une voix neutre et lasse. D'abord, je t'explique que je regardais la télé. Et quand tu me demandes ce qui s'y passait, je te dis que je me suis endormie.

— C'est peut-être tout ce café que tu avais bu.

Elle le regarde avec un sourire sans joie.

— Oui. C'est vrai. Y a rien comme le café pour vous assommer.

Elle hoche la tête. Puis elle pousse un profond soupir.

— Et ton café à toi, mon vieux ? Tu veux que je t'en fasse réchauffer ?

LaPointe n'y tient guère mais il ne veut pas refuser. Il termine sa tasse tiède et la pousse vers elle.

Pendant qu'elle a le dos tourné et qu'elle verse le café, elle demande avec la fausse assurance d'un jeune voyou :

— Est-ce que je suis ton seul suspect ?

— Non. Mais t'es le meilleur.

— Voilà ce qui compte. Sois toujours le meilleur dans ce que tu fais.

Elle se retourne et lui sourit – une pâle copie du sourire insolent qu'elle avait quand elle était une gosse du quartier.

— Et maintenant, où cela nous mène-t-il ?

— Pas au poste, si c'est à ça que tu penses. Pas aujourd'hui en tout cas.

— Tu veux dire que tu me crois ?

— Je n'ai jamais rien dit de pareil. Je dis que je ne sais pas. T'es bien capable de tuer, avec le caractère que t'as. Mais par ailleurs, je te connais depuis vingt-huit ans, depuis le premier jour où j'ai mis les pieds ici comme flic du quartier et que t'étais une gamine qui passait son temps à avoir des ennuis. T'étais un petit sauvage, ça, c'est sûr, une râleuse, mais certes pas une idiote. Avec un jour et demi pour te fabriquer un alibi, je peux pas croire que tu me raconterais une histoire aussi ridicule. À moins que…

— À moins que quoi ?

— À moins d'une ou deux choses. À moins que tu n'aies pensé qu'on ne remonterait jamais de la victime jusqu'ici. À moins que tu ne sois doublement roublarde. À moins que tu ne couvres quelqu'un.

Il verra bien. Une par une, il continuera de pousser des portes qui ouvrent sur des pièces qui ont des portes qui ouvrent sur d'autres pièces. Et peut-être qu'au lieu de se heurter à un mur aveugle, l'une de ces portes le ramènera à la Jolie France Bar-B-Q.

— Dis-moi, Carotte. Ce jeune Italien, il avait pas d'amis parmi tes clients ?

— Non, il en avait pas, dit-elle en lui passant son café. La seule raison pour laquelle il venait parfois manger ici, c'est que certains types parlent italien et que son anglais n'était pas tellement bon. Mais il manquait jamais d'argent et deux de mes habitués ont fait un soir ou deux le tour des bars avec lui. Je les ai entendus râler le lendemain matin : ils avaient une telle gueule de bois qu'ils pouvaient rien garder à part le café.

— Quels bars ?

— Merde, je ne sais pas.

— Parles-en à tes clients demain. Essaie de découvrir ce que tu peux sur lui.

— Je ferme le dimanche.

— Lundi alors. Je veux savoir dans quels bars ils sont allés. Les gens qu'il connaissait.

— OK.

— Au fait, est-ce que "chocolat" te rappelle quelque chose ?

— C'est quoi cette question ? J'ai pas besoin de ça moi.

— Non, je parle pas de drogue. Chocolat comme nom propre. Tu te rappelles quelqu'un dont le nom serait "chocolat" ou "cacao" ou quelque chose dans ce genre-là ?

— Ah… c'était pas quelqu'un qui passait à la télé avec Sid Cesar ?

— Non, quelqu'un de par chez nous. Quelqu'un que ce Tony Green connaissait.

— Je vois vraiment pas.

— N'en parlons plus, alors.

LaPointe pivote sur son tabouret et regarde la fille. Elle a cessé de débarrasser les tables, à moins qu'elle n'ait oublié qu'elle devait le faire. Elle est debout, le front appuyé contre la vitre du fond, fixant la rue d'un œil absent, et sa respiration dessine un cercle de buée sur le verre. Elle remarque la buée et commence à tracer sur la vitre des X avec son petit doigt, complètement absorbée par cette activité. LaPointe ne peut s'empêcher de l'imaginer en train de se tordre sur un lit en étreignant ses seins. Il se lève pour partir.

— OK, Carotte. Tu m'appelles si tu trouves quoi que ce soit sur les bars et les amis que fréquentait ce type. Si tu m'appelles pas, je reviendrai.

— Et tu reviendras peut-être de toute manière, hein ?

— Oui, peut-être, dit LaPointe en boutonnant son pardessus et en allant vers la porte.

— Hé, LaPointe ?

Il se retourne.

— Le café ? C'est quinze cents.

# 8

Eɴ rentrant chez lui, LaPointe passe devant la caserne du
1ᵉʳ régiment de grenadiers de la garde. Deux jeunes soldats,
une mitraillette sur leur tenue de combat, vont et viennent
devant la porte, leur respiration s'échappe de leurs narines
en jets de vapeur, leur nez et leurs oreilles sont rougis par le
froid. Ils observent une petite bande de hippies, de l'autre
côté de la rue. Trois garçons et deux filles chargent des
vêtements et des cartons dans une camionnette Volkswagen
cabossée, peinte de fleurs. Ils quittent un appartement où
ils n'ont pas payé leur loyer pour un autre où ils ne le paie-
ront pas davantage. Une fille bien en chair, qui dédaigne
visiblement les artifices sociaux tels que le maquillage et le
shampooing, fait presque tout le travail pendant que l'autre
fille, assise sur une caisse, regarde dans le vide et hoche la tête
au rythme d'une mélodie intérieure. Les trois gars restent
là, les mains dans les poches, le visage renfrogné et pincé
par le froid. Ils ont fui le conformisme de l'establishment
pour suivre la même route de l'individualisme. Ils ont l'air de
sortir du même moule, longues jambes et poitrine creuse, les
épaules rentrées contre le froid.

Par opposition, les gardes accentuent leur carrure et
gonflent fièrement la poitrine. LaPointe sent que, dès que les
hippies seront partis, les gardes se relâcheront et rentreront
eux aussi les épaules pour lutter contre le froid. Il sourit.

Avant de monter les marches de bois, LaPointe lève les
yeux vers ses fenêtres. Pas de lumière. Elle doit être encore en
train de faire les courses.

Le froid stagnant de son appartement est plus glaçant que le vent. Il allume immédiatement le radiateur, puis met de l'eau à bouillir avec l'idée de lui préparer une bonne tasse de café en attendant son retour.

L'eau commence à bouillir et elle n'est toujours pas revenue. Il vide la bouilloire, la remplit de nouveau et la repose sur le gaz. Comme si faire bouillir de l'eau était une sorte de rite magique qui doit la ramener à la maison, vers la tasse de café.

Le rite ne donne rien.

Il s'assied dans son fauteuil et regarde le parc désert, terne sous la lumière pauvre de l'hiver. Elle est peut-être partie pour de bon. Pourquoi pas ? Elle ne lui doit rien. Elle a peut-être rencontré quelqu'un, un jeune gars qui sait danser. Ce serait préférable, d'ailleurs. Après tout, elle ne peut pas vivre avec lui indéfiniment. En fait, il n'y tient pas. Pas vraiment. Elle serait tout le temps sur son dos. Et puis, dans peu de temps, sans doute…

Sans y penser, il glisse la main sur sa poitrine, comme il a pris l'habitude de le faire chaque fois qu'il se rappelle son anévrisme… ce ballon distendu. Il sent le battement régulier de son cœur. Tout va bien. Rien d'anormal là. Oui, décide-t-il. Il vaudrait mieux qu'elle en trouve un autre et qu'elle aille vivre avec. Ce serait horrible pour elle de s'éveiller un matin et de le trouver mort à côté d'elle. Déjà froid, peut-être.

Ou s'il avait une attaque au moment où ils font l'amour ?

Allons, c'est très bien. C'est même parfait, tout simplement. Elle a trouvé un jeune gars dans la rue. Quelqu'un de gentil. C'est bien mieux comme ça.

Il grogne en se tirant du fauteuil et retire la bouilloire du gaz avant que l'eau ne s'évapore totalement. Il va passer une bonne soirée tranquille. Il va enlever ses souliers, passer sa robe de chambre et s'asseoir près de la fenêtre en écoutant le sifflement du gaz et en lisant un des romans de Zola pour la troisième ou quatrième fois. Il n'est jamais las de lire et relire sa vieille collection abîmée de Zola. Il y a des années, il a acheté les livres reliés en imitation cuir à un vieil homme qui vendait des bouquins d'occasion dans une sorte de boutique aménagée au moyen d'un simple auvent fixé entre les deux murs d'une ruelle étroite. Le vieux n'avait pas beaucoup de clients et cet achat avait été un moyen de lui venir en aide sans l'embarrasser.

Pendant des années, les livres étaient restés sans qu'il les lise sur la commode de sa chambre. Et puis, un soir, faute d'autre chose à faire, il en avait ouvert et parcouru un. En moins d'un an, il les avait tous lus. Ce n'est qu'après les avoir dévorés une première fois qu'il s'était aperçu qu'il fallait, pour quelques-uns, respecter un certain ordre : les héroïnes de l'un étant les filles des héroïnes d'un autre, et ainsi de suite. Depuis, il les lit toujours dans l'ordre. Celui qu'il préfère est *L'Assommoir*. Dès sa première lecture, il avait pu prédire l'inévitable déchéance des personnages, de l'espoir à l'alcoolisme et à la mort. Les livres lui sont doux au toucher et ils ont une odeur amicale. C'est l'*Édition populaire illustrée des œuvres complètes d'Émile Zola*, de 1906, agrémentée de portraits des principales héroïnes, leurs bras fuselés dressés dans la supplication et leurs yeux ronds levés vers le ciel ; la ligne de légende au-dessous n'est jamais avare de points d'exclamation. Les personnages masculins se dissimulent à l'arrière-plan, dans la nuit tombante, et toisent cruellement les héroïnes déchues. Ces hommes ne sont pas vraiment des êtres humains : ils sont les éléments d'une vie de pauvreté, de désespoir et d'exploitation à laquelle un vain espoir ajoute sa cruauté.

Les romans sont peuplés de gens qui, s'ils parlaient le joual et connaissaient notre temps, pourraient être de la Main. LaPointe pense qu'il faut connaître le boulevard, qu'il faut avoir connu les parents des jeunes traînées au temps où ils se sont aimés pour apprécier vraiment Zola ou même simplement le comprendre.

Oui, il va passer sa robe de chambre et lire un moment. Puis il se mettra au lit. Il est en train de prendre sa robe de chambre lorsqu'il aperçoit dans un coin le sac à provisions avec sa cargaison de petits riens féminins.

Elle va donc revenir, après tout. Le sac à provisions est un gage. Il se sent moins las en retournant au salon. Elle sera sûrement là dans moins d'une demi-heure.

Elle n'arrive toujours pas. Le soir fonce imperceptiblement le ciel et lui donne une nuance ardoise poussiéreuse et les détails du parc se perdent dans l'ombre. Le roman est resté sur ses genoux, il fait trop noir pour lire. Le radiateur siffle, ses éléments de céramique projettent une lueur orange immatérielle, la seule qui éclaire la pièce. À deux reprises, il se lève pour regarder dans la rue parce qu'une voiture vient de s'arrêter. À un moment, il se dresse brusquement en pensant que la bouilloire doit être en train de fondre, avant de se rappeler qu'il a éteint le gaz depuis longtemps.

Il fait chaud et lourd dans la pièce : le radiateur a dévoré une bonne part de l'oxygène. Il sait qu'il devrait l'éteindre, mais il est trop fatigué, il se sent trop lourd pour bouger.

Comme toujours, ses rêveries le ramènent à sa femme… et à leurs filles. C'est le soir, il est tard dans leur maison de Laval. Lucille lave la vaisselle dans la cuisine meublée d'appareils modernes qu'il a vus dans les vitrines de la Main. Des bûches brûlent dans l'âtre, et il les tourmente plus qu'il n'est nécessaire parce qu'il adore tisonner son feu de bois. Il monte à la chambre des filles – elles sont jeunes, ce soir, et elles désobéissent à l'ordre parental de se coucher. Il les trouve en train de sauter sur le lit, leur longue chemise de flanelle se gonflant et s'entortillant lorsqu'elles retombent l'une sur l'autre. Il leur donne le baiser du soir et les taquine en frottant ses joues mal rasées contre leur peau satinée. Elles se plaignent et se débattent en riant. Lucille appelle pour dire qu'il est tard et que les filles ont besoin de sommeil. Il répond qu'elles sont déjà endormies et les petites pressent leur main contre leur bouche pour étouffer leur rire. Il les borde, leur donne un dernier baiser ; elles veulent qu'il leur raconte une histoire et il dit non ; elles veulent qu'il laisse une lumière et il dit non, un verre d'eau, non. Il éteint, les quitte et descend l'escalier – il faudra qu'il arrange cette marche qui grince. Il connaît par cœur tous les détails de la maison : la disposition des pièces, les papiers peints, les traits de crayon sur le chambranle de la porte de la cuisine qui marquent la croissance des filles. Mais il ne se représente jamais leur chambre à coucher, à Lucille et à lui-même. Après tout, Lucille est morte. Non… elle est partie. Elle est dans leur maison de Laval.

Il s'éveille, la sueur au cou, la bouche humide et l'impression confuse qu'il se passe quelque chose. Il entend alors une clef qui tourne dans la serrure. La porte s'ouvre, laisse pénétrer une tranche de lumière jaune, celle de l'ampoule nue du couloir, et Marie-Louise arrive.

— Mon Dieu, on étouffe là-dedans ! Qu'est-ce que tu fais, assis dans le noir ?

Pendant qu'il sort de sa léthargie, elle trouve l'interrupteur et allume. Elle a les bras pleins de paquets qu'elle laisse tomber sur le sofa pour tendre les mains vers le radiateur.

— Dis donc, ce qu'il peut faire froid ce soir. Alors ? Qu'est-ce que tu penses de ça ? Il est joli, hein ?

Elle pivote comme un mannequin pour lui faire admirer un manteau de drap orange foncé qui lui tombe jusqu'aux chevilles…

— Il était en solde. Alors ?

Elle fait deux ou trois pas et un demi-tour comique en parodiant les mannequins qu'elle a vus à la télévision. Elle ne prend pas la peine de dissimuler qu'elle boite et LaPointe le remarque comme s'il le voyait pour la première fois. Un détail qu'il avait oublié.

— Il, euh… il est bien. Très joli, dit-il encore endormi, en se demandant l'heure qu'il est.

Elle serre les bras contre sa poitrine et se frictionne vigoureusement.

— Ouh là là, c'est le genre de froid qui vous transperce. J'espérais que t'aurais fait du café.

— Je suis désolé, dit-il. J'y ai pas pensé.

Le rythme précipité de ses paroles le met mal à l'aise. On dirait qu'elle essaie de tout dire en même temps, comme

217

si elle avait quelque chose à cacher et qu'elle ne voulait pas lui laisser l'occasion de poser une question. Elle dit qu'il fait trop chaud et elle se chauffe au radiateur. Il y a quelque chose qui cloche.

— Qu'est-ce que t'as fait toi? demande-t-elle sur un ton badin.

— J'ai fait un somme, explique-t-il en regardant la pendule qui marque 8 heures et demie. Tu as fait des courses jusqu'à maintenant?

— Oui, répond-elle avec le sifflement affirmatif aspiré du joual qui veut aussi bien dire oui que non.

— Tu es revenue en taxi?

Elle attend une seconde, le dos tourné.

— Non, je suis revenue à pied.

Sa voix sourde lui apprend qu'il y a un aveu proche. Il souhaiterait n'avoir rien demandé.

— T'as pas trouvé de voiture? hasarde-t-il en lui offrant une excuse facile.

Elle s'assied sur le sofa et le regarde en face pour la première fois. Autant s'en débarrasser.

— Plus d'argent, dit-elle. Pardonne-moi, mais j'ai dépensé tout ce que tu m'avais donné. J'ai acheté d'autres choses avec le manteau et la robe.

Voilà donc l'aveu? Il sourit intérieurement, conscient de s'être conduit comme un gosse.

— Ça n'a pas d'importance, dit-il.

Elle tourne légèrement la tête de côté et le regarde, incertaine, du coin de l'œil.

— Vraiment?

— Vraiment, répète-t-il en riant.

— Attends! Regarde ce que j'ai.

D'un bond, elle s'est levée du sofa et éventre ses paquets.

— Et j'ai cherché les magasins où il y avait des rabais, tu sais. J'ai pas gaspillé l'argent. Tiens, qu'est-ce que tu dis de ça?

Elle ouvre son manteau et lui montre des bottes à semelle épaisse qui lui montent au genou. Elles sont d'un plastique rouge brillant qui jure avec la teinte orange du manteau. Elle déchire un sac et en tire une robe longue qui a l'air faite de patchwork ; elle la pose contre ses épaules et fait voler le bas d'un coup de pied.

— T'en penses quoi ?

— Jolie. Elle a l'air… chaude.

— Chaude ? Oh, c'est bien possible. La vendeuse m'a dit que c'était tout à fait *in*. Ah ! J'ai aussi une jupe, poursuit-elle en rouvrant son manteau pour lui montrer la minijupe qu'elle porte déjà. Et puis, j'ai pris cette chemise. Y en avait une autre qui me plaisait davantage. Tu sais, une avec un col plissé comme on voit dans les vieux films à la télé ? Tu vois ce que je veux dire ?

— Oui, ment-il.

— Mais ils avaient pas ma taille. Et j'ai aussi… voyons… ah, un pull-over ! Et… ma foi, c'est à peu près tout. Non ! J'ai acheté des culottes et des choses… je dois en oublier. Ah, le manteau ! C'est ce qui a coûté le plus cher. Voilà, je crois que c'est tout cette fois.

Elle se laisse tomber sur le sofa au milieu des vêtements, des paquets déchirés, les mains serrées entre les genoux, sa gaieté soudain évanouie.

— Ils te plaisent pas, hein ? dit-elle.

— Quoi ? Mais si, voyons. Ça me paraît… très bien.

— C'est tout cet argent, peut-être ?

— Ne t'en fais pas pour ça.

— Tu sais, on est pas forcés d'aller dîner dehors comme tu l'avais promis. On peut très bien dîner ici. On dépensera moins.

Il y a quelque chose de l'entremetteur dans la manière dont le patron du restaurant grec les installe à une table à l'écart, dans son empressement à remplir le verre de Marie-Louise, dans les sourires et les signes entendus qu'il lance au lieutenant quand elle ne peut le voir. LaPointe en est fâché, mais Marie-Louise semble ravie de l'attention particulière qu'on leur prodigue, il ne réagit donc pas.

La cuisine grecque lui est inconnue, mais elle la mange avec plaisir ; elle déroule les feuilles de vigne pour manger le riz et l'agneau qu'elles contiennent. Mais elle laisse les feuilles, pensant qu'il s'agit simplement d'une enveloppe.

Une bougie dans un haut verre rouge lui éclaire d'en bas le visage selon un angle qui serait désobligeant pour une femme plus âgée, mais qui souligne simplement son expression animée lorsqu'elle raconte son expédition dans les magasins ou qu'elle parle des clients du restaurant. Il s'est assis le dos à la salle afin qu'elle ait le plaisir de voir les gens et d'être vue par eux. C'est un geste intentionnel, rare de la part d'un homme qui a l'habitude professionnelle de se placer toujours le dos au mur.

Elle n'aime pas vraiment le vin grec, ce qui ne l'empêche pas d'en boire beaucoup. Au moment où leur dîner se termine, elle rit un peu trop fort.

Il ne perd rien du jeu changeant des expressions de son visage. Elle n'a pas encore eu le temps de se fabriquer un masque. Elle est tout à fait capable de mentir, mais pas encore de dissimuler. Elle est tout à fait capable de vous enjôler, mais pas encore d'être perfide. Elle est vulgaire, mais pas encore endurcie. Elle est encore jeune et vulnérable. Lui, pour sa part, est vieux et… cuirassé.

Pendant qu'ils finissent leur café – un café turc avec un épais dépôt de marc que les Grecs d'ici prennent pour du café grec –, elle chantonne avec le juke-box ; la musique vient de la piste au-dessus du restaurant.

— Qu'est-ce qu'il y a là-haut ? demande-t-elle en regardant l'escalier.

— Une sorte de bar.

— Et on y danse ?

— Oh, il y a une piste, dit-il avec un geste indifférent.

Il a plutôt envie de rentrer chez lui.

— On pourrait monter danser ?

— Je ne danse pas.

— T'as jamais dansé? Même quand t'étais jeune?

— Non, même pas quand j'étais jeune, répond-il en souriant.

— Quel âge t'as, au fait?

— Cinquante-trois ans. Je te l'ai déjà dit.

— Non.

— Si, mais tu l'as oublié.

— T'es plus vieux que mon père, tu t'imagines? T'es plus vieux que mon père.

Elle a l'air de trouver ça difficile à croire et de le découvrir à l'instant même.

L'astuce est si évidente qu'il ne serait pas gentil de ne pas se laisser faire. Ils montent donc l'escalier et pénètrent dans une vaste salle où se trouvent un bar, éclairé par des ampoules de couleur derrière des plaques de verre ondulé, et un juke-box qui brille de lumières changeantes. Ils choisissent une banquette près du mur. Il n'y a là qu'une barmaid et, à une table de là, quatre jeunes Grecs qui se partagent une bouteille d'ouzo glacé qui laisse des cercles humides sur la table. L'un des jeunes gens s'en va vers le bar où il fait allégrement la cour à la barmaid. Elle est en jupe courte et ses cuisses sont si fortes que le frottement fait crisser ses bas noirs à chacun de ses pas.

— Qu'est-ce que tu veux prendre? demande LaPointe.

— Qu'est-ce qu'ils boivent? répond-elle en montrant les jeunes Grecs.

— De l'ouzo.

— Tu crois que j'aimerais ça?

— Probablement.

— T'aimes ça, toi?

— Non.

Elle sent une petite pique dans sa réponse, alors, par défi elle commande un ouzo. Lui se fait servir un armagnac. Pendant que la barmaid s'en va en crissant pour chercher leurs consommations, Marie-Louise se lève et va examiner le choix des disques du juke-box, elle plie légèrement le genou de sa bonne jambe pour masquer sa claudication. LaPointe sait qu'elle se moque bien que lui la remarque, cette précaution est donc prise à l'intention des jeunes gens. Quand elle se penche sur le juke-box, les lumières colorées jouent dans sa crinière frisée et elle paraît très jolie. Ses fesses sont rondes et fermes sous sa nouvelle minijupe. Il est fier d'elle. Et elle n'a pas échappé à l'attention des jeunes Grecs qui échangent des regards admiratifs.

Elle a le même âge qu'ont parfois ses filles imaginaires. Elle a le même âge que sa femme aura pour toujours. Il est partagé entre deux sentiments : il est fier de la beauté de sa fille et la beauté de sa femme éveille sa jalousie. Insensé.

Les jeunes Grecs se poussent joyeusement du coude et l'un d'eux – le plus hardi, ou le clown de la petite bande – se lève pour la rejoindre et il se penche très près d'elle pour examiner la liste des disques. Il glisse une pièce dans l'appareil et l'invite d'un geste à choisir. Elle le remercie d'un sourire et pousse deux boutons. Et lorsqu'il lui demande si elle veut danser, elle accepte sans même un regard vers LaPointe. C'est un air moderne, bruyant, et ils dansent sans se toucher. Malgré les gestes saccadés, primitifs de la danse, elle apparaît sûre d'elle, gracieuse, et la danse dissimule totalement son infirmité. On comprend aisément pourquoi elle aime tant danser.

Le disque s'arrête sans un accord final, comme les airs modernes, un fondu cache l'incapacité de conclure : la danse est terminée. Son partenaire lui dit quelque chose, elle secoue la tête mais elle sourit. Ils reviennent, chacun à sa table. En passant, le jeune homme salue LaPointe d'un geste désinvolte.

Marie-Louise se glisse sur la banquette, un peu essoufflée et volubile.

— Il danse bien.

— Comment tu peux le savoir ? demande LaPointe.

— Ah, les verres sont là. Alors, *bottoms up*[*], dit-elle dans un anglais accentué de telle manière que le deuxième mot

---

[*] L'équivalent de "cul sec".

semble être "zeup". Dis, c'est bon ça. On dirait de la réglisse. Mais c'est fort, ajoute-t-elle en finissant son verre. Je peux en prendre un autre ?

— Bien sûr. Mais ça risque de te monter à la tête.

Elle fait une moue et hausse les épaules.

Il appelle la serveuse.

Un groupe d'hommes plus âgés montent bruyamment l'escalier ; ils célèbrent un mariage et sont à demi ivres. Ils rassemblent deux tables et ramassent des chaises un peu partout. L'un d'eux frappe sur la table et en criant réclame de l'ouzo : on leur apporte deux bouteilles glacées et un plateau de verres. Quelqu'un se lève et propose de boire à la santé du père de la mariée, qui est le plus ivre et le plus gai de la bande. Le toast est en fait un discours prolongé et incohérent ; les autres réclament : il est grand temps de boire et finalement ils font taire l'orateur en l'applaudissant et ils vident leurs verres.

L'un des jeunes Grecs a mis de l'argent dans le juke-box. Au moment où le disque démarre, il s'avance vers la table de LaPointe.

— Tu veux bien, n'est-ce pas ? demande Marie-Louise.

Le patron monte de la salle de restaurant pour voir si tout va bien. Quand il voit le garçon qui danse avec Marie-Louise, il fronce les sourcils et va à la table des jeunes Grecs. Il y a une brève conversation pendant laquelle un des garçons tourne la tête pour regarder LaPointe. En passant pour aller offrir au père de la mariée des félicitations parfaitement indifférentes, le patron fait un signe de tête et lance au policier un clin d'œil de connivence. Il a pris l'affaire en main. Les jeunes gens laisseront la fille en paix.

Marie-Louise termine son ouzo et en réclame un troisième. Pendant un moment, elle balance les épaules au rythme de l'air qu'elle chantonne. Elle ne comprend pas pourquoi les garçons ne jouent plus de disques et ne l'invitent plus à danser.

LaPointe est sur le point de proposer de rentrer à la maison, quand l'un des invités de la noce se lève et va d'une démarche incertaine jusqu'au juke-box. Il y introduit une pièce avec un geste théâtral, presse un premier bouton puis un autre. Presque aussitôt vibre la première note aiguë d'une noble danse traditionnelle. Le vieil homme élève lentement les bras, la tête tournée de côté, les yeux clos; ses doigts claquent sèchement sur chaque seconde mesure de la musique.

Les jeunes Grecs poussent un gémissement en entendant l'air ancien et démodé.

Le vieil homme les dévisage bien en face, le regard souriant et complice. Il avance lentement vers eux, claquant des doigts et avec un plongeon gracieux tous les trois pas.

— Pas question! dit l'un des jeunes gens. Laissez tomber!

Mais le vieil homme avance, sûr de lui. Ces gosses peuvent être modernes et parler anglais, leur sang est grec et il parlera.

Trois autres membres de la noce sont maintenant en piste; ils se prennent par les épaules, les deux danseurs de côté claquant des doigts au rythme entraînant, et ils plongent tous les trois pas. Ils sont peut-être trop ivres pour marcher convenablement, mais ils dansent avec grâce, autorité et avec un équilibre impeccable.

Il y a une mêlée amicale à la table des jeunes gens et l'un d'entre eux est lancé vers la piste. Avec une moue maussade, il commence à claquer des doigts instinctivement: il faut que l'on sache bien que ces trucs du vieux pays ne sont pas pour lui. Mais le vieil homme lui fait face, il le regarde sans ciller dans les yeux et il souligne silencieusement leur commun héritage. Et lorsqu'il pose le bras sur l'épaule du jeune homme, la moue maussade s'évanouit et le jeune homme prend la cadence. C'est un homme, après tout.

Le rythme de la musique s'accélère sans cesse. Les cinq ne forment plus qu'un. Deux autres viennent prendre leur place au bout de la ligne, l'un brandit une bouteille d'ouzo de sa main libre. C'est maintenant deux pas sur le côté, puis un grand plongeon en avant. Marie-Louise regarde, fascinée. Elle est surprise de voir LaPointe claquer des mains pour accompagner la musique, puis elle s'aperçoit que les hommes restés à la double table font la même chose. Mais quand elle se lève pour aller se joindre aux danseurs, LaPointe secoue négativement la tête.

— C'est une danse pour les hommes.

— Oh, ça les dérangera pas.

Il hausse les épaules. Peut-être pas, en effet. Après tout, elle n'est pas grecque. En fait, ils se séparent pour lui faire une place dans la ligne et, dès le premier pas, on sent qu'elle est née pour cette danse simple et entraînante. Elle y ajoute un accent tout personnel, elle plonge très bas, la tête presque au plancher, avant de se relever, fouettant l'air comme une liane.

Alors, les trois autres jeunes Grecs se jettent dans la danse.

Lorsque la musique s'arrête, les danseurs poussent des cris de joie et applaudissent leur exhibition. Une pièce de monnaie tombe aussitôt dans la machine. On a reconnu LaPointe et deux anciens viennent en délégation l'inviter à s'asseoir à leur table. Il commande une bouteille d'ouzo en guise de quote-part à la fête et il apporte son verre. Il n'est pas encore assis que son verre est rempli à ras bord. Comme il n'avait pas fini son armagnac, le mélange est horrible ; il l'avale d'un trait pour s'en débarrasser. Et son verre est rempli de nouveau.

Parce qu'elle est grecque, la barmaid ne se joint pas à la danse, mais elle est assise à la table commune entre deux vieux Grecs, dont l'un se plaint d'une voix avinée qu'on ne l'a pas laissé finir le discours qu'il avait pourtant répété toute la journée. L'autre glisse de temps en temps sa main entre les jambes de la fille, là où les cuisses épaisses se touchent. Elle rit et roule des yeux, et lance parfois une tape pour chasser la main exploratrice, à moins qu'elle ne la serre durement entre ses cuisses, ce qui fait hurler le vieux d'une joie libidineuse.

Après la quatrième ou la cinquième danse, Marie-Louise est exténuée et elle passe la suivante. Elle prend une chaise en face de LaPointe et s'assied entre l'un des jeunes Grecs et l'un des vieux du mariage. Celui-ci est très éméché, il tient absolument à lui raconter une histoire extrêmement importante dont il ne parvient pas à se souvenir. Elle écoute et s'esclaffe, bien que l'homme ne parle que le grec. LaPointe sait que le jeune homme, à l'abri de la table, a posé sa main sur les cuisses de Marie-Louise. Son air faussement nonchalant le trahit.

Une heure et demie plus tard, Marie-Louise danse avec l'un des jeunes gars, pendant qu'un ancien monopolise LaPointe, sa main le retenant par la nuque, pour lui expliquer que tous les flics sont des salauds, sauf LaPointe, bien sûr, qui est un brave garçon… un si brave type qu'il est presque grec. Pas tout à fait, mais presque…

Quand la nuit s'achève, la table est couverte d'ouzo renversé et de l'eau qui a ruisselé des bouteilles glacées.


En découvrant que glisser sa clé dans la serrure est un problème à la fois passionnant et drôle, LaPointe comprend qu'il est ivre pour la première fois depuis des années. Ivre d'ouzo. Ivre et malade. Stupidité.

Il fait chaud chez lui parce qu'il a oublié de fermer le radiateur en partant. Il éteint lorsqu'elle va à la salle de bains en fredonnant l'une des chansons grecques et en claquant parfois des doigts.

— Tu t'es bien amusé ? demande-t-elle au moment où il s'assied lourdement sur le lit.

Elle est sur la cuvette, la porte grande ouverte, et lui parle sans la moindre gêne en soulageant sa vessie.

— Moi, j'ai passé une bonne soirée, dit-elle sans attendre sa réponse. La meilleure de ma vie. J'aimerais bien que tu saches danser. On pourra retourner là-bas, dis ?

Il quitte ses chaussures, elle s'essuie et se relève en faisant retomber sa jupe et elle tire sur la chasse d'eau.

Dans son ivresse, LaPointe est frappé par l'intimité conjugale de la scène. On dirait qu'ils vivent ensemble depuis des années. Elle doit m'aimer, se dit-il. Elle doit se sentir en confiance avec moi puisqu'elle ne craint pas que je la voie pisser.

Du coup, il est *certain* d'être ivre. Il rit de lui-même. Allons, LaPointe ! Est-ce un acte d'amour ? Un geste de confiance ? Uriner devant toi ? Avec une gravité pâteuse, il le confirme, mais si, c'est vrai. Combien de temps s'est-il passé après notre mariage avant que Lucille cesse d'être gênée avec toi ? Au début, elle ne voulait même pas se brosser les dents en sa présence.

Mais… il se pourrait que ce soit autre chose que de la confiance, ce fait de pisser tout en bavardant. Ce pourrait être de l'indifférence.

Qu'est-ce que ça fait ?

Stupide. Stupide. Ivre d'ouzo. Et d'ailleurs, tu ne devrais pas boire avec cet anév… cet anov… ce machin-truc !

Elle se déshabille en vitesse, abandonnant ses vêtements là où ils tombent, et elle se glisse sous les couvertures. Les draps sont froids et elle frissonne lorsqu'ils touchent ses jambes nues.

— Dépêche-toi de venir au lit. Viens me réchauffer.

Il éteint avant de quitter son pantalon, puis il vient se mettre près d'elle. Elle se serre contre lui et passe sa jambe sur les siennes pour avoir plus chaud. Bientôt leur chaleur réchauffe le lit suffisamment pour qu'on puisse s'aventurer dans les parties inoccupées. Elle glisse son genou entre ses jambes et se tourne ; elle est à demi sur lui. Le bec de gaz de la rue révèle son visage dans le noir.

— Qu'est-ce que t'as ? demande-t-elle en lui passant la main sur la poitrine et en lui riant au nez. Écoute, je suis pas ta fille, tu sais !

Quoi ? Qu'est-ce qui a pu lui mettre ça dans la tête ? Qu'est-ce qu'elle a ?

Ils font l'amour.

# 9

Il s'éveille. Un rayon de soleil aveuglant passe par la fenêtre de la chambre, et une masse lourde et douloureuse s'est installée entre ses yeux. Ouzo.

Le soleil est inattendu après trois semaines d'un ciel de plomb. Il annonce peut-être la fin du temps de cochon, à moins que ce ne soit une de ces sautes de vent occasionnelles qui apportent pour quelques heures un froid hivernal dur comme le diamant, comme le soir où on a découvert ce jeune Italien dans le passage.

Il souffle et il n'est pas surpris de voir sa respiration faire un panache de buée. Le parc doit être étincelant et glacé. Il se glisse hors du lit afin d'empêcher le froid d'atteindre Marie-Louise. En se penchant pour ramasser ses pantoufles, il s'aperçoit que le bloc douloureux d'ouzo logé derrière ses yeux bouge et qu'il est à arêtes vives. Sous le choc, il ferme involontairement un œil.

Il va au salon à pas de loup en se répétant : une gueule de bois à l'ouzo ! C'est idiot. Idiot. Idiot. Un étourdissement le fait vaciller lorsqu'il se penche pour allumer le radiateur. La dernière fois qu'il a eu une gueule de bois comparable, c'était après avoir bu du *caribou**, cette boisson parmi les plus mortelles, avec un vieux copain de Trois-Rivières. Mais il y a de ça des années et des années.

Pendant que le bain coule, il boit dans ses mains l'eau du robinet. Il est tellement déshydraté qu'il lui semble que

---

* Mélange de whisky blanc et de vin rouge.

l'eau n'arrive pas jusqu'à son estomac mais qu'elle est absorbée à son passage par ses muqueuses desséchées. Il manque s'étrangler en buvant à longues goulées pour avaler des comprimés d'aspirine. Dans la baignoire, il reste longtemps les yeux clos, dans un nuage de vapeur. L'eau, la chaleur et l'aspirine se combinent et parviennent à chasser quelques verres d'ouzo de son système ; les nausées s'éloignent mais la migraine persiste. Pourquoi diable a-t-il bu autant ? Pourquoi voulait-il se saouler ? Il pense au moment où ils ont fait l'amour cette nuit. C'était bon, et très doux, surtout lorsqu'il la tenait dans ses bras entre deux caresses. Il pense qu'elle aussi a eu du plaisir. Elle n'aurait pas simulé à ce point. Et pourquoi, d'ailleurs ?

Il ne s'est pas rasé hier avant de se mettre au lit, comme il le fait d'habitude, mais il ne veut pas s'aventurer à se raser tout de suite. Il se couperait sûrement la gorge, avec cette tremblote qui le secoue.

En faisant le café, il éprouve soudain un sentiment de culpabilité à l'égard de Marie-Louise. Bon sang ! si je me sens tellement mal fichu ce matin, comment doit-elle se sentir, elle ? Pauvre petite !

La pauvre petite jase allègrement, assise sur le sofa, enveloppée dans la robe de chambre rose de Lucille. Il répond par monosyllabes et en tournant complètement la tête pour la regarder : ça lui fait trop mal de tourner simplement les yeux.

— Qu'est-ce que c'était, ce truc-là qu'on a bu et qui sentait la réglisse ? demande-t-elle. C'était bon.

— De l'ouzo, murmure-t-il.

— Quoi ?

— Ouzo !

— Holà, qu'est-ce qu'il y a ? T'es fâché ?

— Non.

— Vrai, t'es pas fâché ? On dirait que tu...

— Je me sens très bien.

— Dis... t'es pas malade, au moins ?

— Malade ? Moi ? lance-t-il avec un rire forcé.

— Je me demandais… enfin, tu m'avais dit de faire attention à ce… comment tu l'appelles, déjà ?

— Ouzo. Écoute, je me sens très bien. Seulement un peu fatigué.

Elle le regarde par en dessous avec une expression d'enfant polissonne.

— Ça ne m'étonne pas. N'importe qui serait fatigué à ta place.

Il a un pâle sourire. Il a du mal à lui pardonner d'être tellement en forme et pleine de vie, mais elle est jolie, comme ça, avec le soleil dans les cheveux.

Elle va dans la chambre chercher sa brosse à cheveux. Quand elle revient en fredonnant l'un des airs grecs, elle avance à pas glissés en plongeant et en rejetant la tête en arrière quand elle se redresse. Il ferme instinctivement les yeux en suivant son coup de tête. Elle se laisse tomber sur le sofa et commence à se brosser les cheveux.

— Dis donc, il faudra sortir pour prendre notre petit déjeuner. Je t'ai dit que je n'avais pas du tout acheté de quoi manger. J'ai dépensé tout en vêtements. Où on va ?

— Je n'ai pas spécialement faim, et toi ?

— Moi ? Je pourrais dévorer un cheval ! Et regarde ce qu'il fait beau !

L'éclat du parc lui fait mal aux yeux. Mais, en effet, le temps est radieux. Peut-être quelques pas au grand air et dans le froid lui feraient-ils du bien.


IL y a peu de restaurants ouverts le dimanche matin, alors ils prennent leur petit déjeuner dans un *variété** comme on en trouve encore dans le quartier, encore qu'ils disparaissent devant l'invasion des grands établissements à bas prix. Ces endroits vendent fins de série et babioles, bonbons, bagels, ours en peluche, pommade pour les lèvres, *ginger ale*, puzzles,

---

* Ce que l'on appelait un drugstore en France.

aspirine, journaux, cigarettes, préservatifs, cerfs-volants, tout ce dont on peut avoir besoin à l'improviste. Dans les vitrines s'entassent des articles poussiéreux et tachés par les mouches, qui ne se vendent jamais et dont on ne refait jamais l'étalage. Dans ce fouillis se côtoient des bonnets de laine et des flacons de crème solaire, les uns ou les autres toujours hors saison, sauf au printemps où ils le sont tous.

Le patron prend une pile de journaux et la pose sur le sol afin de leur faire une place sur le petit comptoir de marbre fendillé. Dans le quartier, il a la réputation d'être un "type" et il veille à la conserver. Bien que l'on ne trouve guère chez lui, l'hiver, que du café noir éventé et de la limonade, l'été, il lui arrive de pouvoir servir un sandwich ou un petit déjeuner s'il lui reste du fromage ou des œufs dans le réfrigérateur de son logement dans l'arrière-boutique. Ils commandent des œufs, des toasts et du café que le patron prépare sur un réchaud tout en chantant et en entretenant la conversation en anglais, d'une voix forte, du fond de son réduit.

— Alors, qu'est-ce que vous dites de ce soleil, lieutenant? Eh bien, j'vous parie un million que ça durera pas. S'il neige pas ce soir, alors demain sera comme hier, des nuages merdeux et pas de soleil. (Il passe la tête à travers le rideau.) Excusez-moi, madame. (Il disparaît et appelle.) Dites, vous les voulez *sunny side up*\*? *Keep your sunny side up, up…* Hé, vous vous la rappelez, celle-là, lieutenant? Allons bon! J'ai cassé le jaune d'un de mes œufs. Vous ne les voudriez pas brouillés? Ce serait meilleur pour vous, d'ailleurs. Le blanc d'œuf n'est pas bon pour votre cœur. J'ai lu ça, je ne sais plus où.

> *My heart is a hobo*
> *Loves to go out berry picking*
> *Hates to hear alarm-clocks ticking*\*\*.

---

\* Sur le plat.
\*\* Mon cœur est un vagabond / Qui aime aller cueillir des cerises / Et déteste le tic-tac du réveille-matin.

"Vous n'avez sûrement pas oublié cet air-là, lieutenant. Bing Crosby. (Il revient, portant soigneusement deux assiettes qu'il pose sur le comptoir ébréché.) Et voilà ! Deux plats de brouillés. Bon appétit. Oui, Bing Crosby la chantait dans un de ses films. Je crois qu'il jouait le rôle d'un prêtre. Dites, vous vous rappelez Bobby Breen, lieutenant ?

*There's a rainbow on the river**...*

"Ça, c'était un film ! Il chantait assis sur une charrette de foin. Vous savez, c'est pas commode de chanter assis sur une charrette de foin. Oui, Bobby Breen et Shirley Temple. Je me demande ce qu'elle est devenue, Shirley Temple. Ils ne sont plus capables de faire des films comme ça, maintenant. Toute cette merde de violence. Excusez-moi, madame... Hé ! Vous n'avez pas de fourchettes ! Pas étonnant que vous ne mangiez pas. Tenez !... Jésus ! J'oublierais bien mes fesses si je ne les avais pas soudées au derrière. Oh ! Excusez-moi, madame... Voilà votre café. Tiens, vous avez lu ce matin dans le journal ce gars qui a été poignardé dans un passage, tout près de la Main ? Qu'est-ce que vous dites de ça ? Bientôt on pourra plus faire le tour du bloc sans se faire planter par un fils de putain quelconque. Excusez-moi, madame... Les choses ne sont plus ce qu'elles étaient. Pas vrai, lieutenant ? Et les prix alors !

*The moon belongs to everyone*
*The best things in life are free***...*

"N'en croyez pas un mot ! Qu'est-ce qu'on peut avoir pour rien aujourd'hui ? Un conseil ? Le cancer peut-être ? C'est miraculeux de ne pas être obligé de fermer boutique avec le prix des

---

\* Un arc-en-ciel brille sur le fleuve.
\*\* La lune appartient à tout le monde./Les meilleures choses de la vie sont pour rien...

choses. Tout le monde cherche à enfiler son prochain… Oh, madame, excusez-moi! Bon Dieu! Je suis vraiment désolé.

Ils marchent lentement dans le parc le long d'une allée de gravier; elle a passé la main sous son bras et elle demande:

— Qu'est-ce que ce mec racontait?

— Oh, rien. Il ne lui est pas venu à l'idée que tu ne parlais pas anglais.

L'air vif a chassé la migraine de LaPointe et le petit déjeuner lui a remis l'estomac en place. Le pâle soleil d'hiver réchauffe agréablement le dos de son pardessus, mais il sent nettement la température baisser de dix degrés chaque fois qu'il passe à l'ombre. La caresse du soleil, aveuglant mais immatériel, lui rappelle les matins d'hiver à la ferme de ses grands-parents; la terre était tellement pierreuse et pauvre qu'ils disaient que la seule chose qu'on pouvait récolter c'était des nids-de-poule qu'on pourrait fendre en quatre et vendre aux gros fermiers comme trous pour les piquets. Tous les LaPointe, tantes, cousins, beaux-parents venaient à la ferme pour Noël. Et il n'en manquait pas, des LaPointe, parce qu'ils étaient catholiques et en partie indiens et qu'on ne peut pas verrouiller la porte d'un tipi. Les enfants couchaient à trois ou quatre dans le même lit et parfois on en casait quelques plus petits au pied, en travers. Claude LaPointe et ses cousins se battaient, jouaient et se pinçaient sous les couvertures, et si l'un laissait fuser un cri de rire ou de douleur, les parents interrompaient leur partie de pinocle pour crier d'en bas que quelqu'un allait sûrement se faire claquer les fesses s'il ne s'arrêtait pas tout de suite pour dormir! Et tous les gosses se retenaient pour ne pas rire et ils explosaient soudain en même temps. L'un des cousins trouvait amusant de cracher en l'air par une brèche entre ses dents et de lâcher un pet quand les autres se cachaient sous les couvertures.

Le matin de Noël, on les laissait venir dans la salle de réception; elle sentait un peu le moisi, mais elle était propre comme un sou car elle restait fermée, sauf le dimanche ou pour les visites du curé ou encore lorsqu'il y avait une mort et que le défunt était couché dans une bière posée sur deux tréteaux tendus d'un grand drap de soie blanche emprunté à l'homme des pompes funèbres.

La salle était également ouverte pour Noël. Les gosses assis par terre pour découvrir leurs cadeaux. Le sapin de Noël qui perd ses aiguilles sur un drap. Un anémique soleil d'hiver qui passe par la fenêtre, ses rayons qui font danser une poussière d'or.

L'odeur de moisi dans la salle à manger… et le lourd et entêtant parfum des fleurs. Et Grand-papa. Grand-papa…

Chaque fois qu'une image ou un bruit de la Main réveille sa mémoire et le ramène à l'époque de son grand-père, il hésite avant de plonger dans ces souvenirs douloureux. De toute sa famille, c'est Grand-papa qu'il aimait le plus… celui qui lui était le plus nécessaire. Mais il n'avait pas pu lui donner le baiser d'adieu. Il n'avait même pas pu pleurer.

— … encore fâché?

— Comment? demande LaPointe, émergeant de sa rêverie.

Ils ont fait le tour du parc et ils sont près du portillon qui ouvre devant sa maison.

— T'es fâché? répète Marie-Louise. Tu dis plus rien.

— Non, dit-il en riant. Je ne suis pas fâché. Je pensais simplement.

— À quoi?

— À rien. À l'époque où j'étais gosse. À mon grand-père.

— À ton grand-père! *Tabarnouche!*

Quelle chose étrange! Il n'a jamais entendu personne d'autre que lui-même employer cette exclamation démodée depuis la mort de sa mère.

— Tu penses que je suis trop vieux pour avoir des grands-parents?

— Tout le monde a des grands-parents. Mais, mon Dieu, les tiens doivent être morts depuis un sacré bout de temps!

— Oui. Depuis des années. Tu sais, j'étais pas fâché contre toi, ce matin. J'étais malade.

— Toi?

— Oui.

— C'est drôle, dit-elle après avoir réfléchi.

— Si tu le dis.

— Dis, qu'est-ce que t'as envie de faire ? Allons quelque part faire n'importe quoi. OK ?

— J'ai vraiment envie d'aller nulle part.

— Ah ? Qu'est-ce que tu fais d'habitude le dimanche ?

— Quand je suis pas de service, je reste à la maison. Je lis. J'écoute la radio. Je me fais à dîner. C'est pas très excitant, hein ?

Elle hausse les épaules et marmonne une note descendante qui veut dire pas très, en effet. Soudain elle lui serre le bras.

— Je sais pourquoi tu veux retourner chez toi. La nuit dernière, t'en as pas eu assez, hein ?

Il fronce le sourcil. Il aimerait qu'elle ne parle pas comme une fille de bar. Il ne peut vraiment plus la ramener à la maison après cette réflexion ; ils laissent le parc et se promènent dans les rues entre l'avenue de l'Esplanade et la Main. Après tant de journées de temps de cochon, le soleil fait sortir les vieillards et les petits enfants, un peu comme par un jour d'été. L'hiver, on dirait que la population de la Main se rétrécit à ses extrémités : les vieux et les très jeunes restent chez eux. Mais l'été, on retrouve les bébés dans leur landau et ceux qui marchent serrés dans leur harnais dont la laisse est attachée à la rampe des perrons, pendant que les vieux, poitrine creuse et panama sur la tête, vont prudemment de porche en porche. Et sur la Main, les commerçants restent sur le pas de leur porte ou ils avancent parfois sur le trottoir et inspectent la rue d'un air pensif, se demandant où peuvent bien être passés leurs clients par une si belle journée. Si un passant s'arrête pour jeter un coup d'œil à une vitrine, le commerçant apparaît silencieusement à son côté et semble transporté d'admiration pour sa marchandise, puis il dérive vers sa porte, comme si, par magnétisme, il pouvait entraîner le client.

Le poids du bras de Marie-Louise posé sur le sien est agréable, et chaque fois qu'ils traversent une rue, il la presse contre lui, comme pour l'aider à marcher.

Ils arpentent lentement la Main, léchant les vitrines ; il échange parfois quelques mots avec des gens du quartier. Il a remarqué qu'elle plie automatiquement le genou pour déguiser son infirmité quand un homme plus jeune les croise et qu'elle n'en fait rien lorsqu'ils sont seuls.

Vers midi, ils déjeunent dans un petit café avant de retourner chez lui.


DEPUIS une heure, Marie-Louise tournicote dans l'appartement. Elle a pris un bain, lavé ses cheveux, rincé quelques dessous et elle a essayé les vêtements qu'elle a achetés la veille. Elle ne s'occupe pas des taches ménagères, les tasses à café sont restées sales, le lit défait. Elle a branché le poste sur une station de rock qui diffuse un flot incessant de bruit et de gémissements, chaque morceau est annoncé par un présentateur clairement enchanté d'entendre sa propre voix.

LaPointe trouve cette musique assommante, mais il éprouve du plaisir à voir Marie-Louise aller et venir. Il s'assied dans son fauteuil pour lire le volumineux journal du dimanche, mais il n'a pas un coup d'œil pour la page de bricolage qui lui paraît moins intéressante que d'habitude. Un peu plus tard, le journal lui glisse des mains, il s'est assoupi dans les rayons du soleil de l'après-midi.

Le bourdonnement de l'interphone le réveille en sursaut. Qui diable ? Il regarde par la fenêtre, mais il ne peut pas apercevoir le visiteur planté sous le porche. Les seules voitures garées, il les connaît, ce sont celles de ses voisins. L'interphone bourdonne de nouveau.

— Oui ? lance-t-il dans le vieux tuyau acoustique.

Il s'en sert si peu qu'il se demande toujours s'il fonctionne.

— Claude ? interroge la fine membrane.

— Moishe ?

— Oui, c'est moi.

LaPointe est embarrassé. Moishe ne lui a jamais rendu visite. Aucun des joueurs de pinocle n'est jamais venu chez lui. Comment va-t-il expliquer la présence de Marie-Louise ?

— Claude ?

— Oui, entrez. Montez. J'habite au premier.

LaPointe détourne la tête pour jeter un coup d'œil dans la pièce, puis il reprend le tuyau acoustique.

— Moishe ? Je vais descendre…

Trop tard ! Moishe est déjà dans l'escalier.

Marie-Louise arrive de l'autre pièce, elle porte la robe de chambre de Lucille.

— Qu'est-ce que c'est ?

— Rien, dit-il, d'un ton bougon. Rien qu'un ami.

— Tu veux que je reste dans la chambre ?

— Mais non.

Il l'aurait peut-être proposé si elle ne l'avait pas fait, mais en l'entendant il a compris que l'idée était puérile.

— Éteins le poste, veux-tu ?

On frappe à la porte et au même moment le poste hurle parce que Marie-Louise a tourné le bouton à l'envers.

— Excuse-moi !

— Ça ne fait rien.

Il ouvre la porte. Moishe reste sur le seuil, un sourire étonné sur les lèvres.

— Qu'est-ce qui se passe ? Vous avez fait tomber quelque chose ?

— Non, c'était la radio. Entrez.

— Merci, dit Moishe qui ôte son chapeau. Mademoiselle ?

Marie-Louise est près du poste, une serviette en turban sur ses cheveux frais lavés.

LaPointe fait les présentations en annonçant à Moishe qu'elle est, elle aussi, de Trois-Rivières, comme si ça expliquait tout.

Moishe lui serre la main avec un sourire accompagné d'une petite courbette européenne.

— Bon, dit LaPointe avec un entrain exagéré. Euh… venez vous asseoir, propose-t-il en indiquant le sofa. Voulez-vous une tasse de café ?

— Non, non, merci. Je ne reste qu'une minute. J'allais au magasin et j'ai eu envie de m'arrêter en passant. J'ai appelé avant, mais vous n'avez pas répondu.

— Nous étions allés nous promener.

— Ah! Comme je vous comprends. Quelle merveilleuse journée, n'est-ce pas, mademoiselle? C'est d'autant plus agréable après ce temps de cochon. C'est la fête après le deuil.

Elle hoche la tête sans comprendre.

— Pourquoi avez-vous appelé?

LaPointe se rend compte que cette remarque n'est guère aimable. Il est maladroit à cause de Marie-Louise.

— Ah! Oui. C'est à propos de la partie de demain soir. Notre bon prêtre a appelé pour dire qu'il ne pourrait pas venir. Il a attrapé un rhume, une petite grippe peut-être. Et j'ai pensé que ça ne vous plairait peut-être pas de faire un coupe-gorge à trois.

Les rares fois où l'un d'eux ne peut pas tenir sa place, les autres jouent à trois, mais c'est loin d'être aussi amusant. C'est généralement LaPointe qui fait défaut, parce qu'il est retenu par une affaire ou mort de fatigue après des nuits de veille.

— Et David? demande LaPointe! Il a envie de jouer?

— Oh! Vous connaissez David. Il est toujours prêt. Il déclare que, débarrassé du handicap de Martin, il va nous faire voir comment on joue réellement au pinocle!

— Parfait, jouons donc. Nous lui donnerons une leçon.

— Bien, dit Moishe en s'adressant à Marie-Louise. Cette conversation à propos de pinocle doit vous ennuyer, mademoiselle.

Elle lève les épaules. En fait, elle n'écoutait pas. Elle était trop occupée à se ronger un ongle cassé. C'est la première fois que LaPointe s'aperçoit qu'elle se ronge les ongles. Et qu'elle se peint les orteils en rouge vif. Il aurait préféré qu'elle reste dans la chambre, après tout.

— Vous vous rendez compte, Claude, que c'est la première fois que je viens chez vous?

— Oui, c'est vrai, répond-il précipitamment.

Il y a un court silence.

— Je ne suis pas surpris que Martin soit malade, reprend Moishe. Il m'avait paru un peu pâle l'autre soir.

— Je ne l'avais pas remarqué.

LaPointe cherche désespérément ce qu'il pourrait bien dire à son ami. Il n'y a vraiment aucune raison qu'il lui explique la présence de Marie-Louise. Ça ne le regarde pas. Pourtant...

— Vraiment, vous ne voulez pas un peu de café?

Moishe proteste, les mains croisées devant la poitrine.

— Non, non. Merci. Il faut que j'aille au magasin, dit-il en se levant. J'ai du travail en retard. David est plus habile à trouver des commandes que moi à les satisfaire. À demain soir donc, Claude. Ravi d'avoir fait votre connaissance, mademoiselle.

Il lui serre la main sur le seuil et commence à descendre l'escalier.

Avant que Moishe ait le temps d'arriver à la porte d'entrée, Marie-Louise dit:

— Drôle de gars.

— Pourquoi?

— Je sais pas. Il est poli et gentil. Sa petite courbette. Et il m'appelle mademoiselle. Et il a un drôle d'accent. C'est un de tes amis?

LaPointe regarde par la fenêtre Moishe qui descend le perron.

— Oui, c'est un ami.

— Dommage qu'il soit obligé de travailler le dimanche.

— Il est juif. Le dimanche n'est pas son jour de sabbat. Il ne travaille jamais le samedi.

Marie-Louise s'approche de la fenêtre et regarde Moishe qui descend la rue.

— Il est juif? Jésus, il avait l'air si gentil.

— Qu'est-ce que tu entends par là? demande LaPointe en riant.

— Je sais pas. D'après ce que les sœurs nous disaient à propos des juifs... Tu sais, je crois que j'en avais encore jamais vu un de si près. À moins que certains gars...

Elle hausse les épaules et retourne près du radiateur où elle s'agenouille et passe ses doigts dans ses cheveux pour les sécher. Le côté de sa tête proche du foyer sèche plus vite et retrouve son aspect frisé.

— On va quelque part ? dit-elle en continuant de se passer les doigts dans les cheveux.

— Tu t'ennuies ?

— Oui. Pas toi ?

— Non.

— Tu devrais acheter une télé.

— J'en ai pas envie.

— Écoute, je crois que je vais sortir, si tu restes ici.

Elle tourne la tête pour sécher l'autre côté.

— Tu veux baiser avant que je m'en aille ? demande-t-elle sans cesser de peigner ses cheveux avec ses doigts.

Elle ne remarque pas qu'il est resté silencieux plusieurs secondes avant de dire énergiquement :

— Non.

— OK. Je te comprends. T'as fait un gros effort hier soir. Tu sais, j'ai trouvé ça très bon, vraiment. J'étais…

Elle s'interrompt.

— T'as été surprise ?

— Non. C'est pas ça. Y a des vieux qui sont vraiment très bons. En général, ils ne jouissent pas trop vite, tu vois ce que je veux dire ?

— Seigneur !

Elle lève les yeux vers lui, surprise et ahurie.

— Mais qu'est-ce qui va pas, bon Dieu ?

— Rien ! Parlons d'autre chose.

Mais elle lui lance un regard de colère.

— Tu sais, j'en ai vraiment par-dessus la tête de la manière dont tu te fâches quand je parle de… faire l'amour, dit-elle en se moquant de la formule. Tu sais ce qui te chagrine ? T'es furieux parce que c'est un autre qui a fait sauter ma cerise avant que tu puisses en avoir l'occasion ! Voilà ce qui t'embête !

Elle se dresse et s'en va en claudiquant furieusement vers la chambre où il l'entend qui s'habille.

Elle lui parle deux fois du fond de l'autre pièce. Une fois pour répéter qu'elle sait très bien ce qui l'embête et une fois pour ronchonner après les types qui n'ont même pas une bon Dieu de TV dans leur piaule…

Il ne répond à aucune des deux remarques. Il reste à regarder le parc où le soleil pâlit déjà dans le ciel auquel les nuages rendent son voile laiteux.

Quand elle revient dans le salon, elle porte la longue robe de patchwork achetée la veille. En passant son nouveau manteau, elle demande froidement :

— Alors ? Tu viens avec moi ?

— Tu as ta clef ? demande-t-il sans tourner la tête.

— Quoi ?

— Il te faudra une clef pour rentrer. Tu l'as ?

— Oui ! Je l'ai ! lance-t-elle en claquant la porte.

Il la regarde de sa fenêtre, furieux intérieurement. Que lui arrive-t-il ? Que fait-il avec une gosse comme ça, d'ailleurs, comme un vieux coureur de jupons ? La seule chose intelligente à faire, c'est de lui trouver un emploi et de lui dire d'aller se faire pendre ailleurs.

Marie-Louise s'en va d'un pas raide, sans se donner la peine de plier le genou pour cacher son infirmité : elle sait qu'il la regarde partir, sans doute, et qu'il va s'apitoyer. Elle est fâchée de n'avoir pas obtenu ce qu'elle voulait, mais elle s'inquiète aussi d'avoir peut-être gâché une bonne affaire. C'est morne et ennuyeux cet appartement démodé, mais c'est un asile. Il lui donne de l'argent. Il n'est pas très exigeant. Faut pas gâcher une bonne chose tant qu'on n'a pas mieux. Elle se rappelle le jeune Grec qui jouait au *tripoteux* avec elle la veille sous la table. Le vieux l'a peut-être remarqué. C'est peut-être ça qui l'a mis de mauvaise humeur.

De toute façon, elle va le laisser mariner quelque temps, puis elle reviendra. Il sera trop content de la revoir. Ils ne trouvent pas souvent des jeunesses, ces vieux types.

Et si elle allait faire un tour au restaurant grec ? Il y a peut-être du monde.

De l'autre côté de la fenêtre, le soir tombe, bordant d'argent les nuages lourds. Le soleil de la matinée était une blague, après tout, une farce.

Le gaz siffle et il sommeille. Il songe au soleil mouillé du parc. Il lui a rappelé certaines matinées du dimanche dans la salle de la ferme de ses grands-parents. Un tourbillon de poussière d'or danse dans les rayons du soleil déclinant. L'odeur de moisi… le lourd et entêtant parfum des fleurs…

Grand-papa…

Une belle journée d'hiver, le soleil brille à travers les fenêtres de la salle de réception, et Grand-papa, si mince et immatériel dans la boîte. Il fallait que tous les enfants défilent devant le cercueil. Le parfum des fleurs, lourd et sucré. Claude LaPointe portait une chemise empruntée, trop petite ; le col l'étranglait. On avait recommandé à chacun des enfants de jeter un dernier regard sur le visage de Grand-papa mort. Les petits devaient se dresser sur la pointe des pieds pour regarder par-dessus les bords du cercueil, mais ils se gardaient bien de le toucher et ils luttaient pour rester en équilibre. Il était convenu de donner à Grand-papa le baiser d'adieu.

Claude ne voulait pas. Cela lui était impossible. Il avait peur. Mais les grandes personnes n'étaient pas d'humeur à discuter. Il y avait déjà des tensions, des disputes à propos de ce qui allait leur revenir du partage de la ferme, et tout le monde paraissait persuadé que l'oncle Untel s'octroyait plus que sa part. Et qui allait devoir s'occuper de Grand-maman ?

Grand-maman ne pleurait pas. Elle était assise sur une chaise de bois dans la cuisine et elle se balançait. Ses longs bras minces serrés autour de sa poitrine, elle se balançait en avant, en arrière, en avant…

Claude avait avoué à sa mère qu'il avait peur d'être malade s'il embrassait Grand-papa mort.

— Allons donc ! Qu'est-ce qui te prend ? Tu n'aimes donc pas ton Grand-papa ?

S'il l'aimait ? Plus que tout au monde. Claude rêvait souvent que Grand-papa venait le chercher à la ville pour le ramener à la ferme. Grand-papa ne sut jamais rien de ces rêveries : Claude n'était qu'un gosse parmi la foule des cousins qui s'alignaient pour lui dire : "Joyeux Noël, Grand-papa !"

— En voilà assez. Suffit, murmure sa mère d'une voix dure et fâchée. Va embrasser ton grand-père.

Le visage lisse et mat était presque blanc à l'endroit où le touchait un rayon de soleil d'hiver. Ses joues n'avaient jamais été aussi roses du temps qu'il était vivant. Et il sentait comme le maquillage de Mère. D'habitude, il sentait le tabac, le cuir et la sueur. Claude ferma les yeux très fort et se pencha. Il avança la bouche pour un baiser rapide. Il le manqua, mais il fit comme s'il avait embrassé son Grand-papa. Pour ne plus entendre les discussions à voix contenue des grandes personnes à propos des meubles, des portraits et de Grand-maman, il rejoignit dans la cuisine les autres gosses qui, tour à tour, arrivaient le visage tremblant et se frottaient les lèvres avec le dos de la main. Claude avait frotté ses lèvres, lui aussi, de façon que chacun soit persuadé qu'il avait vraiment embrassé Grand-papa, mais il sentait bien en cet instant qu'il trahissait son Grand-papa, qu'il n'avait jamais embrassé de son vivant parce qu'ils étaient tous deux trop réservés.

Le gros cousin, celui qui lâchait des pets sous les couvertures, fit à mi-voix une plaisanterie sur le maquillage et les cousines se mirent à glousser. Le visage livide, Claude quitta la fenêtre et frappa le cousin au menton. Bien que le cousin fût plus grand et plus âgé de deux bonnes années, il ne pesa pas lourd. Claude cognait de toute la force de sa rage, de sa terreur, de sa honte et de la perte qu'il venait d'éprouver.

Des grandes personnes arrachèrent à Claude le cousin ensanglanté et hurlant, puis, sérieusement houspillé, Claude fut expédié au premier pour attendre qu'on s'occupe de lui dès que le prêtre serait parti.

Il s'était assis sur le bord du lit, dans la chambre des grands-parents. Il n'y était jamais entré et elle lui paraissait étrangère et hostile, mais il était heureux d'être seul pour pouvoir pleurer sans être vu. Les pleurs ne venaient pas. Il attendit. Il ouvrait la bouche et haletait à petits coups, espérant faire jaillir les larmes dont il avait si terriblement besoin. Les larmes ne coulaient toujours pas. Il avait une sorte de boule brûlante et amère au creux de l'estomac, mais pas de larmes. D'autres pleuraient qui pourtant n'aimaient pas Grand-papa comme Claude l'aimait. Ils pouvaient se passer de Grand-papa vivant parce que, eux, ils avaient d'autres parents. Mais Claude...

Quand ils arrivèrent pour la punition, Claude était perdu dans un rêve : Grand-papa venait à Trois-Rivières et l'emmenait vivre à la ferme.

C'est comme ça qu'il surmonta son chagrin.


Il est minuit passé, LaPointe est couché depuis plus d'une heure, dormant d'un sommeil léger et intermittent, lorsqu'il entend la clef jouer dans la serrure. On referme doucement et Marie-Louise entre sur la pointe des pieds dans la chambre, mais elle heurte quelque chose. Elle réprime un éclat de rire. On l'entend bouger et le froissement des vêtements qu'elle retire. Elle se glisse près de lui et l'air froid pénètre avec elle. Il ne bouge pas et n'ouvre pas les yeux. Bientôt sa respiration se fait régulière et profonde. Ensommeillée, elle se presse contre la chaleur de son dos ; ses genoux sont froids contre ses jambes réchauffées par le lit. Il sent l'odeur de réglisse de l'ouzo dans son haleine et une odeur de sueur masculine sur son corps.

... il n'arrive pas à respirer...

... il s'éveille en sursaut. Son visage est mouillé.

Il n'y comprend rien. Pourquoi ses yeux sont-ils humides ?

Il se rendort, et le lendemain matin il ne se rappelle pas son rêve.

# 10

GUTTMANN a empilé les rapports en retard sur la petite table qui lui sert de bureau ; c'est tout juste s'il reste assez de place pour sa machine à écrire. Il a finalement réussi à mettre un peu d'ordre et à établir une sorte de classement dans le monceau de paperasses sous lequel LaPointe l'a enseveli. Il y a une pile pour les rapports de la semaine, une pour ceux de la semaine passée, une pour ceux de l'avant-dernière semaine, et ainsi de suite. Mais la pile la plus imposante est celle qu'il a secrètement baptisée le tas "c'est-quoi-ce-bordel !"

Le sifflement puissant des sableuses en action de l'autre côté de la rue fait vibrer les vitres du bureau et Guttmann lève les yeux. Son regard rencontre celui de LaPointe qui l'observe, les sourcils froncés. Guttmann sourit, fait machinalement un signe de tête et reprend son travail. Mais deux ou trois minutes plus tard, il sent les yeux du lieutenant fixés sur lui et il relève la tête.

— Mon lieutenant ?

— C'est tout ce que tu connais de cette chanson ?

— Quelle chanson, mon lieutenant ?

— Celle que tu n'arrêtes pas de chantonner ! Tu répètes sans arrêt le même refrain !

— Je ne m'en rendais pas compte.

— Eh bien, moi je m'en rends compte. Et je vais bientôt être bon à enfermer.

— Excusez-moi, mon lieutenant.

Le grognement de LaPointe laisse supposer que cette excuse ne suffit guère. Depuis son arrivée, ce matin, il émet des vibrations de mauvais augure ; il grommelle et gronde d'exaspération chaque fois qu'il se perd dans le travail de routine qui attend sur son bureau. Il se lève brusquement, repousse son siège de la jambe. Le dossier du fauteuil heurte le mur où, au fil des ans, il a creusé un sillon de plâtre blanc. Les pouces passés dans ses poches arrière, il regarde l'hôtel de ville, sa façade couverte d'une résille d'échafaudages. Ce matin, le crissement des sableuses lui met les nerfs à vif, comme un courant d'air froid sur une dent malade. Et ces éternels nuages de plomb !

La machine à écrire de Guttmann crépite mot après mot en courtes rafales qui trahissent l'homme qui sait taper depuis longtemps mais sans jamais avoir appris la technique. Il repense aux deux soirées et à la journée qu'il a passées avec la jeune femme qui habite la même maison que lui. Il a passé la soirée de samedi chez elle, pour l'aider à soigner son rhume de cerveau. Elle portait une épaisse robe de chambre de velours qui ne mettait pas en valeur sa silhouette et elle avait des crises d'éternuements qui la laissaient épuisée et pitoyable, la figure bouffie et les yeux pleins de larmes. Mais elle gardait son sens de l'humour et elle fit remarquer que c'était là une curieuse manière de passer leur première soirée. Les grogs chauds lui montèrent légèrement à la tête, ainsi qu'à lui d'ailleurs parce qu'il tenait absolument à trinquer chaque fois avec elle. En passant en revue ses livres et ses disques, il découvrit que leurs goûts étaient diamétralement opposés mais que leur échelle de valeurs était à peu près semblable.

Vers minuit, elle le mit dehors en lui expliquant qu'elle avait besoin d'une bonne nuit de sommeil pour se débarrasser de son rhume. Il répondit que quelques exercices légers lui feraient peut-être le plus grand bien. Elle se mit à rire et lui expliqua qu'elle ne voulait pas qu'il attrape son rhume. Ce à quoi il répliqua qu'il était prêt à en courir le risque. Mais elle dit non.

Le lendemain matin, il lui téléphonait de son lit. Son rhume était parti et elle se sentait assez d'attaque pour sortir.

Ils passèrent la journée à visiter des galeries de peinture et à s'amuser des atrocités de l'art moderne qu'on y exhibait. Il lui offrit un dîner nettement au-dessus de ses moyens et, plus tard, chez lui, ils parlèrent d'un tas de choses. Ils étaient rarement d'accord sur les détails, mais en général les mêmes sujets les amusaient ou leur paraissaient importants. Quand ils eurent fait l'amour, ils s'étendirent sur le même côté, elle se pelotonna contre lui, les fesses contre son ventre. Elle s'endormit, respirant doucement, pendant qu'il demeurait éveillé assez longtemps à savourer les douces ondes de tendresse qui jaillissaient de lui pour envelopper la jeune femme. Une fille remarquable. Non seulement pour l'humour de sa conversation et son talent au lit mais... remarquable, quoi !

LaPointe tourne le dos à la fenêtre et fixe Guttmann. Le jeune policier a senti le geste et lève les yeux avec son sourire habituel, qui s'efface quand il se rend compte qu'il chantonnait encore.

— Excusez-moi.

LaPointe accepte d'un coup de menton.

— Au fait, mon lieutenant, j'ai envoyé le nom d'Antonio Verdini et le surnom Tony Green au service de l'identité. Ils ne m'ont pas encore rappelé.

— Ils ne trouveront rien.

— Peut-être bien, mais j'ai pensé qu'il fallait les leur passer de toute manière.

LaPointe se rassied devant ses paperasses.

— Comme le recommande le manuel.

— Oui, mon lieutenant, répond Guttmann, qui en a déjà assez de l'humeur cafardeuse de LaPointe ce matin, comme le recommande le manuel.

Le manuel dit aussi que les rapports d'enquête doivent être transmis dans les quarante-huit heures et certains papiers, maintenant sur la petite table de Guttmann, ont des semaines de retard, la majeure partie est incomplète, sans parler d'une ou deux pages de notes presque indéchiffrables. Mais Guttmann décide de ne pas lever ce lièvre-là.

LaPointe se racle bruyamment la gorge et repousse une circulaire de service : feuille verte, feuille jaune, feuille bleue, saloperie de feuille rose…

— Je descends chez Bouvier pour prendre une tasse de café, si on me demande. Toi, tu gardes la boutique.

Il jette tout son travail inachevé dans le classeur "arrivée" de Guttmann.

— Merci, mon lieutenant.

Le téléphone sonne au moment où LaPointe passe la porte. Guttmann répond. Il espère en secret que c'est quelque chose qui va embêter le lieutenant. Il écoute un moment puis pose la main sur l'appareil.

— C'est le bureau de renseignements. Il y a un type en bas qui demande à vous voir. C'est au sujet de l'affaire Green.

— Quel est son nom ?

Guttmann retire sa main et transmet la question.

— C'est quelqu'un qui vous connaît. Un certain M. W. (Il cite le nom d'une des plus riches familles anglo de Montréal.) Serait-ce le M. W. ?

LaPointe acquiesce. Guttmann lève les sourcils avec une expression de surprise feinte et moqueuse.

— Je ne savais pas que vous aviez des relations avec des gens si haut placés, mon lieutenant…

— Oui, bon… Écoute-moi. Pendant que je suis chez Bouvier, tu vas recevoir M. W. Tu lui diras que tu es mon assistant et que j'ai en toi la confiance la plus totale. Il ne saura pas que c'est un mensonge.

— Mais, mon lieutenant.

— Tu es ici pour acquérir de l'expérience, non ? Il n'y a pas de meilleur moyen d'apprendre à nager que de sauter à l'eau.

LaPointe s'en va en refermant la porte derrière lui.

Guttmann s'éclaircit la gorge avant de dire au téléphone :

— Faites monter M. W., je vous prie.

— Une autre tasse, Claude ? demande le Dr Bouvier, en rattrapant un dossier qui glisse du sommet de son bureau surchargé.

Il l'approche de son verre de lunettes transparent pour en lire le titre, puis il le fourre sous la pile.

— Non merci, je ne crois pas que je pourrais en supporter une autre.

Bouvier rit selon leur rituel et remonte ses lunettes sur son nez camus. Elles retombent immédiatement parce que le ruban adhésif crasseux avec lequel elles sont réparées s'est encore défait. Il faudra bien qu'il les fasse arranger un de ces jours.

— Vous avez lu le rapport que j'ai transmis sur votre assassinat ? Nous avons examiné ses vêtements au labo et ça n'a rien donné, zéro piste.

— Je n'ai pas lu le rapport. Mais je ne suis pas surpris.

— Si vous n'êtes pas descendu pour parler de ce rapport, de quoi s'agit-il alors ? Seriez-vous venu pour enrichir vos connaissances ? Ou est-ce le temps qui vous déprime ? Un de mes jeunes assistants se plaignait justement du temps ce matin, il ronchonnait parce que la neige menace constamment sans tomber. Selon lui, il faudrait que le temps se soulage ou se décide à laisser le pot de chambre. Voilà une image menaçante pour le promeneur à la tête nue. J'ai mis ce garçon en garde contre le danger de toute personnification hasardeuse, mais je doute qu'il ait pris mon conseil au sérieux. Bon, eh bien, parlons donc. J'imagine que vous avez pris un coup de sang en voyant votre assassinat livré si vite à la presse. J'en suis navré aussi, mais la fuite ne vient pas de mon service. C'est quelqu'un à l'échelon du directeur qui a lâché l'information.

— Ces trous-du-cul !

— Appréciation perspicace, encore que du genre de la synecdoque anatomique. Mais, allons, ce n'est pas si grave. Juste quelques centimètres sur deux colonnes. Pas de photos. Pas de détails. Vous conservez encore l'avantage de la surprise en vous baladant avec votre affaire. Au fait, qu'est-ce que donne cette promenade ?

— Pas grand-chose. La victime se révèle avoir été une merde parfaite, le genre de type que n'importe qui tuerait volontiers.

— Je vois, vous avez des trous-du-cul comme patrons et une merde comme victime. Il y a là une certaine logique. J'ai appris que votre Joan avait transmis un nom et un surnom à l'Identité ce matin. Il s'agit de votre victime ?

Bouvier tend son visage vers LaPointe, un œil caché par le verre couleur tabac, l'autre énorme et déformé. Il se rengorge un peu pour souligner qu'il est au courant de tout.

— Oui, c'est la victime.

— Hmm. Un jeune Italien avec un nom d'emprunt anglo. Nulle trace de ses empreintes digitales à l'Identité. Un immigrant clandestin. Qu'est-ce que cela nous donne ? Un marin qui a déserté son bord ?

— J'en doute.

— C'est vrai. Les mains ne correspondent pas. Pas de cals. Aucune indication d'une profession ou d'un métier quelconque ?

— Non.

LaPointe lève la tête au moment où Bouvier écarquille les yeux. Ils ont la même idée. C'est Bouvier qui l'exprime.

— Pensez-vous qu'on était en train de blanchir votre gars ?

— Possible.

Il y a un ou deux petits truands dans le quartier italien de la Main qui gagnent leur vie en "blanchissant" des types pour les bandes criminelles du marché américain. Un jeune qui a eu des ennuis en Sicile ou en Calabre est débarqué discrètement au Canada, il passe généralement sur un bateau grec d'où on l'amène à Montréal où il se perd dans la population polyglotte de la Main. Il y apprend quelques mots d'anglais pendant que le blanchisseur s'assure que les autorités italiennes ne sont pas lancées sur ses traces. On fait ensuite passer ces types blanchis aux États-Unis, où ils sont reçus à bras ouverts comme hommes de main ou tueurs. Comme un revolver propre dont la police ne peut pas retrouver le numéro de série dans ses archives, ces types blanchis n'ont pas de casier judiciaire, pas d'amis ou de connaissances, pas d'empreintes digitales. Et s'ils deviennent encombrants ou s'ils représentent un risque pour leurs employeurs, il n'y aura personne pour venger ou même simplement discuter leur mort.

Il est bien possible que le beau garçon qui se faisait appeler Tony Green ait été en train de se faire blanchir lorsqu'il a trouvé la mort dans ce passage.

Le Dr Bouvier retire ses lunettes en tournant le dos afin que LaPointe ne puisse voir l'œil habituellement caché par le verre couleur tabac. Il arrange la monture brisée et remet ses lunettes en place en pinçant la chair de son nez pour qu'elles tiennent mieux.

— Très bien. Quels sont les blanchisseurs actuellement en activité dans votre paroisse ?

Le vieux Rovelli est mort depuis six mois. Il ne reste donc que Canducci, Alfredo Canducci, dit Candy Al.

— Chocolat, murmure LaPointe.

— Comment ?

— Chocolat, comme dans les bonbons, comme dans Candy* Al.

— J'imagine que cela a une signification ésotérique ?

— Le gosse avait un cousin qui s'était chargé de lui trouver une chambre. La concierge se rappelait vaguement que le nom du cousin avait un rapport avec la confiserie.

— Et vous en déduisez Candy Al Canducci. Intéressant. Et possible. Je vais vous dire… Je vais réfléchir un peu à cette affaire. Peut-être votre brave médecin généraliste des familles aura-t-il une de ses "petites idées ingénieuses". Ce n'est pas, d'ailleurs, que mon génie soit toujours apprécié de vous autres, hommes de la rue. Je me rappelle avoir offert un jour à votre collègue Gaspard une toute nouvelle possibilité alors qu'il était ravi d'avoir déjà trouvé la solution d'une affaire. Il a dit que mon aide lui était à peu près aussi précieuse qu'un pet dans une bathysphère. Voulez-vous un peu de café ?

— Non.

---

* Bonbon, sucrerie.

GUTTMANN a pris quelques dispositions pour recevoir M. Matthew Saint John W. Il a placé sa chaise près du bureau de LaPointe et s'est assis dans le fauteuil pivotant du lieutenant. Il se lève pour accueillir M. W., qui jette des regards quelque peu hésitants autour de lui.

— Le lieutenant LaPointe n'est pas là?

— Je suis désolé, monsieur. Il est très pris pour le moment. Je suis son assistant. Peut-être pourrais-je le remplacer?

M. W. ressemble fidèlement aux photos de lui dans la rubrique mondaine des journaux du dimanche : un visage allongé à l'ossature délicate et aux veines apparentes sous la peau, une abondante chevelure blanche rejetée sévèrement en arrière et qui révèle un front haut et des yeux pâles. Son complet bleu marine est merveilleusement coupé et il n'y a pas une tache sur le poli éclatant de ses longues chaussures noires et pointues.

— J'espérais voir le lieutenant LaPointe.

Sa voix est claire et légèrement nasale ; le ton est glacial. Il examine pensivement le jeune policier. Il hésite.

Désireux de ne pas le laisser partir comme ça, Guttmann indique de la main la chaise placée devant le bureau et dit d'un ton aussi dégagé que possible :

— J'ai l'impression, monsieur, que vous venez nous offrir votre concours au sujet de l'affaire Green.

M. W. fronce les sourcils, des rides creusent profondément son front pâle.

— L'affaire Green? interroge-t-il.

Guttmann se mord les lèvres. Il est content que LaPointe ne soit pas là. Le nom de la victime n'était pas cité dans le journal. La seule chose qui lui reste donc à faire est d'assumer.

— Oui, monsieur. Le jeune homme découvert dans la ruelle s'appelait Green.

M. W. examine un coin de la pièce, le regard lourd de pensées.

— Green, dit-il, comme pour un exercice de prononcia-tion (Il soupire en s'asseyant sur la chaise dure et tire sur le pli de son pantalon.) Voyez-vous, dit-il d'un ton détaché, je ne savais pas que son nom était Green. Green ?...

Aussitôt Guttmann regrette de n'avoir personne avec lui, un témoin ou un sténographe. Mais M. W. a deviné sa pensée.

— Ne vous inquiétez pas, jeune homme. Je répéterai tout ce que je vais vous dire. Ce qui peut m'arriver ne compte pas. Ce qui compte, c'est que tout soit fait aussi discrètement que possible. Ma famille... Je sais que je peux compter sur la discrétion du lieutenant LaPointe. Mais...

M. W. sourit poliment pour faire comprendre qu'il est tout à fait navré, mais qu'il n'a aucune raison de faire confiance à un jeune homme qu'il ne connaît pas.

— Je ne ferai rien sans l'avis du lieutenant.

— Bien. Bien.

M. W. semble disposé à laisser la conversation en rester là.

Un mince sourire aimable sur les lèvres, il regarde au-delà de Guttmann le ciel métallique et humide qui s'inscrit dans la fenêtre.

— Vous... euh, vous disiez que vous ignoriez qu'il s'appe-lait Green ? avance Guttmann, faisant tous ses efforts pour empêcher son excitation de paraître dans sa voix.

— Oui, je l'ignorais, répond M. W. en secouant légère-ment la tête. Ça peut vous paraître curieux, explique-t-il avec un petit rire pour se moquer de lui-même. En fait, ça paraît curieux... maintenant. Mais vous savez ce que c'est. Le moment des présentations, pendant lequel vous auriez dû échanger vos noms, ce moment passe sans que vous l'ayez fait, et ensuite il vous semblerait grotesque, impoli même, de demander son nom à la personne. Cela ne vous est-il jamais arrivé ?

— Pardon ? fait Guttmann surpris de trouver tout à coup la balle dans son camp. Oh ! Oui, je vois très bien ce que vous voulez dire.

M. W. inspecte minutieusement le visage de Guttmann.

— Oui. Vous avez l'air capable de comprendre.

— Ce Green, vous le connaissiez bien? lance Guttmann après s'être éclairci la voix.

— Assez bien. Assez bien. Il était… je veux dire, il est mort avant que… explique M. W. qui soupire, ferme les yeux et presse les doigts sur ses paupières. Les explications paraissent toujours si bizarres, si imparfaites. Voyez-vous, Green était au courant de la Conspiration blanche et du Cercle des Sept.

— Vous dites?

— Il vaut mieux que je reprenne depuis le début. Vous vous rappelez la comptine enfantine: "En me rendant à l'église Saint-Yves, j'ai rencontré l'homme aux sept femmes"? Évidemment, vous n'avez jamais réfléchi à la signification du chiffre sept… l'avertissement adressé au monde chrétien à propos du Cercle des Sept et de la Conspiration blanche des juifs. Peu de gens ont pris la peine d'étudier le vers, de démêler ses implications.

— C'est évident.

— Ce pauvre jeune M. Green en a découvert la signification par hasard. Et aujourd'hui il est mort. Poignardé dans une ruelle. Dites-moi, n'y avait-il pas une boulangerie près de l'endroit?

Guttmann regarde vers la porte, essayant de trouver une raison valable de s'éclipser.

— Hmm… oui, je crois. Il y a beaucoup de boulangeries dans ce quartier.

M. W. sourit et hoche la tête de manière significative.

— Je le savais. Tout ça est relié à la peste blanche.

— Relié à la peste blanche, c'est bien ça?

— Ah. Ainsi le lieutenant LaPointe vous en a parlé, n'est-ce pas? Oui, la peste blanche, c'est le nom qu'ils ont choisi pour empoisonner lentement les gentils avec des nourritures blanches: la farine, le pain, le sucre, la bouillie de blé…

— La bouillie de blé?

— Ça vous étonne, n'est-ce pas? C'est bien normal. Il fut un temps où nous voulions croire contre toute espérance que

Cream of Wheat, la société qui commercialise cette bouillie, n'en faisait pas partie. Mais nous avons eu certaines preuves entre les mains. Je ne veux pas vous en dire plus que ce que vous devez savoir. À quoi servirait de vous faire courir un danger inutile ?

Guttmann se renverse dans le fauteuil, croise les mains derrière sa tête. Ses yeux se ferment comme sous l'empire de la fatigue.

M. W. jette un coup d'œil furtif vers la porte pour s'assurer que personne n'écoute, puis il se penche vers Guttmann et lui adresse un flot de paroles confidentielles.

— Voyez-vous, le Cercle des Sept est dirigé d'Ottawa par le lobby sioniste qui y est installé. J'ai commencé à rassembler contre eux des preuves il y a sept ans – remarquez en passant la signification de ce chiffre –, mais ce n'est que tout récemment que l'étendue du complot a pris…

GUTTMANN conduit LaPointe en silence dans son coupé sport jaune le long du boulevard. Il est 11 heures et la rue est encombrée de camions livrant produits frais et marchandises, et de piétons qui descendent des trottoirs pour contourner des barricades de caisses et de cartons. Il faut rouler doucement et s'arrêter souvent. De temps en temps, Guttmann regarde le lieutenant du coin de l'œil et il est certain de discerner des rides amusées sur son visage. Mais il préférerait se faire couper la tête plutôt que de parler le premier. C'est donc finalement LaPointe qui demande :

— Tu as recueilli des aveux de M. W. ?

— Oui, à peu de chose près, mon lieutenant.

— Tu as obtenu des révélations sur la bouillie de blé ?

— Pardon, mon lieutenant ? À propos de quoi pourrait-il parler de bouillie de céréales ?

— Ma foi, d'habitude… commence LaPointe, puis il hoche la tête et se met à rire. Tu as failli m'avoir, fiston. Bien sûr que tu sais tout sur la bouillie de blé maintenant.

LaPointe se remet à rire.

— Vous auriez pu me prévenir, mon lieutenant.

— Personne ne m'a prévenu, moi, la première fois. J'étais tellement sûr d'avoir obtenu des aveux complets.

Guttmann se représente LaPointe captivé, penché en avant pour ne pas manquer un mot, comme lui, tout à l'heure. Il est bien obligé de rire à son tour.

— J'imagine que ce M. W. est à peu près inoffensif.

— Attention au gosse !

— Bon Dieu, je l'avais vu, mon lieutenant !

— Excuse-moi. Oui, il est assez inoffensif, à mon avis. Il a eu une histoire embarrassante il y a quelques années. Ton M. W. s'est fait pincer avec un jeune homme dans des toilettes publiques. Le gosse était juif. Par égard pour la famille W., la chose a été étouffée et on les a relâchés avant l'aube. Mais la peur du scandale a un peu détraqué le pauvre vieux.

— Et depuis, il se présente chaque fois qu'il découvre un assassinat dans le journal ?

— Non, pas tous les assassinats. Seulement lorsque la victime est un jeune homme. Et seulement lorsqu'il a été poignardé.

— Bon Dieu, parlez-moi de psychologie de deuxième année !

— Eh, le camion recule !

— Je le vois très bien, mon lieutenant. Est-ce que vous êtes installé confortablement ?

— Pourquoi ça ?

— Eh bien, ça doit être difficile de conduire de votre place.

— C'est bon, allez ! Roule !

Guttmann attend que le camion laisse le champ libre, puis il reprend sa route.

— Oui, c'est vraiment de la psychologie de deuxième année. Le besoin d'avouer, la représentation des coups de poignard.

— Qu'est-ce que tu racontes ?

— Oh, rien, mon lieutenant.

Guttmann trouve étrange que LaPointe en sache tant sur les réactions et la nature des hommes et qu'il soit en même temps si peu cultivé. Il doute fort que le lieutenant soit capable de définir des concepts comme ceux du "ça" et de la "dissociation". Il connaît vraisemblablement le fonctionnement de ces forces et de ces dispositions psychiques sans pouvoir leur donner un nom précis.

Ayant enfin dépassé les pires bouchons, ils avancent vers le nord de Saint-Laurent, franchissent la montée près du petit jardin désolé du square Vallières, coincé entre la Main et Saint-Dominique. C'est un pauvre petit triangle de terre charbonneuse, sans un brin d'herbe, où poussent six ou sept arbres rabougris. On y trouve trois bancs de bois délabrés, jadis peints en vert. Les vieux s'y assoient l'été pour jouer aux dames, et en automne, emmitouflés dans leur manteau, pour regarder dans le vide ou suivre distraitement de l'œil les passants. Pour une raison qu'il ne s'explique pas, LaPointe associe toujours ce petit jardin à sa retraite. Il se voit assis sur l'un de ces bancs pendant une heure ou deux – c'est toujours l'hiver, il y a toujours de la neige sur le sol et un soleil éclatant. Le grondement de la circulation roule, proche du banc qu'il a choisi, et l'odeur des diesels est toujours présente. Du sommet de cette côte, il ne quittera pas la Main de l'œil, même après avoir pris sa retraite.

Passé le parc et la rue Saint-Joseph, ils sont maintenant dans la Main italienne où le boulevard perd son caractère cosmopolite. À l'inverse de la Main d'en bas, qui est le véritable domaine de LaPointe, la Main italienne n'est pas perméable et perpétuellement changeante, avec des langages et des gens qui permutent lentement selon l'arrivée et l'assimilation des nouvelles vagues d'émigrants. D'aussi loin qu'on s'en souvienne, la Main d'en haut est italienne, et sa population ne s'en va pas se perdre dans la masse canadienne amorphe. La rue et les gens restent italiens.

Sur un signe de LaPointe, Guttmann se range le long d'un petit restaurant assez misérable qui a pour enseigne :

Ils descendent, traversent et prennent la rue Dante, passent devant un salon de coiffure désert à l'exception du patron qui trône dans un des fauteuils de cuir et lit le journal avec l'air détaché de l'homme persuadé qu'il ne risque pas d'être dérangé par un client. Dans la vitrine, des photos de jeunes gens insignifiants vantent des coiffures depuis longtemps passées de mode. L'un sourit au-dessous d'une chevelure en brosse, un autre exhibe les longues pattes brillantes d'une coupe que l'on appelait "banane". En réalité, et LaPointe le sait parfaitement, les seuls clients sont les parents du coiffeur et ils ne paient pas. L'endroit est un relais pour la loterie clandestine.

Au coin d'une rue étroite, LaPointe se dirige vers un petit bar situé entre la rue Dante et la rue Saint-Zotique. Guttmann songe tout à coup qu'il est assez approprié, dans ce district franco-italien, qu'un bar soit situé à mi-chemin entre Dante et Saint-Zotique. Il en fait part à LaPointe et lui demande s'il n'a jamais entrevu là une sorte de métaphore culturelle.

— Quoi ?

— Rien, mon lieutenant. Une idée, comme ça.

La salle de bar est surchauffée par un gros radiateur à mazout dont la flamme orange s'élève faiblement derrière le mica d'un voyant. La femme derrière le bar est plus que replète, des bracelets de plastique cliquettent sur ses bras volumineux, sa chevelure haut coiffée est d'un noir-bleu artificiel, elle est violemment maquillée et l'échancrure de son corsage pailleté révèle la déroute d'une poitrine molle, encagée dans l'armature du soutien-gorge. Elle achève un bâillement distingué avant de demander aux deux hommes ce qu'ils veulent boire.

LaPointe commande un verre de rouge et Guttmann, qui quitte son pardessus à cause de la chaleur excessive, prend la même chose, bien qu'il n'apprécie pas particulièrement le vin en dehors des repas.

Dans l'arrière-salle, au-delà d'un rideau criard, on entend le choc des billes de billard, un juron italien et le rire des autres joueurs.

— C'est qui votre ami, lieutenant ? demande la barmaid qui verse le vin et adresse à Guttmann un sourire carnassier.

— Est-ce que Candy Al est de l'autre côté ? demande LaPointe.

— Vous pensez bien qu'il ne peut pas être ailleurs à cette heure-ci !

— Allez lui dire que je veux le voir.

— Ce ne sera sûrement pas la meilleure nouvelle qu'il ait reçue cette semaine.

La barmaid frôle Guttmann pour aller jusqu'à l'arrière-salle ; elle marche les genoux légèrement pliés pour balancer ses vastes hanches de manière provocante.

— On dirait que tu as une touche, dit LaPointe en reposant son verre vide.

Il boit toujours son coup de rouge d'un coup, comme les travailleurs de sa ville natale.

— Quelle chance ! répond Guttmann. Vous croyez que je suis son premier amour ?

— L'un des premiers de la journée, en tout cas.

LaPointe connaît bien ce bar. Il sert deux sortes de clientèle. De vieux Italiens en casquette s'assoient souvent à deux aux tables couvertes de toile cirée pour bavarder tranquillement en dégustant leur rouge âpre à la langue. Quand ils commandent, ils tiennent la barmaid par la taille. C'est un geste machinal sans signification précise, et le droit de prendre la taille de la barmaid revient traditionnellement à celui qui offre à boire.

L'été, la porte qui donne sur l'arrière-cour reste ouverte et les vieux jouent aux boules sur une allée de macadam recouvert de sable. Toutes les vingt minutes ou presque, la fille leur apporte un plateau de verres de vin. Elle ramasse les sous-verre de liège et les empile au coin du bar pour faire le compte du vin qui a été bu. On joue la tournée aux boules. C'est un jeu extrêmement sérieux, que les vieux pratiquent avec une calme dignité et qui s'accompagne de commentaires, de critiques et d'éloges. Parfois, un ancien un peu éméché dérobe un ou deux sous-verre qu'il met dans sa poche, non pas pour ne pas payer ce qu'il a bu mais pour que la barmaid vienne reprendre son bien et qu'il puisse ainsi lui caresser la croupe.

Ce ne sont pas ces braves vieux qui se retrouvent dans la salle de billard avec son juke-box, mais les jeunes voyous du voisinage qui y passent leurs journées à jouer l'argent qu'ils ont pu emprunter et à mentir à la ronde sur leurs performances sexuelles et leurs batailles au couteau. Candy Al Canducci règne sur ces petits toquards plus ou moins dessalés qui admirent ses complets coûteux et ses femmes voyantes. Un jour, eux aussi…

À l'occasion, il leur prête de l'argent ou leur offre une tournée. En contrepartie, ils lui servent de larbins, ils font ses courses ou l'accompagnent, l'air méchant, lorsqu'il doit rendre visite en personne à l'un des bars "protégés" par l'un de ses patrons.

Tout cela n'est qu'une pâle imitation de l'organisation de la Famille du nord et de l'est de Montréal, mais ce fief n'en possède pas moins son ambiance de violence. Il y a parfois des contestations frontalières entre les différents secteurs. Le conflit durera une semaine ou deux, les membres isolés d'une bande se feront rosser par cinq ou six hommes d'une bande rivale, la figure et les testicules étant les cibles de choix pour les chaussures pointues. De temps en temps, il y a une bagarre nocturne dans un passage écarté, lutte silencieuse sauf pour les halètements et le grincement des souliers et une plainte gutturale lorsqu'un couteau pénètre.

LaPointe est toujours au courant de ce qui se passe, mais il ne s'en mêle pas tant que l'affaire se passe en famille. Les deux choses qu'il interdit sont l'assassinat et la drogue ; le premier parce que les journaux en parlent et que ça nuit à l'image de marque de son domaine ; la seconde, parce qu'il l'interdit, c'est tout. Quand il y a meurtre, il a une petite conversation avec les chefs et, finalement, un indicateur lui donne le tueur. C'est un accord tacite entre eux. De temps à autre, l'un des petits chefs se croit assez fort pour ne pas jouer le jeu avec LaPointe. Alors les choses commencent à se gâter pour lui. Ses "collaborateurs" se font soudain ramasser pour tous les menus délits possibles et imaginables ; la police descend en corps constitué dans tous ses relais de loterie clandestine ; des sachets de drogue apparaissent chaque fois que LaPointe perquisitionne dans un appartement. La coterie de jeunes voyous qui entouraient le chef récalcitrant se disperse petit à petit, et chacun des chefs sait fort bien qu'au premier signe de faiblesse, ses frères vont se retourner contre lui et dévorer son secteur. Même le plus entêté finit par avoir une conversation discrète avec LaPointe, ou par livrer le meurtrier qu'il abritait, ou par renoncer à sa petite tentative de trafic de drogue. Certes, il est toujours question d'un beau jour où LaPointe "se réveillera mort", mais ce n'est que pour sauver la face. En vérité, les chefs ne veulent pas sa mort. Le flic qui lui succéderait ne les laisserait peut-être pas s'arranger entre eux et ils ne pourraient peut-être pas le croire sur parole, comme ils le font sans hésitation avec LaPointe.

S'il existe, comme on le voit, des accords tacites, il ne s'agit pas de véritable protection. Il arrive qu'un des chefs fasse un faux pas. Dans ce cas-là, LaPointe l'enferme. Ils n'attendent pas autre chose ; LaPointe est comme la fatalité toujours présente, toujours en alerte. Les chefs sont tous catholiques et ce sentiment de châtiment immanent satisfait leur notion de justice. Les anciens sont curieusement fiers de leur flic et de son honnêteté indécrottable. LaPointe n'est pas à vendre. Vous pouvez arriver à vous entendre avec lui, mais vous ne pouvez pas l'acheter.

Pour sa part, LaPointe ne se fait pas d'illusion sur l'autorité qu'il exerce dans la Main italienne. Il n'a pas affaire ici à la Mafia. La Mafia, avec ses connexions américaines et ses fondations syndicales, opère au nord et à l'est de Montréal où on la rencontre parfois à l'occasion de sanglantes fusillades dans les bars au décor similicuir et nickel que ses membres infestent. Ce n'est pas tant la présence de LaPointe qui empêche l'organisation d'investir la Main que le caractère même du quartier. La Main est trop pauvre pour valoir les ennuis que le vieux policier leur donnerait.

Avec sa quarantaine d'années, Candy Al – Alfredo Canducci – est le plus jeune des petits chefs du secteur ; il est habillé comme un gangster de film de série B. Grande gueule, crâneur et grossier, il n'a pas la calme dignité des chefs plus anciens dont la plupart sont de bons pères de famille qui veillent sur leurs enfants, sur les sans-travail et sur les vieux de leur secteur. Ce sont tous des truands, bien sûr, mais Candy Al, lui, est en outre un minable.

Les bracelets de la barmaid cliquettent lorsqu'elle écarte le rideau pour revenir au bar.

— Il ne veut pas vous voir, lieutenant. Il dit qu'il est occupé, qu'il est en conférence.

Le silence règne dans la salle de billard depuis une ou deux minutes, mais l'expression "en conférence" provoque des rires étouffés.

La barmaid s'accote au comptoir, un poing sur la hanche. Elle fixe tranquillement Guttmann en s'amusant avec la petite croix qui lui pend au cou et qu'elle passe et repasse entre ses seins.

— En conférence, hein ? reprend LaPointe. Oui, je vois. Eh bien, donnez-moi donc au moins un autre rouge.

Un ricanement se fait entendre dans l'arrière-salle et le choc des billes recommence.

Pendant que la barmaid prend son temps pour verser le vin, LaPointe pose son pardessus sur le dossier d'une chaise. Sans attendre son verre, il écarte le rideau fleuri et entre dans la salle de billard. Guttmann respire à fond et le suit.

La lampe qui pend au-dessus du billard dessine un cône de lumière qui décapite la demi-douzaine de jeunes gars debout autour de la table. Ils reculent vers le mur à l'entrée de LaPointe. L'un d'eux met la main dans sa poche. Un couteau, sans doute, mais surtout un geste de défi. Un autre tapote ses cheveux et les arrange comme si on allait le photographier.

Guttmann cale sa grande carcasse dans l'embrasure de la porte en constatant qu'il n'y a pas d'autre issue. Il sent un filet de sueur couler sous son holster. Sept contre deux, voilà qui simplifie la manœuvre.

Candy Al Canducci continue de jouer comme s'il n'avait pas vu entrer les policiers. Le veston de son complet ajusté est ouvert et sa large cravate cachemire caresse le feutre vert du tapis pendant qu'il ajuste un coup avec une lenteur provocante. Son pantalon est tellement ajusté qu'on devine les lignes de ses sous-vêtements gainés.

LaPointe remarque qu'il a cessé d'examiner un coup assez difficile, mais qui lui aurait laissé une position favorable au coup suivant, pour viser une boule toute prête à tomber dans une poche. Candy Al ne veut pas gâcher sa petite mise en scène et ponctuer d'un coup raté la réplique qu'il prépare.

— Il faut qu'on parle, Canducci, dit LaPointe sans se soucier du cercle de jeunes types.

Candy Al essuie ses doigts pleins de craie avant de retrousser le pli de son pantalon et d'appuyer son genou sur le billard pour le coup suivant.

— Vous voulez parler, Canuck[*]? Eh bien, parlez. Moi, je joue au billard.

Il n'a pas levé les yeux, il continue d'examiner les boules.

— C'est dommage, dit LaPointe en hochant gravement la tête.

— Qu'est-ce qui est dommage?

— La manière dont tu te compliques la vie, Canducci. T'es en train de crâner devant cette bande de trous-du-cul minables. Avant peu, tu vas être forcé de dire un mot de trop. Et je serai obligé de te donner la fessée.

— Me donner la fessée? Oh, oh! Vous?

Il agite la main avec un air de dérision et jette un regard à sa bande comme pour dire: "Qu'est-ce qu'il ne faut pas entendre!" Il se positionne pour tirer.

---

[*] Terme d'argot pour "Canadien".

LaPointe saisit la boule visée et la fourre dans sa poche.

— On ne joue plus.

Pour la première fois, Canducci regarde LaPointe dans les yeux. Il n'aime pas le froid sourire qu'il y voit. Il fait lentement le tour du billard pour s'approcher du policier. On sent nettement la tension monter dans le cercle des jeunes truands et Guttmann les surveille pour choisir les deux premiers qu'il devra descendre pour les maîtriser. Le cœur de Canducci cogne sous sa chemise de soie jaune, autant de colère que de peur. LaPointe avait raison. S'il n'y avait pas eu ce public, il n'aurait jamais pris ce ton-là. Il n'a plus d'autre choix maintenant que d'aller jusqu'au bout.

Il s'arrête devant LaPointe, frappant la poignée de la queue de billard dans sa paume.

— Vous savez, Canuck, vous prenez vraiment de gros risques pour un vieux.

— Tu vas pouvoir apprendre quelque chose ici, fiston, lance LaPointe à Guttmann par-dessus son épaule. Ce Canducci et ses toquards sont des types dangereux.

Ses yeux ne quittent pas ceux de Candy Al et ils sont toujours plissés par un sourire.

— Je ne vous le fais pas dire, flicard.

— Oui, c'est vrai que vous êtes dangereux. Parce que vous êtes des lâches et que les lâches sont toujours dangereux quand ils sont en bande.

Canducci avance la tête vers LaPointe.

— Vous avez une grande gueule, on vous l'a déjà dit ?

LaPointe ferme les yeux et hoche tristement la tête.

— Canducci, Canducci… comment tu veux que je réponde à ça ?

Il lève ses paumes d'un geste fataliste.

Ce qui se passe ensuite est si rapide que Guttmann ne peut distinguer que des images floues et un bruit de piétinement. LaPointe lance soudain une de ses mains levées, attrape la face du malfrat et le pousse contre le mur en deux enjambées. Le crâne de Canducci cogne contre la fille nue d'une affiche.

La large main de LaPointe masque le visage, la paume contre la bouche et les doigts plantés dans les orbites.

— Pas un geste, aboie-t-il. Un seul mouvement et il perd les yeux!

Pour souligner son avertissement, il appuie un peu les doigts et Canducci lance un hurlement aigu terrifié, à demi étouffé par la paume de LaPointe. Le policier sent la salive qui coule de la bouche écrasée.

— Tout le monde assis par terre, ordonne LaPointe. Loin du mur! Asseyez-vous sur les mains, paumes vers le ciel! Je veux vous voir les jambes allongées devant vous! Et faites ce que je dis, ou ce merdeux se promènera demain avec une canne blanche!

Nouvelle pression sur les yeux, nouveau gémissement.

Les voyous se regardent. Personne ne veut être le premier à obéir. Alors, Guttmann a un geste qui surprend LaPointe. Il en attrape un par le bras et l'envoie contre le mur. Le dur s'assied aussitôt avec une célérité comique et les autres l'imitent.

— Assis tout droit! ordonne LaPointe. Et gardez les mains sous les fesses! Je veux entendre les phalanges craquer!

C'est un truc que lui a enseigné un vieux policier, mort aujourd'hui. Quand un homme est assis sur ses mains, non seulement tout geste soudain lui est interdit, mais il se sent aussitôt embarrassé, humilié, ce qui lui donne un sentiment de défaite et la passivité voulue. C'est une astuce particulièrement utile lorsque vous êtes désavantagé par le nombre.

Personne ne dit mot et, pendant une longue minute, LaPointe continue d'écraser la tête de Canducci contre le mur, les doigts couvrant la face et les yeux. Guttmann ne comprend pas ce que LaPointe attend. Il regarde le lieutenant qui a la tête inclinée sur la poitrine et dont le corps semble curieusement affaissé.

— Mon lieutenant? interroge-t-il, inquiet.

LaPointe prend deux profondes inspirations et déglutit. Le pire semble passé. Le vertige a disparu. Il se redresse, saisit Canducci par le large pan de sa large cravate de cachemire, l'arrache du mur et le propulse vers le rideau bariolé. Une autre poussée de l'épaule et Candy Al arrive en trébuchant dans le bar. LaPointe se tourne vers les six jeunes gars assis sur le plancher.

— Surveille-les, dit-il à Guttmann. Si l'un d'eux remue un cil, gifle-le à lui faire sauter les souliers des pieds.

LaPointe sait très exactement quelle menace opérera le mieux sur les petits crâneurs italiens.

Lorsqu'il écarte le rideau et entre à son tour dans le bar, il trouve Candy Al assis à une table et en train de se tamponner les yeux avec son mouchoir.

— Le chef de la police va en entendre parler, dit-il sans trop d'assurance. On est dans un pays libre ! Vous les flics, vous êtes pas partout les patrons !

LaPointe prend son verre de rouge et le boit lentement. Il ne le repose sur le bar que lorsque l'étourdissement et la constriction de sa poitrine ont totalement disparu. Quand son sang cesse de lui donner l'impression de pétiller dans ses veines, il s'adosse au bar et abaisse un regard sur Canducci, qui appuie prudemment le bord de son mouchoir sur le coin de son œil et examine la trace humide avec soin.

— Vous m'avez mis le doigt dans l'œil ! Je porte des verres de contact ! Connard de flic !

Seul maintenant, sans sa bande, il redevient le petit truand pleurnichard, qui tantôt joue le dur de cinéma, tantôt gémit piteusement.

— Et maintenant on va parler d'un de tes amis, dit LaPointe en s'asseyant en face de Canducci.

— J'ai pas d'amis.

— C'est encore plus vrai que tu ne le penses, petit merdeux. Son nom est Antonio Verdini, alias Tony Green.

— Jamais entendu parler de lui !

— Tu as retenu une chambre pour lui. La concierge m'en a donné la preuve.

— Eh bien, cette concierge a de la merde dans les yeux ! Je vous répète que je n'ai jamais vu ce… comment il s'appelle déjà ?

— Il s'appelait.

— Comment ?

— S'appelait. Pas "s'appelle". Il est mort. Poignardé dans un passage.

Le mouchoir est devant les yeux de Canducci, aussi LaPointe ne peut-il voir l'effet produit par la nouvelle. Après un moment de silence, l'Italien dit :

— Et alors, qu'est-ce que ça me fait à moi ?

— Vingt ans, peut-être. Le couteau est un outil très prisé chez vous. J'ai le commissaire sur le dos, il veut une arrestation. Avec ton casier, tu es le candidat idéal. Et je me fiche que tu sois ou non dans le coup, je serai comblé rien que de ne plus te voir sur le boulevard.

— Je n'ai pas tué ce fils de pute ! Je ne savais même pas qu'il était mort avant que vous me l'ayez dit. D'ailleurs, j'ai un alibi.

— Ah ? Pour quelle heure ?

— L'heure que vous voulez, flic ! Dites une heure, et j'ai un alibi tout prêt, dit-il en continuant de tamponner son œil. Je dois avoir quelque chose de pété dans l'œil. Vous me paierez ça. Comme on dit à la loterie : "Un jour ce sera ton tour*."

LaPointe étend le bras par-dessus la table et tapote la joue de Canducci par trois fois – la dernière tape solidement accentuée.

— C'est une menace ?

Candy Al secoue la tête furieusement.

— Qu'est-ce que c'est que ces manières de claquer tout le monde ? Vous n'avez jamais entendu parler des brutalités policières ?

— T'auras vingt ans pour rédiger ta plainte.

— Je vous répète, mon emploi du temps est couvert.

— Par eux ? dit LaPointe en pointant le menton vers la salle de billard.

— Oui. Par eux, exactement.

LaPointe écarte cette possibilité d'un souffle.

---

* Un des slogans célèbres de la loterie canadienne.

— Combien de temps penses-tu qu'un des morveux, assis par là, le cul sur ses mains, pourra résister si je l'interroge moi-même ?

Le regard de Canducci vacille, LaPointe a marqué un point.

— Je vous répète que j'ai pas tué ce type.

— Tu veux dire que tu l'as fait tuer ?

— Merde, je le connaissais même pas, ce Verdini !

— Mais tu te rappelles au moins son nom maintenant.

Un silence. Canducci considère sa situation.

— Je parle jamais aux flics. Je pense que vous avez rien dans les mains. Vous avez un témoin ? Des empreintes digitales ? Le couteau ? Si vous aviez la moindre prise sur moi, on serait pas assis ici. On serait là-bas, au quartier général. Vous n'avez rien !

Canducci lance ça très haut, pour être entendu de ses larbins. Il tient à ce qu'ils sachent comment il s'y prend avec les policiers.

Le raisonnement de Candy Al n'est que trop exact, il faut donc que LaPointe s'y prenne autrement. Il tourne sa chaise et regarde la rue derrière Canducci. Un moment, il semble complètement absorbé par le spectacle de deux gosses qui jouent dans la rue, sans manteau malgré le froid.

— J'ai entendu dire que tu fais des choses avec tes jeunes gars, dit-il d'un air détaché.

— Qu'est-ce que vous dites ? De quoi parlez-vous ?

— Je parle d'une rumeur qui prétend que tu gardes tes types par plaisir. Que tu les paies pour leur servir de fille, dit LaPointe en s'étirant. Tes complets voyants, ta soie, tu portes une gaine… pas étonnant qu'une rumeur comme ça se propage.

Le visage de Canducci s'empourpre sous l'outrage.

— Qui raconte ça ? Donnez-moi son nom ! Je lui plante mes doigts dans la gueule et je lui arrache la tête !

LaPointe lève la main.

— Du calme. Le bruit n'a pas encore commencé à circuler.

Canducci ne comprend plus.

— Alors, de quoi parlez-vous, merde ?

— Mais, avant demain soir, tout le quartier dira que tu te fais prendre comme une femme. J'ai qu'à laisser tomber un mot ici, lancer un clin d'œil ailleurs.

— C'est des conneries ! Personne vous croira ! J'ai une fille au bras tous les soirs.

— Une couverture bien pensée. Mais c'est jamais la même. Elles ne restent pas. Peut-être parce que tu peux pas les satisfaire.

— Bah, c'est moi qui m'en fatigue. Il me faut de la variété.

— C'est ce que tu dis. Les autres chefs sauteraient sur une histoire comme celle-là à pieds joints. Ils en crèveraient de rire. Alors comme ça, Candy Al est à voile et à vapeur ! Des voyous vont couvrir ta voiture de mots doux. Avant peu, tes gars te laisseront tomber : ils ne tiennent pas à ce qu'on dise qu'ils en sont. Tu resteras seul. Les gens chuchoteront à ton passage. Ils te siffleront comme une fille d'un trottoir à l'autre.

Chaque mot est calculé pour blesser l'Italien vaniteux.

Canducci réfléchit pendant une longue minute sans quitter des yeux LaPointe. Oui, une rumeur comme ça se répandrait comme la vérole au printemps. Elle plairait aux grosses têtes de la rue Marconi. Il crispe les mâchoires, les yeux baissés.

— Vous feriez une chose pareille ? Vous lanceriez un bruit comme ça sur un homme ?

— Comme ça, dit LaPointe avec un claquement de doigts.

Candy Al jette un regard vers la porte de la salle de billard et baisse la voix. Il parle vite, désireux d'en finir.

— Très bien. Ce Verdini ? Un ami m'avait demandé de lui trouver une chambre parce qu'il ne parlait pas bien anglais. Je lui ai trouvé une chambre. C'est tout. C'est tout ce que je sais. S'il s'est fait tuer, c'est pas de chance. Mais j'ai rien à voir avec ça.

— Comment s'appelait ce fameux ami ?

— Je me rappelle pas. J'ai des tas d'amis.

— Il y a une minute, tu me disais que t'en avais pas.

— Bah!

LaPointe laisse le silence planer sur Canducci.

— Écoutez. Je vous raconte pas des salades, lieutenant.

— Lieutenant? Où est passé le Canuck?

Canducci hausse les épaules, lève les mains et baisse la tête.

— Bah, j'étais furieux. On dit n'importe quoi quand on est en colère.

— Je vois. Je veux que tu dises devant moi le mot "macaroni".

— Oh! Arrêtez ça.

— Dis-le.

Canducci détourne la tête et regarde le mur.

— Macaroni, dit-il à voix basse.

— Bon. Et maintenant continue à me parler du gosse.

— Je vous ai dit tout ce que je savais!

Après un silence, LaPointe soupire et se lève.

— Comme tu voudras, Canducci. Mais dis-moi une chose. Tes gars là-bas? Lequel est la meilleure affaire?

— C'est pas drôle!

— C'est pas ce que penseront tes amis.

LaPointe cogne sur le bar pour appeler la barmaid, qui avait disparu en entendant ce qui se passait dans la salle de billard. Elle en a déjà assez vu pour savoir qu'il est malsain d'assister à une défaite de Candy Al. Elle arrive de l'arrière-boutique en tirant pour faire descendre sa jupe, qui est si étroite aux hanches qu'elle remonte continuellement.

— Combien je vous dois? lui demande LaPointe.

— Eh! Une minute, lance Canducci avec un geste de la main. Vous êtes si pressé que ça? Asseyez-vous une seconde.

La barmaid regarde l'un, puis l'autre, et elle retourne dans l'arrière-boutique.

— Je préfère ça, dit LaPointe en se rasseyant. Mais fini les salades. J'ai pas de temps à perdre. Je vais raconter à ta place le début de l'histoire. Ce Green a été introduit illégalement dans le pays. T'étais chargé de le blanchir. Tu lui as trouvé une chambre dans le bas de la Main, loin de ce secteur où les services de l'immigration auraient pu le retrouver si les autorités italiennes avaient lancé un avis de recherche. Tu lui as donné de l'argent de poche. C'est probablement toi qui t'es arrangé pour qu'il apprenne quelques mots d'anglais, parce que ça fait partie de l'opération de blanchissage. Et maintenant, à toi la parole.

Canducci regarde LaPointe un moment.

— Je nierais tout ce que vous venez de dire, vous le savez ?

— Mais oui, bien sûr. Mais imaginons que c'est vrai.

— OK. Donc, en supposant que ce soit vrai… Ce gosse était un de mes cousins éloignés. Du même village de Calabre. Il paraît qu'il était malin et dur. Mais il a eu des petits ennuis dans son pays. Alors, un jour il arrive ici et je promets de lui trouver un boulot quelconque. Pour lui rendre service.

LaPointe sourit en entendant cette version probablement arrangée de la réalité.

— OK. Je lui trouve donc une chambre et je lui fais apprendre un peu d'anglais. Mais je le vois pas très souvent. Ce serait pas malin, vous pigez ? Seulement ce petit connard est toujours à court d'argent. Je lui en donne pas mal, mais il lui en faut toujours plus. Il le dépense avec des souris. J'ai jamais vu un pareil chasseur de fesses. Je l'avertis qu'il est en train de se faire une réputation avec toutes les pouffiasses qu'il met dans son lit et que, en ce moment, les huiles n'ont pas besoin de types qui ont une réputation. Il cavale après tous les genres. Même les vieilles. C'est une sorte de maniaque, vous voyez ? La seule fois où je vais le voir, c'est pour lui dire qu'il doit pas attirer l'attention sur lui. Je lui dis d'y aller doucement avec les filles. Mais il m'écoute pas et me réclame de l'argent. Je vous parie neuf contre cinq que c'est une femme qui lui a mis ce couteau dans la peau.

— Continue.

— Continuer jusqu'où ? C'est tout. Je l'ai prévenu, mais il n'a rien voulu entendre. Et c'est vous qui venez de m'apprendre qu'il s'est fait saigner. Il aurait mieux fait de m'écouter.

— Tu n'as pas l'air tellement navré pour ton cousin.

— C'est pour moi que je devrais être navré ! J'ai perdu un tas de fric ! Et pour quoi, s'il vous plaît ?

— Disons que ce sont les risques du métier. OK, donne-moi quelques noms parmi ses femmes.

— Qui pourrait savoir leur nom ? Merde, il cavalait jour et nuit. Donnez un coup de filet sur la Main et vous en gagne-rez une demi-douzaine qu'il a baisées. Mais je peux vous dire une chose. Il aimait les trucs compliqués. Deux à la fois. Les vieilles. Les boiteuses. Les gosses. Vous voyez le genre.

— T'as dit qu'il prenait des leçons d'anglais ? Avec qui ?

— Aucune idée. Je lui ai donné une liste d'annonces dans les journaux. Je l'ai laissé choisir. Moins j'en sais sur ces gars et mieux je me porte.

— Qu'est-ce que tu pourrais me dire encore ?

— J'ai rien d'autre à dire. Et écoutez, dit Canducci en pointant un doigt boudiné sur LaPointe, il n'y a pas de témoins ici. Tout ce que j'ai pu dire, je le nierais devant un tribunal. Vu ?

LaPointe accepte d'un signe de tête sans quitter Candy Al du regard ; il pèse et évalue ce qu'il vient d'entendre.

— Ça s'est peut-être passé comme tu le dis. Il se peut aussi que le gosse soit devenu un risque pour toi en attirant l'attention et en te réclamant toujours de l'argent. T'as peut-être décidé de limiter tes pertes.

— Parole d'honneur !

LaPointe baisse les sourcils.

— Ma foi, si j'ai ta parole d'honneur, que puis-je deman-der de plus ? dit-il en se levant et en passant son pardessus. Si je pense que j'ai encore besoin de toi, je reviendrai. Et si t'essaies de quitter la ville, je considérerai ça comme un aveu.

Canducci tamponne encore une fois délicatement ses yeux, puis il replie son mouchoir mauve, le glisse et l'ajuste dans sa poche de poitrine.

— Merde, c'est vraiment une honte, vous trouvez pas ?

— Quoi donc ?

— Les ennuis que j'ai à cause de ce gosse. C'est ça de rendre service à un parent.

Après le départ de LaPointe et de Guttmann, Canducci réfléchit un moment: il se demande comment il va pouvoir présenter ça. Il tire plusieurs billets de son portefeuille. Il entre dans la salle de billard où ses hommes tout penauds se frottent les mains pour rétablir la circulation, il replace les billets dans son portefeuille d'un geste désinvolte.

— Désolé de cette histoire, les gars. C'est ma faute. J'étais un peu en retard dans mes paiements. Et ces petits flics n'aiment pas quand on est en retard pour les graisser. OK, mettons les boules en place.

Ils sont les seuls clients du café A-One. Après leur avoir servi le plat du jour, le vieux Chinois a regagné sa place près de la vitrine où, les yeux vides, il regarde les constructions de briques noircies par la suie.

— Alors? interroge LaPointe. Comment tu trouves ce plat?

Guttmann repousse son assiette en secouant la tête.

— Comment l'appelle-t-on?

— Je ne pense pas que ça ait un nom.

— Ça ne m'étonne pas.

Ce n'est pas sans une certaine fierté dans la voix que le lieutenant déclare:

— C'est ce qu'on peut manger de pire à Montréal, peut-être même dans le Canada tout entier. C'est pour ça qu'on peut toujours venir ici pour discuter. Il n'y a jamais personne pour vous déranger.

— Hmm!... fait Guttmann et il remarque que son grognement ressemble exactement à ceux du lieutenant.

Pendant qu'ils mangent, LaPointe lui rapporte ce qu'il a appris de Candy Al en même temps qu'il lui explique en quoi consiste l'opération appelée blanchissage.

— Et vous croyez que ce Canducci a pu tuer Green ou le faire tuer?

— C'est possible.

— À chaque indice, dit Guttmann en hochant la tête, nous tombons sur un nouveau suspect. C'est pire que d'en avoir aucun. Nous avons ce clochard, le Vet. Ensuite ce type, Arnaud, le petit ami de la concierge. Et maintenant, Canducci ou l'un de ses truands. Et on peut dire que ce pourrait être n'importe quelle femme de la Main, entre dix et quatre-vingt-dix ans. Et cette femme que vous êtes allé voir tout seul, la lesbienne qui tient un café. Est-elle valide ?

Est-elle valide ? Exactement l'espèce de jargon de l'âge de l'espèce que LaPointe déteste. Il répond tout de même.

— J'imagine. Elle avait une raison et une occasion. Et elle en est capable.

— Où en sommes-nous alors ? Il y a quatre possibilités.

— N'oublie pas ton bon M. W. Il s'en est fallu de peu que tu ne lui arraches un aveu.

Guttmann sent que sa nuque rougit.

— C'est pourtant vrai, mon lieutenant.

— Je plaisantais, dit LaPointe en riant. Je n'essayais pas de t'abaisser.

— Ah ? Vous en êtes bien sûr, mon lieutenant ?

— Oui et ton raisonnement est juste. Tu raisonnes comme un bon policier. Mais n'oublie pas que ce Green était une ordure. À peu près tous ceux qui l'ont rencontré avaient une bonne raison de souhaiter sa mort. Il n'est donc pas surprenant qu'on trouve un suspect à chaque pas. Mais, ce sera bientôt terminé.

— Terminé ? Comment cela ?

— Les indices commencent à se raréfier. La conversation avec Canducci ne nous a apporté ni un nom, ni une adresse.

— Les indices se raréfient peut-être parce que nous avons déjà rencontré l'assassin. Et que nous l'avons laissé passer.

— Je n'ai encore écarté personne. Et il est encore possible que Carotte nous fournisse un nom ou deux, ou peut-être un bar qu'il fréquentait.

— Carotte ?

— La lesbienne.

— Mais elle est elle-même parmi nos suspects.

— Raison de plus pour qu'elle nous aide… si elle est innocente, bien sûr. Mais je ne parierais pas un cent que nous allons conclure cette affaire. J'ai l'impression que, très bientôt, nous allons pousser la dernière porte et nous trouver devant un mur.

— Et ça ne vous fâche pas plus que ça ?

— Non, pas spécialement. Maintenant que nous savons quelle sorte de type était la victime.

— Je ne peux pas accepter ça, dit Guttmann en secouant la tête.

— Je sais bien. Mais moi j'ai d'autres choses à faire que la chasse aux ombres. J'ai tout le quartier à surveiller.

— Dites-moi, mon lieutenant. Si ce Green avait été un brave type, disons un gosse élevé dans la Main, vous ne feriez pas un petit effort ?

— Probablement. Mais une affaire comme celle-là est difficile à traiter. Quand on remonte les traces d'un type comme Green, on ne rencontre que des sales types. Presque tous sont coupables. La question qui se pose est : de quoi sont-ils coupables exactement ?

— Coupables tant qu'ils ne sont pas reconnus innocents ?

— La justice étant ce qu'elle est, ils seraient sans doute coupables, même dans ce cas.

— J'espère ne jamais raisonner comme ça.

— Reste quelques années dans le quartier et t'y arriveras. Au fait, tu t'es pas si mal débrouillé là-bas dans le bar de Canducci. On est entrés sans mandat, on a bousculé ces types et tu t'es conduit comme un vrai flic. Où sont passés tous ces beaux discours sur les droits du citoyen et le respect du règlement ?

Guttmann lève les mains et les laisse retomber sur la table. On ne peut pas discuter avec LaPointe. Il vous coince tout le temps. Mais Guttmann comprend que le lieutenant avance un bon argument. Quand il s'est trouvé dans cette situation tendue alors que les types résistaient à l'ordre de s'asseoir sur leurs mains, il s'est senti… compétent. Il est dangereux de rester trop longtemps avec LaPointe. Les choses deviennent moins claires ; le bien et le mal commencent à se mélanger sur les bords.

Quand il relève la tête, il aperçoit de petites rides autour des yeux du lieutenant.

— Qu'est-ce qu'il y a ?

— Je pensais à ton M. W.

— Je vous jure que je donnerais beaucoup pour que vous ne parliez plus de ça, mon lieutenant.

— Non, j'allais pas te tourmenter. Je viens de penser que, si jamais un jour M. W. tue quelqu'un, il n'a qu'à attendre que ça paraisse dans les journaux, puis venir nous voir et nous faire des aveux comportant un complot des juifs et de la bouillie. On le foutrait immédiatement dehors.

— Voilà qui est encourageant.

— Et, au fait, tu n'as pas dit l'autre soir que tu savais jouer au pinocle ?

— Mon lieutenant ?

— Tu ne m'as pas dit que tu jouais au pinocle avec ton grand-père ?

— Euh… Oui, mon lieutenant.

— Tu veux jouer ce soir ?

— Au pinocle ?

— C'est de ça qu'il est question, en effet.

— Attendez un peu. Je suis désolé, mais vous me prenez de court, mon lieutenant. Vous me demandez bien de jouer au pinocle avec vous ce soir ?

— Avec moi et deux de mes amis. Celui qui joue d'habitude avec nous est malade. Et un coupe-gorge à trois n'est pas drôle.

Guttmann comprend que c'est le signe qu'il est adopté. Il ne se rappelle personne du quartier général qui se soit jamais vanté d'être sorti avec LaPointe en dehors du service. Et il est justement libre ce soir. La fille, sa voisine, suit des cours le lundi soir et ne revient pas avant 11 heures.

— Oui, mon lieutenant. Je jouerais volontiers. Mais il y a pas mal de temps que… vous comprenez?

— T'en fais pas pour ça. Nous sommes trois vieux jetons. Mais au cas où tu serais vraiment rouillé, je vais m'arranger pour que tu aies pour partenaire un type très aimable, patient et compréhensif. Il s'appelle David Mogolevski.

## 11

LA soirée de pinocle s'est bien passée… pour David en tout cas.

Comme toujours, il a mené la partie et comme toujours il a surestimé ses mains, mais la chance a permis à Guttmann de le tirer d'affaire plus souvent qu'à son tour et les deux partenaires ont remporté une victoire écrasante.

Après une main particulièrement favorable, David a tout à coup demandé au jeune homme :

— Dites-moi, vous est-il jamais venu à l'idée de vous faire prêtre ?

Guttmann a reconnu que l'idée n'avait pratiquement jamais effleuré sa pensée.

— Tant mieux. Ça risquerait de gâcher votre jeu.

Une fois, alors que la chance elle-même n'avait pas suffi à le sauver d'une surenchère exorbitante, David a administré à Guttmann une de ses tirades vengeresses en soulignant qu'il était extrêmement difficile, même pour un *maven*[*] comme lui-même, de supporter un partenaire incapable de faire un pas tout seul. Mais à l'inverse du père Martin, Guttmann n'a pas consenti à se laisser martyriser ni à accepter la conception toute personnelle que David se fait du fair-play. Il a répondu sarcasme pour sarcasme et terminé en précisant que le lieutenant ne l'avait pas trompé en lui présentant David comme un partenaire très aimable, patient et compréhensif.

Mais David a le cuir trop dur pour se soucier de telles ripostes. Il fait une moue, hoche la tête et prend la remarque pour une description assez exacte de son caractère…

---

[*] Un champion, un as, un expert.

Quant à Moishe, il lui a fallu quelque temps pour se faire à la présence du nouveau venu dans la partie, malgré l'intérêt sincère que Guttmann a montré pour l'ouvrage que Moishe tisse en ce moment sur son métier. En fait, il espérait avoir l'occasion d'un débat philosophique avec Martin.

Pourtant, afin que la soirée ne soit pas totalement perdue, il a fini par se lancer et prendre Guttmann à part pendant la pause sandwiches vin rouge.

— Vous êtes allé à l'université, n'est-ce pas? Quelle discipline aviez-vous choisie?

LaPointe se rend compte qu'il ne lui a jamais posé la question. Cela ne l'intéressait pas vraiment.

— Ma foi, rien de spécial pendant les deux premières années, j'ai changé deux ou trois fois. Je m'intéressais davantage à la qualité des professeurs qu'aux matières.

— Ce qui me paraît fort judicieux, dit Moishe.

— Finalement, je me suis décidé et j'ai suivi les cours de criminologie et de pénologie.

— Et quel genre d'études fait-on dans ces deux matières?

David intervient:

— Mais on y apprend comment voler, voyons! Le vol pour le plaisir et pour le profit! Le vol et la question polonaise.

— Pourquoi ne la fermes-tu pas une minute? lui propose Moishe. Ta langue aurait besoin de vacances.

David prend un air d'innocence outragée et bat en retraite en adressant un clin d'œil à LaPointe. Il a passé la soirée à harceler Moishe, l'asticotant sans cesse, se moquant de sa manière de jouer alors qu'il savait parfaitement que les cartes que son ami avait en main ne valaient rien. Mais il est tout de même surpris que son associé toujours tellement patient lui réponde aussi sèchement.

— Alors? demande Moishe à Guttmann. Qu'avez-vous étudié?

Guttmann fait un geste pour minimiser l'importance de ses études, il est un peu gêné d'en parler en présence de LaPointe.

— Oh! Un peu de sociologie, de la psychologie, dans ses rapports avec le crime et les motivations criminelles... des choses comme ça.

— Pas de littérature ? De théologie ?

— De la littérature, certainement. Mais de la théologie, non. Pourriez-vous me passer la moutarde, s'il vous plaît ?

— Voilà. Voyez-vous, c'est curieux que vous ayez étudié les motivations criminelles et le reste. Tout dernièrement, je réfléchissais justement au crime et au péché... leur relation, leurs différences.

— Oh là là ! coupe David. Le voilà réparti ! Écoutez ! Pour le crime, il est bien d'y réfléchir. C'est le devoir du citoyen. Mais le péché ? Moishe, mon bon ami, des vieux comme nous ne devraient pas penser au péché. Il est trop tard.

Guttmann éclate de rire.

— Non, je crois bien que je ne pense jamais à ces choses-là, monsieur Rappaport.

— Vraiment ? demande tristement Moishe pendant que son espoir d'une solide discussion disparaît. C'est curieux. Dans ma jeunesse, la réflexion était un passe-temps assez répandu.

— Tout change, dit David.

— Peut-être, mais est-ce un bien ? demande Moishe.

Guttmann regarde sa montre.

— Oh, excusez-moi, mais il faut que je vous quitte. J'ai un rendez-vous et je suis déjà en retard.

— Un rendez-vous galant ? demande David. Il est plus de 11 heures. Qu'allez-vous bien pouvoir faire si tard ?

— Nous trouverons bien quelque chose.

Le jeune homme n'a pas terminé sa réplique à double sens qu'il estime s'être montré déloyal à l'égard de son amie.

— Je vous accompagne jusqu'à votre voiture, dit Moishe en se levant.

— Non, ne vous dérangez pas, je vous en prie, monsieur.

— Vous êtes déjà en retard pour votre rendez-vous. Et vous ne connaissez pas bien les environs. Allez, ne discutez pas. Mettez votre manteau.

Ils ne sont pas encore en route que Moishe a déjà commencé.

— … quand on y réfléchit, les différences entre le péché et le crime sont plus nombreuses que les similitudes. Prenez, par exemple, la question de la culpabilité…

Lorsque la porte s'est refermée derrière eux, David regarde LaPointe et hoche la tête.

— Ah ! Ce Moishe ! Le péché, le crime, l'amour, le devoir, la loi, le bien, le mal, il s'intéresse à des questions tellement vastes qu'elles perdent finalement leur importance. Un savant. Mais pour ce qui est des choses pratiques… (Il pousse un soupir.) Au fait, je me rappelle que je voulais vous parler de quelque chose, Claude. C'est une question juridique.

— Je ne suis pas avocat.

— Je sais, je sais. Mais vous avez des connaissances de la loi. Cela va sûrement vous surprendre, mais je ne suis pas immortel, voyez-vous, je peux mourir. À mon âge, il est temps de penser à ces choses-là. Alors, expliquez-moi. Que dois-je faire pour veiller à ce que notre affaire revienne à Moishe si, *cholileh*, je meurs avant lui ?

— Je n'en sais rien, dit LaPointe, avec un haussement d'épaules. Ce n'est pas prévu dans votre acte d'association ?

— Eh bien… c'est justement là le problème. En fait, Moishe et moi, nous ne sommes pas associés. Au sens juridique du terme, bien entendu. Et j'ai un neveu. Et ça me ferait mal de le voir arriver et enlever l'affaire à Moishe. Or, il en est fort capable, croyez-moi. Ce dont il n'est pas capable, c'est de gagner son pain. Mais chaparder quelque chose à quelqu'un ? Ça, il en est tout à fait capable.

— Je ne comprends pas. Vous dites que Moishe et vous n'êtes pas associés ? Je croyais que c'était lui qui avait commencé l'affaire et qu'il vous avait pris comme associé par la suite.

— C'est vrai. Mais vous connaissez Moishe. Ce n'est pas le côté pratique des affaires qui l'intéresse. Un homme merveilleux, mais, en affaires, un *luftmensch*. Alors depuis longtemps, il m'a vendu notre commerce pour ne plus avoir à s'occuper des impôts, des livres et du reste.

— Et vous avez peur que si vous mouriez…

— … *cholileh*…

— … il puisse être privé de l'affaire? Eh bien, David, je vous l'ai dit, je ne suis pas un homme de loi, mais il me semble que vous n'avez qu'à faire un testament.

— Voilà, c'est bien ce que je craignais, soupire David. J'espérais que ce ne serait pas nécessaire. Voyez-vous, je ne suis pas superstitieux, ne vous y trompez pas, mais à mon avis c'est tenter le diable que de faire son testament quand on est encore vivant. C'est un peu comme si on disait à Dieu: "OK, je suis prêt, quand il vous plaira." Et personnellement, parlant en mon nom propre, je ne suis pas prêt. Si un camion me passe dessus… OK, je n'y peux rien. Mais je ne vais pas me planter au milieu de la rue et crier: "Ohé, les routiers! Par ici. Je suis prêt!"


Au moment où LaPointe sort dans la rue balayée par le vent et où il relève le col de son pardessus, Moishe revient d'accompagner Guttmann à sa voiture. Moishe lui emboîte le pas et ils s'en vont côte à côte, comme ils le font généralement après les parties de pinocle.

— C'est un gentil garçon, vous savez, Claude.

— C'est un type correct, oui. De quoi avez-vous parlé?

— De vous.

LaPointe se met à rire.

— De moi considéré comme crime? Ou de moi considéré comme péché?

— Ni l'un ni l'autre, justement. Nous avons parlé de ses études, examiné à quel point ce qu'il a appris correspond réellement à la vie.

— Qu'est-ce que je viens faire dans tout ça?

— Vous êtes l'exemple frappant de ce que les choses qu'il a apprises ne correspondent pas au monde réel. Ce que vous faites, ce en quoi vous croyez est exactement à l'opposé de ce qu'il voudrait faire dans la vie et de ce en quoi il croit. Et pourtant, c'est très curieux, il vous admire.

— Hmm! Je ne croyais pas qu'il m'aimait autant que ça.

— Je n'ai pas dit qu'il vous aime. Il vous admire. Il pense que vous êtes le meilleur dans votre genre.

— Mais il se passerait volontiers de ce genre-là.

— C'est à peu près ça.

Ils sont arrivés à l'endroit où ils se quittent généralement après une poignée de main. Mais ce soir, Moishe demande :

— Êtes-vous pressé de rentrer chez vous, Claude ?

LaPointe devine que Moishe a encore envie de parler : la courte promenade avec Guttmann n'a pas pu remplacer ses habituelles discussions avec le père Martin. LaPointe lui-même n'a pas tellement envie de rentrer tout de suite. Il sait depuis ce matin ce qui l'attend chez lui.

— Si on prenait une tasse de thé ? propose Moishe.

— Volontiers.

Ils traversent la rue pour entrer dans un café russe où l'on sert le thé dans des verres à monture de métal. Leur table est près de la vitrine, et ils regardent passer les piétons attardés en gardant le silence de vieux amis qui n'ont plus besoin de se parler pour s'épater l'un l'autre ou pour expliquer leur personnalité.

— Voyez-vous, dit Moishe distraitement, j'ai bien peur de l'avoir effarouché, votre jeune collègue. Avec une fille qui l'attendait, la dernière chose au monde qu'il lui fallait, c'était une interminable conversation sur le péché et le crime. (Il sourit et hoche la tête.) Être un raseur est déjà pénible. Mais savoir que vous rasez quelqu'un et n'en continuer pas moins, c'est encore pire.

— Hmm… hmm! Je me disais bien que vous aviez gardé quelques munitions en réserve.

Moishe jette à son ami un regard en coin.

— Qu'est-ce que ça veut dire, ces munitions de réserve ?

— Oh! C'est simple. Pendant toute la partie, vous n'arrêtiez pas de lancer des ouvertures, des ballons d'essai mais le père Martin n'était pas là pour sauter dessus. Voyez-vous, je crois que vous préparez ce que vous allez nous dire pendant la journée, pendant que vous coupez vos tissus. Et puis, au cours de la partie, vous lâchez négligemment ces pensées comme si elles vous venaient tout à coup. Et ce pauvre Martin est obligé, lui, avant de vous répondre, d'essayer de mettre de l'ordre dans ses idées et d'y voir un peu clair, alors que vous aviez soigneusement revu votre sujet.

— Coupable, Votre Honneur ! Et je suis moins gêné d'être coupable que d'avoir été démasqué, dit-il en riant. Dites-moi un peu quelle chance un criminel peut avoir avec vous !

— Oh ! Ils ne se débrouillent pas mal.

Moishe acquiesce.

— Se débrouiller. Le système D. La grande débrouille. Le principe essentiel de tous les gouvernements. Elle avait l'air d'une bonne fille.

— Comment ? demande LaPointe en fronçant les sourcils.

— La fille que j'ai vue hier chez vous. Elle avait l'air d'une brave petite.

— Pourquoi dites-vous ça ? dit LaPointe en fixant son ami. Vous savez fort bien qu'elle n'a pas l'air d'une bonne fille. Elle a l'air d'une fille des rues, ce qu'elle est très précisément.

— Oui, mais… (Moishe hausse les épaules, regarde dans la rue et reste un moment silencieux.) Oui, vous avez raison. Elle avait l'air d'une fille des rues, c'est vrai. Mais toutes les filles de son âge me paraissent de bonnes filles. Je n'ignore pas ce qu'il en est, mais… Ma sœur avait exactement son âge quand nous avons été enfermés dans un camp. Elle était très jolie, ma sœur. Très timide. Elle n'aurait jamais… elle n'a pas survécu au camp. (Il fixe la rue un moment.) Je ne suis pas certain d'avoir survécu moi-même. Pas entièrement. Vous comprenez ce que je veux dire ?

LaPointe ne peut pas comprendre ce qu'il veut dire. Il ne répond pas.

— Je suppose que c'est pour ça que j'imagine que toutes les filles de son âge sont de bonnes filles… sont vulnérables. C'est drôle… des filles de son âge ! Si elle avait survécu, ma sœur aurait une petite cinquantaine d'années. Je suis incapable d'imaginer à quoi elle ressemblerait. Je vieillis, mais elle, elle aura toujours vingt ans pour moi. Vous comprenez ce que je veux dire?

LaPointe comprend fort bien, en effet, ce qu'il veut dire. Il ne répond pas.

Moishe ferme les yeux et secoue la tête.

— *Ach*, je ne pense pas qu'il soit bon de me hasarder dans ces régions de ma mémoire. Il vaut mieux laisser les choses reposer en paix. Elles ont été suffisamment pleurées.

— Suffisamment pleurées? Curieuse façon de parler.

— Pourquoi curieuse, Claude? Vous pensez que la douleur est chose honteuse?

— Je ne pense jamais à ces problèmes-là.

— C'est étrange. Mais oui, la douleur est bonne. La meilleure preuve que Dieu ne se livre pas avec nous simplement à des jeux cruels c'est qu'Il nous a donné le don de souffrir et celui d'oublier. Quand on est blessé – je ne veux pas dire physiquement –, l'oubli cautérise et guérit, mais il reste la rancœur, la colère et l'amertume sous la cicatrice. Les pleurs permettent de curer la blessure pour qu'elle ne vous infecte pas. Vous comprenez ce que je veux dire?

LaPointe lève les bras.

— Non, Moishe. Je ne comprends pas. Pardonnez-moi, mais je ne suis pas le père Martin. Ce genre de conversation...

— Mais Claude, ce n'est pas de la philosophie. OK, peut-être dis-je les choses d'une manière trop recherchée, trop précieuse, mais ce dont je parle n'a rien d'abstrait. C'est la vie de chaque jour. C'est... évident.

— Pas pour moi. Je ne vois pas de quoi vous parlez quand vous dites que la douleur est bonne. Pour moi, ça ne veut rien dire.

LaPointe se rend compte que le ton de ses paroles n'est pas très amical, qu'il refuse cette conversation dont Moishe semble avoir besoin. Mais ces dissertations sur la douleur le mettent mal à l'aise.

Derrière les lunettes, les yeux de Moishe scrutent le visage de LaPointe.

— Je vois. Bon… permettez-moi au moins de vous offrir le thé. Comme ça, je regretterai moins de vous avoir ennuyé. Le regret! Voilà un trio que l'on confond souvent: la douleur, le remords, le regret! La douleur est un don des dieux; le remords est leur fouet et le regret… Le regret n'est rien. C'est ce qu'on écrit dans une lettre quand on ne pourra pas exécuter à temps une commande.

LaPointe regarde par la fenêtre. Il souhaite que le père Martin se rétablisse rapidement.

Ils se serrent la main sur le trottoir devant le café russe et LaPointe décide de faire encore un tour sur la Main avant de rentrer chez lui. Il faut bien qu'il mette au lit ses paroissiens.


Avant même d'allumer le plafonnier rouge et vert, la température de son appartement et l'odeur de l'air immobile lui apprennent qu'il est vide.

Certes, il savait qu'elle serait partie lorsqu'il rentrerait ce soir. Il le savait lorsqu'il était couché près d'elle, dans l'odeur de l'ouzo qu'elle avait bu. Il le savait en s'efforçant de se rendormir après ce rêve… quel rêve déjà? Il semble qu'il était question d'eau?

Il fait du café et en apporte une tasse jusqu'à son fauteuil. Les lampadaires du parc jettent une lueur jaune liquide sur les allées de gravier. Parfois, on jurerait que la neige n'arrivera jamais.

Dans la pièce, le silence est total, énervant. LaPointe se dit qu'il est aussi bien que Marie-Louise soit partie. Elle devenait un fardeau avec ses stupides petits rires brefs. Avec une moue de dérision envers lui-même, il prend un de ses Zola, sans choisir. Il ouvre le livre au hasard et se met à lire. Il les a tous lus et relus et peu importe désormais où il reprend. Bientôt, il regarde la page, ses yeux ne suivent plus les lignes.

Des images, certaines fanées, d'autres nettes, passent sur l'écran de sa mémoire dans un ordre qui leur est propre. Une bobine du passé se présente intacte et il tire sur le fil avec un soin tendre, dévoilant des gens, des instants si profondément tissés dans l'étoffe du passé qu'ils semblaient oubliés. L'essence de ce songe éveillé n'est ni la tristesse, ni le regret, c'est la curiosité. Quand il en a terminé avec un visage ou un événement, ils ne reprennent pas place dans sa mémoire. Il examine un fragment puis s'en débarrasse. Il se rappelle rarement deux fois la même chose. Il n'en a pas le temps.

Certaines images viennent de sa vie réelle. Trois-Rivières, les jeux dans la rue quand il était gosse, son grand-père, l'orphelinat Saint-Joseph, Lucille, le chat fauve avec sa queue tordue, sa patte levée.

D'autres souvenirs, non moins vivants, viennent du fantasme inlassablement perfectionné de sa vie avec Lucille et leurs deux filles dans la maison de Laval. Ces visions sont les plus riches de détails. Son établi dans le garage avec les clous pour accrocher les outils et les tracés de peinture noire pour indiquer leur place. La première communion des filles, tout en blanc avec les rosaires d'argent qui leur ont été offerts et la pose impatiente et empruntée devant le photographe. Il voit la plus jeune – le garçon manqué, le petit diable – avec son genou écorché à peine apparent sous le bas blanc de la toilette de communion…

Il renifle et se lève. La tasse rincée prend place sur l'évier où elle est toujours rangée. Puis il va dans la salle de bains et se rase, comme il le fait chaque soir avant de se mettre au lit. En raclant sa barbe rude, il aperçoit de longs cheveux dans la cuvette. Elle a dû se laver les cheveux avant de partir. Et elle n'a pas nettoyé après. Petite souillon.

Assis sur son lit, il est en train de quitter ses chaussures lorsqu'une pensée soudaine lui vient. Il va au salon et ouvre le tiroir où il serre l'argent de la maison, en liasses et sans le compter. Il y a des rouleaux de billets de vingt dollars, de dix. Il ne sait pas combien il avait là. Peut-être en a-t-elle pris. Mais c'est sans importance. Ce qui compte, c'est qu'elle en a laissé.

Il s'étend sur le dos, au milieu du lit, regardant le plafond éclairé par le réverbère au bas de sa fenêtre.

Il ne s'était jamais aperçu que son lit était si grand.


GUTTMANN tape sur sa machine portative lorsque LaPointe fait son entrée avec un grognement de salutation et suspend son pardessus au portemanteau.

— Je commence à voir le bout du tunnel, mon lieutenant.

— De quoi tu parles ?

— De ces rapports.

— Ah. C'est très bien. Tu feras ton chemin dans la maison. Le plus important ici, c'est la paperasse.

LaPointe ramasse une fiche jaune – réservée aux communications téléphoniques – sur son bureau.

— Qu'est-ce que c'est que ça ?

— On vous a appelé. J'ai pris le message.

— Hmm… Hmm.

C'est Carotte qui a téléphoné. Elle a interrogé ceux de ses clients qui ont fait la tournée des bars avec Tony Green. Il semble qu'il n'y en ait qu'un qu'il ait fréquenté régulièrement, le Happy Hour Whisky à Gogo, dans la rue Rachel. LaPointe connaît l'endroit : c'est à un bloc du boulevard. Il décide d'y passer ce soir en rentrant chez lui. Les pistes se font moins nombreuses, celle-là est la dernière qui soit encore chaude.

— Rien d'autre ? demande LaPointe.

— On vous a appelé de là-haut. Le commissaire veut vous voir.

— J'en suis ravi.

Il s'assied à son bureau et jette un coup d'œil au rapport matinal : des vols de voitures, deux passants détroussés, un type qui a reçu une balle dans un bar de Montréal Est, un autre attaqué dans la rue, un adolescent en cavale, rien de bien extraordinaire. Rien d'intéressant, rien sur la Main.

Il se met en devoir d'établir son rapport d'activités de la veille. Qu'a-t-il fait hier, au fait ? Que peut-on mentionner ?

Pris le café avec Bouvier? Bavardé avec Candy Al Canducci? Arpenté les rues? Joué au pinocle? Pris un verre de thé avec Moishe? Rentré à la maison et découvert que le lit était plus grand qu'il ne me semblait? Il retourne la feuille de papier vert et fixe les trois quarts de la page laissés vides pour les "Remarques et suggestions". Il réprime une envie d'y écrire: "Et si vous vous fourriez cette circulaire là où je pense?"

LaPointe se sent mal dans sa peau ce matin, il se sent diminué. Il a eu un grave accès en se brossant les dents. D'abord la sensation de sang en effervescence, puis les anneaux de douleur lancinante qui enserrent la poitrine et le haut des bras. Il a eu l'impression de tomber en avant dans un brouillard gris zébré d'éclairs blancs. Quand la crise s'est terminée, il s'est retrouvé à genoux, le front contre le siège des toilettes. En recommençant à se brosser les dents, il a plaisanté: "Il faudra te servir d'une brosse plus légère, LaPointe."

— Demain c'est mon dernier jour, dit Guttmann.

— Quoi?

— Mercredi, je retourne travailler avec le sergent Gaspard.

— Ah?

Le ton ne veut rien dire. Il lui a été agréable de montrer son secteur et son petit peuple à ce garçon; il a même apprécié la manière avec laquelle Guttmann a bravé son dédain pour les idées toutes neuves ramassées à l'université. Mais il ne serait pas convenable de paraître regretter le jeune policier.

— Comment ça a marché hier soir? demande-t-il, bavardant pour éviter cette foutue paperasse.

— Comment ça a marché, mon lieutenant? Oh, avec Jeanne?

— Oui, si c'est comme ça qu'elle s'appelle.

Guttmann sourit en rappelant ses souvenirs.

— Ma foi, je suis arrivé très tard, évidemment. Et au début elle ne voulait pas me croire quand je lui ai expliqué que j'avais joué au pinocle avec trois hommes dans l'arrière-boutique d'un magasin de tapisserie. Même moi, ça me paraissait bidon en le lui expliquant.

— Ce qu'elle croit est tellement important?

Guttmann réfléchit un instant.

— Oui. C'est une fille bien.

— Oh! Je vois. Ce n'est pas simplement une fille. Pas simplement un coup.

— C'est comme ça que ça a commencé, bien sûr. Et Dieu sait que je ne me plains pas à ce sujet. Mais il y a autre chose. On dirait qu'on s'accorde bien ensemble. C'est difficile à expliquer parce que ça ne veut pas dire que nous sommes toujours d'accord, justement. En fait, nous ne le sommes presque jamais. C'est plutôt quelque chose comme un moule et son lingot, si vous voyez ce que je veux dire. Ils sont complètement opposés et pourtant ils s'assemblent parfaitement.

Il a légèrement changé de ton et il essaie plutôt de s'expliquer à haute voix à lui-même leurs relations qu'à continuer de parler à LaPointe.

— C'est la seule femme que j'aie jamais connue qui... voilà, je n'ai pas besoin de préparer ce que je vais lui dire. Je lâche simplement ce qui me vient à l'esprit et ça ne me gêne pas que ça sorte mal ou que ça ait l'air idiot. Vous comprenez, mon lieutenant?

— Comment tu l'as connue?

Guttmann ne voit pas très bien en quoi cela peut intéresser LaPointe, mais le ton inhabituellement amical de la conversation lui plaît. Il ne peut pas savoir que c'est son départ imminent qui permet au lieutenant d'être aussi détendu – il n'aura plus affaire à lui très longtemps.

— Voyons, je vous ai dit qu'elle habite mon immeuble. Nous nous sommes rencontrés au sous-sol.

— Tout à fait romantique!

— Oui, répond Guttmann en riant. Il y a une batterie de machines à laver automatiques au sous-sol. C'était tard, le soir, nous étions seuls et nous attendions que notre linge soit lavé, alors on a commencé à bavarder.

— De quoi?

— Je ne me rappelle plus. De lessive, peut-être. Je n'en sais fichtre rien maintenant.

— Elle est jolie?

— Jolie? Ma foi, oui, il me semble. Je veux dire que, naturellement, moi je la trouve séduisante. Ce premier soir, au sous-sol, je ne pensais guère à autre chose qu'à la mettre dans mon lit. Mais ce n'est pas tellement qu'elle soit jolie… Si je devais dire ce qui m'a frappé en elle, ce serait plutôt son extravagant sens de l'humour.

LaPointe renifle et secoue la tête.

— Tu me fais peur. Je me rappelle, à l'époque de mes débuts dans la police, je suis allé à un ou deux rendez-vous surprises arrangés par les amis. Chaque fois qu'ils me disaient que la fille avait "de la conversation" ou "un grand sens de l'humour", tu peux être sûr qu'elle avait une gueule de pékinois borgne. À l'époque, j'aurais préféré qu'elle soit cochonne.

Un instant, Guttmann essaie d'imaginer le lieutenant comme un jeune policier habitué des rendez-vous surprises. L'image a du mal à se former.

— Je vois ce que vous voulez dire, dit-il. Mais vous savez ce qui est encore pire?

— Non, quoi donc?

— C'est lorsque le gars qui a arrangé le rendez-vous ne trouve rien d'autre à dire, sinon que la fille a de jolies mains. Alors, là, c'est vraiment la catastrophe!

LaPointe est encore en train de rire quand le téléphone sonne. C'est le bureau du commissaire, et la jeune femme qui demande que LaPointe monte immédiatement a le ton acerbe et impatient.


APRÈS avoir annoncé sur la ligne privée que le lieutenant LaPointe vient d'arriver, la secrétaire à la minijupe étroite se remet fiévreusement au travail tout en lançant parfois un regard réprobateur au lieutenant. Quand elle est arrivée au bureau ce matin à 8 heures, le commissaire était déjà au travail.

*Celui qui n'est pas à un pas DEVANT est à un pas DERRIÈRE.*

Resnais était de fort méchante humeur et tout le monde, dans le bureau, en a ressenti les effets. La secrétaire tient LaPointe pour responsable de l'humeur de son patron.

Pour la première fois, Resnais ne sort pas de son bureau pour accueillir LaPointe avec sa poignée de main et son sourire préfabriqués. Trois paroles brèves dans l'appareil demandent qu'on le fasse entrer.

À l'arrivée de LaPointe, Resnais est debout, le dos à la fenêtre, se balançant sur les talons. La lumière grise du jour se reflète sur le hâle pourpré de son crâne, et on voit autour de ses oreilles une auréole de peau plus claire qui indique qu'il vient de se faire couper les cheveux.

— Je vous ai demandé à 8 heures ce matin, LaPointe, dit le commissaire d'un ton sec.

— Oui, j'ai vu la note.

— Et alors ?

— Je viens d'arriver.

— Dans cette boutique, nous commençons à 8 heures du matin…

— Je quitte les rues à 1 heure ou 2 heures du matin… À quelle heure rentrez-vous chez vous d'habitude, monsieur le commissaire ?

— Ce ne sont pas vos foutus oignons.

Même au plus fort de sa colère, Resnais n'oublie pas d'employer des expressions familières au niveau social de ses Canadiens français.

— Mais ce n'est pas pour vous botter le cul au sujet de votre retard que je vous ai fait monter.

Il a décidé de parler vulgairement pour réussir à se faire entendre de LaPointe.

— Vous permettez que je m'assoie ?

— Quoi ? Ah, oui. Faites.

Resnais s'assied dans son fauteuil au dos élevé, conçu par les ostéopathes pour combattre la fatigue. Il respire profondément et souffle. Autant attaquer tout de suite.

*Le chirurgien qui opère lentement ne fait aucun bien à son patient.*

Il jette un coup d'œil à son bloc-notes, ouvert sur le bureau immaculé à côté de deux crayons bien taillés et d'une pile de formulaires bleus.

— J'imagine que vous connaissez un certain Scheer, Anton P. Scheer?

— Scheer? Oui, je le connais. C'est un maquereau et un *pissou*[*].

— C'est aussi un citoyen.

— Vous n'allez pas me dire que Scheer a eu le culot de porter plainte contre moi?

— Il n'y a pas de plainte officielle – et il n'y en aura pas, j'y consacre toute mon énergie. Je vous ai mis en garde contre vos méthodes il y a deux jours. Croyez-vous que je parlais uniquement pour me faire la voix?

LaPointe a un mouvement d'épaules indifférent. Resnais regarde son bloc-notes.

— Vous lui avez interdit de mettre le pied dans le quartier. Vous lui avez interdit l'usage d'une voie publique. Mais bordel, pour qui vous prenez-vous, LaPointe?

— C'était une punition.

— La police n'est pas chargée de punir! C'est l'affaire des tribunaux. Mais il ne vous a pas suffi de lui interdire le quartier, vous l'avez humilié en public en le forçant à se déshabiller et à descendre dans un puisard au risque de se casser le cou. De plus, vous avez agi devant témoins… une foule de témoins, dans laquelle se trouvaient deux jeunes femmes qui ont ri de lui. Humiliation publique.

— Je me suis contenté de ses lacets.

— Quoi?

— Je ne lui ai demandé que d'ôter ses lacets.

— Mon rapport dit ses vêtements.

— Votre rapport est faux.

---

[*] Peureux, lâche.

Resnais prend un de ses fameux crayons et corrige le rapport. Il ne doute aucunement de l'honnêteté de LaPointe. Mais il ne s'agit pas de ça.

— Je lis ici qu'un autre policier est impliqué dans cette affaire. Je veux son nom.

— Il se trouvait avec moi par hasard. Il ne s'est mêlé de rien.

Le ton flegmatique de LaPointe exaspère Resnais. Il cogne sur son bureau.

— Je ne supporterai pas ça, bordel ! Je me suis donné trop de mal pour donner à cette boutique une bonne image de marque ! Et je me fous totalement que vous soyez un héros pour tous les morveux qui débutent dans la police, LaPointe. Je ne supporterai pas que cette image de marque puisse être détruite !

*La colère est mauvaise conseillère, mais c'est un excellent instrument.*

LaPointe regarde Resnais avec l'expression patiente et fatiguée qu'il prend pour interroger un suspect. Il attend que le commissaire se soit un peu calmé.

— Si Scheer n'a pas porté plainte, comment avez-vous été mis au courant ?

— Ça ne vous regarde pas.

— Certains de ses amis sont intervenus auprès de vous, hein ? Des patrons de circonscriptions électorales ?

Resnais a l'habitude de ne pas finasser avec ses hommes.

— Oui. C'est exact. Un homme qui s'intéresse à la politique de la municipalité a attiré mon attention sur cette affaire. Il sait les efforts que j'ai faits pour que la police ait bonne presse. Et il ne tient pas à ce que l'affaire soit rendue publique s'il peut faire autrement.

— Quelles conneries !

— Je ne supporterai pas votre insolence !

— Dites-moi une chose. Pour quelle raison pensez-vous que votre ami soit intervenu en faveur de ce maquereau ?

— Cet homme n'est pas de mes amis. Je ne le vois qu'à notre club sportif. Mais c'est un homme politiquement important et qui peut aider la police... ou lui faire beaucoup de mal. J'imagine que pour vous tout ça est de la lèche, termine Resnais avec un sourire amer.

LaPointe hausse les épaules. Resnais le fixe un long moment.

— Qu'essayez-vous de me dire exactement ?

— Réfléchissez un instant. Scheer n'est pas un maquereau ordinaire. Sa spécialité, c'est les petites filles. Alors, votre… ami… est un de ses clients ou bien il peut le faire chanter. Pour quelle autre raison volerait-il au secours d'un merdeux comme Scheer ?

Resnais médite un bon moment. Puis il griffonne quelques mots sur son bloc. Il est avant tout un policier, et un bon.

— Vous avez peut-être raison. Je vais faire examiner ça. Mais ça ne change en rien le fait qu'avec vos méthodes de gangster vous nuisez à la bonne réputation du service. Les avez-vous jamais envisagées sous cet angle, vos méthodes de gangster ?

Sûrement pas, et c'est le cadet des soucis de LaPointe.

— Donc vous avez l'intention de dire à votre ami politicien que vous m'avez administré une bonne engueulade et que tout ira pour le mieux à partir de maintenant ?

— Je lui dirai que je vous ai réprimandé en tête à tête.

— Et il répétera ça à Scheer ?

— Je l'imagine.

— Et Scheer va reparaître dans le quartier, crânant plus que jamais et prêt à reprendre ses petites affaires ? dit LaPointe en secouant lentement la tête. Non, monsieur le commissaire, ça ne se passera pas comme ça. Pas dans mon secteur.

— Votre secteur ! LaPointe de la Main ! J'en ai par-dessus la tête d'entendre ce refrain. Vous vous considérez peut-être comme le flic du boulevard mais vous ne représentez pas toute la police, LaPointe. Pas plus que cet amas pouilleux de taudis ne représente Montréal !

LaPointe toise Resnais. Cet amas pouilleux !

Un instant, Resnais a l'impression que LaPointe va le frapper. Il sait qu'il est allé trop loin en parlant de la Main en ces termes-là. Mais il n'a pas l'intention de battre en retraite.

— Vous me disiez qu'il ne serait pas permis à Scheer de reprendre ses activités. Que croyez-vous pouvoir faire, Claude?

Tiens, c'est "Claude" maintenant. Resnais a changé de tactique.

LaPointe se lève et va à la fenêtre. Il n'avait jamais remarqué que les fenêtres du commissaire donnent, elles aussi, sur l'hôtel de ville, sur ses échafaudages et ses sableuses. Il ne lui paraît pas juste qu'ils aient tous les deux le même paysage.

— Bon, monsieur le commissaire. Allez-y et dites à votre ami que vous m'avez "réprimandé en tête à tête". Mais vous ferez bien de lui dire aussi que si son maquereau fout les pieds dans mon secteur, je le tabasserai.

— Je vous ordonne officiellement de cesser de harceler ce citoyen.

Un long silence règne pendant lequel LaPointe continue de regarder par la fenêtre comme s'il n'avait rien entendu.

Resnais fait rouler ses crayons avec son index. Puis il reprend la parole d'un ton calme et neutre.

— Parfait. Je n'attendais pas autre chose de vous. Vous ne me laissez pas le choix. Vous mettre à pied sera pour moi une sacrée *gibelotte*. Je ne vais pas vous raconter d'histoires et vous dire que ce sera facile. Les hommes vont me faire toutes sortes d'emmerdements. Je ne m'en tirerai pas sentant la rose et le service ne s'en sortira pas sans plaies ni bosses. Aussi j'en appelle à votre loyauté à l'égard de la maison pour faciliter la chose. Parce que, voyez-vous, Claude, j'ai pris une décision: quoi qu'il arrive, c'est terminé pour vous.

LaPointe se penche légèrement comme pour voir dans la rue quelque chose qui l'intéresse davantage que les paroles du commissaire.

— Considérez bien le problème, Claude. Vous êtes entré dans la police à vingt et un ans. Cela fait trente-deux années de service. Vous pouvez prendre votre retraite au tarif plein. D'autre part, je ne vous demande pas de vous en aller à l'instant même. Je serais satisfait si vous envoyiez une lettre de démission qui prendrait effet, disons, dans six mois. Ainsi personne ne pourrait établir le moindre rapport entre votre départ et une difficulté quelconque entre nous. Vous sauveriez la face et je ne serais pas submergé par un flot de réclamations et de lettres aux journaux expédiées par les gens. Trouvez une excuse. Dites que vous avez des ennuis de santé – ce qu'il vous plaira. De mon côté, je veillerai à ce que vous soyez promu au rang de capitaine avant votre départ. Ce qui veut dire que vous toucherez une retraite égale à la paye de capitaine.

Resnais pivote dans son fauteuil pour faire face à LaPointe qui ne bouge pas et regarde toujours par la fenêtre.

— D'une manière ou d'une autre, vous partez, Claude. S'il le faut, je vous mettrai à la retraite aux termes de la clause "pour le bien du service". Je vous ai prévenu qu'il fallait faire attention, mais vous n'avez pas voulu m'entendre. Il faut croire que vous êtes incapable d'évoluer, de vous mettre à l'heure moderne, conclut-il en se retournant vers son bureau. Je ne nie pas que les choses me seraient plus faciles si vous consentiez à démissionner, mais je ne m'attends pas à ce que vous fassiez ça pour moi. Il n'y a jamais eu d'amitié entre nous. La réussite de ma carrière vous a toujours déplu. Mais il ne sert à rien d'en parler maintenant. Je vous demande de vous retirer discrètement pour… le bien du service, et je suis sincèrement persuadé qu'à votre manière vous aimez la maison.

Il y a dans sa voix un juste équilibre entre le regret et la fermeté. Resnais pèse l'harmonie du ton de ses paroles et il en est satisfait.

LaPointe respire profondément comme un homme qui reprend pied dans la réalité après une longue rêverie.

— C'est tout, monsieur le commissaire ?

— Oui. J'espère trouver votre lettre de démission sur mon bureau cette semaine. J'y compte.

LaPointe renifle et sourit pour lui-même. Il n'aurait rien à perdre en envoyant une lettre de démission prenant effet dans six mois. Il n'a pas six mois devant lui.

Au moment où LaPointe pose la main sur la poignée de la porte, Resnais examine déjà sa liste de rendez-vous. Il a pris un léger retard.

*L'homme qui économise ses minutes gagne des heures.*

— Philippe ? appelle tranquillement LaPointe.

Resnais lève un regard surpris. C'est la première fois, depuis trente années qu'ils sont ensemble dans la police, que LaPointe l'appelle par son prénom.

LaPointe a le poing droit levé. Très lentement, il détend le majeur.

EN rentrant, LaPointe trouve le sergent-détective Gaspard assis sur le bord de son bureau, un gobelet de café à moitié vide dans la main.

— Qu'est-ce qui se passe ? demande LaPointe en se laissant tomber dans son fauteuil qu'il tourne pour faire face à la fenêtre.

— Pas grand-chose. J'essayais seulement de tirer les vers du nez au gamin, de voir s'il se fait au *gamique*\* avec toi.

— Et alors ?

— Eh bien, il en a déjà appris assez pour ne pas ouvrir le bec. Quand je lui ai demandé où t'en étais dans l'affaire Green, il m'a répondu que tu m'apprendrais certainement ce que je voulais savoir.

— Bravo ! dit LaPointe.

Guttmann ne lève pas les yeux de sa machine de peur de perdre sa place, mais il enregistre le compliment d'un signe de tête.

— Alors ? demande Gaspard. Je voudrais pas paraître indiscret, mais je suis chargé officiellement de l'affaire et j'ai pas eu un mot de toi depuis deux jours. Et je ne veux pas être pris de court si c'est au sujet de cette affaire que Resnais le Grand voulait te voir.

---

\* De l'anglais *gimmick*, plan, combine, magouille. Ici "les trucs du métier".

298

Le mot a déjà circulé dans le service : Resnais était d'une humeur massacrante quand il a fait demander LaPointe.

— Non, il ne s'agissait pas de ça.

Les sourcils dressés de Gaspard indiquent qu'il meurt d'envie d'apprendre de quoi il s'agissait vraiment, mais LaPointe tourne simplement le dos à la fenêtre pour le mettre rapidement au courant de l'affaire Green.

— Donc, tu crois qu'on était en train de blanchir ce type ?

— J'en suis sûr.

— Et s'il était le champion des *sauteux de clôture* que tu dis, n'importe qui ou presque a pu lui insérer un couteau dans le dos... un cocu jaloux, un amant, un frère, toi, moi, qui sait ?... bref, à peu près n'importe qui.

— Tu l'as dit.

— T'as quelque chose en vue ?

— Il pleut des suspects. Mais la plupart des pistes sont aujourd'hui froides. Il me reste une adresse que je vais visiter ce soir : un bar où le bon jeune homme allait assez souvent.

— T'espères découvrir quelque chose là-bas ?

— Pas tellement. Probablement une vingtaine de suspects de plus.

— Oh ! Bon alors travaille bien. Et fais tout ton possible pour nous ramener une prise de choix, hein ? Une bonne note ne me ferait pas de mal... Et comment se débrouille notre Joan ? Est-il aussi empoisonnant avec toi qu'il l'était avec moi ?

LaPointe hausse les épaules : il n'a pas l'intention de faire de compliments sur le jeune homme en sa présence.

— Tu tiens à le savoir ? Tu veux le reprendre aujourd'hui ?

— Non, si tu peux le supporter un peu plus longtemps. Quand je l'ai sur le dos, je perds tous mes moyens pour la romance, dit Gaspard qui vide son gobelet de papier, en fait une boule et rate la corbeille à papier. OK, si c'est tout ce que t'as à m'apprendre sur mon affaire, je vais continuer à veiller sur la sécurité des touristes perdus dans les rues de la grande ville. Regarde-moi ce gars taper à la machine. Voilà ce que j'appelle du talent.

Guttmann grogne et Gaspard s'en va en riant.

LaPointe a un peu la nausée après la montée furieuse d'adrénaline provoquée par sa séance avec le commissaire. Dans son bureau, l'air est chaud et il a une odeur de déjà respiré. Il a envie de sortir, d'aller là où il se sent à l'aise, où il sent vivre.

— Écoute, je vais faire un tour dans la Main. Voir un peu ce qui s'y passe.

— Vous voulez que j'aille avec vous ?

— Non. Je te perds demain et je voudrais que toute cette paperasserie soit à jour.

— Ah, fait Guttmann qui ne cache pas sa déception.

— Je vais simplement faire un tour, dit LaPointe en passant son pardessus. Bavarder avec les gens. L'histoire Green a pris trop de mon temps. Je vais perdre le contact, explique-t-il en regardant le jeune policier derrière ses piles de rapports. Qu'est-ce que tu fais ce soir vers 7 heures ? Aurais-tu rendez-vous près d'une machine à laver ?

— Non, mon lieutenant.

— Parfait. Viens me retrouver au Happy Hour Whisky à Gogo, rue Rachel. C'est notre dernière piste. Ça serait pas mal que tu suives cette affaire jusqu'au bout.


Avant de perdre sa licence, le Happy Hour Whisky à Gogo était un dancing très fréquenté où les petites des boutiques de lingerie et les gars des embarcadères pouvaient se rencontrer, échanger des œillades, boire un verre et s'arranger pour se retrouver plus tard. C'était une vaste baraque bruyante avec une boule à facettes suspendue au plafond qui tournait sur elle-même en jetant des éclairs de lumière multicolore sur les murs, sur les danseurs et sur un orchestre qui faisait trembler le plancher avec le vacarme de ses instruments amplifiés électroniquement. Mais le patron a accueilli une fois de trop des filles qui n'avaient pas l'âge ou bien ses videurs n'ont pas mis fin à quelque bagarre avant qu'elle n'en arrive aux coups de bouteille, si bien qu'aujourd'hui la danse est interdite et la clientèle s'est réduite à une poignée de clients assis devant le bar en fer à cheval, îlot de lumière dans un vaste désert sombre inoccupé.

À la proue du bar se trouve une petite plate-forme, une sorte de tambour sur lequel une danseuse roule lentement des hanches, sans se soucier du rythme de la musique plaintive de rock ininterrompu fournie par un tourne-disque. La danseuse n'est pas jeune et elle est grasse. La tête et le regard vides, elle se déhanche mécaniquement, ses gros seins nus ballant de gauche à droite, et elle tire rythmiquement avec ses pouces sur les ficelles de son string, éloignant le morceau de tissu de son sexe puis le relâchant d'un coup, selon le rituel provocant du strip-tease.

Une lumière bleu et orange passe à travers les rangées de bouteilles du bar et fournit l'éclairage d'ambiance ; seul un rayon d'un blanc intense baigne la caisse enregistreuse. Des spots de lumière noire disposés derrière la minuscule piste de danse donnent au string de la danseuse un éclat vert phosphorescent. Elle a passé sur ses tétons une peinture qui les fait briller comme deux vers luisants. Debout près de la porte, loin du bar, LaPointe passe les clients en revue avant de repérer Guttmann. À cette distance, la silhouette de la danseuse éclairée par-derrière est à peu près invisible ; seuls ressortent le triangle phosphorescent du sexe et les cercles de ses tétons. Tandis qu'elle se déhanche apparaît un visage d'homme avec un bouc qui mastiquerait un chewing-gum en roulant les yeux.

LaPointe se juche sur un tabouret près de Guttmann et commande un armagnac.

— Qu'est-ce que tu es en train de boire ? demande-t-il à Guttmann.

— De l'ouzo.

— De l'ouzo ? Pourquoi donc ?

— Parce que c'est un bar grec, il me semble.

— Heureusement que ce n'est pas un bar arabe, sinon tu boirais sans doute de la pisse de chameau.

LaPointe examine le cercle des clients : deux jeunes gens qui n'ont rien de mieux à faire ; une femme à l'air viril en manteau de drap, assise au pied de la danseuse, et qui la fixe, fascinée, en se passant un doigt sur les lèvres ; deux militaires déjà un peu ivres ; un vieux Grec qui examine tristement le contenu de son verre ; un quinquagénaire au complet strict, à la cravate classique, son porte-documents posé sur le bar, guettant l'aller et retour des pouces dans le string, son col dur teinté de vert par la lumière ultra-violette. Somme toute, c'est le classique amalgame d'étrangers et d'épaves qu'on rencontre dans ce genre de bar en début de soirée ou l'après-midi dans les cinémas porno.

La grosse danseuse tourne la tête en cahotant d'un pied sur l'autre et adresse un signe de tête à LaPointe. Il n'y répond pas.

Derrière le bar, au pied de la scène, une gosse surveille le tourne-disque et l'amplificateur. Elle a peur de ne pas s'acquitter convenablement de sa tâche, alors elle fixe intensément le disque qui tourne, prête à soulever l'aiguille et à la poser sur le morceau suivant. Elle compte à mi-voix les sillons entre les deux. De temps en temps, elle lève la tête vers la danseuse. Son regard brille d'admiration et d'émerveillement. Les lumières, les couleurs et tout ce monde qui regarde. Le monde du spectacle ! Elle doit avoir quinze ou seize ans, mais son visage est sans âge. C'est l'ovale impassible d'une enfant terriblement attardée et son expression immuable est celle d'un paisible vacuum sur lequel apparaît, de temps en temps, une vaguelette de doute et d'incompréhension.

Le disque approche de la fin et la fille se concentre à fond pour faire sauter l'aiguille sans provoquer un horrible grincement. La danseuse la regarde et fait un signe de tête. La fille ne comprend pas ce que ce signal signifie. Elle est perdue et terrorisée, paralysée ! Après un sifflement ondulant, le disque enchaîne sur l'enregistrement suivant – le mauvais ! La fille écarte violemment ses mains du tourne-disque, reculant devant sa responsabilité. Mais la danseuse descend déjà de son tambour, ses gros seins sautant au rythme malaisé des quelques marches. Elle gronde la fille et arrête elle-même le disque. Puis elle s'en va derrière le bar vers l'arrière-salle. Une seconde après, elle en revient chaussée de mules et vêtue d'une sorte de houppelande de gaze à travers laquelle on distingue le cercle sombre qui auréole ses tétons.

Elle se hisse sur le tabouret voisin de celui de Guttmann, ses fesses couvertes de sueur crissant sur le plastique. Elle sent la sueur et l'eau de Cologne.

— Hé! le grand brun, tu me paies à boire?

LaPointe se penche et tourne la tête.

— C'est pas un pigeon. Il est avec moi.

— Excusez-moi, lieutenant. Je pouvais pas le deviner. Vous êtes pas arrivés ensemble.

D'un hochement de tête, LaPointe lui fait signe de les suivre. Il prend son armagnac et quitte le bar pour aller à une table sur laquelle sont retournées des chaises de bois cintré. Il en a déjà enlevé trois quand la femme et Guttmann le rejoignent.

La table est petite et Guttmann ne peut éviter que son genou touche celui de la danseuse. Elle presse sa jambe contre la sienne pour lui faire comprendre qu'elle a saisi.

— Qu'est-ce qu'il se passe cette fois, lieutenant?

La question indique qu'elle a déjà eu des ennuis avec LaPointe. Elle se demande pourquoi, mais elle sait que le lieutenant ne l'a jamais beaucoup aimée. Même pas dans le temps, quand elle faisait le trottoir. LaPointe va droit au fait.

— Il y a un gars qui vient ici. Jeune, italien, il parle à peine anglais. Beau garçon. Il se fait probablement appeler Tony Green.

— Il a des ennuis?

LaPointe la toise sans ciller. C'est lui qui pose les questions, il n'y répond pas.

— OK, je vois de qui vous voulez parler, dit-elle précipitamment, comprenant qu'il n'est pas d'humeur à plaisanter.

— Alors? dit-il.

Comme il n'a pas de question précise à poser, il la laisse parler.

— Qu'est-ce que je pourrais bien vous dire ? J'en sais pas tellement à son sujet. Il a commencé à venir ici il y a un ou deux mois, en habitué, vous voyez. Au début, il disait pas un mot d'anglais, mais maintenant il se débrouille bien. Il vient parfois seul, ou bien avec un ou deux copains.

Malgré toute sa bonne volonté, elle ne trouve plus rien à dire.

— Continue.

— Qu'est-ce qu'il y a d'autre ? Ah oui… d'habitude il boit de la Strega si ça peut vous être utile. Un mâle en chasse entre mille. Ça fait quelques soirs qu'on le voit pas.

— Il est mort.

— Merde alors ! dit-elle sans manifester un intérêt particulier. Bon, je comprends maintenant.

— Tu comprends quoi ?

— Eh bien… nous avions rendez-vous jeudi soir passé. Et il est pas venu.

— C'est ce soir-là qu'il a été tué.

— C'est bien ma veine. Me voilà avec cinquante dollars de moins.

— Il devait te donner cinquante dollars ? demande LaPointe incrédule. Pour quoi exactement ? Il te louait pour six mois ?

— Non, ce n'est pas moi qu'il voulait. Il m'a eue un des premiers soirs où il est venu. Il était très porté sur les trucs par-derrière. Mais il n'avait pas l'air de tenir à une seconde tournée.

— Qui voulait-il, alors, si c'était pas toi ?

Du menton, elle indique le bar.

— Il voulait sauter la fille qui s'occupe de ma musique.

Guttmann lance un regard à LaPointe.

— Seigneur, dit-il. Une demeurée ?

— Eh là, une seconde ! proteste aussitôt la danseuse. On peut rien me reprocher. La gosse a dix-neuf ans. Elle a l'autorisation. Demandez au lieutenant. N'est-ce pas qu'elle a dix-neuf ans ?

— Oui, elle a dix-neuf ans. Et l'esprit d'une gosse de sept ans.

— Qu'est-ce que je disais ! Et, d'ailleurs, elle a l'air d'aimer ça. Elle se plaint jamais. Elle reste à regarder au plafond tant que ça dure. Écoutez, il faut que je reprenne mon spectacle. La gouine, là-devant, elle va finir par se faire une ampoule aux lèvres si je suis en retard. Écoutez, si je savais quelque chose sur cet Italien, je vous le dirais. Vous le savez bien, lieutenant, j'ai déjà suffisamment d'ennuis comme ça. Mais, comme je vous le disais, c'était rien qu'un gars qui cherchait un peu de *fun*. Dites, vous avez vu le type en complet ? Si vous cherchez un maniaque ! Vous savez ce qu'il est en train de faire sous le bar ?

— Fous le camp ! lui lance LaPointe.

La danseuse abaisse les coins de sa bouche et s'ébroue en lâchant un crépitement d'indifférence avec ses lèvres. Puis elle retourne dans l'arrière-salle d'où elle revient bientôt sans ses mules ni sa robe de chambre pour grimper sur son tambour et y attendre, ennuyée et agacée, que la fille essaie d'abaisser l'aiguille sans bruit malencontreux. Elle n'y arrive pas et il y a un horrible grattement avant que ne reprenne la musique plaintive. La danseuse lui lance un regard de reproche, puis elle se met à se trémousser d'un pied sur l'autre en passant les pouces le long de la cordelette et dans son string.

Le reproche s'efface rapidement de l'esprit vide de la fille. Bientôt reprise par l'extase fascinante, elle regarde de tous ses yeux la femme qui danse dans l'éclairage bleu et rouge… Le monde du spectacle !

Guttmann finit son ouzo d'un trait.

— C'est dur à reconnaître, mais je commence à être d'accord avec vous.

— Tu ferais bien de te méfier, alors.

— Ce Green était une véritable ordure.

— Oui. Viens. Allons-nous-en.

À la porte, LaPointe se retourne et regarde le bar à peine éclairé, tout petit dans l'énorme caverne du dancing interdit. L'homme au bouc a recommencé à mastiquer et à rouler les yeux.

Ils descendent côte à côte la rue Rachel jusqu'au boulevard, vers la croix lumineuse qui célèbre le christianisme au sommet du Mont-Royal.

— Il est encore tôt, dit Guttmann. Vous voulez prendre un café?

Voilà du nouveau!… LaPointe comprend que le jeune homme a envie de parler, mais il en a plus qu'assez, il est trop fatigué de tout.

— Non, merci. Je rentre tout de suite. Je suis crevé.

Ils marchent en silence.

— Ce Green… murmure Guttmann.

— Eh bien, quoi?

— Allons, voyons! C'est trop dégueulasse.

— Pas plus que la danseuse.

— Pardon?

— La petite est sa fille.

Guttmann avance machinalement, droit devant lui, les poings serrés dans les poches de son pardessus. Ils traversent Saint-Laurent où LaPointe s'arrête pour dire bonsoir.

— T'as rendez-vous avec ta petite, ce soir?

— Oui, mon lieutenant. Oh! Rien d'extraordinaire. Nous allons nous asseoir et parler de choses et d'autres.

— De l'avenir, par exemple?

— Ce genre-là, oui. Pourriez-vous me dire une chose, mon lieutenant? Est-ce que quelqu'un peut faire toute une carrière comme policier et s'en tirer sans éprouver pour les gens autre chose que du dégoût?

— Quelques-uns y arrivent.

— Et vous?

LaPointe scrute le visage anxieux, douloureux, du jeune gars.

— À demain matin.

— Sans faute.

# 12

Deux jours se passent : Guttmann a rejoint le sergent Gaspard pour terminer son stage. Comme on ne découvre pas de nouveaux indices dans l'affaire Green, il est question, à la Criminelle, de classer le dossier.

Le temps de cochon continue à déprimer les gens et à aigrir les caractères. Sur la Main, on répète gravement que les expériences atomiques russes et américaines ont causé d'irréparables dommages à la calotte glaciaire du pôle et que le climat ne sera plus jamais normal.

L'emploi du temps et l'attention de LaPointe sont entièrement consacrés aux problèmes habituels du quartier. La boucherie de M. Rothman a été cambriolée, le vendeur de journaux du coin de la rue Roy s'est fait dévaliser pour huit dollars et trente-cinq cents, et l'équipe d'ouvriers qui démolissent un pâté de maisons afin de faire place à un garage à plusieurs étages est arrivée sur son chantier pour découvrir que leur travail et leurs outils avaient été saccagés par des actes de vandalisme de grande envergure. Sur un mur de brique resté debout, la bande de vandales a peint :

182 PERSONNES HABITAIENT CES LIEUX

Pour ce qui est du cambriolage Rothman, rien n'a été volé, seules la grille et la serrure ont été endommagées. Il s'agit probablement d'un clochard du quartier ou d'un déserteur américain qui essayait de se mettre à l'abri du froid. Une fois de plus, LaPointe conseille à M. Rothman de poser le système de fermeture de sécurité approuvé par la police et une fois de plus M. Rothman prétend que c'est à la police de l'installer et de le payer. Après tout, M. Rothman paie des impôts, pas vrai ?

L'attaque à main armée du vendeur de journaux est une autre affaire. LaPointe s'en occupe en priorité parce qu'il se rend compte que quelqu'un a failli se faire tuer. Pas la victime, mais l'agresseur.

Le vendeur de journaux ne peut donner qu'une description des chaussures – des tennis –, des jambes – un pantalon pattes d'éléphant – et de l'arme – un pistolet noir avec un petit trou dans la culasse. Un gamin. Ce petit trou révèle que l'arme est un de ces pistolets à eau, réplique exacte d'une arme réelle, dont la police de Montréal cherche vainement à faire interdire la vente. Après tout, les commerçants qui les vendent aux gosses paient des impôts, pas vrai ? Et ce pays est encore libre, n'est-ce pas ?

LaPointe donne deux coups de téléphone et parle à quatre personnes qu'il rencontre en chemin. La nouvelle circule : le lieutenant veut mettre la main sur ce gosse et tout de suite. S'il n'a pas le gosse avant midi, la rue va devenir intenable pour tout le monde.

Deux heures et demie plus tard, LaPointe est dans la cuisine en désordre d'un logement en sous-sol avec le gosse et ses parents. Le père se demande ce qui peut bien se passer dans le crâne de ces maudits garçons actuellement. La mère déclare qu'elle se tue au travail, qu'elle ne voit jamais autre chose que ces quatre murs, et qu'est-ce qu'elle reçoit comme remerciements ? Vous les portez dans vos entrailles pendant neuf mois, vous les nourrissez, vous les envoyez à l'église et qu'avez-vous pour votre peine ?

Le gosse est à la table de cuisine, il tripote la toile cirée. Les yeux baissés, il répond à contrecœur aux questions de LaPointe, d'une voix monotone. Une seule fois, il commet l'erreur de se montrer insolent.

En deux enjambées, LaPointe traverse la pièce, attrape le gosse par le col de son blouson imitation cuir et l'arrache de sa chaise.

— Qu'est-ce que tu crois qu'il se passera si un flic te poursuit et que tu sortes cette saloperie de pistolet à eau ? Hein ? Tu te feras tuer pour huit misérables dollars, voilà ce qui t'arrivera !

Il y a de la crainte dans le regard du gosse... et aussi du défi.

LaPointe le rassied rudement sur sa chaise. À quoi bon ?

C'est un délinquant primaire. Le lieutenant peut arranger les choses dans une certaine mesure. Il peut trouver au gosse une place de plongeur dans un restaurant du quartier. Le gosse remboursera le vendeur de journaux. Il n'aura pas de casier judiciaire. Mais la prochaine fois...

Au moment où il s'en va, il entend la mère geindre, on porte un gosse neuf mois dans ses entrailles et qu'est-ce qu'on obtient pour sa peine ? Des chagrins ! Rien que des chagrins !

Il y aura une prochaine fois...

Quant au raid sur le chantier de construction, LaPointe ne fait rien, bien que ce ne soit pas la première fois que cela se produise. Il suit la routine habituelle, mais sans plus. Son cœur est avec les gens chassés de leur foyer et expédiés vers les taudis verticaux de béton et de verre, érigés dans des "zones vertes" marécageuses plantées d'arbres gros comme des manches à balai enchaînés à leurs tuteurs.

Des parties de pâtés de maisons, des blocs entiers sont jetés bas pour faire place à des immeubles de bureaux. D'étroites rues de maisons victoriennes à deux étages sous leur toiture de zinc mansardée deviennent la proie de la politique de centralisation du commerce et de la petite industrie menée pour préserver la qualité de la vie et le prix du terrain dans les quartiers résidentiels. Les habitants de la Main sont trop pauvres, trop ignorants et politiquement trop faibles pour se protéger de la tyrannie paternaliste des comités de planification de la ville. La Main est, de toute manière, un taudis. Plomberie défectueuse, rats et cancrelats, terrains de jeu trop rares. Le relogement des immigrants est réellement pensé pour leur plus grand bien : il concourt à rompre les barrières linguistiques et culturelles qui retardent leur intégration dans le New Montréal, Chicago sur le Saint-Laurent.

Bien que LaPointe sache pertinemment que ce raid aveugle sur le chantier de construction ne changera rien, que les petites gens de la Main perdront cette bataille avant de perdre leurs traditions, il comprend leur besoin de protester, de détruire.

Plus subtile que ces attaques de grande envergure lancées contre la Main, une érosion constante est à l'œuvre tout le long de son périmètre. Certaines personnes, certaines organisations ont découvert que préserver ce qui reste du Vieux-Montréal constitue une activité profitable. Sous couvert de conservation, on achète des files de maisons que l'on vide intérieurement mais dont on garde l'enveloppe surannée. On installe une plomberie neuve, le chauffage central, on agrandit les pièces et l'on obtient des résidences pour des jeunes hommes de loi entreprenants et influents, des jeunes femmes cadres ou des décorateurs dans le vent. Il est maintenant très élégant d'étonner ses amis et connaissances en disant négligemment qu'on habite dans la Main. Ces bonnes gens n'habitent pas dans la Main, ils jouent à y habiter.

LaPointe est très conscient de ce qui se passe. À ses heures les plus amères, il estime que cette boule dans sa poitrine est en parfaite harmonie avec le reste ; il serait sans intérêt de survivre à la Main.


Le jeudi matin, il arrive de mauvaise humeur à son bureau. On lui a répété que Scheer se vante de revenir bientôt sur le boulevard. Il est clair que le commissaire a fait son compte rendu à son ami politicien.

Après avoir parcouru le rapport matinal, il fouille dans le tas de paperasses qui s'est accumulé en trois jours depuis le départ de Guttmann. Il tombe sur un mémo du Dr Bouvier qui lui demande de descendre au service médico-légal lorsqu'il aura un moment libre.

Une fois de plus, l'odeur de parquet ciré, de produits chimiques, la chaleur et la poussière du sous-sol lui rappellent l'orphelinat Saint-Joseph : la moue, les tranches, le Trou Sacré et Notre-Dame de la joue ébréchée…

Au moment où LaPointe fait son entrée, Bouvier est justement en train de se servir une tasse de café, un doigt plongé dedans afin de vérifier le niveau du liquide.

— C'est vous, Claude ? Entrez donc et apprêtez-vous à admirer l'une de mes idées les plus ingénieuses, consacrée, celle-ci, à l'affaire d'un certain Antonio Verdini – alias Green – découvert une nuit dans une ruelle, le corps agrémenté d'un orifice biologiquement superflu et même préjudiciable.

LaPointe grogne, il n'est pas d'humeur à apprécier le style fleuri de Bouvier.

— Ma méthode de classement brevetée, poursuit Bouvier en montrant du doigt le fatras de piles de dossiers croulants sous lequel disparaît son bureau, a révélé un fait remarquable. Le goût très personnel qu'éprouvait notre M. Green pour se faire trouer la peau était partagé par… (Il s'arrête et penche la tête vers LaPointe et attend un instant pour juger de l'effet.)… les victimes de deux affaires criminelles restées sans solution.

— Hein ?

— J'espérais tout de même mieux que "Hein ?"

— Quelles affaires, alors ?

— Deux hommes connus de nos services, et par conséquent de Notre-Seigneur, sous les matricules H-49854 et H-50567, mais plus précisément par leurs intimes sous les noms respectifs de Mac Henry, John Albert et de Pearson, Michael X. Cet X. indique que ses parents ne lui avaient pas donné un second prénom, sans doute par esprit d'économie orthographique.

Bouvier tend à LaPointe deux dossiers et le fixe fièrement avec un œil énorme et un verre couleur nicotine. Le lieutenant les parcourt rapidement, puis se met à lire avec plus d'attention. Ce sont les dossiers personnels de Bouvier. Ils sont bien plus complets que les dossiers officiels parce qu'ils comprennent des coupures de presse, des renseignements complémentaires et certaines notes rédigées de la large écriture du médecin légiste.

Le premier dossier remonte à six ans, le second à deux ans et demi. Deux assassinats à coups de couteau, deux victimes masculines, les deux sans le vol pour mobile ; tous deux tués le soir dans des endroits déserts.

— Alors ? triomphe Bouvier.

— C'est peut-être une coïncidence.

— Il y a des limites à la malchance. Je vous prie de remarquer que les deux assassinats se sont produits près des frontières de ce que vous appelez votre secteur – bien que j'aie entendu dire qu'il y aurait quelques divergences de vue entre vous et notre imperator pour ce qui est de l'étendue de ce royaume et des pouvoirs de son monarque.

— Qu'est-ce que c'est que ce machin-là ? dit LaPointe en posant un rapport sur le bureau de Bouvier et en indiquant du doigt un passage griffonné de la main du médecin.

Tenant la monture de ses lunettes cassées pour qu'elles restent sur son nez, Bouvier se penche, le visage touchant la page.

— Ah. C'est la description technique de la blessure. L'angle de pénétration de l'arme.

— Identique dans les trois affaires ?

— Non. Pas tout à fait.

— Eh bien, alors ?

— C'est là où vous pouvez discerner la trace de mon génie personnel ! L'angle de pénétration n'est pas identique. Il varie. Il varie en relation directe avec la stature des trois hommes. Si vous tenez absolument à votre idée de coïncidence, il faut admettre qu'il y a eu trois assassins de même taille, qui tenaient leur couteau de manière identique et que tous les trois étaient des experts dans le maniement d'un poignard. Et si vous tenez à accumuler les coïncidences avec la prodigalité d'un romancier de l'époque victorienne, je vous annonce que le dénommé… comment s'appelait-il, déjà ? Ah, oui !… Pearson, Michael X. avait eu des relations sexuelles très peu de temps avant sa mort. Une fois de plus, cette mauvaise habitude de ne pas faire sa toilette intime. Et un professeur à l'université McGill, s'il vous plaît ! Il devait pourtant savoir... L'autre type, Mac Henry, John Albert, était américain, en voyage d'affaires. Et j'ai toutes les raisons de penser que lui aussi avait fait l'amour peu de temps avant de retourner à l'état de poussière. Il s'est lavé moins d'une heure avant sa mort. Pas un bain complet, simplement l'entrejambe. L'homme d'affaires américain caractéristique ! Le temps, c'est de l'argent !

— Puis-je les emporter ? demande LaPointe par pure politesse car il est déjà en route avec les dossiers.

— À la condition de les rapporter. Je ne peux pas supporter de voir mes archives en désordre, lui lance Bouvier.


Sur le bureau de LaPointe, les dossiers de Bouvier recouvrent les travaux de paperasserie inachevés. Le policier les a lus et relus. Il croise les mains derrière sa tête et s'adosse à son fauteuil pour examiner le plan de la ville à grande échelle qui est cloué au mur – les doigts ont patiné la seule zone de la Main. Son regard erre sur les endroits où l'on a retrouvé les trois hommes assassinés mais non dévalisés. Le jeune Green... là, dans cette ruelle presque au centre du quartier. L'homme d'affaires américain... là-bas, dans une rue étroite près de Chateaubriand, entre la rue Roy et la rue Bousquet, à un point que LaPointe pourrait appeler la limite extrême de son domaine. Et le professeur à McGill... ici. Près de l'extérieur de la Main, dans la rue Milton entre Lorne et Shuter, un endroit généralement très fréquenté, mais sans doute désert à... quand donc, au fait ?... Moment présumé de la mort : entre 2 et 4 heures du matin.

Probablement le même assassin. Probablement la même femme. La jalousie ? À six années d'écart ? Cela ne ressemble guère à ce qu'on pourrait appeler une crise de jalousie irrésistible. Une femme. Un assassin. Et si la femme était l'assassin ? Et... quel genre de femme a bien pu attirer un professeur canadien, un homme d'affaires américain et un Italien émigré clandestin obsédé par le sexe?

L'affaire la plus récente des deux dossiers remonte déjà à une trentaine de mois. Toutes les pistes doivent avoir disparu aujourd'hui.

Il soupire, glisse les dossiers dans une grande enveloppe de service pour les expédier à Gaspard à la Criminelle. LaPointe imagine la colère de Gaspard en découvrant qu'il vient d'hériter d'une série de crimes sexuels. Exactement le genre d'affaires qui fait venir l'eau à la bouche des journalistes. L'égorgeur inconnu court toujours... La police impuissante...


PENDANT qu'il dîne dans un petit café sans savoir ce qu'il y a dans son assiette, pendant qu'il parcourt lentement la Main pour voir ses administrés aller se coucher, LaPointe se repasse les détails des deux dossiers, tourne et retourne les rares détails d'ordre personnel, cherche ce qui pourrait bien s'accorder avec ce qu'il sait de Tony Green. Rien. Aucun rapport. Il est déjà revenu devant sa maison sur l'Esplanade; il regarde les fenêtres obscures de son appartement lorsqu'il décide soudain de retourner au quartier général et de s'attaquer à ses paperasses en retard, plutôt que d'affronter une nuit solitaire avec son café et son Zola.

— Qu'est-ce que tu peux bien foutre ici?

— Seigneur! Vous m'avez fait peur, mon lieutenant.

— T'avais oublié quelque chose?

Guttmann était assis à la place de LaPointe, l'esprit voguant à travers une variété de questions et de songes.

— Non. Je venais de me rappeler que vous aviez un plan de la ville pendu au mur, et comme j'avais encore ma clef, alors...

— Alors?

— C'est au sujet de ces dossiers que vous avez envoyés au sergent Gaspard.

D'un signe du pouce, LaPointe expulse Guttmann de son fauteuil pour y prendre place aussitôt.

— Je parie qu'il était ravi de découvrir qu'il fallait rouvrir les dossiers d'affaires classées.

— Vous n'en avez pas idée, mon lieutenant. Il ne pouvait pas contenir sa joie. Il a été particulièrement élogieux à l'égard du Dr Bouvier. Il a dit qu'il avait autant besoin de son assistance qu'un Pakistanais affamé d'un colis de la Croix-Rouge rempli de menus.

— Hmm… Hmm. Je ne m'explique toujours pas ce que tu fais dans mon bureau.

Guttmann va vers la carte murale et montre de légers traits au crayon qu'il a tracés.

— J'ai eu une idée bizarre au milieu de la nuit.

LaPointe feuillette les paperasses qui l'attendent.

— Un Joan n'est pas là pour avoir des idées. Ça l'empêche de taper à la machine, dit-il sans lever la tête.

— En l'occurrence, ça n'a pas l'air d'être une idée lumineuse.

— Pas possible ? Raconte-moi ça.

Guttmann hausse les épaules. Il ne tient pas plus que ça à partager le résultat ridicule de ses réflexions.

— Oh ! Ce n'est que de la géométrie élémentaire. Je me suis aperçu que nous savons où chacun des trois hommes a été tué et où ils allaient à ce moment-là. Alors, si nous tirions des lignes sur la carte…

— Elles se rencontreraient devant la porte de l'assassin ? demande LaPointe en rigolant.

— C'est un peu ça. Ou si elles ne se rencontrent pas à la porte de l'assassin, elles pourraient peut-être se croiser devant la porte de la femme avec laquelle ils venaient de faire l'amour. J'imagine que c'est la même femme, et vous ?

— Une seule femme ou une maison close.

— Dans les deux cas, un seul et même lieu.

LaPointe regarde la carte sur laquelle les trois lignes tracées par Guttmann enserrent un vaste triangle qui comprend la moitié est de la Main et un coin du parc La Fontaine.

— Ma foi, tu as déjà délimité le champ des recherches à la partie est du Canada.

Guttmann comprend à quel point son idée paraît encore plus stupide énoncée à haute voix.

— Ce n'était qu'un coup au hasard. Je sais que deux droites doivent se rencontrer quelque part. Et j'espérais que la troisième tomberait à cet endroit-là.

— Je comprends.

LaPointe repousse les dossiers que Guttmann a apportés et prend une liasse de rapports inachevés. Il veut montrer au jeune homme qu'il était venu pour travailler. Et pas parce qu'il se sentait seul. Ou que son lit lui paraissait bien grand.

— Puis-je vous apporter du café, mon lieutenant?

— Si tu en prends toi-même.

Pendant que Guttmann va au distributeur, en bas dans le hall, le regard de LaPointe revient à la carte murale. Il ricane à l'idée que l'on puisse croire qu'on résout une affaire par la géométrie et la déduction. Ce qu'il vous faut c'est un indicateur, mettre la pression, un poing solide.

Un gobelet plein à ras bord dans chaque main, Guttmann a du mal à passer la porte; il renverse du café et se brûle les doigts.

— Sacré nom de Dieu, jure-t-il en poussant la porte d'un coup de pied.

LaPointe lève les yeux. Le jeune policier est généralement si maître de lui, si réservé. Guttmann va s'asseoir sur sa chaise contre le mur, ses longues jambes tendues devant lui. LaPointe boit son café à petits coups.

— Qu'est-ce qui te tracasse?

— Pardon?

— T'as des ennuis avec ta petite amie?

— Non, ce n'est pas ça. Notre histoire commence même très bien.

— Ah? Depuis combien de temps tu la connais? Une semaine?

— Combien de temps faut-il?

LaPointe acquiesce. C'est vrai. Il était certain de vouloir finir ses jours avec Lucille deux heures après l'avoir rencontrée.

Évidemment, ils avaient dû attendre un an avant d'avoir l'argent pour se marier.

— Non, il ne s'agit pas de mon amie, poursuit Guttmann en fixant son café. Mais de la police. Je pense très sérieusement à donner ma démission.

Il veut en parler à LaPointe depuis le soir où ils sont allés au Whisky à Gogo, mais l'occasion ne s'est pas présentée. Il regarde LaPointe pour voir comment il prend cette nouvelle.

Mais LaPointe ne manifeste rien. Il a peut-être eu un imperceptible haussement des épaules. Il ne donne jamais de conseil dans ce cas-là, il ne veut pas assumer ce genre de responsabilité.

Le silence se fait, malaisé, lourd de questions. LaPointe regarde le plan de la ville pour trouver quelque chose à dire.

— Qu'est-ce que c'est que cette ligne nord-ouest, sud-est?

Guttmann comprend: le lieutenant ne veut pas parler. Bien...

— Ah, voyons un peu. Eh bien, cet X est le passage où nous avons trouvé Green.

— Je le sais bien.

— Et ce cercle est son logement – la maison meublée de la concierge à la lèvre fendue. Alors, j'ai tracé une ligne entre les deux et je l'ai tirée vers le sud-est pour voir où elle conduirait. C'était seulement une approximation. Elle coupe à travers des blocs et le reste, mais ce doit être la direction générale d'où il arrivait.

— Mais, il ne rentrait pas à la maison meublée.

— Mon lieutenant?

— Il allait au Happy Hour Whisky à Gogo, tu te rappelles? Il avait rendez-vous avec la danseuse et la petite arriérée.

Guttmann regarde plus attentivement le plan et fronce les sourcils.

— Mais oui. C'est vrai.

Il sort son crayon et va à la carte. À main levée, il trace la ligne corrigée et le vaste triangle se trouve considérablement réduit.

— Ça circonscrit sérieusement la zone.

— Tu parles ! Ça la réduit à une trentaine de blocs et à six ou huit mille personnes. Mais, simplement pour voir, examinons un peu les autres lignes. Quelle est celle qui court grosso modo d'est en ouest ?

— Le trajet du professeur de McGill. X est l'endroit où l'on a trouvé son corps, le cercle, son bureau à l'université.

— Comment tu sais qu'il allait à son bureau ?

— Je le présume. Il avait son appartement au nord de la ville. Pourquoi serait-il allé à l'ouest s'il ne se rendait pas au campus ? Peut-être pour rattraper du travail en retard. Corriger des devoirs, quelque chose dans ce genre-là.

— Très bien. Supposons que tu aies raison. Et maintenant cette autre ligne ? Celle du nord-est ?

— C'est celle de l'Américain. Son corps a été découvert exactement… ici. Et son hôtel était, dans la ville basse, exactement… euh… ici. Alors j'ai prolongé la ligne jusque-là.

— Mais il n'aurait pas marché vers le sud…

— Bien sûr que si. C'était la direction de son hôtel et aussi la meilleure pour trouver un taxi.

— Et sa voiture ?

— Pardon ?

— Regarde le rapport. On y parle d'une voiture de location. On l'a retrouvée trois jours plus tard, lorsque l'agence de location a porté plainte. Tu ne te rappelles pas ? La voiture portait un avis de contravention pour parking trop prolongé. Bouvier a rédigé une de ses fameuses notes pour souligner que c'est vraiment le comble de la malchance d'écoper d'une contravention le soir même où on se fait assassiner.

Guttmann se cogne le front du poing.

— C'est vrai, j'avais oublié ça.

— Pas la peine de te frapper. Une ligne juste sur trois, ce n'est pas si mal… pour un Joan.

— Où la voiture était-elle garée ?

— C'est dans le rapport. À quelques blocs de l'endroit où ils ont trouvé le corps.

Guttmann prend le dossier de Mac Henry, John Albert, et le feuillette rapidement. Il ne trouve pas ce qu'il cherche et doit recommencer à l'envers. La raison essentielle qui permet au Dr Bouvier d'avoir de temps en temps une de ses fameuses "idées ingénieuses", c'est la réunion de ses informations. Dans les dossiers normaux du service, l'assassinat de Mac Henry, le rapport sur l'agence de location de voitures et le rapport de la brigade de la circulation sur la voiture en contravention seront classés dans des endroits distincts ; en fait, dans des services distincts. Dans les dossiers du Dr Bouvier, ils se trouvent réunis.

— Ah, voilà! dit Guttmann. Voyons… la voiture de location… reprise par l'agence dans le garage de la police… Ah! Elle était garée au coin de la rue Mentana et de la rue Napoléon. Voyons un peu ce que ça donne.

Il va au plan de la ville, trace une nouvelle ligne puis il se tourne vers LaPointe.

— Et maintenant? Qu'est-ce que vous dites de ça, mon lieutenant?

Les trois lignes se rejoignent pour former un triangle grand comme un ongle. Et au centre du triangle se trouve le carré Saint-Louis, un petit jardin pelé à l'orée de la Main.

LaPointe se lève pour examiner le plan.

— C'est peut-être une coïncidence.

— Bien sûr, mon lieutenant.

— Nous recherchons donc une femme dans le voisinage du carré Saint-Louis qui a fait trois fois l'amour au cours de ces six dernières années. Il ne serait pas extraordinaire d'en trouver plus d'une qui corresponde à ce signalement.

— Oui, mon lieutenant.

— On ne découvre pas la solution d'un crime en tirant des traits sur une carte, tu sais.

— Bien sûr, mon lieutenant.

— Hmm… Hmm.

Guttmann laisse le silence s'étendre avant de se lancer.

— Je parierais que le sergent Gaspard me permettrait de rester avec vous. Je viens de terminer de taper ses paperasses.

LaPointe tapote de son gros index le rectangle vert pâle du parc. Ça fait à peu près une semaine qu'il l'a traversé au cours d'une de ses rondes. Le soir de l'assassinat de Green, justement. Il revoit la statue de Crémazie mourant.

*Pour mon drapeau*
*Je viens ici mourir*

Le bassin sans eau, jonché de détritus. Le symbole de paix d'où coulaient des rigoles de peinture, comme d'un sanglant swastika. Le mot AMOUR, mais le pulvérisateur s'est vidé pendant qu'on y ajoutait VA TE FAIRE F...

— Bon, dit LaPointe. Nous irons faire un tour par là demain matin.

Il retourne à son bureau, termine son café refroidi, chiffonne le gobelet et le jette dans la corbeille.

— Qu'est-ce qu'elle en pense?

— Pardon?

— Ton amie. Qu'est-ce qu'elle pense de ton idée de quitter la boite?

Surpris, Guttmann regagne sa chaise.

— Oh! Elle tient à ce que je fasse ce que je veux. Et d'abord... peut-être n'aurais-je jamais dû m'engager dans la police. Je suis sorti de l'université avec l'idée que je pouvais faire quelque chose... d'utile. Dans le domaine social, peut-être, que sais-je? Je connaissais les sentiments des gens, des jeunes surtout, à l'égard de la police et je me disais... De toute manière, je comprends bien maintenant que je n'étais pas taillé pour faire un policier. Il est possible que je l'aie toujours pensé. Ces quelques jours passés à travailler avec vous m'ont un peu poussé par-dessus bord, si vous voyez ce que je veux dire. Je n'ai pas les tripes qu'il faut, c'est tout. Je ne veux pas que tout le monde me déteste ou me craigne. Je ne veux pas vivre dans un univers de vagabonds, d'épaves, de putains, de truands et de dopés. C'est simple... Je ne suis

pas fait pour ça. Je ne ferai jamais bien ce métier. Et personne n'a envie d'être un raté. J'ai expliqué tout ça à Jeanne
et elle le comprend.

— Jeanne?

— Oui, ma voisine.

— Elle doit être canadienne française, ta petite amie?

— Je ne vous l'avais pas dit?

— Non.

— Eh bien, elle l'est.

— Hmm… hmm. Tu as meilleur goût que je ne croyais.
Vas-tu finir ce café?

— Non… Tenez. Vous savez, cette idée au sujet de la
carte, c'était aussi une sorte d'excuse pour venir ici et réfléchir
à tout ça.

— Et tu es décidé maintenant?

— À peu près.

Guttmann reste silencieux. LaPointe finit le café en regardant le plan les yeux mi-clos, puis il se gratte la tête.

— Bon, la journée est terminée…

— Je peux vous déposer, mon lieutenant?

— Avec ce joujou que tu appelles voiture?

— C'est la seule voiture que j'aie.

LaPointe semble réfléchir un moment à la question.

— Très bien. Tu peux me déposer.

Guttmann a presque envie de dire: "Merci beaucoup, mon
lieutenant."

Mais il se retient.

# 13

Un brouillard poisseux baigne le carré Saint-Louis. Il couvre de sueur la statue de Crémazie, détrempe les détritus au fond du bassin et vernit les racines qui se tordent à la surface d'un sol trop cendreux et tassé pour qu'elles s'y enfoncent. Entre les arbres rabougris, défeuillés, attendent les bancs marqués par les intempéries et tous couverts de graffitis rivalisant de vulgarité ou de poésie populaire.

Le carré Saint-Louis, jadis une belle place bordée d'hôtels particuliers autour d'un aimable parc, a peu à peu perdu son élégance et s'est laissé défigurer par des édifices de styles discordants. Sur le côté ouest s'élève une construction victorienne, ses saillies et ses niches unies par une large pancarte qui court sur toute la façade : ASSOCIATION CHRÉTIENNE DES JEUNES CHINOIS. Bien qu'elle attende vainement d'être repeinte depuis des années, malgré le brouillard qui plane sur le parc, rien ne ternit l'éclat des hauts caractères chinois rouge et or. Le centre de la place est dominé par une bizarrerie grotesque : un château de grès, crénelé et peint de frais en vert, le foyer de la Millwright's Union[*].

Que diable peut être un *millwright* ? Un type qui fabrique des moulins ? Non, ce n'est sûrement pas ça. Il regarde sa montre : 11 heures et quart, Guttmann est en retard.

C'est seulement sur le côté est que le carré a gardé la pureté du style original, mais là encore c'est du trompe-l'œil. Derrière les façades anciennes, les snobs et les artistes ont

---

[*] Syndicat des constructeurs de moulins. Le terme *millwright* est peu courant.

remodelé et rénové. Bientôt, cette partie de la Main sera étrangère à sa mosaïque culturelle originale. Les nouveaux arrivants auront des relations politiques : on taillera les arbres, la fontaine coulera, on effacera le symbole de paix sur les bords du bassin. Il y aura du gazon, des arbustes, des bancs tout neufs, une grille de fer forgé fermera le parc dont seuls les résidents auront la clef.

LaPointe gronde d'écœurement et aperçoit Guttmann qui traverse le parc à longues enjambées, confus d'être en retard.

— Je ne trouvais pas de place où me garer, explique-t-il en approchant.

Comme LaPointe ne répond rien, il enchaîne :

— Je suis désolé. Il y a longtemps que vous attendez ?

Le lieutenant met un terme aux politesses.

— Tu connais cette place ?

— Non, mon lieutenant, avoue-t-il en jetant un regard autour de lui. Bon sang ! Ce ne sont pas les maisons qui manquent. Par où commençons-nous ?

— Faisons d'abord un petit tour.

Guttmann marche à côté de LaPointe, leurs pas lents font crisser le gravier de l'allée et ils passent en revue les maisons.

Guttmann suit en silence jusqu'à ce que l'idée lui vienne de demander :

— Mon lieutenant, qu'est-ce que c'est qu'un *millwright* ?

LaPointe lui jette un regard de côté ; son expression dit clairement : "Tu ne sais donc rien de rien ?"

Ils traversent le parc et longent le côté est de la place, celui des maisons rénovées. LaPointe se déplace au long pas lent du flic de quartier. Les poings enfoncés dans les poches de son pardessus, il examine chaque porte.

— Que cherchons-nous exactement, mon lieutenant ?

— Pas la moindre idée.

— C'est un peu comme l'aiguille dans la botte de foin, n'est-ce pas ? Je me disais en venant ici que si l'une des lignes de notre carte était fausse de quelques degrés seulement, la femme pourrait fort bien habiter à des blocs et des blocs d'ici.

— Hmm… Hmm! Si elle habite toujours ici. S'il s'agit d'une seule femme. Si…

LaPointe ralentit légèrement l'allure pour examiner une porte, puis il reprend sa marche un peu plus vite.

— Si quoi, mon lieutenant?

— Avance. Je te paie une tasse de café.

Ils prennent leur café à deux blocs à l'est de la place, dans l'un de ces prétentieux cafés bohèmes fréquentés par la jeunesse. À cette heure-ci, la salle est vide, à l'exception d'un couple fort occupé dans un coin éloigné, un garçon barbu qui semble terrassé par le désir de communiquer et une fille maigrichonne à lunettes rondes qui se tue à essayer de comprendre. Ils font d'énormes efforts pour ne pas paraître artificiels.

La serveuse est une traîne-savates qui tire sur une mèche de ses cheveux en prenant la commande de Guttmann, deux cappuccinos. Devant le percolateur, pendant que la vapeur fuse à travers le café, elle regarde vaguement par la fenêtre tendue d'un rideau de perles. Pour une fois, ils sont dans une ambiance plus familière à Guttmann qu'à LaPointe. Le lieutenant regarde le jeune policier par-dessus la table et hoche la tête.

— On dit que Dieu est l'ami des ivrognes, des fous et des enfants. Je n'attendais rien de ton histoire de lignes tracées sur un plan. Ça ne représentait pas une chance sur mille.

— En est-il sorti quelque chose?

— J'en ai bien peur. Il est fort possible que notre femme travaille ou ait travaillé dans cette école.

— Quelle école, mon lieutenant?

— La septième maison avant la fin de la rangée des immeubles rénovés. Il y a une plaque sur la porte – une plaque de cuivre. C'est une sorte d'école. Un de ces endroits où l'on enseigne le français et l'anglais en accéléré.

Le visage de Guttmann s'éclaire.

— Et Green prenait des leçons d'anglais!

LaPointe a un signe de tête approbateur.

— Mais une seconde, et l'Américain?

— Il apprenait peut-être le français. Il voulait peut-être s'établir au Québec.

— Et le professeur de McGill?

— Je ne sais pas. Il faudra voir sa place dans le scénario. S'il en a une.

— Mais, permettez, mon lieutenant. Même si l'école est le point de rencontre, ce n'est peut-être pas un professeur. Ce pourrait être une élève.

— Pendant plus de six ans?

— C'est vrai. Donc, un professeur. Alors, que fait-on maintenant?

— Nous allons bavarder avec quelqu'un. Voir si nous pouvons découvrir quel professeur est le nôtre, termine LaPointe en se levant.

— Vous ne finissez pas votre café, mon lieutenant?

— Cette lavasse? Donne la pièce à la jeune souillon et fichons le camp.

Au souvenir de l'eau de vaisselle et des bouillons fangeux qu'il a dû absorber avec le lieutenant dans des cafés chinois, portugais ou grecs, Guttmann doute que ce soit bien la qualité du café qui chasse si vite LaPointe.

— ... Donc, sur un total de treize, nous avons un effectif opérationnel à plein-temps de neuf à neuf et demi, étant donné que certains de mes professeurs travaillent à mi-temps et que d'autres sont des élèves de l'université qui viennent se familiariser avec notre méthode d'enseignement intensif individuel.

Mlle Montjean allume sa cigarette à un briquet de marbre serti d'or, inhale une longue bouffée et renverse la tête pour rejeter haut la fumée, loin de ses visiteurs. Puis elle pince légèrement le bout de sa langue entre le pouce et l'index, comme pour cueillir une parcelle de tabac, un tic qui lui reste d'une période antérieure où elle ne fumait pas de cigarettes à bout filtre.

Il y a bien des choses en elle qui rappellent à Guttmann un mannequin de haute couture : la coiffure impeccable qui ondule à chacun de ses gestes vifs et énergiques ; les pas, les demi-tours précis, presque appris par cœur ; les jambes et les bras longs et fuselés ; le tailleur parfaitement coupé, à la fois strict et féminin. Et, comme un modèle de mode, elle semble avoir conscience de ses moindres gestes en permanence, comme si elle se regardait vivre. Guttmann trouve sa voix particulièrement agréable : elle allie une prononciation extrêmement claire à un ton bas, chaud, juste au niveau du contralto. Et son rire est exactement de la même tonalité.

— J'imagine que cela vous paraît être un effectif plutôt important pour une petite institution comme la nôtre, lieutenant, mais nous nous spécialisons dans la formation rapide, ce qui suppose un nombre réduit d'étudiants par professeur. Nous plongeons l'élève dans une culture linguistique. Par exemple, l'élève qui apprend le français n'entend pas un mot d'anglais six heures par jour, il va même déjeuner dans un restaurant français avec ses professeurs et d'autres élèves. Et le soir, s'il le désire, l'élève est accompagné par un professeur dans des cabarets, des théâtres ou des cinémas français. Nous insistons, si vous voulez, sur la musique de la langue. L'élève apprend à chantonner en français avant de comprendre les paroles de la chanson. Notre technique a été lancée à McGill et, d'ailleurs, certains de nos professeurs stagiaires sortent de cette université.

La directrice s'interrompt tout à coup.

— Je dois avoir l'air de réciter un de mes prospectus.

— Un peu, dit LaPointe. Vous êtes donc en relation avec McGill ?

— Rien d'officiel. Certains de leurs anciens élèves acquièrent de l'expérience et une certaine réputation en travaillant chez nous. (Elle écrase soudain sa cigarette.) Excusez-moi un instant, je vous prie.

Elle quitte le "coin conversation", composé de larges poufs de cuir blanc rembourré, rassemblés autour d'une table de verre basse en forme de haricot. Le tout est deux marches plus bas que le reste de la pièce. Elle va rapidement à son bureau d'où l'on aperçoit le carré Saint-Louis, presse la touche d'un magnétophone et dit sur le ton de la conversation :

— Maggie, rappelez-moi de contacter le Dr Moreland. Sujet : méthodes de notation pour élèves à temps partiel.

Elle relâche la touche et sourit aux policiers.

— J'aurais complètement oublié si je ne vous en avais pas parlé : j'ai une tête comme une passoire.

C'est un mensonge poli mais évident. Mlle Montjean dirige son école spécialisée et extrêmement onéreuse avec une telle efficacité qu'il semble qu'elle ait encore du temps libre pour accueillir des visiteurs qui se présentent à l'improviste. Même des policiers.

L'école occupe deux immeubles qui ont été remodelés, rénovés et contiennent maintenant des "espaces conversation", des "ambiances d'études" et un système audiovisuel d'apprentissage aux deux premiers étages ; le troisième est mansardé et il abrite les bureaux et l'appartement personnel de Mlle Montjean. Guttmann est frappé par la façon dont elle a intégré à son vaste salon les meubles et les appareils nécessaires à ses affaires. Les classeurs sont dissimulés dans des placards d'époque victorienne ; sa chaîne haute fidélité est reliée à son matériel audio, les téléphones de bureau ont la forme de moulins à café français en porcelaine ; son bureau est un bonheur-du-jour de marqueterie très féminin ; le "coin-conversation" peut aussi bien servir aux réunions du personnel qu'à un tête-à-tête romantique. Les murs et le plafond sont de stuc blanc, avec poutres vernies apparentes, et ce décor neutre convient à ce mélange inattendu et pourtant harmonieux de moderne, de victorien et d'antiquités.

Théoriquement, ce mélange de styles devrait jurer : les murs de stuc et les poutres sombres, les tapis persans et les tableaux anciens et modernes pendus aux murs. Mais rien ne semble dissonant ni confus : il est évident que tout a été choisi par quelqu'un à la personnalité et aux goûts sûrs. Chaque élément est agencé selon l'angle le plus avantageux, à la meilleure place possible.

LaPointe n'apprécie pas ce décor.

— Je parie que je ne vous ai même pas offert un verre, je me trompe ? dit-elle en secouant la tête comme pour faire comprendre qu'elle oublierait même sa tête si elle ne lui tenait pas au corps. Que prenez-vous avant le déjeuner ? Un Dubonnet ?

Guttmann estime qu'un Dubonnet serait parfait.

— Lieutenant ? interroge-t-elle.

— Rien, merci.

C'est après avoir été conduit à la partie professionnelle de l'appartement par un personnage compassé et au rôle indéterminé que LaPointe a exhibé sa carte et posé sa première question au sujet du programme de l'école. Avec volubilité et une amabilité presque excessive, Mlle Montjean a expliqué les cours qu'elle offre à ses élèves comme si elle récitait un texte appris par cœur. Même les apartés, les pauses pour allumer une cigarette semblent calculés, mis en scène. Elle en a dit bien plus que ce qu'il attendait, comme pour noyer les questions suivantes sous un flot de réponses.

LaPointe se renverse dans son siège et le monologue s'adresse maintenant à Guttmann. Ce type de femme cultivée, capable, sûre de son attrait et de son talent, n'appartient pas au monde habituel de LaPointe.

Il a acquis une certitude en tout cas : elle dissimule quelque chose.

— Vous ne voulez vraiment pas vous laisser tenter, lieutenant ? J'ai tout ce qu'il faut, dit-elle en montrant du geste un bar au fond de la pièce, près d'une grande cheminée de marbre.

— Mais c'est un vrai bar ! s'exclame Guttmann surpris. C'est fantastique.

Il se lève pour l'accompagner lorsqu'elle traverse la pièce pour aller préparer les verres. Et c'est un bar authentique, en effet. Il ne manque rien : ni les étagères contre les glaces biseautées, ni la barre et les accessoires de cuivre. Il y a même un crachoir.

— Je préfère que mes invités prennent ça pour un simple décor, dit-elle en montrant le crachoir.

— Où avez-vous pu trouver un bar 1900 comme celui-ci ? demande Guttmann.

— Oh ! On était en train de démolir un de ces petits bistrots sur la Main, c'est là que je l'ai acheté, dit-elle avec un sourire malin. Les déménageurs en ont eu plein les bras pour le monter jusqu'ici. Le dessus est en noyer d'une seule pièce. Ils ont dû le passer par la fenêtre.

Guttmann essaie le bar : il s'appuie contre le bois poli, pose le pied sur le long barreau.

— C'est tout à fait ça. Je parie que les voisins ont dû se demander ce que vous mijotiez. Pensez, un bar authentique ! Vraiment !

— Je n'y ai jamais pensé. J'aurais dû faire monter aussi mon lit par la fenêtre. Ça les aurait réellement fait bavarder. C'est un de ces grands lits flottants circulaires.

Elle a un rire léger ; Guttmann la trouve très séduisante.

LaPointe a peu de patience pour ce genre de badinage mondain. Il s'extrait des coussins profonds du "coin-conversation" et vient les rejoindre au bar.

— Finalement, je prendrai un doigt d'armagnac, mademoiselle. Et je voudrais bien entendre parler d'un certain Antonio Verdini, alias Tony Green.

Elle continue à servir le Dubonnet, mais elle répond d'une voix sans timbre :

— Et moi, j'aimerais savoir ce que vous faites chez moi. Pourquoi vous vous intéressez à mon école ? Et pourquoi vous posez toutes ces questions ?

Elle lève les yeux et sourit à LaPointe :

— Vous avez bien dit : armagnac ?

— S'il vous plaît. Les questions vous ennuient-elles ?

— Je ne sais pas trop, dit-elle en regardant pensivement la bouteille d'armagnac qu'elle tient dans la main. Dites-moi,

329

lieutenant LaPointe, pensez-vous que mon avocat me gronderait si je répondais à vos questions hors de sa présence ?

— C'est possible. Comment savez-vous qui je suis ?

— Vous m'avez montré votre carte en arrivant.

— Vous l'avez à peine regardée.

Il y a aussi autre chose qu'il se garde bien de dire. Il présente toujours sa carte officielle, le pouce cachant son identité. Il est policier depuis très, très longtemps.

Elle repose la bouteille et plante ses yeux dans les siens, son regard passant d'un œil à l'autre. Puis elle lève lentement les bras jusqu'à ses épaules et dit d'une voix aride et rauque :

— D'accord, lieutenant, vous avez gagné. J'abandonne. Mais ne dites pas à Rocky et au reste de la bande que je me suis mise à table.

Elle et Guttmann éclatent de rire. Un regard de LaPointe et elle reste seule à rire en versant l'armagnac.

— Vous me direz "stop".

— C'est parfait comme ça. Alors, comment avez-vous appris mon nom ?

— Ne soyez pas trop modeste. Tout le monde dans la Main connaît le lieutenant LaPointe.

— Vous connaissez la Main ?

— J'ai grandi dans le quartier. Mais ne vous inquiétez pas, lieutenant. Il n'y a aucune raison au monde que vous vous souveniez de moi. J'en suis partie très jeune. À treize ans. Mais, moi, je me souviens de vous. Évidemment, il y a de ça vingt ans, et vous n'étiez pas lieutenant. Vos cheveux étaient tout noirs et vous étiez plus mince. Mais je n'ai rien oublié.

Il y a autre chose que de l'amusement, quelque chose de grave dans son regard. Puis elle s'adresse à Guttmann :

— Qu'est-ce que vous dites de ça ? Que pensez-vous d'une femme qui révèle son âge aussi simplement ? Je suis là à admettre que j'ai trente-trois ans quand personne ne m'en donnerait plus de trente-deux... avec un éclairage tamisé.

— Alors, vous êtes du boulevard ? dit LaPointe, incrédule.

— Oh que oui, monsieur. Du plein cœur du boulevard. Ma mère racolait.

Elle a appris à dire ça avec le même calme qu'une autre mentionnerait que sa mère était blonde ou du parti libéral. Il est clair qu'elle adore lâcher ce genre de bombes. Mais elle rit presque aussitôt.

— Hé! Qu'est-ce que la compagnie préfère? On boit debout au bar ou on s'assied?

Lorsqu'ils ont regagné le "coin-conversation", Mlle Montjean reprend son ton le plus professionnel. Elle déclare à LaPointe qu'elle tient à savoir exactement pourquoi il est venu et pourquoi il pose des questions. Quand elle saura, elle décidera si elle a l'intention ou non de répondre sans le secours d'un homme de loi.

— Avez-vous une raison quelconque de croire que vous avez quelque chose à craindre? demande-t-il.

Mais elle ne se laisse pas prendre à un piège aussi grossier. Elle sourit en buvant son apéritif.

LaPointe est mal à l'aise devant ce mélange insaisissable de prudence et de charme averti. Elle ne ressemble pas aux femmes de son secteur, bien qu'elle prétende en être une. Il lui déplaît d'être dérouté par ses changements constants de personnalité. Elle a été d'abord la troublante mondaine qui a éteint d'un coup le policier en Guttmann. Puis elle a fait son numéro de maîtresse de gangster qui lui a permis d'admettre qu'elle était prise au dépourvu... mais rien de plus. LaPointe redoute qu'à l'annonce de la mort de Green elle se contrôle si bien qu'elle parvienne à masquer sa surprise, si elle en éprouve une. Dans ce cas, elle pourrait paraître coupable sans l'être vraiment. Elle pourrait même le surprendre en se montrant franche et sincère. C'est le genre de femme pour qui la sincérité est également une ruse.

— Donc, reprend LaPointe en parcourant du regard les choses de prix qui meublent l'appartement, vous êtes de la Main, c'est bien ça?

— "De la" est le terme qui convient, lieutenant. J'ai passé toute ma vie à être de la Main.

— Montjean? Vous dites que votre mère était une raco-
leuse du nom de Montjean?

— Non, je n'ai pas dit ça, lieutenant. Évidemment, j'ai
changé de nom.

— Et l'autre était?

La jeune femme sourit.

— Puis-je vous offrir un autre armagnac? Mais ce
sera vraiment rapide: j'ai un déjeuner de travail et l'heure
approche. Nous nous lançons dans une entreprise qui vous
intéressera peut-être, lieutenant. Nous organisons un cours
accéléré de joual. Vous n'imaginez pas le nombre de gens
qui désirent apprendre les usages et l'accent canadiens.
Des représentants, pour la plupart, et des politiciens.
La catégorie de gens qui gagnent leur vie en inspirant
confiance. Comme les policiers.

LaPointe termine son armagnac et repose le verre en forme
de tulipe très doucement sur la table de verre.

— Cet Antonio Verdini dont je vous ai parlé…?

— Oui? dit-elle en levant nonchalamment les sourcils.

— Il est mort. Poignardé dans un passage de la Main.

Elle regarde tranquillement LaPointe sans un battement
de cils. Au bout d'un moment, son regard tombe sur le briquet
de marbre serti d'or et elle l'observe, immobile. Puis elle prend
une cigarette dans une cassette de teck sculpté, elle l'allume,
renverse la tête en secouant sa chevelure et souffle la fumée
loin au-dessus de la tête de ses hôtes. Elle cueille délicatement
un brin de tabac imaginaire sur la pointe de sa langue.

— Ah! fait-elle.

— Je présume que vous étiez amants, dit LaPointe d'une
voix égale en négligeant le coup d'œil scandalisé de Guttmann.

Mlle Montjean a un haussement d'épaules flegmatique.

— Nous avons baisé, si c'est ce que vous voulez dire.

Encore une de ses fameuses bombes, une sorte de contre-
attaque à l'utilisation balistique par LaPointe de la mort de
Green. Elle s'est admirablement contrôlée pendant cette
longue pause… mais il y a eu une pause.

— Nos renseignements nous disent qu'il apprenait l'anglais ici, poursuit LaPointe. Je présume que c'est exact ?

— Oui. L'un de nos professeurs italiens lui donnait un cours d'anglais accéléré.

— Et c'est ainsi que vous l'avez connu ?

— C'est comme ça que je l'ai connu, lieutenant. Dites-moi, dois-je maintenant faire appel à un avocat ?

— L'avez-vous tué ?

— Non.

— Alors vous n'avez sans doute pas besoin d'un avocat. À moins que vous n'ayez l'intention de dissimuler des informations ou de refuser de nous assister dans notre enquête.

Elle secoue sans raison la cendre de sa cigarette, pour avoir le temps de réfléchir. Son contrôle de soi est encore excellent, mais pour la première fois on la sent troublée.

— Vous pensez aux autres, évidemment, dit LaPointe.

— Quels autres ?

LaPointe lui adresse cette expression de patience mélancolique qu'il prend pendant un interrogatoire quand il n'a pas les informations nécessaires pour conduire le dialogue.

— Très bien, lieutenant. Je vais coopérer. Mais permettez-moi de vous poser d'abord une question. Faudra-t-il que tout ça paraisse dans les journaux ?

— Pas nécessairement.

— C'est que, voyez-vous, mon institution est assez particulière – onéreuse, faite pour l'élite. Un scandale la ruinerait. Et c'est mon œuvre. Elle représente dix années de travail, et aussi les dix mille kilomètres que j'ai franchis pour fuir la Main. Vous comprenez ce que je veux dire ?

— Je comprends. Parlez-moi des autres.

— Eh bien, ça ne peut pas être une coïncidence. Et Mike a été tué de la même manière, poignardé dans la rue.

— Mike ?

— Michael Pearson. Le Dr Michael Pearson. Il dirigeait le Centre d'études des langues à McGill.

— Et vous étiez amants ?

— Vous ne risquez pas d'être à court de circonlocutions, hein? remarque-t-elle avec un mince sourire.

— Et l'autre. L'Américain?

Elle ouvre des yeux emplis d'incompréhension.

— Quel autre?

— L'Américain. Euh..., fait LaPointe en regardant Guttmann.

— John Albert Mac Henry, complète vivement le jeune policier.

Le regard de Mlle Montjean va de l'un à l'autre.

— Je n'ai pas la moindre idée de qui vous voulez parler. Je ne pense pas avoir connu qui que ce soit de ce nom-là. Et je peux vous assurer que je n'ai jamais... sauté votre M. Mac Henry. (Elle se penche vers LaPointe et lui serre le bras.) C'est ma manière toute personnelle de dire que nous n'étions pas amants, lieutenant.

— Vous me paraissez très sûre de votre fait, mademoiselle Montjean. Est-ce que vous tenez une liste?

Son sourire demeure intact et son regard parfaitement calme:

— Eh bien, oui, j'en tiens une, justement. En fait, je tiens mon journal. Et c'est une liste assez longue, si vous voulez bien me pardonner cette vantardise. J'aime bien faire mes comptes. Mon psychanalyste me dit que c'est un comportement plutôt classique dans mon cas. Il m'assure que la raison qui fait que je consomme tant d'hommes est que je les déteste et qu'en les accumulant l'un après l'autre je leur refuse toute personnalité. Voilà comment parle mon psychanalyste. Comme un livre. Et vous ne devineriez jamais où il m'a raconté toutes ces âneries? Au lit. Après que je l'ai "accumulé" à son tour. Plus tard, il était assis exactement à votre place, il m'a dit qu'il comprenait mon besoin de faire l'amour, même avec lui. Un réflexe classique de refus, m'a-t-il expliqué. Et quand je lui ai dit qu'il n'était pas ce qu'on appelle un bon coup, il a essayé de tourner la chose en plaisanterie. Mais je sais que ça l'avait secoué. Pauvre mec! conclut-elle avec un sourire.

— L'essentiel de tout ça étant que vous ne connaissez pas cet Américain, ce Mac Henry ?

— Exactement. Oh ! J'ai eu ma part d'Américains, c'est certain. On devrait s'offrir un Américain au moins chaque trimestre. Les Canadiens paraissent bien meilleurs ensuite, par comparaison. Et, une fois par an au moins, on devrait se permettre un Anglais. En partie pour que les Américains paraissent passables et en partie par pénitence. Saviez-vous que faire l'amour avec un Brit diminue votre temps de purgatoire ?

Le téléphone intérieur sonne sur son bureau. Mlle Montjean jette sa cigarette, se lève et lisse sa jupe de ses paumes.

— Ce doit être mon rendez-vous pour le déjeuner. Je présume que je suis libre d'y aller ?

— Oui, dit LaPointe en se levant. Mais nous n'avons pas fini de discuter.

Elle est à son bureau et elle prend une chemise de documents relatifs à son déjeuner d'affaires. Elle consulte son agenda :

— Je suis prise tout l'après-midi. Êtes-vous libre ce soir, lieutenant ?

— Oui.

— Alors, disons 9 heures ? Ici. — Parfait.

Elle serre la main de Guttmann puis celle de LaPointe.

— Vous ne vous souvenez vraiment pas de moi, n'est-ce pas, lieutenant ?

— Je le crains fort. Je le devrais ?

Lui tenant toujours la main, elle lui offre un sourire où il y a de l'amusement et de la tristesse.

— Nous en parlerons ce soir. Armagnac, n'est-ce pas ?

Elle les accompagne jusqu'à la porte.


À 9 HEURES du soir, il fait sombre dans le petit parc du carré Saint-Louis. Pour la première fois depuis des semaines le vent souffle du nord, bien établi. S'il reste dans cette zone, il amènera la neige purificatrice. Mais pour l'instant il aiguise simplement la morsure du froid. LaPointe remonte le col de son pardessus pour traverser le parc désert. Il marche avec précaution sur l'allée sillonnée de racines et mal éclairée par les flaques de lumière des lointains réverbères.

Soudain, il fait halte. Il n'entend plus d'autre bruit que le sifflement du vent dans les branches tourmentées. Mais il sent un picotement sur la nuque, comme si on l'observait. Il jette un regard circulaire à travers la zébrure d'arbres noirs et d'ombre tissée d'argent par les lumières de la ville. Il ne voit personne.

Il continue à traverser vers l'institution de Mlle Montjean, où l'on aperçoit derrière les rideaux tirés de la lumière au rez-de-chaussée et au second ; sans doute, des élèves en retard dans leur cours accéléré de français ou d'anglais. Il frappe. L'homme compassé qu'il a déjà vu le matin ouvre. Mlle Montjean n'est pas là, mais elle doit arriver d'une minute à l'autre ; elle a laissé des ordres pour que le lieutenant soit conduit à son appartement. Soucieux, l'homme examine LaPointe de la tête aux pieds, les lèvres figées dans une moue critique. Il n'a pas à savoir qui sont les amis de Mlle Montjean. Il ne se soucie pas de ce que sa patronne fait de ses heures de loisir. Mais il y a des limites. Un policier, vraiment ! Allons, il faut bien le faire monter tout de même.

Trois lampes éclairent l'appartement, formant trois îlots distincts. Il y a une lampe de porcelaine sur le bureau près des fenêtres qui ouvrent sur la place, une lampe suspendue révèle dans un éclairage tamisé le "coin-conversation" en contrebas et, plus loin, le bar est éclairé par une boule faite de fragments de verre coloré et illumine l'intérieur. Il y a le chauffage central et le feu mourant dans l'âtre est surtout décoratif. LaPointe pose son pardessus et fait comme chez lui : il va même jusqu'à mettre dans la cheminée deux bûches séchées au four et nettoyées à la vapeur et à tisonner les cendres. Il adore s'occuper d'un feu de bois et il se voit souvent dans la maison imaginaire de Laval en train de taquiner ses bûches. L'écorce craque déjà et jette des flammes bleues quand la maîtresse de céans fait son entrée, sans manteau, sa toque de fourrure à la main.

— Excusez-moi, lieutenant. Mais vous savez ce que c'est. (Elle ne précise pas ce que c'est, justement.) Oh! Très bien. Je suis contente que vous vous soyez occupé du feu. J'avais peur qu'il ne s'éteigne et je l'avais spécialement préparé pour vous.

Elle passe de l'autre côté du bar et commence à verser deux armagnacs, la lumière de la boule de verre brille sur sa chevelure soigneusement ordonnée. Quand LaPointe s'assied sur un tabouret en face d'elle, il s'aperçoit qu'elle a déjà bu pas mal, pas au point de perdre son contrôle, mais peut-être un peu trop pour s'en soucier.

— J'espère que vous n'aviez rien d'important ce soir, dit-elle.

— Rien de très important. Une partie de pinocle. J'ai dû la reporter, c'est tout.

— Oh là là, lieutenant! lance-t-elle en claquant la langue. Une partie de pinocle! Vous ne vous refusez vraiment rien. Santé! dit-elle en levant son verre.

— Santé.

Elle prend une bonne rasade et pose son verre sur le bar.

— Ce mot "santé" me rappelle la découverte faite récemment que notre méthode structurale d'étude de langues n'a pas que des vertus. Nous avions un élève arabe, le neveu d'un de ces pirates du pétrole. Ils le préparaient à conquérir le monde ou peut-être à abdiquer en six langues, je ne sais plus très bien. Bête à s'en réveiller la nuit! Mais on lui administrait toutes sortes de leçons particulières à McGill – je crois que son oncle les avait soudoyés en leur offrant un laboratoire atomique ou la moitié de l'Amérique du Sud, quelque chose dans ce genre-là… enfin, croyez-moi, le jeune homme était bouché. Il était si bête qu'il aurait eu du mal à entrer dans une faculté de sciences en Grande-Bretagne ou à obtenir un diplôme de journaliste dans une université des États-Unis… Ils se tordraient de rire s'ils entendaient ça dans une réunion d'universitaires.

— Vous croyez?

— Vous n'êtes pas bon public, LaPointe. Et maintenant, je ne me rappelle plus ce que mon histoire était supposée démontrer.

— Rien, peut-être. Peut-être que vous cherchez seulement à gagner du temps.

— Oui, c'est possible. Un autre verre ?

— Je n'ai pas fini celui-ci.

— Moi, je vais m'en servir un autre.

Elle le prend et vient s'asseoir à côté de lui.

— Il vient de m'arriver quelque chose d'étrange. En traversant le parc tout à l'heure, j'ai aperçu quelqu'un caché dans l'ombre.

— Quelqu'un que vous connaissez ?

— C'est ça, justement. J'ai l'impression que je le connais, mais… comment dirais-je ? Je ne l'ai pas vu vraiment. Juste une sorte d'ombre. Et j'ai eu l'impression bizarre qu'il voulait me parler.

— Et il ne l'a pas fait ?

— Non.

— Alors qu'est-ce que ça avait d'effrayant ?

— Rien, dit-elle en riant. Mais j'ai eu peur tout de même. Je vous ai dit que c'était étrange. Je commence à parler pour ne rien dire ou bien c'est mon imagination ?

— Ce n'est pas votre imagination. Cet après-midi, vous avez dit que vous me connaissiez. Racontez-moi ça.

Elle se met à parler, mais on dirait qu'elle s'adresse à son verre plutôt qu'à lui.

— Oh, j'étais encore une enfant. Vous n'avez jamais fait vraiment attention à moi. Mais pendant des années, vous avez beaucoup… compté dans ma vie. (Elle a un petit rire ironique.) Plutôt impressionnant, hein ? Je ne veux pas dire que vous avez compté au point que je pense beaucoup à vous, ce n'est pas vrai. Mais je pense à vous… aux moments importants. Ce doit être embarrassant d'entendre une étrangère vous dire qu'elle se fait une idée toute particulière de votre personne. Pas vrai ?

Il lève son verre et incline la tête.

338

— Oui.

— Vous croyez que j'ai bu ?

— Un peu, dit-il avec un geste du pouce et du petit doigt.

— Ivresse manifeste et inconduite, dit-elle d'une voix lointaine. Je vous accuse, jeune femme, d'être en état d'ivresse manifeste et de mener une vie contraire aux bonnes mœurs, d'avoir un esprit déréglé.

— J'en doute fort. Je suis persuadé que vous avez l'esprit parfaitement organisé et très astucieux.

— Astucieux ? Oui. Parfaitement organisé ? Oui. Mais déréglé tout de même. Dans mon esprit, les classeurs de la façade sont bien rangés, parfaitement organisés. Mais derrière ces rayons il y a un énorme désordre, un chaos, et savez-vous quoi encore ?

— Non. Quoi ?

— Un peu d'auto-apitoiement.

Ils rient tous les deux.

— Et maintenant que diriez-vous d'un verre ? demande-t-elle en repassant de l'autre côté du bar pour se servir.

— Non, merci... en fait oui, après tout... Et, dites-moi, à côté de cet auto-apitoiement dont vous parlez, il n'y aurait pas un peu de violence, de haine ?

— Des tonnes et des tonnes, lieutenant. Mais... (Elle pointe vivement le doigt sur lui comme si elle venait de le surprendre en train de tirer une carte de sa manche.) Pas assez pour tuer. Savez-vous, cher monsieur ? J'ai l'impression que nous pourrions passer une bonne partie de la nuit à parler chacun d'une chose différente.

— Pas toute la nuit.

— C'est une menace ?

Il hausse les épaules.

— Bon, des tonnes et des tonnes de haine. Me haïssez-vous de ne pas me souvenir de vous ?

— N... n... non. Non, je ne vous hais ni ne vous blâme. Vous étiez le personnage principal, une vedette sur la Main. J'occupais un strapontin de côté près de la sortie. Je passais mon temps à dévorer des yeux cet acteur unique, alors, évidemment, je me souviens de lui. Vous – si vous preniez jamais la peine de regarder les spectateurs –, vous ne les considéreriez pas comme des êtres précis. Non, pas de haine. Prenez deux parts de déception, ajoutez une part de ressentiment, une part de vanité blessée, diluez dans des années d'indifférence et vous saurez ce que je ressens. Ce n'est pas de la haine.

— Vous dites que votre mère racolait dans la rue. Comment s'appelait-elle ?

Elle rit, sans qu'il y ait rien de drôle.

— Elle s'appelait Dery.

Le film de la mémoire de LaPointe se dévide et ramène une image vieille de vingt ans. Yo-yo Dery, une fille des rues comme on n'en voit plus. Tape-à-l'œil, pleine de vie, amusante à sortir, elle montait quelquefois avec des ouvriers qui n'étaient pas riches, et même à l'œil, s'ils étaient bons mecs et qu'ils lui plaisaient. C'était une belle fille insouciante et qui n'avait pas froid aux yeux. Un beau soir, pour clore une discussion avec une rivale qui prétendait qu'elle n'était pas une rousse naturelle, Yo-yo Dery, au beau milieu de la piste de danse d'un cabaret bondé – là où se trouve maintenant le Happy Hour Whisky à Gogo –, avait relevé sa jupe, baissé sa culotte et montré… qu'elle était bien une vraie rousse.

— Vous vous souvenez d'elle, hein ? demande maintenant Mlle Montjean qui le voit plongé dans le passé.

— Oui, je me souviens d'elle.

— Mais pas de moi ?

Eh bien, oui, en y réfléchissant. Yo-yo avait une fille. Il lui a même parlé une fois ou deux, chez sa mère. Après la mort de Lucille, lorsque le désir le tourmentait, il allait parfois, en effet, avec des filles de la rue. Il payait toujours, bien que comme policier il eût pu "consommer" gratuitement. Yo-yo et lui ont dû faire trois ou quatre fois l'amour à l'époque. Mais oui, c'est vrai. Yo-yo avait une toute petite fille. Une fillette très timide.

Puis il se rappelle la mort de Yo-yo. Elle s'est tuée. Elle a envoyé sa fille chez une voisine et elle s'est tuée. Dans la Main, personne ne voulait le croire. Yo-yo Dery! Celle qui riait tout le temps? Non! Celle qui avait montré qu'elle était une vraie rousse? Se suicider? Mais pourquoi?

LaPointe avait enfoncé la porte. Des chiffons calfeutraient les embrasures. Il avait dû casser un carreau avec une bouteille. Yo-yo avait glissé de côté sur le sol de la cuisine, la joue appuyée contre la brosse d'un balai. Il y avait des cartes sur la table. Elle avait ouvert le gaz et s'était mise à faire une réussite.

Curieux comme les détails reviennent. Il y avait une reine noire sur un roi noir. Yo-yo avait triché.

Mais qu'était devenue sa fille? Vaguement, il se souvient qu'une voisine l'avait gardée jusqu'à l'arrivée des assistantes sociales.

— Vous rappelez-vous pourquoi ils l'appelaient Yo-yo? demande la jeune femme d'une voix lointaine.

Il se rappelle. Comme un yo-yo, elle monte et descend, monte et descend.

La jeune femme fait tourner le pied de son verre entre ses doigts.

— Elle était très bonne pour moi, vous savez. Des cadeaux. Des vêtements. Nous allions au parc tous les dimanches quand il ne faisait pas trop froid. Elle a vraiment tout fait pour être une bonne mère.

— Ça ne m'étonne pas d'elle.

— Mais oui. La putain au grand cœur. Un personnage sorti tout droit des œuvres de Robert Service*. J'ai toujours su plus ou moins comment elle gagnait sa vie, même quand je n'avais que quatre ou cinq ans. C'est-à-dire... il y avait toujours des hommes à la maison et ils laissaient de l'argent. Ce que j'ignorais à ce moment-là, c'est que ce n'était pas la même chose partout. Mais lorsque j'ai été en âge d'aller à l'école, les autres m'ont mise au courant, et vite. Ils me chantonnaient: "Rouquine... Rouquine..." – j'entends encore les deux notes traînantes, comme la sirène d'une voiture de pompiers en

---

* Poète canadien d'origine britannique (1874-1958).

France. Je ne comprenais pas pourquoi ils chantaient ça ni pourquoi ils ricanaient. J'ai toujours eu les cheveux châtains. Vous comprenez, je ne connaissais pas la théâtrale démonstration de Yo-yo au dancing. Mais les autres gosses, eux, connaissaient l'histoire.

Ce n'est pas pour entendre ça que LaPointe est venu, et il ne tient pas à s'encombrer de problèmes dont il n'est pas responsable et auxquels il ne peut rien.

— Bah! dit-il en montrant d'un geste large le riche appartement, vous avez fait beaucoup de chemin depuis ce temps-là.

Elle le regarde de côté, à travers les mèches de sa chevelure mi-longue et bien peignée.

— On jurerait entendre mon psychanalyste, accuse-t-elle.

— Celui que vous retrouvez parfois au lit?

— Celui que je baise, corrige-t-elle. Qu'est-ce qu'il y a? Pourquoi secouez-vous la tête?

— Ce doit être une mode d'employer les mots les plus laids pour dire "faire l'amour". J'ai rencontré l'autre jour une fille qui trouvait ridicules les expressions plus choisies, elle ne pouvait pas s'empêcher d'en rire.

— Je dis "baiser" parce que c'est précisément ce que je veux dire. C'est le mot juste. Quand je suis avec un homme, nous n'allons pas nous "coucher" et il ne s'agit pas de "faire l'amour". Nous baisons. Et qui plus est, ils ne me baisent pas. C'est moi qui les baise.

— Comme dans "Allez vous faire baiser, mon cher!"

La fille de Yo-yo éclate de rire.

— Maintenant, on croirait *vraiment* entendre mon psychanalyste. Que diriez-vous d'un autre armagnac?

— Non, merci.

Elle prend son verre et va s'asseoir sur le divan devant la cheminée, où elle reste à fixer le feu avant de recommencer à parler, plus à elle-même qu'à lui, d'ailleurs.

— C'est curieux, mais je ne méprisais pas les hommes que Yo-yo ramenait à la maison – c'était de braves mecs pour la plupart, gais, un peu ivres, maladroits. Yo-yo venait toujours me border et me dire bonsoir avec un baiser. Puis elle refermait doucement la porte parce que les gonds grinçaient. Elle avait une façon bien à elle de me faire un signe d'adieu du bout des doigts, juste avant de refermer cette porte. Je me rappelle la lumière sur le mur, un grand trapèze jaune qui se rétrécissait jusqu'à ce que la porte soit close, et il ne restait plus alors qu'un mince trait de lumière qui filtrait par une fente. Sa chambre était voisine de la mienne. Je l'entendais rire. Et j'entendais les hommes. La plainte des ressorts. Et les hommes qui geignaient. Ils geignent toujours à ce moment-là, dit-elle en regardant LaPointe du coin de l'œil et avec un demi-sourire. Vous ne geigniez jamais, lieutenant. Je dois vous rendre cette justice.

Il lève son verre vide pour accepter le compliment et se rend compte immédiatement du ridicule de son geste.

— Et vous ne m'en vouliez pas ?

— Pourquoi, parce que vous baisiez Yo-yo ? Tenez, vous remarquez la différence ? Les hommes baisaient Yo-yo, moi, je les baise. Il y a là une signification profonde. Ou superficielle peut-être. Ou bien il n'y a rien. Non, je ne vous en voulais pas, lieutenant. Mon Dieu ! certainement pas ! Il m'aurait été difficile de vous en vouloir.

— Pourquoi donc ?

— Parce que vous étiez mon père, dit-elle d'une voix calme avant d'ajouter : Dites, vous voulez un autre verre ?

LaPointe encaisse le coup en silence et il ne parle que lorsqu'elle a regagné le bar pour remplir son verre.

— C'était parfait. Ce "vous voulez un autre verre ?" était particulièrement bien placé…

— Oui, mais un peu mélo.

— Cela dit, vous savez bien que je ne suis pas…

— Pas de panique lieutenant. Je sais parfaitement que je ne dois pas le jour à une de vos saillies – gémie ou non. Mon père était anonyme. (Elle trébuche sur le mot, l'alcool commence à faire son effet.) Vous connaissez sûrement le fameux poète, Anonyme ? On le trouve dans toutes les anthologies, généralement au début. Dites, vous n'avez vraiment pas envie de savoir comment il se fait que vous soyez mon père ?

Elle est derrière le bar, penchée sur son verre ; la boule de lumière multicolore éclaire sa chevelure, son visage est dans l'ombre. LaPointe ne peut pas voir l'expression de ses yeux. À un certain moment, il se détourne et regarde le feu qui meurt.

Elle use d'un style mélodramatiquement bouffon derrière lequel elle peut se protéger, et sa voix met en italiques certains mots pour montrer qu'elle n'est pas dupe de cette sentimentalité qui lui fait mal.

— Voyez-vous, mes enfants, tout a commencé lorsque j'étais très très jeune et victime d'un cas d'innocence caractérisée. J'ai entendu sans le vouloir Yo-yo qui parlait à une fille qu'elle avait invitée à boire un verre. Le sujet de la conversation était un certain officier de police, LaPointe, le flic du quartier qui avait un uniforme bleu et des yeux bleus. Une espèce de type avait brutalisé Yo-yo et notre bon LaPointe l'avait soigneusement rossé. Vous vous rappelez ?

Il secoue la tête. En ce temps-là, ce genre d'incidents n'était pas assez extraordinaire pour qu'il puisse se le rappeler.

— Eh bien, vous l'avez rossé, monsieur. *Vous aviez défendu ma mère.* Et le dimanche suivant, alors qu'elle m'emmenait faire un tour dans le parc, elle m'avait montré votre appartement. C'était donc là la Maison de l'Homme qui défendait ma Mère ! Et en d'autres occasions, elle disait toujours du bien de vous. J'ignorais qu'elle chantait vos louanges parce que vous payiez pour votre petit moment avec elle. Alors qu'en votre qualité de policier vous pouviez vous en dispenser.

"Eh bien ; monsieur, c'est à peu près en ce temps-là que je suis allée à l'école et que j'ai découvert que les autres gosses avaient un père. Avant, je n'y avais jamais songé. Vivre seule avec Yo-yo était l'unique genre de vie qui existait. Je n'avais jamais eu de père et ça ne me manquait pas. C'est alors que commencèrent les refrains à propos de la Rouquine. Et les garçons voulaient que nous allions dans les buissons et que je baisse ma culotte pour leur faire voir ma toison rousse. Je n'y comprenais rien. Vous pensez, je n'avais même pas de duvet, alors des poils roux !…

"Ainsi la vie allait et allait et allait. Et puis – je devais avoir dix ou onze ans – le Grand Mythe a commencé. Un jour, après l'école, je pleurais de colère et d'impuissance… autour de moi un cercle de garnements chantaient : "Rouquine, pisse au lit… Rouquine, pisse au lit… !" Et je leur ai crié d'arrêter, sinon !… "Sinon quoi ?" demanda l'un d'eux assez logiquement. Un autre surenchérit en me demandant pourquoi je ne courais pas à la maison les moucharder à mon père. Et tous rigolaient – il faut chérir les enfants, lieutenant, ils sont notre espérance pour l'avenir – si bien qu'en désespoir de cause je leur ai lâché qu'en effet s'ils ne me laissaient pas tranquille, j'allais tout dire à mon père ! À quoi ils ont répliqué que je n'avais pas de père. À quoi j'ai répondu que j'en avais un, bel et bien ! Et que mon père était le sergent LaPointe ! Et qu'il ne manquerait pas de rosser le premier fils de pute qui me chercherait des poux dans la tête !

Il y a un choc, un tintement, de verre, puis un silence.

— Oh ! J'ai renversé mon verre en essayant d'orner mon récit avec… Dieu sait quoi. Que je suis donc maladroite !

LaPointe continue de fixer les bûches. Il ne serait pas juste de la regarder en ce moment précis. Il l'entend passer de l'autre côté du bar en écrasant des morceaux de verre sous ses pieds. Il entend le bouchon grincer dans le goulot de la bouteille d'armagnac. Puis elle reprend la parole, d'un ton comiquement bourru.

— Et voilà, monsieur, ce fut l'hiver où j'eus un père… et même un pa-pa, plus précisément. Vous êtes allé deux fois avec Yo-yo, cet hiver-là, et chaque fois je ne dormais pas encore quand vous êtes arrivé et vous m'avez raconté des tas de bêtises avant qu'elle ne me mette au lit. Votre uniforme sentait la laine, ce qui n'a rien d'extraordinaire puisqu'il était coupé dans de la laine. Mais, pour moi, il sentait très bon… comme

345

ma couverture. Comme la couverture que je pressais sur mon nez quand je suçais mon pouce. À dix ans, je suçais encore mon pouce. Mais j'y ai renoncé au bénéfice des cigarettes. Sucer son pouce provoque le cancer du poumon.

"Et chaque jour de cet hiver-là, en rentrant de l'école, je faisais un grand détour pour passer devant chez vous sur l'Esplanade. Je restais plantée là, parfois sous la neige – cette image d'une petite fille plantée dans la neige, ça ne vous fend pas le cœur ? – et je regardais les fenêtres de votre appartement du second. Au fait, votre appartement est bien au second, n'est-ce pas ?

— Oui, ment-il.

— J'en étais sûre. La voix du sang. Je savais que vous deviez habiter le dernier étage, au-dessus du monde. Hé ! ce ne serait pas drôle, je vous le demande, si tous ces soirs-là j'avais contemplé un autre appartement que le vôtre ? Ne serait-ce pas une ironie du sort ?

Il hoche la tête. Après un silence, elle pousse un long soupir.

— Dieu merci, j'ai vidé mon sac ! Mon bon ami, vous n'imaginez pas quel coup ça m'a fait de vous voir entrer ici cet après-midi, parlez-moi de revenants ! En vérité, je n'avais rien à faire ce soir, aucun rendez-vous. Je suis retournée dans la Main pour la première fois depuis des années. Je suis entrée dans un ou deux bars et j'ai pris un armagnac, parce que c'est ce que vous buvez. Et j'ai revu les anciennes rues, je suis allée jusque devant chez vous, en me demandant si j'allais, oui ou non, vous déverser toutes ces idioties sur la tête. Finalement, j'ai décidé de me taire. J'ai décidé de garder ça pour moi... *Sic transit* toute prétention d'être maîtresse de ma destinée.

LaPointe n'a rien à répondre.

— Bon, dit-elle en lui apportant un armagnac qu'il n'a pas demandé et en s'asseyant à côté de lui sur le divan. Il est probable que vous n'êtes pas venu ici pour écouter toute cette ratatouille psychologique. Que puis-je faire pour vous, lieutenant ?

346

Le virage n'est pas facile à prendre, et LaPointe déguste lentement quelques gorgées d'armagnac avant de répondre.

— Trois hommes ont été tués… probablement par le même individu.

— Et une névrosée ennemie des hommes vous paraît un suspect tout trouvé?

Il ne réagit pas à cette remarque.

— Deux de ces hommes nous ramènent à vous. Quand avez-vous vu Antonio Verdini pour la dernière fois?

— J'ai vérifié dans mon journal. Je pensais bien que vous poseriez la question. Au fait, je vous ferai lire mon journal si vous le désirez. J'imagine que vous aurez besoin de connaître le nom des hommes que j'ai sautés. Au cas où l'assassin se trouverait dans le nombre. C'est peut-être une histoire de jalousie, ou quelque chose d'approchant. Encore que je ne vois pas pourquoi l'un d'eux pourrait être jaloux. Après tout, ma porte est à peu près ouverte au premier qui la pousse. Je considère mon corps comme une sorte d'édifice d'utilité publique.

LaPointe ne veut pas se laisser enliser dans son accès d'auto-apitoiement, il répète sa question.

— Quand avez-vous fait l'amour avec Verdini pour la dernière fois?

— Il y a exactement une semaine ce soir. Il est resté jusqu'à près de minuit. La séance a été plutôt prolongée. Il voulait démontrer son endurance et je dois dire que c'était assez impressionnant…

— Bon, ça va, coupe LaPointe qui ne tient pas à ce genre de détails. La date correspond. Il a été tué ce soir-là, peu de temps après être parti d'ici.

— Oh!… je sais quelque chose qui pourrait sans doute vous être utile. Il se vantait peut-être mais il m'a dit qu'il ne pouvait pas rester plus longtemps parce qu'il avait rendez-vous pour sauter une danseuse… non. Non, la fille d'une danseuse. C'est bien ça.

— Je suis au courant. Il n'y est pas allé.

— Dommage pour la petite. C'était un excellent ouvrier spécialisé.

LaPointe la regarde calmement.

— Si nous nous contentions des questions et des réponses, mademoiselle Montjean?

— Mon attitude gaillarde à l'égard du sexe ne vous impressionne pas, lieutenant?

— Elle m'impressionne, mais elle ne me persuade pas.

— Eh mais dites donc! La sagesse de la rue! Vous permettez que je prenne note?

— Vous avez envie d'une bonne fessée?

— Oui, si c'est ce qui t'excite, papa! riposte-t-elle.

On ne la prend pas de court dans ce genre d'échanges, elle pratique le corps à corps mental avec une grande expérience. Il arrête un instant sur elle son regard las et patient avant de poursuivre.

— Bon. Et ce professeur de McGill? Parlez-moi donc de lui.

— Vous gardez aisément votre sang-froid, LaPointe. Évidemment vous avez l'avantage de n'avoir pas bu. Et vous en avez encore un autre. L'indifférence est une arme puissante.

— Parlons uniquement de ce professeur de McGill.

— Mike Pearson? Il était chargé du Centre d'études des langues. C'est là que m'est venue l'idée de créer cette école. La méthode de haute saturation utilisée ici a été conçue par Pearson. J'ai préparé mon master sous lui… littéralement.

— C'est-à-dire que vous et lui…

— À la moindre occasion. Même au temps où j'étais élève. La première fois, sur son bureau. Il en est resté des traces sur les copies qu'il était en train de corriger. Connaissez-vous la racine du terme "séminaire"? Il fut ma première conquête… Pensez-y, lieutenant! J'étais encore vierge à vingt-quatre ans. Disons techniquement vierge. Auparavant, j'étais ce qu'on pourrait appeler manuellement indépendante. Mon psychanalyste m'a cité des textes pour m'expliquer que la virginité prolongée se présente souvent dans les cas d'événements sexuellement traumatisants connus pendant l'enfance. Il ajoutait qu'il était classique que le premier homme fût un professeur – une image paternelle, un symbole d'autorité. Comme un policier, il me semble. Ce trou-du-cul de psychanalyste joue toujours au docteur quand nous avons fini de nous envoyer en l'air. C'est sa manière de se rincer l'éthique. Pensez-y! Encore vierge à vingt-quatre ans! Mais je me suis rattrapée depuis.

— Votre journal pourrait-il me révéler la dernière fois que Pearson et vous étiez ensemble?

— Je peux vous le dire tout de suite. L'assassinat de Mike était dans tous les journaux. Il a été tué moins de vingt minutes après être sorti d'ici.

— Pourquoi n'en avez-vous pas informé la police?

— Voyons, quel intérêt avais-je à me fourrer dans cette histoire? Mike était marié. Sa femme devait-elle savoir où et comment il avait passé sa dernière soirée? Je ne voyais absolument pas quel rapport son assassinat pouvait bien avoir avec moi. J'ai pensé qu'on l'avait tué pour le voler, quelque chose comme ça.

— Et c'est pour cette raison que vous n'avez pas informé la police? Par considération pour sa femme?

— D'accord, il y avait aussi le bon renom de l'école. Ça nous aurait fait une sale revue de presse… Hé là! Une seconde! Pourquoi les journaux n'ont-ils pas parlé de la mort de Tony?

— Ils en ont parlé.

— Je n'ai rien vu.

— Son nom n'était pas mentionné. Nous l'ignorions encore à ce moment-là. D'ailleurs, je doute fort que vous nous auriez appelés en apprenant l'assassinat de Verdini.

Son verre est vide et elle avance machinalement la main vers celui de LaPointe qui est encore plein. Il fronce les sourcils. Il craint qu'elle ne soit ivre avant qu'il n'ait fini de lui poser ses questions.

— Si, je crois que j'aurais appelé. Non par civisme ou autre ânerie du même ordre, mais parce que ça m'aurait fait peur, comme j'ai eu peur tout l'après-midi depuis que vous m'en avez parlé, dit-elle en souriant – l'effet de l'alcool se fait sentir. Vous voyez? Voilà bien la preuve que je ne les ai pas tués. Si j'étais l'assassin, je n'aurais pas peur.

— Non, mais vous pourriez me le dire tout de même.

— Ah ah! L'esprit retors du flic! Mais vous pouvez me croire sur parole, lieutenant. Je ne me promène pas en poignardant les hommes. Je préfère que, d'une certaine manière, ce soit eux qui me poignardent, souligne-t-elle avec un signe de tête mal assuré. Et voilà, mon cher Sigmund, une révélation éclair.

LaPointe vient d'ouvrir son bloc-notes.

— Vous dites que vous ne savez rien du troisième homme? L'Américain appelé Mac Henry.

— Non, dit-elle en secouant franchement la tête. Voyez-vous, il reste encore à Montréal quelques mâles que je n'ai pas sautés. Mais leur tour viendra. Ne craignez rien.

— Je ne veux pas que vous buviez davantage.

Elle le regarde et n'en croit pas ses oreilles.

— Qu'est-ce… que… vous venez… de dire?

— Je ne veux plus que vous buviez avant que j'aie fini de vous interroger.

— Vous ne voulez pas… Allez vous faire…

Elle le toise d'un air de défi et puis une vague de colère et d'ivresse la submerge, ses bonnes manières vacillent et se dissolvent.

— Non… mieux encore… prenez-moi, lieutenant. Pourquoi ne me prendriez-vous pas, LaPointe? J'ai envie d'être prise, pour changer.

— Assez! Ça suffit!

— Si, je vous jure. Faire ça avec vous… C'est peut-être exactement ce qu'il me faut. Un sommet psychologique! Le père absolu!

Elle se glisse près de lui et cherche son regard. Il y a dans ses yeux une expression lascive délibérée à laquelle se mêle curieusement la supplication d'un enfant. Sa main se pose sur sa cuisse et son pénis. Il l'écarte et se relève.

— Vous êtes saoule, mademoiselle Montjean.

— Et vous avez peur, lieutenant… Truc machin chose ! Je veux bien avouer que je suis saoule, si vous avouez que vous avez peur. D'accord ?

LaPointe tire de sa poche intérieure une photographie qu'il a prise l'après-midi dans le dossier du Dr Bouvier. Il la lui tend.

— Voilà l'homme, votre Américain.

Elle l'éloigne d'un grand geste mal assuré. Elle est blessée, embarrassée, ivre.

— Ce n'est peut-être pas très ressemblant. La photo a été prise après la mort. Vous vous souviendrez peut-être mieux si je vous disais qu'il a été tué il y a environ deux ans et demi ?

Comme un enfant agacé que l'on contraint, elle lui arrache la photo et la regarde.

Le choc ne la terrasse pas, il la vide complètement. Toute agressivité l'abandonne soudain. Elle voudrait lâcher cette photo mais elle ne peut pas. Il faut que LaPointe la lui reprenne.

Elle relève tant bien que mal ses défenses et se mord légèrement la lèvre inférieure. Un long et profond soupir s'échappe de sa bouche entrouverte.

— Mais il ne s'appelait pas Mac Henry. Il s'appelait Davidson. Cliff Davidson.

— C'est peut-être le nom qu'il vous avait donné.

— Vous croyez qu'il ne m'a même pas donné son vrai nom ?

— Ça me paraît évident.

— Le fils de pute, souffle-t-elle d'un ton où il y a plus d'étonnement que de colère.

— Pourquoi fils de pute ?

Elle ferme les yeux et secoue lourdement la tête, lasse, épuisée, écœurée de tout.

Elle se lève lentement et va au bar – pour prendre de la distance, pas pour boire. Elle s'accoude sur le plateau de noyer poli et fixe l'arsenal de bouteilles rangées qui reflètent les

351

diverses couleurs de la boule de verre. Le dos tourné, elle parle d'un ton monocorde.

— Clifford Davidson a été la folle et grande idylle de ma vie, monsieur le policier. Nous étions fiancés, promis l'un à l'autre. Il était venu au Canada pour créer je ne sais plus quel genre d'entreprise et il s'était inscrit à l'école pour apprendre le joual. Il parlait assez bien le français, mais c'était un type très malin. Il estimait que ce serait un atout formidable pour lui, Américain, s'il parlait le joual. Les industriels et les hommes d'affaires canadiens seraient conquis.

— Et vous l'avez rencontré.

— Et je l'ai rencontré. Oui. Deux regards qui se croisent, deux mains qui se frôlent, une énumération de nos musiciens préférés, un accord physique parfait. Le grand amour.

— Continuez.

— Continuer? Où? Vers quels rivages? *Quo vadis, pater?* Vous voulez connaître un secret? C'est du latin que je lance de temps en temps dans la conversation. Simple affectation. C'est tout ce que j'ai retenu du pensionnat Sainte-Catherine, quelques mots de latin dont je ne me souviens plus et l'un des commandements du bon usage: toutes les jeunes filles convenables serrent les genoux, recommandation que j'ai aussitôt oubliée. Mes genoux ne se sont plus jamais touchés... Il y a toujours un type qui se place entre eux. Qu'est-ce que vous dites de ça comme jeu de mots grivois?

— Vous et ce Davidson êtes tombés amoureux l'un de l'autre. Continuez.

— Ah, oui! Revenons à l'interrogatoire. Tout de suite, lieutenant! Allons, voyons un peu. Cliff et moi avons passé un mois merveilleux dans le Montréal joyeux et cosmopolite. Si je me rappelle bien, il a été question de mariage. Et puis, un beau jour... pfuit! Il a disparu comme l'oiseau de la fable qui tourne en cercles de plus en plus petits jusqu'au moment où il disparaît dans son propre croupion... plouf!

— Pouvez-vous me dire quand vous l'avez vu pour la dernière fois?

— Pour ça, il nous faudra notre fidèle journal.

Elle descend gauchement de son tabouret et va à son bureau, d'un pas assuré, trop assuré.

— Voilà. Ma galerie de fripons, dit-elle en brandissant le journal pour que LaPointe le voie bien. Ah ah! Je vois que vous avez repris de l'armagnac. Vous avez du mal à y voir clair, n'est-ce pas, vieux limier retors?

Elle feuillette les pages du volume.

— Non, pas lui. Non, pas lui non plus... bien qu'il n'ait pas été si mal. Hmm, hmm! Ça c'était une nuit à faire clapoter mon lit flottant! Allez, sors de ce livre, Cliff Davidson. Je sais que tu es dedans! Ah! Voyons un peu. La dernière soirée. Hmm... hmm. Je lis que c'était une soirée de projets. Et d'amour. Et c'était aussi le soir du 18 septembre.

LaPointe jette un dernier regard à son bloc-notes et le referme.

— C'est le soir où il a été poignardé?

— Oui.

— Imaginez ça, je vous prie. Trois hommes me font l'amour et ils finissent poignardés. Quand on pense qu'il y a des types qui s'inquiètent des maladies vénériennes! Je parierais qu'il était marié, notre Mac Henry Davidson?

— Oui.

— Une petite épouse reléguée à Albany ou ailleurs. C'est classique. En tout cas, il faut rendre justice aux Américains. Ce sont d'excellents hommes d'affaires.

— Ah?

— Oh, oui! Imbattables. Évidemment, vous pensez bien que je ne lui ai jamais fait payer ses leçons.

LaPointe reste un moment silencieux avant de demander:

— Puis-je emporter votre journal?

— Oh oui! Emportez-la, cette saloperie! hurle-t-elle en lançant le bouquin à travers la pièce.

Les pages s'ouvrent et battent dans l'air et le journal tombe sur le tapis. Démonstration d'impuissance.

Il le laisse là où il est, il le ramassera en partant.

Quand elle a repris son calme, elle dit d'un ton morne:

— C'était ridicule de faire ça.

— C'est vrai.

— Excusez-moi. Allez, vous prenez le dernier avec moi ? Comme preuve de clémence paternelle.

— Entendu.

Ils s'assoient côte à côte au bar, buvant en silence, et ils regardent devant eux l'étagère derrière le comptoir. Elle soupire et demande :

— Répondez-moi franchement. Ne me plaignez-vous pas un petit peu ?

— Si.

— Oui. Moi aussi. Et je plains Tony. Et je plains Mike. Je plains même la pauvre vieille Yo-yo.

— Vous l'appelez toujours comme ça ?

— Comme tout le monde, n'est-ce pas ?

— Je ne l'ai jamais fait.

— Naturellement, dit-elle amèrement.

— Vous ne l'appelez jamais maman ?

Elle pose la main sur son épaule et y appuie sa joue, elle se repose sur lui.

— Jamais à haute voix. Jamais quand je n'ai pas bu. Vous voulez le savoir, lieutenant ? Je vous déteste. Je vous déteste vraiment de n'être pas… là.

Elle sent qu'il fait un signe de tête.

— Et maintenant, vous êtes sûr, dit-elle en bâillant largement… vous êtes absolument sûr que vous ne voulez pas me sauter ?

— Absolument sûr, dit-il les yeux plissés.

— Très bien. Parce que j'ai vraiment sommeil.

Elle éloigne sa joue de son épaule et se lève.

— Je crois que je vais me mettre au lit. Si vous n'avez plus de questions à poser, bien sûr.

LaPointe se lève et prend son pardessus.

— Si je trouve d'autres questions, je reviendrai.

Il ramasse le journal sur le tapis du "coin-conversation" et elle l'accompagne à la porte.

— Ce voyage dans le passé de la Main a été fatigant, lieutenant. Fatigant et pénible. J'espère bien ne jamais vous revoir.

— Je souhaite qu'il en soit ainsi, pour votre bien.

— Vous vous demandez toujours si je n'ai pas tué ces hommes?

Il hausse les épaules en passant son pardessus.

— LaPointe? Voulez-vous me donner le baiser du soir? Je vous dispense de venir me border.

Il l'embrasse sur le front. Ils ne se touchent que par ses mains sur ses épaules.

— C'est vraiment très chaste, dit-elle. Et maintenant vous voilà parti. *Quo vadis, pater*?

— Qu'est-ce que ça veut dire?

— Simplement quelques mots de mon latin de pacotille, je vous ai expliqué.

— C'est vrai. Eh bien, bonsoir, mademoiselle Montjean.

— Bonsoir, lieutenant LaPointe.

# 14

Au-dessus de la ville, d'un horizon à l'autre, le ciel fonce vers
le sud. La pression s'est élevée brusquement et le temps de
cochon coule par la brèche, traînées et pans de nuages éche-
velés poussés par un vent persistant du nord qui descend des
Laurentides. Les enfants regardent le flot de nuages mou-
tonnants et, tout étourdis, ils ont l'impression que le ciel est
immobile et que c'est la terre qui court vers le nord.

Le vent n'a pas cessé de la nuit et avant ce soir il y aura
de la neige. Demain, un ciel solide, bleu pur, scintillera sur
les congères dans le parc. Enfin, c'en est fini de ce temps
de cochon.

LaPointe est debout devant la fenêtre de son bureau;
il regarde le ciel voler vers le sud. La porte s'ouvre derrière lui,
la tête de Guttmann apparaît.

— J'ai ce que vous vouliez, mon lieutenant.
— Très bien. Entre. Qu'est-ce que tu tiens dans la main?
— Pardon? Oh, un gobelet de café.
— Pour moi?
— Ben... oui?
— Très bien. Passe-moi ça. Tu n'en prends pas?
— Je n'y tiens pas, mon lieutenant. J'ai peur d'avoir vrai-
ment bu trop de café ces derniers temps.
— Hmm... hmm. Alors, qu'est-ce que tu as découvert?
— Comme vous me l'avez demandé, je suis allé à McGill
et j'ai pu voir que Mlle Montjean avait fait ses études grâce à
une bourse.
— Je vois.

Ce n'est qu'une partie de la réponse que cherche LaPointe. Hier soir, en passant par les petites rues de la Main pour rentrer chez lui, il tournait et retournait dans sa tête une question : comment une gosse du quartier, la fille d'une hirondelle de trottoir, a-t-elle pu s'arranger pour suivre les études qui ont fait d'elle une femme aussi sophistiquée, encore qu'obsédée et tourmentée ? Si elle avait été juive ou chinoise, il aurait compris, mais la culture des Canadiens français ne comporte pas cette aspiration instinctive à l'éducation.

— Comment a-t-elle obtenu sa bourse ?

— Eh bien, c'était une élève intelligente. Elle était bien classée au concours d'entrée. Quotient intellectuel supérieur. Et d'une certaine manière, la bourse était une conclusion prévisible.

— Comment ça ?

— Elle a étudié au pensionnat Sainte-Catherine. Je me rappelle les filles de Sainte-Catherine, du temps où j'étais à l'université. On les prépare tout spécialement pour le concours d'entrée. La plupart obtiennent une bourse d'études. Mais ce n'est pas pour autant que leurs parents ont fait des économies. Les frais de scolarité sont plus élevés à Sainte-Catherine que dans n'importe quelle université au monde.

— Je vois.

— Vous voulez que j'aille y faire un tour ?

— Non, j'irai moi-même.

LaPointe écrase son gobelet de papier pour en faire une boule et rate la corbeille d'une bonne trentaine de centimètres.

Guttmann écarte son ancienne chaise du mur, il l'enfourche et s'y accoude, le menton sur les bras.

— Comment est-ce que ça s'est terminé hier soir ? C'est vrai qu'elle ne connaissait pas l'Américain, ce Mac Henry ?

— Non. Elle le connaissait.

Inconsciemment, LaPointe pose la main sur le journal qu'il était en train de lire, un peu contre son gré et avec un sentiment d'indiscrétion.

— Alors pourquoi le niait-elle ?

— Il ne lui avait pas donné son vrai nom. Elle a probablement lu dans les journaux la nouvelle de sa mort sans savoir qu'il s'agissait de lui.

— Eh bien, voilà autre chose!… C'est une… une femme extraordinaire, vous ne trouvez pas?

— Extraordinaire en quoi?

— Eh bien, voyons. La manière dont elle s'est organisée. Sa profession, sa vie. Tout bien réglé. Je trouve ça admirable. Et la façon qu'elle a de parler de sexe – franche, saine, sans timidité, sans embarras. Elle est vraiment bien organisée.

— Tu sais que tu ferais une excellente assistante sociale, fiston? À en juger par la manière dont tu peux juger les gens au premier coup d'œil.

— Nous aurons l'occasion de vérifier ça, dit Guttmann en se frottant du poing le bout du nez. Je viens de… euh… d'envoyer ma démission, avec effet dans deux mois.

Il lève les yeux pour voir la réaction du lieutenant.

Il n'en discerne aucune.

— Jeanne et moi, nous en avons discuté hier soir. Nous avons conclu que je n'étais pas taillé pour faire un policier.

— Ça veut dire que le métier t'apporte trop de certaines choses? Ou trop peu?

— Un peu les deux, je crois. Si je dois veiller sur les gens, moi, je veux le faire du même côté de la barrière qu'eux.

LaPointe sourit de la construction "moi, je". Son français était meilleur quand il l'a connu… mais plus affecté.

— À t'entendre parler, on dirait que Jeanne et toi allez vous marier.

— Vous savez, c'est curieux, mon lieutenant. Nous n'avons jamais vraiment parlé mariage. Nous avons parlé de la manière dont il fallait élever les enfants. Nous avons parlé aussi de la conception d'une maison, décidé qu'il fallait mettre la salle de bains au-dessus de la cuisine pour économiser sur la plomberie. Mais jamais nous n'avons formellement parlé de mariage. Et maintenant, il me semble qu'il est un peu trop tard pour lui demander sa main. Nous avons plus ou moins franchi cette étape pour nous occuper de choses plus importantes.

Guttmann a un sourire heureux et savoure en hochant la tête le parfait déroulement de son idylle. Les amoureux s'imaginent toujours qu'ils sont intéressants. Il se lève.

— Voilà, mon lieutenant. Il faut que je m'en aille. Je dois me présenter cet après-midi à Saint-Jean-de-Dieu. Je vais servir mes deux derniers mois dans le quartier est.

— Sois prudent. Ça pourrait bien être dur pour une Tête ronde par là-bas.

Guttmann a une moue et un geste d'indifférence.

— Après avoir été avec vous, je crois que je m'en sortirai…

Si la chaise n'était pas plantée entre eux, il pourrait serrer la main du lieutenant.

Mais la chaise est au milieu du chemin.

— Eh bien, voilà… À un de ces jours, mon lieutenant.

— Oui, à un de ces jours, dit LaPointe avec un signe de tête.

Quelques minutes après le départ de Guttmann, LaPointe s'aperçoit qu'il ne connaît toujours pas le prénom du gamin.


— Lieutenant LaPointe?

Sœur Marie-Thérèse entre dans le parloir, accompagnée du rude froissement de son vêtement bleu. Elle a une poignée de main énergique, elle sait qu'une poignée de main molle peut prêter à certaines interprétations.

— Je suis surprise, lieutenant. Je m'attendais à recevoir un militaire.

Elle lui adresse un sourire interrogateur, avec l'aisance et le calme qui caractérisent les filles de Sainte-Catherine.

— Je suis de la police, ma sœur.

— Ah, fait-elle d'un ton neutre.

Pendant que LaPointe lui explique qu'il cherche des renseignements sur l'une de leurs anciennes élèves, sœur Marie-Thérèse écoute poliment, un masque d'aimable bienveillance posé sur son visage encadré par deux ailes d'un blanc immaculé.

— Je vois, dit-elle quand il a terminé. Il est évident que Sainte-Catherine tient toujours à se montrer une parfaite citoyenne de Montréal, mais je crains fort, lieutenant, que notre règlement ne nous interdise toute révélation sur les affaires personnelles de nos élèves. Je suis convaincue que vous le comprenez.

Le ton est aimable mais sans appel.

— Ce n'est pas la jeune femme qui nous intéresse. Pas directement.

— Il n'en reste pas moins... fait-elle en écartant les mains, pour souligner qu'elle ne peut rien contre un règlement formel.

— J'avais songé à un mandat de perquisition, ma sœur. Mais puisque la jeune femme ne fait l'objet d'aucune accusation criminelle, j'ai pensé qu'il serait mieux d'éviter ce que les journaux pourraient appeler une affaire sordide.

Le sourire ne quitte pas les lèvres de la nonne, mais elle baisse les yeux et ses cils battent une fois. Il n'y a pas une ride sur le front tendu et qu'on dirait poudré de blanc. Le visage est sans âge, nulle marque de vieillesse ni de jeunesse.

— Toutefois, ajoute LaPointe en prenant son pardessus, je comprends votre situation. Je reviendrai demain.

Elle avance une main vers son bras en se gardant bien de le toucher.

— Vous dites que Mlle Montjean n'est impliquée dans rien de malencontreux?

— Je dis qu'il n'y a aucune accusation criminelle portée contre elle.

— Je vois. Bon, peut-être Sainte-Catherine lui sera-t-elle d'un plus grand secours en coopérant avec vous. Voulez-vous venir avec moi, lieutenant?

En suivant un long corridor lambrissé de bois sombre, il marche dans le sillage des vêtements de la religieuse et il hume une vague senteur de savon et de pain. Il se demande s'il existe ici aussi un Trou sacré où des petites filles s'acquittent de tranches de punition en écartant leurs bras tendus jusqu'à ce que leurs épaules cèdent. Il espère qu'il n'en est rien. Une punition à Sainte-Catherine doit être une affaire subtile, moderne, aimable, salvatrice. Leur petite chapelle doit être merveilleusement meublée et ce n'est pas leur Vierge qui aurait une petite fente à là joue et qui loucherait légèrement.

Deux jeunes filles apparaissent en courant au coin du couloir, s'arrêtent avec une soudaineté comique en apercevant sœur Marie-Thérèse et reprennent une allure posée en avançant côte à côte dans leur uniforme bleu brodé des initiales PSC et leur chemise que gonflent légèrement des seins qui s'épanouissent sans qu'on en parle. En passant, elles murmurent : "Bonjour, ma sœur." La nonne salue de la tête, impassible. Mais en les croisant, LaPointe distingue la même tension sur leur visage et le même petit souffle entre leurs lèvres. Elles sauront tout à l'heure ce qu'il en coûte de se faire prendre à courir dans les couloirs. Une jeune fille ne court pas. Pas à Sainte-Catherine.

La sœur ouvre une haute porte de chêne et s'efface pour laisser passer LaPointe. Elle ne referme pas derrière eux. En sa qualité de directrice, elle reçoit souvent des parents masculins sans être accompagnée d'une religieuse, mais jamais portes fermées.

L'ambiance du pensionnat Sainte-Catherine est lourde de sexe non accompli.

Avec un froissement de ses longues jupes, sœur Marie-Thérèse passe derrière son bureau et ouvre un tiroir.

— Vous dites que Mlle Montjean était chez nous il y a vingt ans.

— C'est à peu près cela, j'ignore la date exacte.

— C'était donc avant que je n'occupe mon poste actuel, dit-elle en levant les yeux, mais pas avant mon arrivée ici. (Elle tient absolument à ce qu'il ne pense pas qu'elle essaie de se rajeunir.) En fait, je suis moi-même une ancienne élève de Sainte-Catherine.

— Ah ?

— Oui. À l'exception de mon enfance et de mes années d'université, j'ai vécu toute ma vie ici. J'ai été longtemps professeur avant qu'on ne me nomme directrice. ("Me nomme" est légèrement souligné. Une élévation qu'elle n'avait pas désirée et dont elle était indigne.) C'est curieux que je ne me rappelle pas une Mlle Montjean.

Évidemment. Il a oublié.

— Elle s'appelait Dery lorsqu'elle était chez vous.

— Dery? Claire Dery?

Le ton suggère qu'il est impossible que Claire Dery puisse avoir affaire en quoi que ce soit avec la police.

— Son prénom était peut-être Claire.

Le doigt de sœur Marie-Thérèse s'arrête de feuilleter les dossiers.

— Vous ne connaissez pas son prénom, lieutenant?

— Non.

— Je vois.

Elle ne voit pas du tout. Elle tire un dossier mais le garde.

— Et maintenant, quels renseignements précis désirez-vous?

— Des renseignements d'ordre général.

Ses jointures blanchissent en étreignant le dossier. Elle a le droit de savoir, après tout. C'est même son devoir. Elle est responsable à l'égard de l'école. Pour sa part, elle n'est pas avide de scandale.

LaPointe arrête son regard mélancolique et las sur le visage lisse et fermé.

Elle serre les lèvres.

Il fait mine de se lever.

— Peut-être aimeriez-vous feuilleter le dossier vous-même, dit-elle en le lui tendant. Mais il ne doit pas quitter cette pièce, vous comprenez?

Le dossier est lié d'une ficelle brune et il s'ouvre automatiquement à la page qui présente le plus d'intérêt pour Sainte-Catherine. Le renseignement que cherchait LaPointe est là, dans le relevé des frais d'internat et de leur paiement.

— ... J'ÉTAIS persuadé que vous m'aviez vu hier soir au carré Saint-Louis.

— Non.

— Mais vous vous êtes arrêté brusquement et vous vous êtes retourné, comme si vous m'aviez vu.

— Ah, oui, je me rappelle. J'avais simplement l'impression que quelqu'un me guettait.

— Mais elle m'a vu, elle. Quand elle traversait le parc, je suis certain qu'elle m'a vu.

— Elle a dit qu'elle avait aperçu quelqu'un. Mais elle ne vous a pas reconnu.

— Comment l'aurait-elle pu? Nous ne nous sommes jamais rencontrés.

Ils sont assis dans des fauteuils confortablement avachis dans la niche d'un *bow-window,* au premier étage d'une maison de brique de la rue de Bullion, à deux pas du boulevard. Au-dessous, la rue baigne dans une lumière verdâtre, la dernière lueur que la journée retient à la surface du sol et qui rend les objets plus clairs que les toits et les pots de cheminée. Pendant qu'ils parlent, la lumière se dissout, les nuages gris filant dans le ciel de la ville s'assombrissent avant de disparaître et la pièce autour d'eux s'enfonce lentement dans la pénombre.

LaPointe n'est jamais venu dans cet appartement. Il le sent bien ordonné et banal. Ils ne se regardent pas, leurs yeux errent au-delà de la fenêtre où, de l'autre côté de la rue, un peu sur la gauche, un panneau publicitaire affiche une fille au sourire vide dans une minijupe écossaise qui encourage le public à fumer les EXPRESS A. Immédiatement au-dessous, un terrain vague couvert de débris de briques arrachées aux maisons qu'on abat pour faire place à une fabrique. Un message de protestation peint sur le mur nu affirme que 17 PERSONNES HABITAIENT ICI. La protestation restera vaine, les temps modernes ignorent l'homme.

Dans le terrain vague, une demi-douzaine de gosses jouent à courir, à se laisser tomber et à faire le mort. Une fille plus âgée, adossée au mur dénudé de la maison voisine, regarde jouer les petits. Elle semble réfléchir. Elle est trop âgée pour courir et faire le mort, et elle est encore trop jeune pour aller dans les bars avec les hommes. Elle regarde les enfants, d'un côté elle voudrait bien être encore comme eux, de l'autre elle est prête à faire autre chose, à aller ailleurs.

— Voulez-vous boire quelque chose, Claude ? Un verre de schnaps, peut-être ?

— Avec plaisir.

Moishe se lève et s'enfonce dans la pénombre du salon.

— Je vous ai attendu toute la journée ici. Une fois que vous aviez retrouvé la trace de Claire...

Il lève un verre dans chaque main, dans un geste fataliste.

— J'imagine que vous êtes allé au pensionnat Sainte-Catherine ?

— Oui.

— Et, naturellement, vous avez découvert mon nom dans les relevés de paiements ?

— Oui.

Moishe donne un verre à LaPointe et s'assied avant de lever son verre.

— La paix soit avec vous, Claude.

— Paix aux hommes de bonne volonté.

Ils boivent leur schnaps en silence. Dans le terrain vague, l'un des gosses s'est tordu la cheville sur un morceau de brique et reste étendu sur la terre battue. Les autres font cercle autour de lui. La fille ne s'en mêle pas.

— Je suis fou, c'est évident, dit enfin Moishe.

LaPointe hausse les épaules.

— Mais si. Fou. "Fou" n'est pas un terme médical, Claude, il appartient à la terminologie sociale. Je ne suis pas un aliéné, mais je suis fou. La société possède un système et des règles sur lesquels elle s'appuie pour sa défense, son confort... pour se camoufler. Si quelqu'un agit contre les règles, la société

364

ne reconnaît que deux possibilités. Le délinquant avait-il ou n'avait-il pas le profit pour mobile ? S'il a agi en vue d'un profit, c'est un criminel. S'il a enfreint les lois sans idée de profit, c'est un fou. Un criminel, ils comprennent ça. Son mobile est semblable aux leurs, bien que son action soit un peu plus… directe. Le fou, ils ne comprennent plus. De lui, ils ont peur. Lui, ils l'enferment, l'enterrent. Savoir s'ils l'enferment, lui, dans une cage ou si, en fait, c'est eux qui s'enferment au-dehors… est affaire de point de vue.

Moishe pousse un long soupir, puis il se met à rire.

— David en secouerait la tête, non ? Même en cette heure, alors même qu'on en arrive au terme, Moishe, le *luftmensch*, recourt à la philosophie alors qu'il s'agit seulement de narration. Pauvre David ! Que deviendra-t-il sans sa partie de pinocle ?"

LaPointe se tait.

— Je vous ai donné bien du mal, n'est-ce pas, Claude ? Pardonnez-moi. J'ai essayé deux fois d'avouer, je voulais vous éviter toute cette peine. Je suis allé chez vous, dimanche, dans cette intention, mais il y avait cette jeune femme et je ne pouvais guère… Puis encore, après la partie, quand nous étions dans ce café russe. Je voulais vous le dire, je voulais vous expliquer, mais c'est tellement compliqué. Je suis arrivé seulement à vous parler de ma sœur. Vous vous rappelez ?

— Je me rappelle.

— Elle était très jolie, ma sœur.

La voix de Moishe est retenue et rauque.

— Si délicate. Et terriblement timide. Elle rougissait pour un rien. Un jour je lui ai demandé pourquoi elle était si timide en public. Elle m'a répondu qu'elle était gênée. Gênée pourquoi, lui ai-je demandé. De rougir, a-t-elle dit. Claude, c'est ça la timidité. Être gêné d'être gêné, c'est le comble de la timidité. Elle… au camp, ils l'ont mise dans un baraquement réservé… C'était… ce baraquement leur servait de…

— Vous n'avez pas à me dire tout ça, Moishe.

— Je le sais. Mais il y a des choses que je veux vous dire. Des choses que je veux expliquer… exprimer une bonne fois à haute voix. Dans la tragédie classique, lorsque le personnage est pris dans l'engrenage de la fatalité, il n'a pas le droit de s'échapper, d'éviter le châtiment. Mais il a le droit de s'expliquer, de se lamenter. Œdipe n'a pas la possibilité de s'accommoder avec les dieux mais il a le droit de se plaindre. (Moishe prend une gorgée de schnaps.) Quand j'ai appris par la rumeur que ma sœur était dans le baraquement réservé, savez-vous quelle a été ma première réaction? J'ai dit: "Oh, non! Pas elle! Elle est bien trop timide!"

LaPointe ferme les yeux. Il est fatigué jusqu'à la moelle.

Après un moment de silence, Moishe reprend.

— Elle était rousse, ma sœur. Saviez-vous que les roux sont plus enclins à rougir que les autres? C'est vrai. C'est vrai, je vous assure.

LaPointe regarde son ami. Les lunettes rondes marquées de traces de doigts sont deux cercles gris qui reflètent le ciel tourmenté. Le regard est invisible.

— Et Yo-yo Dery avait les cheveux roux, elle aussi.

— Oui, exactement. Vous auriez fait un bon policier, vous savez.

— Vous êtes allé avec Yo-yo?

— Une seule fois. C'est la seule femme que j'aie connue de toute ma vie. Songez-y, Claude. J'ai soixante-deux ans et je n'ai eu qu'une seule expérience physique avec une femme. Évidemment, dans ma jeunesse, j'étais très studieux, très religieux. Ensuite, devenu adulte, d'autres choses ont accaparé mon attention. La politique. La philosophie. Oh, il y a bien une ou deux filles qui m'ont attiré. Et une fois ou deux, de fil en aiguille, j'ai été bien près de… mais il y avait toujours quelque chose qui intervenait. Un passant qui arrivait dans le sentier. Pas d'endroit où aller. Une fois, dans un champ, un orage soudain…

"Ensuite, il y a eu les années de camp. Et après, je me suis retrouvé ici à essayer de monter cette petite affaire. Et puis, je ne sais pas. Il vous arrive quelque chose dans les camps. Tout d'abord, vous perdez votre dignité, puis vos désirs et finalement vous perdez l'esprit. Grâce à un raisonnement perfectionné et à une faculté d'oubli sélective, on peut retrouver sa dignité. Mais quand les désirs sont morts?... Et l'esprit?...

"Ainsi, d'une manière ou d'une autre, me voici un homme de soixante-deux ans avec une seule expérience amoureuse. Et c'était réellement une expérience amoureuse, Claude. Pas pour elle, bien sûr, mais pour moi.

— Mais vous ne pouvez pas être le père de Claire Montjean. Vous n'étiez pas encore au Canada...

— Non, non. Quand j'ai rencontré Françoise, elle avait assez d'expérience pour éviter d'avoir des enfants.

— Françoise était le prénom de Yo-yo?

Moishe hoche la tête, ses lunettes scintillent dans le demi-jour.

— Je détestais ce surnom, évidemment.

— Et vous n'avez fait l'amour qu'une seule fois?

— Une fois seulement. Et encore par accident, en vérité. Je la voyais passer devant la boutique. Avec des hommes, le plus souvent. Toujours en train de rire. Je savais tout sur elle, toute la rue le savait. Mais il y avait ses cheveux roux... et quelque chose dans ses yeux. Elle me rappelait ma sœur. Ça paraît étrange, n'est-ce pas? Que quelqu'un comme Françoise – joviale, tapageuse, toujours en train de s'amuser – puisse me rappeler une fille si timide qu'elle rougissait de rougir? Ça a l'air ridicule. Mais ça ne l'est pas vraiment. Il y avait quelque chose de très fragile en Françoise. Il y avait en elle quelque chose de brisé. Et le bruit qu'elle choisissait de faire quand elle souffrait c'était... un éclat de rire. Mais la souffrance n'en était pas moins là, pour ceux qui se donnaient la peine de la voir. J'imagine que c'est pour ça qu'elle s'est tuée, finalement.

"Et les hommes, Claude! Les hommes qui se servaient d'elle comme d'un instrument! Les hommes pour lesquels elle n'était qu'un instant de contact, de chaleur, un peu de moiteur! Aucun ne se souciait de connaître sa souffrance. L'un après l'autre, ils se servaient d'elle. Ils attendaient leur tour. Comme si elle avait été… dans un baraquement réservé. Ils péchaient contre l'amour, tous ces hommes. L'esprit de justice peut bien s'insurger, hurler, la loi est muette à cet égard.

— De qui parlez-vous en ce moment? De la mère ou de la fille?

— Hein? Comment?… Des deux, je crois. Oui… des deux.

— Vous disiez que vous aviez fait l'amour avec… Françoise par accident?

— Pas intentionnellement en tout cas. Je la voyais passer devant la vitrine de la boutique – c'était du temps où David n'était encore que mon employé, avant que nous ne soyons associés –, elle était si joyeuse, si mutine et pleine d'entrain, avec toujours un sourire pour chacun. Vous vous en souvenez, n'est-ce pas? Vous-même êtes allé avec elle, je crois.

— Oui, c'est vrai, mais…

— Je vous en prie. Ce n'est pas un reproche. Vous n'étiez pas comme les autres. Il y a de la tendresse en vous. De la souffrance et de la tendresse. Non, ce n'est pas un reproche, je veux simplement dire que vous avez eu l'occasion de savoir combien elle était bonne et pleine de vie.

— Oui.

— Donc, voilà. Un soir d'été, je prenais l'air à la porte de ma boutique. Il n'y avait pas alors autant de travail qu'aujourd'hui. Nous n'avions pas encore été "découverts" par les décorateurs. J'étais donc là et elle est passée. Seule, pour une fois. Je ne sais pas comment, mais je sentais qu'elle était triste, qu'elle avait le cafard. Je lui ai dit bonsoir. Elle s'est arrêtée. Nous avons parlé de choses et d'autres… de rien. C'était une de ces longues soirées douces, on se sent bien, un peu mélancolique, légèrement ivre comme d'avoir bu un peu trop de vin. Je ne sais pas comment j'ai osé lui demander si elle voulait dîner avec moi au restaurant. J'ai dit ça en plaisantant pour qu'il lui soit plus facile de refuser. Mais elle a accepté, simplement, comme ça. Nous avons donc dîné ensemble. Nous avons parlé en prenant une bouteille de vin. Elle m'a parlé de son enfance sur la Main. Des hommes qui couchaient avec elle quand elle n'avait que quinze ans. Bien sûr, elle parlait de ça en riant, mais au fond, ça n'avait rien de drôle. Après le dîner, je l'ai raccompagnée chez elle. La soirée était douce, les couples se promenaient. Et pendant tout ce temps, je ne pensais pas du tout à coucher avec elle. Je ne pouvais pas penser à ça. Après tout, elle me rappelait tellement ma sœur.

"Quand nous sommes arrivés devant chez elle, elle m'a invité à monter. Je n'avais pas envie de rentrer si tôt chez moi par une soirée pareille, pour rester seul à regarder par la fenêtre, alors j'ai accepté. Et quand nous sommes entrés dans son appartement, elle a embrassé sa fille et l'a couchée, puis elle est allée dans sa chambre et a commencé à se déshabiller. Aussi simplement que ça. Elle s'est déshabillée, la porte grande ouverte, tout en continuant à bavarder de choses et d'autres. Elle était triste, ce soir-là, elle avait besoin de parler, et à un moment elle m'a offert ce qu'elle pouvait, ce qu'elle avait, en échange du dîner et parce que je l'avais écoutée. Comment aurais-je pu la repousser?

"Non! Non! lance Moishe en étreignant les bras de son fauteuil. Ce n'est pas le moment de se mentir à soi-même. Le souci de ne pas la repousser comptait un peu, mais pas tellement. Elle était nue et je regardais son corps... elle était rousse. Et je la désirais. Elle m'avait dit qu'elle avait parfois couché avec des hommes simplement pour pouvoir manger et voilà qu'elle allait coucher avec moi parce que je lui avais offert à dîner. Je voulais lui montrer que je n'étais pas comme les autres! Je ne voulais pas la toucher! En témoignage d'amour. Mais elle était nue et la soirée avait été douce, nous avions bu du vin et... j'avais envie d'elle...

"Et... une semaine plus tard... elle se suicidait.

— Mais, Moishe...

— Oh, je sais! Je sais, Claude! Ça n'avait rien à voir avec moi. Je n'avais pas une telle importance pour elle. Simple coïncidence, je le sais. Mais j'ai senti que je devais faire quelque chose. Je n'avais pas pu lui montrer que je n'étais pas comme les autres hommes. Maintenant, il fallait que je fasse quelque chose, que je prouve mon affection. C'est alors que j'ai pensé à sa fille.

— Et vous avez pris vos dispositions pour la faire admettre à Sainte-Catherine. Où avez-vous trouvé l'argent ?

— C'est à ce moment-là que j'ai commencé à vendre mon affaire à David. Petit à petit, à mesure qu'il fallait de l'argent pour la pension, les vêtements, les vacances. Je me suis arrangé pour qu'elle aille passer un été en Europe et, plus tard, pour lui faire obtenir un prêt afin qu'elle puisse monter son école de langues.

— Et de tout ce temps-là, vous n'avez jamais adressé la parole à la fille ? Vous ne lui avez jamais permis de savoir ce que vous faisiez pour elle ?

— Ce n'aurait pas été bien. Je voulais faire quelque chose. Un geste d'amour. Si j'avais accepté la gratitude de la fille, son affection, peut-être, alors ce n'était plus un geste d'amour, un acte désintéressé. C'eût été un paiement pour valeur reçue. C'était une sorte de jeu – rester dans la coulisse, veiller sur elle, être fier de ses progrès. Elle est devenue une femme merveilleuse. N'est-ce pas Claude ?

La voix de LaPointe s'est embrumée. Il s'éclaircit la gorge.

— Oui.

— Quand on y pense, il est assez cocasse que vous l'ayez rencontrée, que vous la connaissiez et moi pas. Mais je sais quelle femme merveilleuse elle est devenue. Regardez ce qu'elle fait pour les autres ! Une école pour apprendre aux gens à communiquer. Qu'est-il de plus important ? Et c'est une créature affectueuse. Un peu trop même, j'en ai peur. Les hommes en abusent. Oh, je sais qu'elle a eu beaucoup d'amants. Je le sais. Je me tiens au courant de ce qu'elle fait. De mon temps, et du vôtre, avoir des amants aurait été la marque d'une fille dévergondée. Mais il n'en est plus de même aujourd'hui. Les jeunes n'ont pas peur de montrer leurs amours. Pourtant... pourtant... il y a des hommes qui prennent le corps d'une fille sans l'aimer. Ceux-là sont des pécheurs. Ils salissent.

"J'allais souvent le soir au carré Saint-Louis pour voir ce qu'elle faisait. J'en suis arrivé à reconnaître les hommes. Quand c'était possible, je me renseignais sur ceux qui venaient souvent. C'était aussi un jeu de se renseigner sur eux. C'est incroyable ce que l'on peut découvrir en posant une question par-ci, par-là. Surtout pour un homme comme moi… doux, sans prétention. La plupart de ces hommes étaient corrects. Pas assez bien pour elle, peut-être. Mais c'est ce que pense toujours un père. Mais certains d'entre eux… certains péchaient contre elle. Ils volaient son amour. Ils abusaient de sa tendresse, de son besoin d'affection. Le premier, c'était ce professeur d'université. Un professeur! Un professeur abusant d'une élève innocente, sortant tout droit d'une institution religieuse! Pensez-y. Et un homme marié! Le croiriez-vous, Claude, je l'ai vu aller et revenir à son école, constamment, pendant plus d'un an avant de comprendre qu'il lui volait son amour… son corps. Naïf que je suis, je croyais qu'il s'intéressait à son école!

"Et puis il y a eu cet Américain. Il avait une femme dans son pays. Et dès le premier jour, il lui a menti. Savez-vous qu'il s'était présenté à elle sous un nom d'emprunt?

— Oui, je l'ai appris.

— Et finalement, il y a eu cet Antonio Verdini. Quand j'ai su la réputation qu'il avait dans la Main…

— C'était un vilain coco.

— Un animal! Pire encore! Les animaux ne simulent pas. Les animaux ne violentent pas. Or, voyez-vous, quand un homme prend le corps d'une femme sans avoir de tendresse ou d'amour pour elle, c'est du viol. Du viol. Ces trois hommes l'ont violée!

La pièce est tout à fait sombre maintenant. Une lueur indécise baigne encore le terrain vague où les gosses jouent à faire le mort, où la fille esseulée les regarde gravement.

Sur le panneau publicitaire, la fille en minijupe écossaise a un sourire provocant. Elle vous donnera tout ce qu'elle a si vous fumez des EXPRESS A.

371

Pendant que Moishe reste immobile à calmer sa fureur, l'esprit de LaPointe se remplit de bribes et de fragments. Il se rappelle avec quelle habileté magique le tranchet de Moishe découpait le tissu. David disait parfois quel chirurgien il aurait pu faire et le père Martin avait fait une innocente plaisanterie à propos d'appendices taillés dans le damas. LaPointe se souvient des longues discussions sur le péché et le crime et sur les péchés contre l'amour. Moishe essayait de se faire comprendre. Puis une image horriblement désagréable lui vient à l'esprit. Il se demande si Moishe a geint lorsqu'il a fait l'amour avec Yo-yo.

— Parlez-moi d'elle, dit doucement Moishe.

Il faut une seconde à LaPointe pour retrouver le fil.

— De Mlle Montjean ?

— Oui. L'un de mes rêves a toujours été de la rencontrer d'une manière ou d'une autre et de passer quelques heures à parler de choses et d'autres… sans rien lui révéler, bien sûr, mais pour découvrir ce qu'elle pense, les valeurs qu'elle défend, ses projets, ses espérances, sa conception de la vie, sa *Weltanschauung*. Je n'ai pas l'impression que ça se fera maintenant, commente-t-il avec un pâle sourire. Alors parlez-moi d'elle. C'est une fille intelligente, hein ?

— Oui, je le crois. Elle parle latin.

— Et l'avez-vous trouvée sensible… sincère avec les gens ?

— Oui.

— J'en étais sûr ! Je savais qu'elle hériterait cette qualité de sa mère. Et heureuse ? Est-elle heureuse ?

LaPointe voit quelle douleur ce serait si, après tout ce que Moishe a fait, la jeune femme n'était pas heureuse.

— Oui, dit-il. Elle est heureuse. Et pourquoi pas ? Elle a tout ce qu'elle peut souhaiter. Éducation. Succès. Vous lui avez tout donné.

— C'est bien. C'est très bien. (Le ciel est noir et ne se reflète plus dans les lunettes de Moishe. Son regard s'adoucit.) Elle est heureuse.

Pendant un instant, il se réchauffe à cette pensée. Puis il soupire et redresse la tête comme s'il s'éveillait.

— Ne craignez rien, Claude.

— Que pourrais-je craindre ?

— Pour cette histoire, ça doit être dur pour vous. Douloureux. Après tout, nous sommes deux amis. Mais vous n'aurez pas à m'arrêter. Je me charge de tout. Plus de mille fois, quand j'étais au camp, je me suis maudit de les avoir laissés me capturer. J'ai regretté de n'avoir pas tué mon corps avant qu'ils ne dégradent et souillent mon esprit. Alors, quand j'ai retrouvé la liberté, je me suis arrangé pour acheter une pilule. Vous ne savez pas combien de ceux qui ont survécu aux camps possèdent – cachée quelque part – cette même pilule. Non qu'ils aient l'intention de s'en servir. Non, ils espèrent et comptent bien n'y être jamais obligés. Mais c'est un grand réconfort de savoir qu'elle est là. De savoir que vous n'aurez jamais plus à vous soumettre à des indignités.

"Je vais prendre cette pilule. Vous n'aurez pas le pénible devoir de m'arrêter.

Après un silence, LaPointe demande :

— Voulez-vous que je reste près de vous ?

Moishe est tenté. Ce serait un réconfort, mais il le refuse.

— Non, Claude. Allez faire votre tournée dans la Main. Mettez vos paroissiens au lit comme un bon flic de quartier. Je vais rester ici un moment. Peut-être prendrai-je un autre verre de schnaps. Il en reste un peu. Pourquoi le laisser perdre ?

LaPointe repose son verre vide et se lève. Il n'ose pas obéir à son désir de toucher Moishe de la main. Moishe est maître de soi pour le moment. Un geste d'amitié pourrait lui faire mal. LaPointe enfonce les poings dans les poches de son pardessus, écrasant ses phalanges contre son revolver.

— Que va-t-elle devenir ? demande Moishe.

LaPointe suit son regard vers la jeune adolescente seule, adossée au mur sordide.

— Que deviennent-elles, Claude ?

LaPointe quitte la pièce et referme doucement la porte.

Il neige sur la Main et les boutiques, les grilles de métal grincent contre les vitrines, on ferme les portes, on laisse une ou deux lampes allumées pour décourager les voleurs.

Les trottoirs sont noirs de monde, les gens se pressent, se bousculent, circulent, le cou rentré dans le col, les yeux plissés contre la neige. Au coin des rues et des passages resserrés, il y a des embouteillages dans la horde des piétons. Ils sont pressés bon gré mal gré les uns contre les autres, ils se faufilent ou se fraient à coups d'épaule une voie dans ces désagréments que sont les autres, la masse, la foule sans visage et sans intérêt.

De gros flocons, de la taille d'une hostie de première communion, voltigent dans le néon livide des snack-bars, des poissonneries, des bars et des cafés. Les gens essaient d'empêcher la neige de mouiller leurs paquets ; les femmes coiffent leur chevelure d'un journal plié comme un toit ; ceux qui portent des lunettes baissent la tête pour regarder par-dessus. Des amis se retrouvent à un arrêt d'autobus et maugréent : "Saleté de neige, on pourra pas aller travailler demain. C'était trop beau pour durer, ce temps de cochon !"

La neige traverse le pinceau des phares des camions qui grondent le long du parc du square Vallières, sur la crête qui sépare la Main d'en bas de la Main des Italiens. LaPointe est sur un banc, seul dans le triangle désolé de terre cendreuse et d'arbres rabougris qu'il associe toujours en pensée à l'idée de sa retraite. Enfoui dans son grand manteau sans forme, caché par la neige et l'obscurité, le lieutenant pleure.

Le tissu cicatriciel qui recouvrait et protégeait sa sensibilité a craqué et son chagrin coule à flots. Il ne sanglote pas, non, ses larmes coulent simplement et son visage en est inondé.

LaPointe pleure. Pour son grand-père, pour Lucille, pour Moishe. Mais surtout… pour lui-même. Pour lui-même.

Pour lui, il pleure de ce que son grand-père l'ait laissé sans son soutien et sa consolation. Pour lui, il pleure de ce que Lucille soit morte en emportant avec elle sa faculté d'aimer.

Pour lui, il pleure la perte de Moishe, son dernier ami. Il pleure enfin sur le pauvre vieux bougre qu'il est, avec cette bulle dans la poitrine qui l'arrachera à une vie qu'il n'a jamais parfaitement réussi à vivre. Il a pitié de ce pauvre vieux bougre qui n'a jamais eu le courage de pleurer ses pertes et de leur survivre.

Il s'enfonce dans le bonheur soporifique des larmes. C'est si bon de ne plus résister, de s'abandonner enfin. Il sait évidemment que sa vie et sa force coulent en même temps que sa souffrance. Sa force lui est toujours venue de son amertume, de sa réserve, de son indifférence. Quand les larmes auront coulé, il sera vide… et vieux.

Mais c'est si bon de s'abandonner! De s'abandonner… simplement.


D'ABORD, la neige fond en tombant sur le trottoir devant Chez Pete, mais à mesure qu'elle s'accumule, elle commence à se solidifier et les gros flocons tardent de plus en plus à disparaître.

Dans le bar, un morne groupe de *robineux* est assis à la grande table du milieu. Ils boivent leur vin lentement pour ne pas être forcés d'en acheter une autre bouteille avant que le patron ne les renvoie sous la neige. Dirtyshirt Red fixe, l'air méprisant, deux hommes assis à une table du fond. Il s'adresse au loqueteux assis à côté de lui devant un double rouge.

— Tu veux l'savoir? Un type capable de boire avec ce connard de trou-du-cul de fils de chienne est bon à enfermer!

Son compagnon regarde vers la table et grogne un assentiment à chaque injure adressée au Vet, ce snobinard de merde avec sa bonne planque, bien cachée quelque part.

À la table du fond, le Vet et le rémouleur sont assis devant une bouteille de muscat. Ils sont réunis parce qu'ils avaient à eux deux assez d'argent pour payer la bouteille. Ils se sont souvent vus dans la Main, bien sûr, mais ils ne s'étaient jamais parlé.

— Ça commence, dit le rémouleur en fixant le sol. La neige. J'ai dit à tout le monde qu'elle arrivait, mais personne ne voulait m'écouter.

— Tu le croiras jamais! répond le Vet. Ils ont tout foutu par terre. Ces maudits petits merdeux sont venus quand j'étais pas là et ils l'ont fait s'écrouler. Comme ça, pour s'amuser.

— Des gens glissent dans la neige, tu sais, réplique le rémouleur. Ils tombent des toits! Ça arrive tous les jours, mais tout le monde s'en fout!

Le Vet approuve.

— Ils sont arrivés et ils ont retiré le toit. Et ils ont démoli les parois. Sans raison. Juste pour s'amuser.

Le rémouleur plisse les yeux et essaie de se rappeler.

— Il y a quelqu'un... quelqu'un d'important. Il m'avait dit qu'il neigerait pas cette année. Eh bien, il mentait!

— Qu'est-ce que tu veux y faire? demande le Vet. J'en trouverai jamais une autre. Ils l'ont démolie... comme ça. Pour rigoler.

Tous deux fixent le même point sur le plancher. Une sorte de communion.


Au pied des maisons, là où les piétons ne l'ont pas réduite en gadoue, la neige s'élève déjà à dix centimètres. Le vent est toujours fort et il chasse les flocons à l'horizontale dans les fenêtres du restaurant et café Shalom. À l'intérieur, les manteaux mouillés fument et des flaques de neige fondue rendent le carrelage glissant. La serveuse chinoise aboie ses commandes au cuisinier grec, son souffre-douleur, et elle répond aux clients qu'il leur faut se calmer, qu'elle n'a pas plus de deux mains.

Sur une banquette près du comptoir, deux jeunes filles rient, tout énervées parce qu'une idylle est en train de naître. L'une pousse l'autre du coude et lui souffle:

— Dis-le-lui.

La seconde se cache la bouche de la main et secoue la tête, les yeux brillants.

— Non, pas moi. Dis-le-lui, toi!

Elle ose lancer un coup d'œil furtif aux deux jeunes Hongrois du compartiment voisin.

— Voyons! insiste la première, étouffant un rire. Allez, dis-le-lui, toi.

La Chinoise a eu le temps de prendre une cigarette. Elle soupire à mi-voix.

— Pour l'amour du ciel, que quelqu'un le lui dise!

QUATRE jeunes femmes de la fabrique de sous-vêtements arpentent lestement le boulevard Saint-Laurent. Elles rient et se taquinent au sujet de leurs petits amis. Une essaie d'attraper un flocon avec la langue, une autre commence une chanson paillarde dans laquelle un fameux joueur de luth vous apprendra mieux que personne à jouer de l'épinette et il ne vous en coûtera qu'un écu. Elles se tiennent par le bras et marchent à quatre de front, à grands pas décidés, en chantant à tue-tête. Elles dépassent un vieux juif hassidique à *peyiss*, son *shtreimel* planté bien droit sur la tête, son long pardessus noir couvert de flocons. Pour s'amuser, les filles se séparent, deux de chaque côté, et prennent par le bras l'homme stupéfait qui se trouve entraîné à une allure contraire à son maintien plein de dignité.

— Tu nous offres un verre, papa? Qu'est-ce que t'en dis? crie l'une des filles, et ses amies éclatent de rire.

Le vieux s'arrête, les filles poursuivent leur route, de nouveau à quatre de front, leurs fesses dansant gaiement. Le vieil homme secoue la tête, gêné mais pas fâché. Jeunesse. Jeunesse. Il lève les yeux pour vérifier le panneau de la rue, comme il le fait toujours avant d'aller vers la maison qu'il habite depuis vingt-deux ans.

LA neige s'écrase contre la vitrine sombre d'une poissonnerie dans laquelle on aperçoit un aquarium aux parois verdies par les algues. Une carpe solitaire glisse de long en large dans un désespoir halluciné.

Le haut perron de la maison de LaPointe est couvert de quinze centimètres de neige vierge. Il se cramponne à la rampe et se hisse, marche par marche, fatigué, vidé. Comme il a la tête baissée, ce sont les pieds qu'il aperçoit d'abord, puis le sac à provisions fatigué.

— Bonsoir, dit-elle.

Il passe devant sans un mot et ouvre la porte. Elle le suit dans le hall éclairé d'une seule ampoule de vingt-cinq watts. Il s'accote à la rampe et la regarde, les yeux mi-clos.

Elle s'ébroue, les lèvres pressées dans un demi-sourire neutre. Son expression peut se traduire ainsi : "Eh bien oui, me revoilà ! C'est comme ça."

LaPointe frotte son menton mal rasé. À quoi bon ? Ce n'est pas nécessaire. Il est vide enfin, et en paix. Il veut que tout se termine sans heurts, dans le cocon de ses habitudes, son fauteuil près de la fenêtre, son café, son Zola. Ce n'est pas comme si elle devait rester pour de bon. La prochaine fois qu'elle trouvera un beau garçon grec pour lui offrir de l'ouzo et danser avec elle, elle partira encore. Et elle reviendra sans doute en pleurnichant quand il sera fatigué d'elle. Qu'est-ce donc après tout ? Une petite gourde de l'âge de ses filles, de l'âge de sa femme. Et pire encore, il faudra qu'il lui parle de cette chose dans sa poitrine. Ce ne serait pas bien qu'elle s'éveille un matin, sans méfiance, qu'elle tende la main pour le toucher. Et qu'elle le trouve…

Non, il est mieux de ne désirer rien, de n'avoir besoin de rien. À quoi bon s'exposer à souffrir. C'est ridicule. Ridicule.

— Qu'est-ce que tu dirais d'une tasse de café ? lui demande-t-il.

Catalogue TOTEM

CET OUVRAGE A ÉTÉ COMPOSÉ PAR
ATLANT'COMMUNICATION
AU BERNARD (VENDÉE).

ACHEVÉ D'IMPRIMER EN AVRIL 2017 SUR LES PRESSES
DE NORMANDIE ROTO IMPRESSION S.A.S., 61250 LONRAI
POUR LE COMPTE DES ÉDITIONS GALLMEISTER
30, RUE DE FLEURUS, 75006 PARIS

IMPRIMÉ EN FRANCE

DÉPÔT LÉGAL : JUIN 2017
N° D'IMPRESSION : 1700946